부산 느와르 미스터리

부산 느와르 미스터리

박대경

orror

Busan Noir Mystery

〔 **1** 〕

미스터리

룸와룸와를 만날 당시 내 상황은 이랬다.

첫 번째 장편소설을 출판한 지 2년째 접어들었고, 두 번째 책이자 첫 소설집이 출간된 지 두 달도 채 지나지 않은 시점이었다. 몇몇 평론가의 호평과 소수의 열광적인 독자 덕에 데뷔 이후 꾸준히 작품 활동을 이어갈 수 있었다. 문예지 청탁이 끊이지 않았던 것이다.

당시 나는 장편 연재소설을 집필하던 중이었다. 두 달이 멀다 하고 단편소설을 한 편씩 탈고하면서, 슬금슬금 장편소설에 대한 욕동이 치밀던 무렵이었다. 때마침 새로운 소설 잡지를 창간하려던 출판사에서 장편 연재 청탁이 있었다. 비교적 가볍고 즐겁게 읽을 수 있는 소설을 지향하는 격월간 잡지였다.

나는 연애물을 쓰기로 했고, 원고 작업은 순조로웠다.

아니, 다시 말하자. 그때 나는 한창 집필하던 소설을 뒤엎고 새로운 장편을 구상해야만 했다. 이유는 단 하나, 표절 의혹에 대한 두려움 때문에.

당연히 표절은 아니었다. 나는 그런 드라마가 있으리라곤 짐작하지도 못했으니까. 이름도 들어본 적 없는 작가가 쓴 이야기였으니까.

내가 원래 쓰고 있던 소설은 흔한 러브스토리를 조금 뒤튼 내용이었다. 흔한 구도라면 이럴 것이다. 네 명의 인물이 있다. A는 B를 좋아하는데 B는 C를 좋아한다. C는 D를 좋아하고, D는 다시 A를 좋아한다. 엇갈리고 또 엇갈리는 사랑 이야기.

하지만 내가 구상한 소설은 달랐다. A는 B를 좋아하고, B는 C를 좋아하며, C는 D를 좋아한다. 여기까지는 같다. 그러나 다음부터가 다르다. D가 새로운 인물 E를 좋아하는 것이다. E는 또 다른 인물 F를 좋아하고, F 역시 또 다른 인물 G를 좋아한다. G는 H를 좋아하고… 그렇게 끊임없이 엇나가는 사랑 이야기를 구상했다. 성별과 나이와 국적과 종교를 초월한 사랑, 혹은 짝사랑 이야기를 쓰고 싶었다. 독자들의 반응까지 예상할 수는 없었지만 스스로 제법 신선한 구성이라 생각했고, 쓰는 동안 즐거웠던 것으로 충분했다.

물론 그건 전부 쿠도 칸쿠로라는 일본 작가를 알기 전까지의 일이었다. 그가 대본을 집필했다는 드라마 〈맨하탄 러브스토리〉를 보기 전까지의 이야기였다. 기획 단계에서 담당 편집자 서재영 씨와 소설 구성에 대해 대화를 나누기도 했는데, 그녀 또한 분명히 처음 들어보는 재밌는 구성이라고 말해주었다. 하지만 이제 와서 편집자를 탓하랴. 그렇다고 〈맨하탄 러브스토리〉를 알려준 친구 현성호를 원망할 수도 없었다. 다행이라면 다행일 수도 있었다. 논란이 되기 전에 논란이 될 만한 요소를 제거할 수 있었으니.

그리하여 쓰던 소설을 완전히 엎어버리고 새로운 이야기를 구상해야만 했다. 원고 마감일까지 남은 시간은 2주 정도. 2주 정도의 시간이라면 200자 원고지 100매 내외의 분량을 쓰는 것이 물리적으로 불가능하지는 않았다. 문제는 두 달 뒤에도 비슷한 분량의 이야기를 이어서 써내야 한다는 점. 그리고 그 두 달 뒤에도, 다시 그 두 달 뒤에도.

이야기의 신이시여, 부디 저에게 이야기를 내려주소서!

진심으로 그렇게 기도했다. 창간을 앞둔 소설 잡지. 새파랗게 젊은 작가가 펑크를 낼 수는 없었다.

하루가 가고 이틀이 가고, 부질없는 글줄을 썼다가 지우기를 반복했다. 하얀 모니터만큼이나 머릿속이 하얘져 갔다.

그런 상황이었다.

커피와 에너지음료를 들이켜며 초조함을 하얗게 불태우고 있던 어느 날, 나는 눈이 감긴다는 걸 의식하지도 못한 채 책상에 엎어져 졸고 말았다. 퓨즈가 끊어졌다는 표현이 정확할 것이다.

꿈에서 나는 지구를 침략한 외계인의 공습을 피해 어딘가로 달려가고 있었다. 광화문 쪽에서 폭발음이 들렸고 시커먼 연기가 피어올랐다. 하늘 위로 수십 대의 전투기가 날아다녔고 곳곳에서 대피하라는 안내 방송이 흘러나오고 있었다.

나는 수많은 인파에 휩쓸린 채 어딘가로 달려가고 있었다. 목적지가 어디인지도 알 수 없었다. 한참 달리다 보니 주변에 있던 사람들이 차츰 사라지기 시작했고, 내가 왜 달리고 있는지 잊어버리고 말았다.

다음 장면에서 나는 상수역 사거리에 서서 신호등이 바뀌길 기다리고 있었다. 마침 건너편에 현성호가 서 있었다. 나는 성호를 향해 손을 흔들었지만 성호는 손에 든 책을 읽느라 나를 알아보지 못했다.

무슨 책을 저렇게 열심히 읽고 있지? 궁금해하기가 무섭게 성호가 낭독하는 소리가 들리기 시작했다. 하지만 내가 아는 성호 목소리가 아니라 성우가 읽는 듯한 또렷한 목소리였다.

"츠요이 이시가 운메이오 히키요세루나라, 아루 데키코토와, 소노 테츠노 이시다캐노, 치카라데 오코스 코토가 데키루노다."*

무슨 말인지는 모르겠지만 일본어 원서를 읽고 있는 것 같네. 그렇게 생각한 순간, 문득 내가 꿈을 꾸고 있다는 사실을 알아챘다. 맞아, 성호가 저렇게 또박또박 일본말을 할 리가 없잖아. 다른 것보다 성호 목소리는 낮고 걸쭉한 편이야! 저렇게 맑고 고운 목소리가 아니라고. 그래, 이건 꿈이야. 난 지금 꿈을 꾸고 있어!

그런 생각을 하며 다시 성호가 있는 곳을 바라보았다. 하지만 성호는 이미 사라지고 없었고, 거기엔 처음 보는 서양 여자

---

* 舞城王太郎,《ディスコ探偵水曜日》(新潮社, 2008)

가 서 있었다.

룲와룲와였다.

주변 모든 건물이 사라졌고, 거리의 모든 사람, 자동차들이 사라졌으며, 영화 〈매트릭스〉에서 봤던 끝없이 하얗기만 한 공간 속에, 나와 룲와룲와, 둘만이 마주하고 서 있었다.

간혹 자각몽을 경험했지만 특별히 바뀌는 건 없었다. 위키 피디아의 설명에 따르면 꿈의 내용을 어느 정도 통제할 수 있다고 하는데, 나는 아니었다. 꿈속에서 나의 의지란 어찌나 허망하기 짝이 없는지 악당들과 싸우지도 못하고 마음에 드는 여자에게 연락처를 물어보지도 못했다. 꿈은 내 의지보다는 기존에 설계된 이야기나 세계관에 따라 흘러가는 듯했고, 어찌 됐든 아무 논리도 맥락도 없는 세계였다. 그러다 시간이 조금 더 흐르면 꿈을 꾸고 있다는 자각은 사라지고, 다시 꿈의 세계에 동화된다. 휩쓸려간다.

하지만 룲와룲와를 만났을 때는 달랐다. 꿈의 세계에 동화되지도 않았고 휩쓸리지도 않았으며, 꿈을 꾸고 있다는 사실 또한 또렷하게 자각하고 있었다. 무엇보다 이야기의 흐름이나 대화 전개 또한 논리적이었다. 꿈인 건 분명한데, 조금 다른 종류의 꿈 같았다.

길 건너편에 있는 줄 알았던 룲와룲와는 다가오는 과정을 삭제한 듯 눈 깜짝할 사이 내 바로 앞에 서 있었다.

"의식을 유지한 채 여기까지 온 사람, 오랜만이네."

나는 화들짝 놀라며 룲와룲와를 바라보며 물었다.

"누구세요? 저 아세요?"

"난 룲와룲와야. 꿈신꿈왕이지."

"꿈신꿈왕? 그게 뭐예요?"

그러자 룲와룲와는 가슴까지 내려오는 흑갈색 풍성한 모발을 한 손으로 쓰다듬으며 이렇게 말했다.

"꿈의 신이자 꿈의 왕. 줄여서 꿈신꿈왕."

푹 들어간 커다란 두 눈과 높다란 콧대. 180센티미터를 훌쩍 넘는 신장과 각진 얼굴. 지금 내가 있는 곳은 꿈속이다. 꿈속에 있단 사실을 알고 있다. 문제는 어째서 저런 서양 여자가 내 꿈속에 나타났는가 하는 점이다.

"내가 하는 일은 하나야. 사람들의 무의식을 리믹스해서 꿈으로 구현하는 것. 일종의 무의식-자키라고 볼 수 있지. 디스크자키가 아니라 무의식-자키. 근데 희한한 일이네. 어지간해선 꿈신꿈왕이 꿈을 꾸고 있는 당사자에게 노출되는 일은 일어나지 않는데. 그게 얼마나 드문 일이냐면, 두 번 연속으로 로또 1등에 당첨되는 확률과 비슷한 정도?"

여전히 어리둥절한 얼굴을 하고 있는 내게 룲와룲와가 설명을 이어갔다.

"여기는 꿈과 무의식의 중간 세계 정도라고 생각하면 돼. 네 머릿속에 흘러 다니는 무의식을 이리저리 조합해서 꿈으로 만드는 공간. 앞서 말했듯 내 역할은 무의식-자키고. 이 공간의 주인이며 왕이며 신이지."

그런 사람이 왜 주변에 부하나 신하가 없는지 물어보고 싶었지만 묻지 않았다. 그보다는 좀 더 본질적인 질문을 던졌다.

"근데 제가 왜 여기에 있죠?"

"그걸 내가 어떻게 알아?"

"꿈신꿈왕이라면서요."

"왕이라고 모든 걸 아는 건 아니지. 신이라고 모든 걸 이뤄 줄 수 없는 것처럼."

"변신변왕이었군요."

"무슨 뜻이지?"

"변명의 신이자 변명의 왕."

"하하하. 나한테 그런 싸구려 농담이나 던지다니. 그 용기를 가상하게 여겨 선물 하나 주지."

"무슨 선물요?"

"네 기도를 이뤄줄 만한 선물."

"제 기도?"

"최근에 네가 한 기도."

내가 최근에 어떤 기도를 했더라?

기도라면….

아! 이야기를 내려달라고 했구나!

"근데 제가 어떤 기도를 했는지 어떻게 아세요?"

"너에 대해선 모르는 게 없지. 말했잖아, 꿈신꿈왕이라고. 네 무의식은 내가 다 꿰뚫고 있으니까."

"그렇구나. 그럼 얼른 선물 주세요."

"지금은 없어. 여기서 나가면 받게 될 거야."

"여기서? 지금 이곳에서요? 어떻게 나가야 하죠?"

"들어온 것도 네 마음대로 할 수 있었으니 나가는 것도 네 마음대로 할 수 있지 않을까? 나는 몰라."

신이고 왕이라는 사람이 왜 이렇게 모르는 것투성이인지 모르겠다. 어찌 됐건 그녀의 말이 맞긴 맞으리라. 내 마음대로 이곳에 들어왔으니, 나가는 것도 내 마음대로 할 수 있을 것이다. 생각하자. 여기에서 나가자. 잠에서 깨자. 여기에서 나가려면 잠에서 깨야 한다.

맞은편에서 손 인사하는 모습이 보인다. 입을 뻐끔거리고 있긴 하지만 무슨 말인지는 알아들을 수 없다. 이름도 기억이 잘 안 난다. 뭐라고 했더라? 꿇와꿇와라고 했던가.

아닌가….

정신이 점점 몽롱해진다….

눈을 반쯤 뜬 채 고개를 들었다. 이마를 받치고 있던 왼쪽 손목에 넓고 붉은 자국이 나 있었다. 핸드폰 시계를 확인했다. 오후 5시 49분. 몇 시간이나 엎어져 잤던 건가. 생각과 동시에 왼손에 쥐가 났다. 손끝 하나 꼼짝할 수 없는 통증. 덕분에 졸음에서 완전히 깰 수 있었다. 쥐가 사라지기를 기다리며 마우스를 흔들어 모니터 화면 보호 상태를 해제했다. 백지였어야 할 모니터에 글자가 빼곡히 차 있었다.

이게 뭐지? 무슨 파일이지?

파일 이름은 '부산 느와르'였다.

〔 **2** 〕

부산 느와르

검은색 아디다스 더플백을 어깨에 메고 부산 교도소를 나섰다. 내리쬐는 7월의 뜨거운 햇살. 살랑살랑 불어오는 후텁한 바람.

화려한 퇴소 축하 세리머니는 없었다. 그편이 나았다.

몇 걸음 걸어가니 낯익은 진회색 아반떼 세단과 차량 번호가 눈에 띄었다. 차량 앞문이 열리고, 미치가 영화 속 주인공처럼 슬로모션으로 차에서 내리며 외쳤다.

"어이!"

미치의 손에 닥터페퍼가 들려 있었다.

오, 이런 센스쟁이!

나는 성큼성큼 미치에게 다가가 그와 포옹했다.

"잘 지냈나?"

"1년 정도는 껌이지."

"까불고 있다."

"까부는 거 아닌데?"

내 말에 미치가 씁쓸하게 웃음 지으며 닥터페퍼를 건넸다.

"역시, 약쟁이 챙겨주는 사람은 형밖에 없네."

"덥다, 얼른 타라. 안에 두부도 있으니까 같이 먹고."

차에 오르기 전, 1년 동안 묵었던 교도소를 뒤돌아보았다. 문득 미신이 떠올랐다. 퇴소할 때 교도소를 뒤돌아보면 다시 교도소로 돌아온다는 미신.

미신 따위 개나 주라지.

조수석에 앉아 미치와 캔을 맞부딪치고 닥터페퍼를 들이켰다. 입안 가득 퍼지는 체리향 코크.

"크아, 마약이 따로 없네!"

미치가 콧방귀를 뀌며 나를 쳐다보았다.

"1년으론 부족한가 보네. 아직도 마약 같은 소리를 입에 올리고."

"그럴 리가 있나. 다시는 손 안 댄다."

"이제 진짜 약 같은 거 하지 마라."

"당연하지! 이 자유랑 바꿀 수 있는 게 어디 있다고."

우리는 남해고속도로를 달려 낙동강을 건넜다. 만덕2터널에 이르자 차량이 늘어나며 속도가 급격히 떨어졌다.

"이 동네는 평일이고 휴일이고 낮이고 밤이고 할 거 없이 막히네. 1년 만에 오는데도 똑같노."

나는 한 손에 든 두부를 씹어 먹으며 말했다. 별 대꾸 없이 운전하던 미치가 미남교차로에서 동래역으로 향하던 중 뜬금없이 말했다.

"지루함."

"지루하나? 내가 운전할까?"

"아니, 네가 아까 말했던 거. 자유랑 바꿀 수 있는 거."

나는 잠시 내가 아까 했던 말을 떠올리려 애썼다.

"아아."

"반복되는 지루한 일상이 모든 것을 야기하다니."

"뭐고, 요새 철학 공부하나?"

내 말에 미치는 풋, 헛웃음을 터뜨릴 뿐 더 이상 대화는 이어지지 않았다. 고개를 슬쩍 돌려 미치의 얼굴을 보았다. 미치가 내 눈길을 눈치채고 물었다.

"왜? 뭐 할 말 있나?"

"아이다."

형제가 그렇지.

우리를 태운 진회색 아반떼는 온천천로와 수영강변대로를 지나 광안대교로 접어들었다. 왼편으로는 드넓은 수평선이, 오른편으로는 광안리 해변과 카페 거리가 보였다.

"광안대교 진짜 오랜만이네!"

"좋나?"

"형이 운전하는 차 타고 광안대교 달리니까 좋은 거지."

"몇 년 전에 신선대지하차도 생겨서 송도까지 직방이다. 안 가봤제?"

"오, 진짜? 말 나온 김에 지금 가보자."

"나 이따 일 있어서 오늘은 안 되고, 조만간 날 잡아서 함 가자."

어쩔 수 없지.

*

아웃백에서 바다를 바라보며 스테이크를 썰었다. 핏물 가
득 밴 소고기를 얼마나 씹고 싶었던지.

먼 곳에서 보이는 바다는 고요하기만 하고. 맞은편의 미치
도 묵묵히 식사. 한가로운 시간.

평화롭기 짝이 없군.

식사 후, 미치는 광안역 근방의 신축 아파트로 차를 몰았다.

　　높은 층수와

　　지하주차장에

　　잘 꾸며진 아파트 단지까지.

미치가 아파트 정문에 차를 세웠다.

몇 년 전에 분양받았다는 아파트에 드디어 입성하게 됐군.

"여기 진짜 우리 집 맞제?"

"그래, 들어가서 푹 쉬어라. 그리고 나 당분간 집에 못 들어

올 거야."

"왜? 어디 가나?"

"서울 출장."

"하여간 그놈의 일 뭐가 그리 바쁘다고. 집에서 잠깐이라도 쉬다 가지."

미치는 피식 웃더니 손을 뻗어 글러브박스를 열고 카드키와 스마트폰과 신용카드를 꺼냈다.

"전화번호 이전 핸드폰에서 백업시켜뒀다. 연락할 일 있으면 그걸로 하고. 카드 하나는 집 열쇠고, 거기 메모지에 집 비번이랑 통장 카드 비번 적어뒀다. 통장에 500만원 정도 있으니까 한두 달 쉬면서 세상 돌아가는 것도 좀 보고. 사람들도 만나고 그래라."

오, 역시 미치!

"충성! 충성!"

"지랄한다. 그럼 간다."

"충성! 충성!"

나는 뒷좌석에 둔 더플백을 메고 차에서 내렸다. 미치의 아반떼가 빠르게 시야에서 사라졌다.

12층. 도어록에 카드키를 대자 문이 열렸다. 허파로 쑤욱 들어오는 후텁한 공기. 집 안으로 들어가자 현관에서 이어지는 짧은 복도 옆으로 두 개의 방문이 보였고, 한쪽 복도 끝엔 화장실, 다른 쪽 복도 끝엔 거실과 주방이 좌우로 자리하고 있었다. 거실에 서니 넓은 유리창 너머로 바다와 광안대교가 내려다보였다. 믿기지 않는 풍경이었다. 그리고 믿을 수 없는 상황이었다. 나는 거실 내부를 스윽 한번 둘러본 후 안방으로 들어갔다. 붙박이장이 있었고, 작은 화장실이 하나 더 있었다.

여기가 진짜 우리가 살 집이라니!

안방에서 나와 짧은 복도 끝 쪽 방으로 가보았다. 크리스라는 사람이 빌려 쓰는 방 같았다. 미치의 말에 따르면 크리스는 신문기자로 원래 거주지는 서울이지만, 한 달에 한두 번씩 부산으로 출장을 왔다. 경찰 시절부터 친하게 지내고 있는 사람이었기에 넓은 방 비워두기도 뭣해서 부산에 올 때마다 빌려주고 있다고 했다. 방에는 책장과 책상과 침대가 있었고, 책장에는 남성잡지와 영화잡지 몇 권이 가로로 뉘어 있었다. 기자라는 사람이 책은 별로 안 읽나 보네. 책상에 놓인 사진 액자가 눈에 띄었다. 꽃무늬 원피스를 입은 여자와 구찌 재킷과 청바지를 입은 남자. 이 남자가 크리스라는 사람인가 보군.

나는 크리스의 방에 더 이상 흥미를 느끼지 못한 채 옆 방으로 들어갔다. 방에 들어서자마자 눈에 들어오는 삼면 가득한 책장. 방이라면 자고로 이 정도 책은 있어야지. 어떤 책을 먼저 읽어줄까 탐욕스럽게 책장을 살펴보다가 책꽂이 앞쪽에 놓여 있던 글렌체크의 '오트 쿠튀르'를 발견했다. 플레이되기를 기다리고 있던 음반 같았다. 나는 거실로 나와 CD 플레이어에 CD를 넣고 플레이 버튼을 눌렀다. 시원한 음악이 흘러나오기 시작했다.

소파 한쪽 끝에 놓여 있던 에어컨 리모컨의 전원 버튼도 눌렀다. 거실 구석에 있던 스탠드형 에어컨에서 삑 삐리리릭 하는 경쾌한 소리가 나더니 바람이 흘러나왔다. 시원한 공기와 경쾌한 EDM.

문득 지금 누리는 현실이 현실 같지 않았다. 책이 다 뭐냐. 나는 소파에 드러누워 멍하니 창밖의 풍광을 감상했다. 불과 몇 시간 전까지만 해도 사방이 꽉 막힌 교도소 안이었는데. 세상에, 바다가 보이는 이토록 높고 넓은 아파트라니.

신분 상승했군.

서늘한 에어컨 바람이 얼굴을 쓰다듬자 눈꺼풀이 스르르 감겼다. 설마 꿈은 아니겠지. 너무 비현실적이잖아. 다시 눈을 뜨고 나서도 바뀌는 건 없겠지.

아닐 거야….

그럴 리 없어….

**과거의 습관을 끊은 지점에서
각종 새로운 습관이 탄생한다.**

— 스톨레 에우네 [*]

아버지가 돌아가시고 이듬해 중학교 2학년 무렵. 미치가 갑자기 경찰이 돼야겠다며 서울로 올라가버렸다.

그때부터 시작된 나의 세상.

열다섯, 탈선하기 얼마나 좋은 나이인가.

강박적으로 술을 마셨고, 기회만 되면 여자와 잤고, 걸핏하면 담배를 피웠다. 조금만 시비가 붙으면 주먹부터 나갔다.

고등학교는 어떻게 갔는지 모르겠군.

돌이켜보면 희한한 일이다. 그런 와중에도 손에서 책은 놓지 않았으니.

수감 중에도 책을 반입해 시간만 나면 읽어댔다. 게걸스럽게. 그보다 더 좋은 독서 장소는 없기라도 한 것처럼. 다 읽은

[*] 요 네스뵈 지음, 문희경 옮김, 《바퀴벌레》 (비채, 2016)

책은 미치에게 돌려보내거나 간혹 다른 수감자에게 선물로 주기도 했다.

팔뚝에 으스스 소름이 돋으며 잠에서 깼고, 좌우를 두리번거리며 눈앞의 상황이 꿈이 아니라는 사실에, 몇 시간 전에 석방된 것이 분명하다는 사실에, 우아아아! 환호성이 터져 나왔고, 벽시계의 시침이 6을 가리키고 있었지만 창밖은 한낮인 듯 환했으며, 점심을 든든하게 먹어둔 탓에 배는 고프지 않았다. 그제야 바로 옆방에 나의 컬렉션이 가득 차 있다는 사실을 깨달았다.

나는 교도소에 반입이 되지 않은 로베르토 볼라뇨의 소설 《2666》 다섯 권을 우선 식탁 위에 올려두고 안방으로 들어가 갈아입을 옷을 찾았다. 그리고 붙박이장 서랍을 뒤적이다 낯익은 사진을 발견했다.

엄마의 얼굴이 담긴 사진.

다른 남자 새끼랑 노닥거리느라 가족을 버린 인간.

미치, 설마 이 여자랑 연락하고 지내나?

순식간에 분노가 치밀었다.

나는 손을 부들부들 떨며 핸드폰 연락처에서 미치의 번호를 찾아보았다.

그때였다. 핸드폰에서 울리는 짧은 문자음 소리.

[어이, 켄싱턴! 퇴소 잘 했어? 1년 만에 바깥 공기 흡입하니 소감이 어때?]

데이브 리였다.

*

　탈선이 가속도를 더하던 무렵, 한창 어울리던 친구가 네 명 있었다. 그중 둘은 고등학교도 졸업하기 전에 조직에 몸을 담아 자연스레 연락이 끊겼고, 나머지 둘 중 하나는 호주로 떠나면서 연락이 끊겼다. 자식의 탈선을 방관할 수 없다며 부모가 강제로 유학을 보낸 것이다.

　남은 하나가 데이브였다. 습관성 어깨 탈구로 군 면제를 받아 휴학 없이 대학을 4년 만에 졸업한 뒤 지금은 토익 학원에서 강사로 지내고 있었다.

　　　지금까지 연락을 주고받는 유일한 학창 시절 친구이자

　　　처음으로 알게 된 게이.

　공부를 잘하는 놈이었기에 우리와 어울리는 걸 의아하게 여겼는데 그게 다 나를 좋아했기 때문이었다. 같이 술도 마시고 담배도 피우고 주먹질도 했지만 여자애들이랑 섹스할 때만은 샌님처럼 굴었다. 다 이유가 있었다.

순식간에 분노가 사라지고 반가움이 찾아왔다. 데이브에게 두 음절의 답문을 보냈다.

[쩐다.]

곧바로 전화벨이 울렸다.

"어이, 데이브."

"이야, 살아 있네, 켄."

"아직 실감이 안 난다."

"하하, 오늘 밤에 뭐 해? 약속 있어?"

오늘 밤?

"그럴 리가."

"나 오늘 수업 10시에 마치는데, 아, 맞다, 근데 너 지금 어디야?"

"광안리."

"광안리는 왜?"

"예전에 말한 적 있지 않나? 아파트 분양받아서 미치랑 같이 살 것 같다고."

"오, 그럼 지금 새집에 있나 보네?"

"그렇지."

"미치도 같이?"

"뭐가 그리 바쁘신지 나만 내려놓고 다시 출근하심."

"하하, 오케이. 그럼 쉬고 있어라. 나중에 10시 반쯤 그쪽으로 넘어가서 연락할게."

전화를 끊고 시간을 확인했다. 앞으로 4시간쯤 남았군. 책

한 권 읽어치우기 딱 좋은 시간이야. 나는 식탁 위에 올려둔 《2666》 1권을 집어 들고 주방으로 향했다. 냉장고를 열어보니 여러 종의 수입 맥주 캔과 음료수 캔 들이 칸마다 줄지어 있었다.

미치의 센스는 따라갈 수가 없다니까.

나는 가장 윗줄에 있는 기네스를 꺼내 벌컥벌컥 들이켰다. 순식간에 취기가 머리끝까지 끓어올랐다.

도대체 이게 얼마 만에 맛보는 알코올이냐!

나는 맥주 캔을 식탁에 올려둔 채 소파에 드러누워 책을 펼쳤다.

천국이 따로 없네.

여기가 천국이야, 천국!

〔 **3** 〕

미스터리

이런 얘기를 들은 적이 있다.

어느 노 작가가 친구 집에 놀러 갔다. 작가는 본능적으로 친구의 서재를 둘러보며 어떤 책들이 있는지 살폈고, 제목에 끌려 책 한 권을 뽑았다. 첫 문장부터 마음에 들었다. 페이지를 넘기고, 또 넘기고. 술술 넘어가는 페이지. 오랜만에 느껴보는 독서의 재미였다.

누가 쓴 거지. 외국 작가인가.

그는 표지에 쓰인 작가 이름을 보았다.

놀랍게도 그곳엔 자신의 이름이 적혀 있었다.

몇십 년이 흐르고 나면 나도 이 노 작가처럼 될지도 모른다.

뭐야, 이게 내가 젊은 시절에 쓴 작품이라고? 어째서 전혀 기억이 안 나지? 완전히 다른 사람이 쓴 것 같군, 하하하.

물론 사오십 년쯤 흐르고 나면 그렇게 될지도 모른다는 말이다.

하지만 지금은 아니다. 습작 시기를 포함해봤자 내 창작 기간은 7년밖에 되지 않는다. 내가 쓴 작품을 완벽하게 잊는 일은 일어날 리 없다.

그렇다면 모니터에 보이는 원고는 도대체 무엇이란 말인가.

교도소라니. 마약이라니.

그리고 뭐? 광안대교?

일단 나는 부산 사람이 아니다. 물론 부산 사람이 아니더라도 지도를 검색해가며 부산 배경의 소설을 쓸 수는 있을 것이다. 그렇지만 부산 사투리까지는 아니다. 부산 출신이 아닌 사람이 부산 사투리를 쓰면 곧바로 티가 난다.

대학 시절, 부산 출신인 성호의 부산 사투리를 종종 따라 해봤지만, 매번 억양이 틀렸네, 장단음이 틀렸네, 지적을 받았다.

요컨대, 《부산 느와르》라는 제목이 붙은 이 원고는 내가 쓴 것이 아니었다. 도대체 누가 쓴 글인가. 내가 쓴 글도 아닌데 왜 내 컴퓨터에 저장돼 있는가.

다시 한번 《부산 느와르》를 읽었다. 제목에서부터 '느와르'라고 해둔 만큼 범죄소설임이 분명하지만 아직 본격적인 사건은 일어나지 않은 상황이다.

주인공 켄이 이제 막 교도소에서 출소했고, 형인 미치가 사는 곳에 짐을 풀었다. 주인공과 주인공의 형, 이름만 나온 기자 크리스, 주인공의 친구 데이브를 빼면 아직 제대로 등장한 인물도 없다.

의아한 점은, 부산/한국을 배경으로 한 소설에서 인물들의 이름이 전부 외국 이름이라는 점. 아직 외국인이라는 정황은 없다. 그냥 이름만 외국인인 한국인이라는 느낌이 강했다.

나는 원고 파일을 다시 한번 읽었다. 내가 쓴 글이 아니라는 사실이 더욱 분명해졌다.

희박하지만 두 가지 가능성을 떠올려보았다.

먼저 성호가 쓴 소설일 가능성. 나는 고개를 저었다. 물론 가능성은 있다. 하지만 그 소설이 어째서 내 컴퓨터에 저장돼 있단 말인가. 설마 성호가 나 몰래 우리 집에 들어와서 내 컴퓨터에 저장을 했다거나 아니면 컴퓨터를 해킹해서….

상상력이 너무 나갔다. 말이 안 되는 일이다.

두 번째 가능성도 떠올려 보았지만 대번에 헛웃음이 터져 나오고 말았다. 이름 모를 누군가가 굳이 내 컴퓨터를 해킹해서 굳이 이 파일을 남겨두었을 가능성이었기 때문이다. 황당하기 짝이 없는 가능성이었다.

참 별일도 다 있네, 라고 생각하며 《부산 느와르》 파일을 마우스로 클릭해서 휴지통에 버렸다.

진짜 희한한 일이야, 희한한 꿈을 꾸고 일어났더니 희한한 원고가 컴퓨터에 저장돼 있고.

이상한 사람이었어, 꿈신꿈왕이라고 했던가, 이름은 기억도 안 나네, 난데없이 외국 여자가 꿈에 나타나고 말이지, 맞아, 그러고 보니 나한테 무슨 선물을 준다고 하지 않았나, 그 이상한 공간에서 나가면, 그러니까 꿈에서 깨면 알 수 있다고 하지 않았나.

내 기도.

새로운 이야기.

설마?

나는 휴지통을 클릭해서 방금 버린 《부산 느와르》 파일을 바깥으로 드래그했다. 더블클릭.

설마 이 이야기가 진짜 선물이야?

《부산 느와르》를 꼼꼼히 다시 읽어보았지만, 소설 속에는 꿈신꿈왕의 흔적을 찾아볼 수 없었다. 물론 소설 중간에 주인공이 비현실 같은 현실에 감개무량하며 잠드는 장면이 나오지만 거기서 끝이었다. 혹여 잠든 주인공이 꿈에서 꿈신꿈왕이라도 만났다면 이 원고 파일이 선물이라고 확신할 수도 있겠지만.

다른 것보다, 기도를 이뤄줬다고 하기엔 소설 분량이 애매하다. 원고지 100매쯤 되는 분량이라면 진짜 심각하게 고민해볼 수도 있겠지. 이어질 이야기는 다음 마감까지 두 달 동안 생각하기로 하고, 우선 이거라도 편집자에게 보내는 게 좋지 않을까, 원래 계획했던 로맨스물이 아니라 범죄물을 쓰게 됐다고 사과하면서. 하지만 30매 정도밖에 되지 않는다. 분량이 턱없이 부족하다. 기도를 이뤄주다가 중간에 그만둔 듯한 느낌이랄까.

이 소설의 정체는 여전히 아리송했다. 논리적으로는 누군가 내 컴퓨터를 해킹해서 이 파일을 남겼다고 생각하는 게 맞는데, 상식적으로는 말이 안 되는 일 아닌가. 그렇다고 꿈에서 꾼 이야기가 현실에서 실제로 이뤄졌다고 생각할 수도 없다.

나는 《부산 느와르》 파일을 모니터 한쪽 구석에 옮겨둔 채 다시 새로운 이야기를 구상하기 시작했다. 몇 가지 스토리가 떠오르긴 했지만 전부 단편적인 아이디어였다. 붙들고 지속할 만한 이야기가 아니었다.

시간은 흐르고, 마침내 마감일까지 하루밖에 남지 않은 시점이 되었다. 최종 마감일까지 감안하면 며칠 정도 시간이 더 있겠지만, 이제는 원고 펑크를 기정사실로 받아들여야 할 것 같았다.

나는 온갖 미사여구를 동원하여 혼신의 힘을 다해 변명과 사죄의 메일을 작성했다.

정신적으로도 바닥을 치고 있었지만 육체적으로도 더 버티기 힘들었다. 에너지음료와 커피로 허기를 때우다 보니 복통과 설사가 끊이지 않았고, 열흘 만에 몸무게가 5킬로그램이 빠졌다.

메일만 보내고 좀 쉬자. 메일만 다 쓰고, 메일만 다 쓰고… 라고 생각했는데, 메일을 다 쓰기도 전에 결국 머릿속 퓨즈가 끊어지고 말았다. 그대로 책상에 엎어져 잠들고 만 것이다.

나는 카페에 앉아 타자 연습이라도 하는 사람처럼 빠르게 키보드를 두드리고 있다. 무엇을 쓰고 있는지는 알 수 없지만 아주 상쾌한 기분이 든다.

역시, 이 맛에 글을 쓰는 거지. 키보드를 두드릴 때 느껴지는 손끝의 감각.

빠르게, 조금 더 빠르게.

집중력을 방해하지 않는 정도의 잔잔한 음악이 흘러나오

고 있고, 두 테이블 떨어진 곳에서 다른 손님들이 뒤통수를 보인 채 앉아 있다.

이보다 더 좋은 순간은 없겠군, 이라는 생각이 끝나기가 무섭게 쿠광콰콰쾅콰콰앙, 하는 굉음과 함께 카페 천장이 부서지며 카페 절반 정도가 사라져버렸고, 눈앞엔 거대한 로봇이 나타났다.

전신을 감싸고 있는 보랏빛 메탈.

에바 1호기였다.

놈이 내 노트북을 노리고 있었다.

나는 재빨리 노트북을 가방에 집어넣으려 했다. 하지만 에바 1호기가 먼저 내 노트북을 낚아채버렸다.

내 컴퓨터 내놔, 이 새끼야!

나는 자리에서 일어나 에바를 쫓았다. 그의 다리에 매달려 기어오르기 시작했다. 로봇이라 몸체가 평평할 것이라는 예상과 달리 여기저기 흠집이 많았다.

싸움의 흔적인가. 애니메이션에서 보던 것과는 많이 다르네.

나는 철판에 흠집 난 부분을 잡고 낑낑대며 올라갔고, 로봇은 내 움직임은 신경 쓰지도 않은 채 어딘가로 이동했다.

바람이 강하게 불었다. 고개를 돌려 아래쪽을 내려다보니 수많은 사람들이 기어오르고 있었다. 사람들이 입을 맞춰 소리쳤다.

네가 갈 곳은 거기가 아니야!

내가 갈 곳이 거기가 아니라니. 그럼 어디로 가야 하는데?

기어오르는 사람 중엔 오스발도 람보르기니도 있었다. 우앗, 람보르기니잖아! 안녕하세요! 저 작가님 팬이에요! 내가 소리치자 람보르기니는, 네가 진정한 팬이라면 당장 이쪽으로 내려와라, 라고 말했다. 애써 여기까지 올라왔는데 내려오라니, 너무하세요, 라고 말하며, 하하하, 멋쩍게 웃었는데, 람보르기니는 정색한 얼굴로, 진정한 팬이라면서 왜 내가 하는 말은 듣지 않는 거냐, 나한테 거짓말을 하는 거냐! 라고 소리쳤다. 매달려 있는 가파른 절벽이 흔들릴 만큼 큰 소리였고, 그와 동시에 지금 내가 꿈을 꾸고 있다는 사실을 알아챘다.

죽은 사람이 꿈에 나올 수는 있지. 하지만 오스발도 람보르기니는 아르헨티나 작가잖아. 스페인어를 쓴다고. 나랑 한국어로 말을 주고받는 게 불가능해. 그리고 우연히 이름을 알게 돼서 읽어보고 싶긴 했지만 번역본이 없어서 아직 읽어본 적은 없는 작가야.

하하하, 꿈이었어, 꿈, 이라 생각하고 있노라니, 매달려 있던 절벽이 천천히 기울어 바닥이 되었고, 주변이 시작도 끝도 알 수 없을 만큼 새하얗게 변했으며, 람보르기니가 있던 곳엔 낯익은 여자가 서 있었다.

룳와룳와였다.

그녀가 내 쪽으로 다가와 다짜고짜 이렇게 물었다.

"넌 어떻게 또 내 앞에 나타났지?"

그건 내가 묻고 싶은 말이었다. 로또 1등에 두 번 연속으로 당첨될 만큼 드문 일이라고 하지 않았나?

하지만 지금은 그런 걸 따지고 있을 때가 아니다. 다른 것부터 말해야 한다.

"선물 잘 받았어요."

"아, 그거? 내가 재주 좀 부려봤지. 어때, 볼 만했어?"

칭찬은 꿈신꿈왕도 춤추게 할 것이다.

"엄청 재밌던데요! 그런 스타일의 소설은 처음 봤어요."

"처음 보기는 무슨. 어차피 네 무의식에서 추출해서 쓴 건데."

"제 무의식에 그런 이야기가 있었어요?"

"완성된 이야기 자체는 없지. 네 무의식에 있는 요소들을 잘 버무려서 이야기를 만들었을 뿐이니까. 바로 이 몸께서 말이야. 아하하하."

"궁금한 게 있는데, 인물들 이름은 왜 외국인 이름이에요?"

"왜? 뭐 문제 있어?"

"아니, 그런 게 아니라, 소설 배경이 한국이고, 등장인물도 한국인인 것 같은데, 이름만 외국인 이름이라서, 조금 뭐랄까, 신선한 느낌이었다고 해야 하나."

"그럼 됐지, 뭐."

"제 무의식에 그런 외국인 이름이 있었나 보군요."

"그렇지. 무의식엔 정말 온갖 것들이 다 담겨 있어. 무의식은 머릿속에 고여 있는 게 아니거든. 머리 밖으로 흘러나와서 다른 사람들의 무의식과 뒤섞여. 대화를 나눈 상대방의 무의식과 뒤섞이고, 요즘엔 TV 전파를 타고 뒤섞이거나, 인터넷, 스마트폰을 매개로도 뒤섞이지. 예전과 달리 무의식의 출처를 찾는 게 거의 불가능해졌어."

이야기가 너무 무의식 쪽으로 흘러가고 있다.

"무의식이란 건 엄청나네요. 그나저나 그 소설, 설마 그걸로 끝은 아니겠죠?"

"글쎄. 근데 그건 왜?"

"너무 재밌으니까 그렇죠! 벌써 다섯 번이나 읽었어요!"

"오호, 그래? 네가 소설가라서 그런가, 나한테도 그런 재능이 잠재돼 있나 보네."

"이어지는 내용도 읽을 수 있으면 좋을 텐데 말이에요."

"이어지는 내용?"

"네. 미치가 하는 일은 무엇이고, 크리스는 어떤 인물이며, 켄싱턴에게 앞으로 어떤 일이 일어나는지 하는 것들요."

"그런 건 몰라. 그냥 즉흥적으로 꾸며낸 이야기니까."

그랬던 것이었나.

하지만 이대로 순순히 물러날 순 없다. 어떻게든 이어질 이야기를 받아내야 한다.

"계속 써주세요."

나는 대놓고 룲와룲와에게 요구했다.

"그게 무슨 소리야?"

"저한테 준 소설, 그다음 이야기 말이에요. 이어서 계속 써주세요."

"내가 왜 그래야 하지?"

"저한테 선물을 주셔야 하니까요."

"그러니까 내가 왜 그래야 하냐고?"

"지난번에도 주셨잖아요."

"지난번에는, 네 기도가 너무 간절하기도 했고, 꿈 당사자와 만난 게 너무 오랜만이라 반가운 마음에 그랬지."

"그럼 이번에는 반갑지 않다는 말이에요?"

"아무래도 지난번에 비하면 그렇지. 이런 식이면 며칠 뒤에 또 만날 수도 있겠는걸."

아무리 덜 반갑더라도 그렇지 면전에서 저런 말을 잘도 하는군.

설마 내 모습이 투영됐으려나.

이렇게 된 거 나도 뻔뻔하게 나가자.

"기왕 기도를 들어줄 거면 확실히 들어주셨어야죠. 그 정도 분량으로는 모자라다고요."

"물에 빠진 사람 구해주니 보따리 내놓으라는 속담은 이런 상황에 쓰라고 있나 보군."

"아직 구해준 게 아니니까 그러죠."

"그래, 얼마나 더 쓰면 되는데?"

어라? 이렇게 금방 들어준다고?

"최소한 지난번의 두세 배 정도는 돼야 할 것 같은데…."

"너 생각보다 면상이 두껍구나."

"제가 지금 찬물 더운물 가릴 처지가 아니거든요."

룲와룲와는 코웃음을 치더니 이렇게 말했다.

"손 내밀어봐."

나는 아무 의심 없이 손을 내밀었다. 그러자 룲와룲와가 내 손목을 거칠게 붙잡았다.

아니, 뭐 하려고 그래요, 라고 말하려고 했지만 입이 떨어지지 않았고, 그녀는 내 손목을 점점 더 세게 졸랐다. 지금 뭐 하시는 거예요! 아프다고요! 내 목소리는 여전히 입 밖으로 나오지 않았다. 도대체 뭐 하는 거야! 통증이 더해갈수록 릆와릆와의 모습도 차츰 희미해졌다. 이대로 가다간 손목이 끊어질지도 모른다. 제가 잘못했어요. 앞으로 뻔뻔하게 그런 부탁 하지 않을게요. 제발 놔주세요! 놔달라고요!

손목에 통증을 느끼며 눈을 떴다. 오른팔 전체에 쥐가 나서 꼼짝도 할 수 없었다. 통증이 잦아들기를 기다렸고, 동시에 조금 전까지 꿈신꿈왕과 함께 있었다는 사실이 떠올랐다. 꿈속에서는 꿈을 꾸고 있다는 사실을 자각했고, 꿈에서 깨고 나서는 꿈에서 있었던 일을 현실 세계에서 겪은 경험처럼 기억하고 있다. 나는 분명 꿈신꿈왕을 만나고 돌아왔다.

오른팔의 통증이 채 가시기도 전에 왼손으로 마우스를 움직여 모니터의 화면 보호 상태를 해제시켰다. 모니터에는 처음 보는 글자가 가득 채워져 있었다. 파일 제목은 '부산 느와르'. 며칠 전 봤던 내용에서 이어지는 이야기였다.

꿈신꿈왕이 한 번 더 선물을 보내준 것이다!

이 소설을 쓴 사람은 진짜 릆와릆와였어!

로맨스물을 기대하던 재영 씨는 내가 범죄소설을 보내겠다고 하자 당황스러워했지만, 원래 쓰려고 했던 소설은 구성이 비슷한 기성 작품이 있어서 표절 의혹을 받을 수도 있다고 하자 어쩔 수 없다는 듯 원고를 받아주었다. 그런데 재영 씨가 그날 밤 다시 전화를 걸어왔다.

"이 시간에 어쩐 일이에요?"

"대겸 씨, 이 원고, 직접 쓴 거 맞죠?"

재영 씨와 나는 몇 년 전 독서 모임을 통해 알게 됐기에 이후 각각 편집자와 작가가 되고 나서도 서로 이름을 부르며 비교적 편하게 지내는 편이었지만, 그렇다고 밤늦게 전화 통화를 주고받을 만큼 친밀한 사이는 아니었다.

그럼에도 밤에 전화를 걸어 다짜고짜 내게 저런 질문을 했다는 건….

무슨 문제라도 있나?

그나저나 저렇게 대놓고 직접 썼냐고 물어보면 뭐라고 답을 해야 할까. 물론 내 의지로 직접 썼다고 할 수는 없지. 하지만 내 무의식을 통해 나온 글이잖아. 다른 사람도 아니고 내 머릿속에서. 그러니 굳이 내가 안 썼다고 할 이유도 없지 않나?

근데 굳이 저런 질문을 한다는 건….

설마 똑같은 작품이 이미 나와 있나?

"여보세요, 대겸 씨 듣고 있어요?"

"네. 제가 쓴 거 맞는데…. 무슨 문제라도 있나요?"

"아니, 아니요. 평소 쓰던 작품들이랑 내용도, 장르도, 문체도 꽤 달라서, 좀 의아해서, 연락했어요."

"습작 때부터 해서 벌써 7년 넘게 쓰다 보니 새로운 시도를 해보고 싶었죠, 하하."

"근데, 스타일을 너무 비슷하게 따라… 아니, 모방한 게 아닌가 싶어서요."

"모방?"

"물론 번역된 작품도 얼마 없고, 독자층이 별로 겹칠 것 같진 않지만, 그래도 알아채는 독자도 있을 테고 안 좋게 보는 선생님들도 있을 텐데, 괜찮겠어요?"

이게 무슨 말이지? 괜찮겠냐고?

"그게 무슨…?"

"에이, 이거 켄 브루언 스타일 모방해서 쓴 거잖아요. 저도 좋아하는 작가라고요."

처음 들어보는 작가였다.

근데 뭐라고? 그 작가 스타일을 모방했다고?

"대겸 씨도 나름대로 계획이 있어서 시도했겠지만, 그게 뭐랄까, 지금 꾸준히 작품 활동을 하고 있는 젊은 작가가 다른 외국 작가의 문체랄까, 스타일을 이렇게 하는 게, 그렇다고 표절이라고 볼 수는 없겠죠, 그냥 스타일만 비슷할 뿐이니까, 그렇게 볼 수는 없는데, 뭐, 주석을 달아서 작가의 의도나 시도를 어필할 수도 있겠지만, 아직 팀장님한테는 말씀 안 드렸는데, 정말 이렇게 해도 괜찮나 싶어서, 그래서 연락했어요."

도대체 무슨 소리를 하는 거야!

나는 당황한 나머지 뭐라 답할 생각도 하지 못한 채 전화를 끊어버렸다.

재영 씨가 방금 뭐라고 했지?

모방을 했다고? 누구? 켄 브루언?

나는 스마트폰으로 당장 온라인 서점에 들어가 켄 브루언이라는 이름을 검색해보았다. 번역본은 총 세 권이 있었다. 하나는 여러 작가와 함께 묶은 에세이 모음집, 나머지 둘은 장편소설.

나는 먼저 《밤의 파수꾼》을 '미리보기'로 읽어보았다. 읽는 동안 내 손은 부들부들 떨렸다. 이거 완전히 똑같잖아. 아니, 똑같다고 볼 수는 없지. 그냥 문체가 조금 비슷한 것뿐이니.

다음으로 《런던대로》도 보았다. 비슷한 스타일이었다.

아, 망했다. 비슷한 스타일인데 심지어 내 글이 훨씬 구려. 어설프게 수박 겉핥기만 했잖아.

아, 씨발. 어떻게 해야 하지?

그때 재영 씨에게서 문자메시지가 왔다.

[전화가 갑자기 끊겼네요? 음… 혹시 제가 기분 나쁘게 한 건 아니죠? 친한 사이라고 너무 오지랖 떨었나 싶기도 하고 ^^;;;; 제 나름대로는 걱정이 돼서 그랬으니 이해해주세요. 당연히 대겸 씨가 시도하려는 부분이 있었겠지요. 그렇게 알고 있을게요. 휴, 어쨌든 대겸 씨가 원고 늦게 보내준 덕분에 저는 오늘도 집에까지 와서 교정 삼매경 ㅜㅜ 음… 그리고 아까 말 씀드린 주석에 대해서는 한번 생각해보세요~ 그럼 좋은 밤 ~~ ^^]

꿈신꿈왕의 소설을 송고하고자 했을 때 내 고민은 두 개였다.

우선, 내가 쓰지도 않은 소설에 내 이름을 달아도 될까 하는 것.

하지만 고민은 오래 이어지지 않았다.

어차피 내 머릿속에서 나온 글이 아닌가. 내 무의식을 기반 으로 내 머릿속에 살고 있는 꿈신꿈왕이 제작한 글이다. 결국 내가 쓴 글이라고 해도 크게 잘못된 것은 아니다. 자아, 자기,

자의식의 개념을 어떻게 확장하느냐에 따라 유연하게 생각할 수 있는 문제다.

꿈속의 나 역시 마찬가지다. 꿈속의 나도 분명히 나이지만, 현실 세계의 나와는 조금 다르다. 현실 세계의 나라면 꿈속에서처럼 뻔뻔하게 무언가를 부탁하지는 않는다. 상대방을 그렇게까지 몰아붙이며 무언가를 요구하지는 않는다. 당연한 일 아닌가.

그날 꿈에서 깼을 때 가장 놀랐던 점은, 이전 원고와 합해서 원고지 90매가 넘는 분량의 스토리가 완성됐다는 사실이 아니라, 실은 꿈속에서 했던 나의 행동이었다.

꿈속의 나와 현실 세계의 나는 완전히 같은 나라고 할 수 있는가. 나의 범위를 어디까지로 정해두어야 하는가. 어디까지가 나이고 어디까지가 내가 아닌가.

그렇다. 제한이나 한계를 둘 필요는 없는 것이다.

그러므로 넓게 보면 내 머릿속에 살고 있는 꿈신꿈왕도 나의 일부라고 할 수 있다. 꿈신꿈왕이 쓴 소설은, 그러므로 내가 쓴 소설이나 마찬가지다.

이어지는 또 다른 고민은 그다음 연재였다. 과연 나는 꿈신꿈왕의 소설을 이어서 계속 쓸 수 있을까.

하지만 이 고민 역시 잠깐 떠올랐다가 사그라졌다. 어차피 내 머릿속에서 나온 글이니 열심히 고민하고 연구하면 충분히 소화할 수 있을 것이다. 무엇보다 두 달이라는 시간이 남지 않았는가. 충분히 할 수 있다.

나는 《부산 느와르》를 수차례 반복해서 읽었고, 그것만으로는 부족해서 처음부터 끝까지 세 번이나 필사했다. 몇 군데 문장을 손보고 단어나 표현도 나에게 익숙한 식으로 수정했다. 결국 마감 날짜를 이틀 넘긴 오늘 오후가 돼서야 원고를 송고할 수 있었다.

그렇게 임박한 문제는 일단락됐다고 생각했다. 이제 다음 연재에만 집중하면 될 줄 알았다.

하지만 아니었다. 꿈신꿈왕은 내가 읽어본 적도 없는 작가의 문체를 모방해서 소설을 쓴 것이다. 한 번이라도 읽어봤으면 덜 억울할 텐데, 아니, 지금은 억울하고 덜 억울하고를 따질 계제가 아니다.

어떻게 할 것인가.

분명히 따라 했다는 이야기가 나올 것이다. 놀림거리가 될지도 모른다. 이럴 바엔 차라리 원래 쓰려 했던 '끝나지 않는 사랑 이야기'를 게재하는 게 나을까.

문체를 모방하는 게 나쁠까 구성을 모방하는 게 나쁠까. 어차피 둘 다 의도적으로 한 건 아니다. 정확하게 따지면 문체를 모방한 건 룖와룖와였고, 구성은… 그냥 운이 나빴다고 생각하는 수밖에 없지. 그 작가보다 늦게 태어난 게 잘못이다.

아무리 생각해도 구성을 모방하는 게 더 위험하다. 독특한 구성이기에 표절 의혹을 받을 가능성이 크다. 알게 된 이상 잡아뗄 수도 없고, 잡아떼봤자 생매장행 급행열차에 오를 게 빤하다.

차라리 문체를 모방하는 편이 낫지 않을까. 스타일을 빌려서 썼을 뿐이다. 신인 작가가 다른 기성 작가의 스타일을 모방하는 게 그리 좋은 선택지가 아닐 수도 있지만, 적어도 거기에 표절 의혹을 두진 않을 테니.

재영 씨 말처럼 주석을 달아버리자. 신인 작가의 시도를 강조하는 것이다. 물론 신인 작가가 외국 작가의 문체를 모방했다며 탐탁지 않게 보는 사람들도 있겠지만, 불필요한 의혹에서 벗어날 수 있다.

그래, 주석을 달자. 이 상황을 수습할 수 있는 최선의 방법은 주석밖에 없다.

*이 소설은 아일랜드 작가 켄 브루언의 스타일을 일부 본떠서 집필한 작품입니다.

나는 재영 씨에게 작품 서두에 주석을 달아달라 메일을 보냈고, 열흘 뒤 잡지가 창간되었다.

〔 **4** 〕

부산 느와르

수감 되기 전, 한 달 정도 병원에 입원해 약물 재활 치료를 받았다. 그때 정신과 치료도 병행했는데, 담당의였던 마이클에게 이런 말을 들었다. 무엇을 되풀이해서 행하는 게 강박행동, 무엇을 되풀이해서 생각하는 게 강박관념이라고. 어차피 둘 다 강박증 증상이긴 하지만.

"켄싱턴 씨의 증상은 강박증 중에서도 강박행동 쪽이에요. 경미한 수준이긴 합니다만."

어렸을 때부터 술, 담배를 끼고 살았지만 중독된 적은 없었다. 그건 그저 강박행동에 가까웠다.

스무 살 이후 4년 동안 하루에 한 갑씩 피우던 담배도 단숨에 끊었고, 복역 중이던 1년을 제외하면 중학교 3학년 때부터 사흘이 멀다 하고 술을 들이켰지만 중독의 문턱에도 다다르지 않았다. 일본에 놀러 갔을 때 몇 번 빨아본 대마초는 애들 장난 같아서 집어치웠으니 중독될 틈도 없었다. 히로뽕 또한 중독될 틈이 없었는데, 막 맛을 들이려던 찰나 체포됐기 때문이다.

빌어먹을 제이슨이 이 모든 사태의 원흉이었다.

제이슨과는 서면에 있는 바에서 처음 만났다. 공사판을 전전하며 하루 벌어 하루 먹고 살던 나날. 바 테이블에 앉아 조니워커 블랙을 온더록스로 마시고 있는데 못 보던 남자 하나가 다가왔다. 부티 나는 검은색 정장에 번들거리는 검은색 구두. 윤기가 좔좔 흐르는 올백으로 넘긴 머리에 은색 귀걸이와 목걸이까지. 날티 터지네!

"헤이, 혹시 혼자 왔어요?"

처음엔 그가 게이라고 생각했다.

"그런데요?"

"여자 꼬셔서 같이 안 놀래요?"

남자가 이글거리는 눈빛으로 구석 테이블을 가리켰다. 젊은 여자 두 명이 마주보고 앉아 칵테일을 마시고 있었다. 나는 바 내부를 둘러보았다. 바 테이블엔 나 말고도 두 명의 남자가 더 있었다. 브리프 케이스를 옆 좌석에 둔 회색 양복의 30대 중반 한 명, 노트북을 올려두고 키보드를 두드리고 있는 내 또래의 남자 한 명.

"좋긴 한데…."

나는 내 옷차림을 훑어보았다. 청바지에 스니커즈에 검정 티셔츠. 너랑 너무 비교되잖아.

"형 키도 크고 몸도 좋아서 여자한테 바로 먹혀요. 외모도 멋지고."

그건 나도 알고 있지.

"아, 근데 형 나이가 어떻게 되세요? 전 스물두 살인데."

"스물일곱."

"형 맞구나. 잘됐다. 전 제이슨 킴이라고 해요."

"난 켄싱턴 팍."

"오케이, 켄싱턴. 그럼 바로 이빨 좀 까고 올게요."

그날 이후 제이슨은 한 달에 두어 번씩 연락을 해왔다. 단둘이 마신 적은 단 한 번도 없었다. 전부 처음 보는 여자들과 함께였으니. 특별히 하는 일도 없어 보였는데 술값은 항상 제이슨이 계산했다. 내가 내려고 하면, 자기가 불러냈으니 자기가 내는 게 맞다며 만류했다. 다섯 살이나 어린 동생한테 매번 술 얻어 마시는 게 찝찝하긴 했으나, 어쩌랴, 내 코가 석 잔데. 부잣집 도련님이겠거니 했다.

공짜로 술도 마시고, 여자랑 떡도 치고.

괜찮은 나날이었지.

그렇게 서너 달쯤 지난 후, 제이슨과 처음으로 단둘이 술자리를 갖게 됐다.

새해. 추운 겨울. 룸살롱.

"뭐 따로 하고 싶은 말이라도 있나?"

"하고 싶은 말은 무슨. 오랜만에 켄이랑 단둘이 마시고 싶어서 그러지, 하하하."

제이슨의 과장된 유쾌함이 미심쩍었지만 그러려니 했다.

별 대화 없이 스카치를 홀짝이며 지루한 시간을 죽이고 있었다. 책이라도 한 권 들고 올 걸 그랬군. 그때 제이슨이 물었다.

"맨날 술 마시고 떡 치는 거 지루하지 않나?"

"사는 게 그렇지."

그러자 제이슨이 콧방귀를 뀌더니 속삭이는 목소리로 말했다.

"켄, 혹시 얼음 한번 빨아볼래?"

"얼음은 뭐 하러 빠노. 날도 추운데."

"아, 촌스럽게. 뽕 말이다, 뽕."

"뽕?"

"그래, 뽕. 히로뽕."

그렇게 말하더니 제이슨은 클러치백에서 담배 케이스 하나를 꺼냈다. 케이스 안에서 담배 한 개비를 꺼내 들고 가운데 부분을 똑 꺾더니 꺾인 부분 하나를 내게 내밀었다.

"내 하는 거 잘 봐래이."

제이슨은 자신이 갖고 있던 나머지 담배 반 개비를 담배 케이스 위에 뒤집었고, 흘러나오는 하얀 가루를 한 줄로 주욱 깔았다. 케이스를 얼굴에 갖다 대며 한쪽 콧구멍을 막았고, 늘어선 하얀 가루를 재빨리 쓰윽 들이마셨다. 제이슨은 소파 등받이에 기댄 채 몽롱하고 나긋한 표정을 지었다.

"아, 죽이네. 우째 하는지 봤제?"

나는 들고 있던 꺾인 담배를 바라보았다. 잠깐 미치의 얼굴이 떠올랐다.

어차피 경찰에서 잘린 지 1년도 넘었잖아.

나는 테이블 위에 있던 담배 케이스를 들고 제이슨이 했던 행동을 따라 했다. 한 줄로 깔고, 재빨리 들이마시기. 곧바로 정신이 멍해졌다. 이게 뽕인가. 반응이 이렇게 즉각적으로 오다니.

소파 등받이에 몸을 기댔다. 눈이 감겼고, 온 세상이 환하게 빛나기 시작했다. 몸이 둥실 떠오르더니 끝없이 솟아오르는 느낌이 들었다.

"어떻노? 죽이제?"

나는 말없이 엄지손가락을 치켜 올렸다.

그렇게 나는 히로뽕의 세계에 입문했다.

그 후로 두 번 더 히로뽕을 맛봤다. 그러니까 총 세 번. 더 이상 이어지지 않은 이유는 우리의 히로뽕이 경찰 나으리들께 발각됐기 때문이다. 정확하게 말하자면 발각된 건 내가 아니라 제이슨이지만.

문제는 제이슨이 내 이름까지 들먹였다는 사실.

빌어먹을 제이슨! 가려면 혼자 조용히 갈 것이지!

며칠 후 제이슨의 담당 변호사가 나에게 찾아와 은밀한 제안을 했다.

"제이슨 킴 측에서 변호사도 대주고 돈도 대준다고 하니, 제이슨 킴의 제안을 수락하는 게 어떻겠습니까, 켄싱턴 팍 씨?"

제이슨이 나에게 제시한 액수는 월에 천만 원이었다. 자유가 구속되는 조건으로 한 달에 천만 원. 나쁘지 않은걸. 감빵에서 내가 얼마나 잘 버틸 수 있느냐가 관건이겠지만.

"초범에다, 변호사를 잘 붙여드릴 테니 형량이 그리 높게 나오진 않을 겁니다. 길어야 1년? 1년만 딱 눈 감고 나오면 1억 2천만 원이 통장에 입금돼 있을 겁니다."

1년에 1억 2천이라. 나쁘지 않은 연봉이야.

자랑할 만한 일은 아니지만.

우리는 계약서부터 꼼꼼히 작성해서 주고받았다.

그리하여 나는 히로뽕 제공자가 되어 징역 1년을 선고받았고, 제이슨은 징역 10개월에 집행유예 2년을 선고받았다.

당시엔 1년 동안 감옥에 갇힌다는 게 어떤 의미인지 곰곰이 생각하지 않았던 것 같다. 그것도 20대 후반이라는 창창한 나이에. 물론 나이를 제외하더라도 마찬가지다.

앞으로 영원히 인생에 빨간 줄이 그인다는 것.

죽을 때까지 사라지지 않는 오점이 생긴다는 것.

범죄자로 낙인찍힌다는 것.

이미 현역으로 만기 전역했기 때문에 군 면제를 받을 수도 없었다. 딱히 힙합을 하고 싶은 마음도 없었다.

물론 1억 2천이 적지 않은 액수라는 건 알고 있다. 하지만 착시 효과 탓에 1년만 참으면 1억 2천을 벌 수 있다고 착각했다.

실은 내 평생을 1억 2천과 맞바꾼 것이나 마찬가지였다.

*

광안리 해변 뒤편 골목에 있는 '스페이스 하트'에서 데이브와 만났다. 우리는 뜨겁게 포옹을 나눈 뒤 바 안으로 들어갔다. 바 테이블에 앉아 데이브는 벅스 피즈를, 나는 보드카를 온더록스로 주문했다.

"보기보다 때깔 좋은데? 몸도 더 좋아진 것 같고."

데이브가 내 팔뚝을 슬쩍 만졌다.

"거기서 할 게 뭐가 있노. 운동 아니면 독서지."

"내가 보내준 것도 읽었나?"

"도스토옙스키 전집? 와, 씨발, 다 읽고 나니까 한 달이 지나갔던데."

"그 많은 걸 한 달 만에 다 봤다고?"

"남는 게 시간이라니까."

입소했을 때 데이브가 두 번 면회를 왔다. 한 번은 미치와 함께. 나머지 한 번은 혼자서. 한정된 시간이라 할 수 있는 말이 별로 없었다. 밥은 잘 먹고 지내는지. 다른 사람들이랑 잘 어울리고 지내는지.

하지만 바깥 사회에서는 다르다. 할 이야기가 무궁무진하다.

벅스 피즈가 바닥을 보일 무렵, 데이브가 조심스레 벤지 이야기를 꺼냈다.

"야, 너 벤지 기억나지?"

"혼자 호주로 내뺀 놈?"

"걔 다시 한국으로 돌아온 것 같더라."

"공부, 할 만큼 했나 보네."

부모에 의해 강제로 호주 유학을 갔다고는 하지만 당시엔 벤지에게 배신감을 느꼈다. 벤지 역시 더 이상 우리와 어울리고 싶지 않았겠지. 그러니 부모 이름 빌려서 그런 선택을 했을 테고.

하지만 그 일이 있은 지도 벌써 10년이 넘었다. 감정 자체는 이미 사라지고 없다. 다만 그때 느꼈던 감정이 여전히 기억 속에 남아 있을 뿐.

데이브의 말에 의하면 한 달쯤 전, 어떻게 알았는지 벤지가 데이브가 일하는 학원으로 찾아왔고, 잠시 그동안의 안부를 주고받은 후 다른 애들이랑 다 같이 보고 싶은데 연락이 안 된다고 해서, 두 명은 건달이 되면서 연락이 끊겼고, 내 얘기는 어떻게 말할까 순간적으로 빠르게 고민한 끝에 지금 잠시 해외에 나가 있는데 조만간 들어올 거 같다는 식으로 얼버무렸다고 했다.

"나도 유학이나 갔다고 하지."

나는 큭큭거리며 데이브에게 말했다.

"니가? 벤지가 잘도 믿겠네."

"10년이면 강산도 변하는구만. 나라고 안 변할 거 있나."

"야, 이제 우리도 내년이면 서른이다. 치아 관리 해줘야지."

"갑자기 뭔 놈의 치아 관리고."

"벤지 금마, 호주에서 치의학 공부했더라고."

"치의학? 그래서?"

"서면에서 치과 차렸다네."

"와, 새끼 돈도 많네."

"안 그래도 스케일링 한번 받으려고 했는데 잘 됐지."

그제야 데이브가 벤지 이야기를 꺼낸 이유를 알아챘다.

"설마 나랑 같이 가자는 거 아이제? 니 혼자 가래이. 난 이빨 튼튼하다."

"하여튼 평소엔 상남자처럼 굴다가도 벤지 얘기만 나오면 소심해 빠져가지고."

"이게 죽을라고. 어디 니 첫사랑님께 소심하단 소리를 하고 지랄이고."

"어렸을 땐 눈이 삐었지."

나는 잠시 빈 잔을 만지작거렸다. 데이브가 나를 빤히 쳐다봤다. 데이브가 저렇게 쳐다보면 나도 모르게 두 가지 감정이 차오른다.

왠지 모를 미안함.

왠지 모를 고마움.

"스케일링 그거 비싼 거 아이가?" 내가 물었다.

"금니 씌우고 그런 것만 아니면 전부 무료로 해준다네."

"그러면 생각 좀 해봐야겠네."

"생각은 뭔놈의 생각이고. 담주에 연락할 테니까 그냥 조용히 나온나. 치아 치료도 받고, 회포도 풀고. 계속 쪼잔하게 나올래."

"사장님, 이거 한 잔 더 주세요."

"말 돌리지 말고."

나는 크게 한숨을 내쉬었다.

"알았다. 알았다."

질문: 돈에 대해 뭘 알지?

청년: 잘 몰라요.

답: 다른 건 몰라도 계산은 확실히 해야 돼.

— 빌 제임스, 《복음서》*

이튿날 오전, 인터넷으로 원래 쓰던 통장 잔액을 확인했다. 제이슨은 아직 한 푼도 입금하지 않았다. 계약서상으로는 매달 천만 원씩 입금하기로 돼 있었는데!

당장 휴대폰 전화번호부를 뒤져 제이슨에게 연락했다.

받지 않았다.

곧바로 다시 걸었다.

여전히 받지 않았다.

아, 이 새끼가.

10분 뒤에 다시 걸었고, 그제야 제이슨의 목소리를 들을 수 있었다.

"오, 켄이구나. 나 모르는 번호는 안 받거든. 퇴소했나 보네.

* 켄 브루언 지음, 최필원 옮김, 《밤의 파수꾼》 (알에이치코리아, 2016)

축하한다."

"축하는 됐고, 입금이 왜 아직 안 됐노."

"아, 그거? 그러잖아도 나도 그 얘기 하려고 했지. 언제 시간 되면 우리 집에 올래? 아무래도 현금으로 주는 게 나을 것 같아서."

현금으로 1억 2천만 원을 직접 준다고?

"오늘 시간 된다."

"오케이. 이 번호로 집 주소 보낼 테니까 찾아온나. 그럼 이따 봅시다."

제이슨의 집은 남산동에 있었다. 멀군.

나는 거실 구석에 던져둔 더플백을 비웠다. 1억 2천만 원이 5만 원권으로 얼마나 되는 양인지 감이 잡히지 않았다. 뭐, 이 정도면 다 담을 수 있겠지.

밖으로 나오니 뜨거운 태양 볕이 내리쬐고 있었다. 씨발, 차가 있어야 돼, 차가. 이 더운 날에 이게 뭔 짓이냐. 찜통이 따로 없구만.

광안로에서 택시를 타고 목적지를 말했다. 택시는 광남로와 감포로를 지나 수영로로 접어들었다. 수영교를 건너고 수영강변대로와 해운대로를 달려 번영로로 진입했다. 그때부터는 금방이었다. 잠시 후 구서인터체인지가 나왔고, 중앙대로를 지나 남산동 제이슨의 집 앞에 도착했다. 경사진 골목 가운데쯤에 있는 집이었다.

택시에서 내려 집을 둘러보았다. 가장 먼저 눈에 띈 건 높은 담장과 개인차고였다.

매번 비싼 술을 사더니 부잣집 도련님이 맞긴 맞네. 돈이 얼마나 있으면 이런 데 살 수 있는 거냐.

대문 쪽으로 가서 벨을 누르자 인터폰에서 여자 목소리가 들렸다.

"누구세요?"

"제이슨 만나러 왔는데."

"아, 잠시만 기다리세요."

잠시 후, 목소리의 주인공으로 보이는 사람이 나타났다. 무릎까지 오는 검은색 H 스커트에, 몸매가 드러나는 하얀 블라우스. 30대 초반 정도로 보이는 외모였다. 화장을 별로 하지 않은 것 같았는데 얼굴이 굉장히 예뻤다.

"손님 오실 거라는 말씀 들었습니다."

"근데 누구신지?"

"전 여기서 가사도우미로 일하고 있습니다."

그렇게 불편한 복장으로?

그렇지만 나는 아무 말도 하지 않은 채 그녀의 뒤를 따랐다. 한 걸음 걸을 때마다 그녀의 단발 머리칼이 찰랑거렸다. 그 사이로 곧게 뻗은 목덜미가 보였고, 더불어 은은한 향기마저 전해졌다.

갑자기 뒤에서 월월, 개 짖는 소리가 들렸다. 뒤를 바라보자 너른 정원 한구석에서 시베리안 허스키가 으르렁거렸다. 목줄이 팽팽해져 있었다.

"초이! 괜찮아. 손님이야!"

그녀가 단호하지만 사랑스러운 목소리로 소리쳤다.

나는 초이를 보다가, 그녀 쪽으로 시선을 옮겼다. 다정한 얼굴로 초이를 바라보는 그녀의 옆모습. 초이는 다시 한번 월월월, 사납게 짖어댔다.

"괜찮대두 초이." 그녀는 그렇게 말하고 나서 나에게 미안하다는 듯 말을 건넸다. "평소에는 잘 안 짖는데, 오랜만에 모르는 손님이 와서 긴장했나 봐요."

초이가 정말 예민한 개라면 두 가지 냄새를 동시에 맡았음이 틀림없다.

　　범죄자의 냄새

　　그리고 남자의 냄새.

"이름이 뭐예요?" 내가 물었다.

"초이라고 해요."

"아니, 개 말고. 그쪽."

"아, 저요? 안나라고 합니다."

"전 켄싱턴이라고 합니다."

안나는 별다른 대꾸 없이 집 현관문을 열고 들어가 나를 2층으로 안내했다.

목제 계단 층계참 벽면에 커다란 가족사진이 걸려 있었다. 가운데 뒷줄에 제이슨이 서 있었고, 그 아래 오른쪽에는 제이슨의 아버지로 보이는 50대 남성이, 왼쪽에는 딱히 제이슨의 어머니로 보이지는 않는 40대 여성이 앉아 있었다. 제이슨의 아버지 얼굴이 왠지 낮이 익었다.

2층에 다다르자 작은 거실 소파에 앉아 있는 제이슨의 모습이 보였다. 소파 앞 낮은 테이블 위에 글렌피딕 한 병이 있었다. 제이슨은 대낮부터 술에 취해 있었다.

"어, 켄. 왔네. 여기 앉아라. 오랜만에 한잔하자."

집행유예랍시고 집에서 술이나 처마시고 있다니. 누구는 1년 동안 빵에서 뺑이를 쳤구만.

분노가 치밀었다. 죽빵을 날리고 싶었다.

그 전에 돈부터 받아야지.

"술은 됐고. 아까 말한 돈은 어디 있노?"

"아, 맞다, 돈 받으러 왔제. 나 대신 감빵 가서 고생했는데 챙겨줘야지." 그렇게 말하더니 계단 쪽으로 소리를 질렀다. "안나!"

탁탁탁탁, 다급한 발걸음 소리와 함께 안나가 나타났다.

"아까 부탁한 거 좀 갖다줘." 제이슨이 말했다. 안나는 네, 라고 답하더니 잠시 후 원목 쟁반에 두부 한 모가 올려진 다기 그릇을 가지고 왔다. 안나는 그릇을 테이블 위에 올리더니 고개를 까딱하고 나서 다시 1층으로 내려갔다.

"켄, 그 일 있고 나서 나도 지금 자금줄이 다 끊겼다."

뭐라 씨불이고 있노, 이 새끼가.

"어제 퇴소한 거 맞제? 이 두부 되게 맛있다. 우선 이거부터 먹어봐봐."

나는 출발 전에 챙겨온 계약서를 청바지 뒷주머니에서 꺼내 흔들었다.

"수감되면 퇴소할 때까지 매달 천만 원씩 입금하기로 돼 있잖아."

"그래, 나도 계약서 갖고 있다. 나도 안다고! 근데 지금 내 사정이 이런데 어떡하노. 아빠라는 인간은 용돈도 싹 끊었고, 집행유예 풀리려면 아직 1년이나 더 남았고. 그나마 엄마가 용돈 챙겨줘서 겨우 먹고 살고 있는 거다."

겨우?

이런 대궐 같은 집에서?

"그래서 내 돈은 어쩔 건데?"

"아, 진짜 남자가 쪼잔하게. 내가 설마 그걸 떼먹겠나? 나도 지금 힘들다고!"

방귀 뀐 새끼가 성낸다더니.

나는 오른손으로 뒷목을 부여잡으며 상하좌우로 고개를 돌렸다. 제이슨이 뒷주머니에서 두툼한 봉투를 꺼냈다.

"우선 이것부터 받아라. 돈 생기는 대로 바로 줄 테니까. 오늘은 옛날 일 다 잊고, 그냥 술이나 질펀하게 마시자. 퇴소 축하도 할 겸."

나는 제이슨에게 봉투를 받아 열어보았다. 5만 원짜리 지폐가 100장쯤 묶여 있는 것 같았다.

이 씨발 새끼가 진짜!

테이블 위에 있던 두부를 집어 들고 바닥에 내던졌다. 바닥에 부딪힌 두부가 처참하게 부스러졌다. 제이슨이 준 봉투도 제이슨에게 집어 던졌다.

"느그 아빠한테 돈을 달라고 하든, 약을 팔아먹든, 당장 액수 맞춰서 돈 내놔라."

분노가 치밀었다. 하지만 제이슨은 태연자약했다. 심지어 실실 쪼개기까지 했다.

"아, 몰라. 배 째라. 잡아가려면 잡아가든가. 지금은 돈 없다."

나는 제이슨에게 다가가 멱살을 잡았다.

"니 진짜 죽을래?"

"왜? 한 대 치게? 잘됐네. 합의금으로 1억 2천쯤 나오면 딱 되겠다."

부산 사람을 설명하는 말 중 빼놓을 수 없는 것 하나.

다혈질.

제이슨의 말을 듣자마자 뚜껑이 열렸다. 이 씨발 새끼가! 나는 주먹을 내질렀다.

퍽.

제이슨의 얼굴이 아니라 바로 그 옆의 소파에.

교도소는 사람을 바꿔 놓는다. 부지불식간에. 그런 곳이 어디 교도소뿐이랴. 학교도, 군대도, 비슷한 방식으로 사람을 바꿔 놓는다. 그리고 바뀌었다는 걸 깨닫는 순간, 다시는 이전으로 돌아갈 수 없다.

물론 나로서는 긍정적인 변화였다. 욱하는 성격을 조금은 자제할 수 있게 됐으니.

나는 분을 참아내며 숨을 내쉬었다. 아까 집어던진 봉투를 다시 집어 들었다.

"돈 생기는 대로 바로바로 갚아라."

바닥에 내려둔 더플백을 들고 1층으로 내려왔다. 인기척을 느꼈는지 부엌에 있던 안나가 나왔다.

"벌써 가시게요? 지금 점심 준비하고 있는데."

나는 2층 바닥에서 곤죽이 된 두부가 떠올랐다.

후회할 짓을 했군.

"매일 여기서 일하세요?"

"네?"

"아닙니다. 두부는 미안하게 됐습니다."

"네?"

"평소에 퇴근은 몇 시쯤 하세요?"

이번에 안나는 되묻지 않고 나를 빤히 쳐다보았다. 나는 안나의 눈을 잠시 바라보다가 몸을 돌렸다.

집 밖으로 나오자 정원 구석에 있던 초이가 경계하는 눈빛으로 나를 바라보며 다시 으르렁거렸다.

예민하기도 하시지.

안나가 내 뒤를 따라왔다. 나는 대문을 열었고, 안나에게 살짝 목례를 했다. 그러자 안나가 이제 막 생각났다는 듯 말했다.

"월요일, 수요일, 금요일에 일해요."

"네?"

"퇴근은 6시나 6시 반쯤 하고요."

나는 눈을 동그랗게 뜨고 안나를 바라보았다. 안나는 나에게 목례를 하더니 자기가 할 말은 다 했다는 듯 문을 닫고 집 안으로 들어갔다.

핸드폰으로 시간을 확인했다. 12시 48분. 아침을 사과 하나로 때웠더니 허기가 몰려왔다. 두부라도 먹을 걸 그랬나. 헛웃음이 터져 나왔다.

금강로에서 택시를 탈까 하다가 조금 더 내려가 지하철을 타기로 했다.

　푹푹 찌는 날씨. 땀방울이 이마에서 등에서 줄줄 흘러내렸다.

　뜨거운 돼지국밥이 땡겼다.

　그래, 이열치열이다.

　나는 서면역에서 내려 먹자골목으로 향했다.

> "책은 계속 읽도록 해라."
> "왜요, 아빠?" 나는 진심으로 그 이유가 궁금했다.
> "책은 여러 옵션을 줄 거야."
> "무슨 옵션이요?"
> 아버지의 눈이 살짝 흐려졌다. "자유 말이다."
>
> ― 켄 브루언, 《밤의 파수꾼》*

미치는 언제부터 책을 읽었을까. 독서에 관심을 갖게 된 계기는 뭐였을까.

미치야 어떻든 내가 독서에 관심을 가진 건 미치 덕이 크다. 정확하게는 미치가 경찰이 되기 위해 서울로 떠나고 나서부터. 미치의 갑작스러운 부재를, 미치가 좋아하던 책을 보면서 채웠던 것 같다. 술과 담배를 곁들이긴 했지만.

지구대에 발령받고 몇 년 후 형사과에서 일하게 되면서 미치의 독서 시간은 급속도로 줄었다. 경찰에서 잘린 이후로는 급기야 한국인의 평균 독서량에 버금가게 되었다.

두 달에 한 권.

물론 내 독서량은 줄지 않았다.

---

* 켄 브루언 지음, 최필원 옮김, 《밤의 파수꾼》 (알에이치코리아, 2016)

돼지국밥을 먹고 나서 가야대로를 건너 영광도서로 향했다. 내가 사랑하는 유일한 것.

내가 소유하고 싶은 유일한 것.

1년 동안 어찌나 많은 신간이 쏟아져 나왔던지. 돈다발 대신 소설책으로 텅 빈 더플백을 두둑이 한 후 스타벅스로 향했다. 아이스 아메리카노를 주문하고 자리를 잡았다.

켄 브루언의 소설 속 주인공 잭 테일러. 아일랜드의 경찰이던 그는 국회의원의 면상을 갈기고 경찰에서 잘렸다. 그럴싸한 일이다.

대한민국의 경찰 미치도 경찰에서 잘렸다. 국회의원의 면상이라도 갈겼으면 속이라도 시원했겠지만 이유는 따로 있었다.

뇌물죄.

맙소사. 미치가 뇌물죄라니! 미치가 뇌물을 받아 처먹었다고? 벌써 2년이나 지난 일이지만 도무지 납득할 수 없는 이유다.

기본적으로 미치는 소유욕이 적은 편이다. 목숨 걸고 일하는 형사 월급이 얼마나 되겠냐만, 가끔 나한테 용돈 주고 자기혼자 생활하는 데엔 아무 문제 없는 액수였다. 부양해야 할 부모가 있는 것도 아니고 키워야 할 자식이 있는 것도 아니다. 심지어 모아둔 자금도 제법 있었다. 그런 미치가 뇌물죄라고? 차라리 내가 남자랑 섹스했다는 말을 믿는 게 빠르겠네!

실제로 수감 중에 그럴 뻔한 일이 있었다. 털 없이 매끈한 종아리와 수염 흔적 하나 없이 반들반들한 턱선을 자랑하던 루이스를 봤을 때. 약간 꼴리기도 했다. 워낙 굶주리던 시기였으니. 어떻게 눈치챘는지 며칠 뒤 루이스가 접근해왔다. 귀신 같은 새끼. 당연히 싸대기를 날리며 거절했다. 꼴리는 족족 박아대면 그게 짐승 새끼지 사람 새끼냐.

돌이켜보면 미치는 내 질문에 제대로 답한 적이 한 번도 없었다.

"진짜 뇌물 먹은 거 맞나?"

"선택의 여지가 없었지."

"선택의 여지는 항상 있다."

"됐다, 고마하자. 어차피 이미 벌어진 일인데."

"형이 뇌물 먹었단 사실을 믿을 수가 없어서 하는 말이잖아. 누명 쓴 거 아이가?"

미치는 더 이상 아무 대꾸도 하지 않았다. 입을 잘못 놀렸다간 사단이라도 날 듯 입을 굳게 다물었다.

나는 다른 방법으로 미치를 떠봤다.

"알았다. 기왕 이렇게 됐으니 그 돈으로 차를 사든지 어디 여행이라도 가든지 하자."

"시간 더 지나기 전에 해야 할 일이 있다."

"며칠 놀러 갈 시간도 없나? 그럼 그 돈은 어쩔 건데?

"니라도 혼자 어디 갔다 올래?"

이번엔 내가 입을 다물었다. 도통 속을 알 수 없는 인간 같으니라고. 하나뿐인 혈육에게도 입을 다물다니!

며칠 후, 미치는 선배의 소개로 흥신소에서 일하기 시작했다. 선배라는 사람 역시 전직 경찰이었다. 누가 유유상종 아니랄까 봐.

그나저나 해야 할 일이라는 게 설마 바람피우는 인간들 꽁

무니나 쫓는 거였냐!

　이듬해 나는 히로뽕을 들이마셨고, 몇 달 후 수감 생활이
시작되었다.

　그렇게 된 것이었다.

〔 **5** 〕

미스터리

한 달여가 지나는 동안 《부산 느와르》와 관련한 몇 가지 리뷰를 찾아볼 수 있었다. 독자층의 반응은 크게 두 부류로 나뉘었는데, 새로운 시도라며 반기는 긍정적인 부류와, 기존의 색깔을 별로 찾아볼 수 없어서 아쉬워하는 부류였다. 그래도 반기는 쪽이 조금 더 많았다.

사실 문제는 독자의 반응 같은 게 아니었다. 독자의 리뷰가 중요하지 않다는 의미가 아니라, 그건 내가 어떻게 컨트롤할 수 있는 요소가 아니라는 의미다.

진짜 문제는 《부산 느와르》를 이어서 써보려 해도 다섯 줄 이상 써지지 않는다는 점이었다. 첫째 주, 둘째 주가 지나고 다섯째 주, 여섯째 주가 되었지만 원고량에는 별다른 변화가 없었다.

그동안 모니터만 보고 멍하니 앉아 있었던 건 아니다. 켄 브루언의 문체를 내 것으로 만들기 위해 《밤의 파수꾼》과 《런던대로》를 다섯 번씩 읽었고, 《밤의 파수꾼》의 경우 처음부터 끝까지 필사하기도 했다. 하지만 무용지물이었다. 문체에 앞서, 스토리가 이어지지 않았다.

어쩌면 나는 이미 중독되어 있었는지도 모르겠다. 잠에서 깨어나면 글이 완성돼 있는 도박 같은 상황에. 한 방이면 판을 뒤집을 수 있다. 딱 한 방만 있으면. 말 그대로 도박이었다. 모 아니면 도. 대박 아니면 쪽박. 룳와룳와를 만나 글 한 편을 완성시키거나, 그러지 못하거나.

언제부터 룳와룳와와의 재회를 의식했나. 어쩌면 《부산 느와르》를 게재하기로 결심한 그때부터였는지도 모르겠다. 혹시 글이 안 써지면 다시 룳와룳와를 만나면 되겠지. 두 번 연속으로 로또 1등에 당첨되는 확률만큼 희박하다고 했지만, 어쩌면 그건 터무니없는 과장이 아닐까. 벌써 두 번이나 만나기도 했고, 어쩌면 생각만큼 어려운 일이 아닐지도 몰라. 그런 의식이 무의식 속에 자리 잡고 있었던 것이다. 그러니 그토록 글을 반복해서 읽고 필사까지 했음에도 아무 소용이 없었지.

사실 4주째 되던 날 룳와룳와를 만나려고 시도해보기는 했다. 하지만 실패였다. 당시 나는 나 자신의 나약함에 치를 떨었다. 현 상황을 스스로 극복할 의지는 접어둔 채 다른 세계의 존재에 의존하려고만 하다니. 한심하다, 한심해. 그러고도 네가 소설가라고 할 수 있냐.

하지만 그것도 2주 전 이야기다. 마감일은 이미 지났고 최종 마감일도 이틀밖에 남지 않았다. 그러는 동안 나는 자연스레 꿈신꿈왕을 만났던 때와 비슷한 컨디션에 처하게 되었다. 커피와 에너지음료를 수시로 들이켜느라 수면시간은 불규칙해졌고, 원상태로 돌아갔던 체중도 다시 급격하게 빠졌다. 그리고 몇 번의 실패 끝에, 마침내 다시 룱와룱와를 만나게 되었다.

나는 편집자 재영 씨와 사당역 근처 포장마차에서 술을 마시고 있었다. 소주를 들이켜며, 닭똥집을 씹으며, 재영 씨에게 최근 관심사를 털어놓고 있었다. 작가 이야기였다. 재영 씨, 제가 좋아하는 작가가 있는데요, 호세 알프레도라는 멕시코 작가예요, 한국에는 아직 번역이 안 됐고, 한국뿐 아니라 일본에도 안 됐고 영미권에도 안 됐는데, 사실 그 어떤 언어로도 번역이 안 됐어요, 아직 단 한 번도 출판된 적 없는 작가니까, 하하하, 엄청 이상하고 기이한 작가예요, 소설 한 편도 발표 안 한 주제에 팬덤 규모가 어마어마하거든요, 그 팬덤의 태반이 멕시코 문학 석박사 전공자들이란 점도 어처구니가 없고, 팬 중 한 명이 그 작가를 주제로 홈페이지를 하나 만들었는데 거기엔 그 사람이 쓸 예정이라는 이야기들이 잔뜩 올라와 있어요, 이미 쓴 작품이 아니라 앞으로 쓸 예정이라는 이야기, 작가한테 직접 들었다며 올리는 사람들도 있고, 작가의 절친한테 들었다며 올리는 사람들도 있고, 아무튼 2차 창작이라 불러야 할지 뭐라 불러야 할지 모르겠는 이야기들이 홈페이지 게시판에 이틀이 멀다 하고 올라오고 있는 상황인 그런 작가인데요, 근데 최근 들어 이상한 글들이 올라오고 있어요, 두세 달 전부터 이 작가가 사라졌다는 소문이 돈다는 거예요, 처음에 올린 사람은 편의점에서 일하는 사람이었는데, 평소에는 2, 3일에 한 번씩 들러서 빵이고 라면이고 김밥이고 이것저것 사 먹고 가는데, 최근에 못 본 지 2주일이 다 돼간다, 이사를 간 걸까 이상하다, 뭐 이런 내용이었어요, 근데 시간이 지날수록 여기에 점점 살이 붙는 거예요, 대작 집필을 위해 산속으로 잠적했다는 소리를 하는 사람이 있질 않나, 아 맞다, 재영 씨도 스티븐 킹 소설 《미저리》 알죠? 그 소설 주인공처럼 극성팬한테 납치된 게 분명하다, 그 팬도 분명히 이 글을 보고 있을 것이다, 당장 호세 알프레도를 풀어줘라! 이런 글도 올라왔고요. 나는 술을 들이켜며 한동안 그런 이야기를 주절주절 떠들고 있었는데, 갑자기 재영 씨가 오른손 둘째손가락을 입에 갖다 대더니, 쉿, 하는 소리를 냈다. 쉿? 혼자만 말을 너무 많이 했나? 무슨 일인지 의아해하며 재영 씨를 쳐다보았는데, 갑자기 재영 씨가 하는 말이 귀를 거치지 않은 채 곧장 머릿속에 입력되기 시작했다. 지금 우리가 나누는 대화가 도청되고 있어요, 그래서 텔레파시로 말하고 있는데, 어쩌면 이 텔레파시도 도청될지 몰라요, 이럴 땐 도청이라는 표현이 적절하지 않은 것 같지만, 지금으로선 적절한 말이 존재하지 않으니까 어쩔 수 없죠, 각설하고, 지금 우리를 도청하고 있는 사람들, 조직은 아마 대겸 씨가 방금까지 말한 호세 알프레도를 노리고 있는 것 같아요. 대겸 씨가 그 작가에 대해 이야기를 너무 많이 했기 때문이죠, 그들이 곧 들이닥쳐 대겸 씨를 잡아갈 거예요, 지금 당장 사당역 5번 출구로 나가세요,

남현1길을 따라가다 보면 놀이터가 나올 거예요. 놀이터를 찾아야 해요, 거기에 호세 알프레도가 있을 테니까, 더 늦기 전에 출발해야 해요. 지금 당장 나가세요! 나는 재영 씨의 말이 끝나자마자 뒤도 돌아보지 않은 채 포장마차 밖으로 나와 사당역 출구 번호를 확인했다. 5번 출구, 5번 출구, 아 저기 있다. 나는 5번 출구로 나와 남현1길을 따라 걷기 시작했다. 금요일 밤인데 생각보다 사람들이 많지 않았다. 걷고 걸어서 유흥가를 지나 주택가로 접어들 무렵, 내 왼쪽 옆으로 지나가던 택시가 정차하더니 조수석 창이 내려갔다. 켄싱턴이 타고 있었다. 대겸, 이 시간에 여기서 뭐 하노? 켄싱턴이 물었다. 솔직하게 말할까 어쩔까 잠시 고민하다가 거짓말을 하기로 했다. 밤바람이 좋아서 그냥 산책하는 중이야. 내가 말했다. 집에 가는 길이면 태워줄까? 켄싱턴이 다시 물었다. 아니야, 괜찮아. 술도 깰 겸 좀 걸으려고. 근데 넌 어디 가는 길이야? 이번엔 내가 물었다. 제이슨 새끼한테 돈 받으러 가지. 이 새끼 때문에 감빵 들어간 거 생각하면 내가 아직도 분이 안 풀리는데, 이제야 돈을 준다네. 켄싱턴이 말했다. 드디어 받는구나, 잘됐네. 돈 받으면 기념으로 한턱 쏘고, 하하. 내가 말했다. 알았다. 그럼 산책 잘해라. 켄싱턴은 그렇게 말하며 차창 밖으로 손을 뻗어 나와 악수를 나눴다. 택시가 멀어지는 모습을 보다가, 나는 다시 걷기 시작했다. 하지만 한참을 걸어도 재영 씨가 말한 놀이터는 나오지 않았고, 얼마 후 다시 유흥가가 시작되더니, 어느 순간, 처음 출발한 남현1길로 돌아오고 말았다. 뭐야, 이게 어떻게 된 거야. 동네를 한 바퀴 뺑 돈 건가? 재영 씨가 잘못

된 정보를 알려주진 않았을 테고. 뭔가 이상한데. 하지만 나는 호세 알프레도를 찾을 다른 방법을 알지 못했기에 남현1길을 다시 걸었다. 유흥가를 지나 주택가로 접어들었고, 이번에는 아반떼 세단 한 대가 다가오더니 내 왼쪽 옆에 정차했다. 운전석에는 미치가 타고 있었다. 어이, 대겸. 오랜만에 보네. 여기서 뭐 하고 있노? 미치가 말했다. 보다시피 산책하고 있지. 어디 가는 길이야? 내가 말했다. 나 지금 켄싱턴 찾고 있다, 얘가 말도 없이 사라졌네, 전화도 안 받고. 미치가 말했다. 어? 아까 켄싱턴 만났는데. 제이슨한테 돈 받으러 간다던데? 내가 말했다. 그래? 그럼 제이슨 집으로 가봐야겠네. 고맙대이, 미치는 그렇게 말하며 내 쪽으로 손을 내밀었고, 나는 차창 쪽으로 손을 내밀어 미치와 악수를 나누었다. 아, 혹시 가는 방향이면 차 태워줄까? 손을 잡은 채 미치가 말했다. 괜찮아, 오늘은 좀 걷고 싶어서. 내가 말했다. 잠시 후 미치의 아반떼가 멀어져갔다. 비슷한 장소에서 켄싱턴 형제를 연달아 만나다니, 재밌는 일이네. 나는 그렇게 생각하며 다시 걷기 시작했다. 그러나 한참을 걸어도 놀이터는 보이지 않았고, 결국 처음 출발한 남현1길로 다시 돌아오고 말았다. 뭔가 이상해. 이상하긴 이상한데 뭐가 잘못됐는지 도통 모르겠어. 아까부터 같은 곳만 뺑뺑이를 돌고 있으니. 너무 재영 씨 말에 휘둘리고 있는 거 아닐까. 그 작가가 꼭 놀이터에만 있으란 법은 없잖아. 흐음, 하지만 지금으로선 다른 방법이 없어. 마지막으로 한 번만 더 놀이터를 찾아보자. 그리하여 나는 마지막이라는 심정으로 남현1길을 다시 걸었다. 유흥가를 지나 주택가로 접어들 무렵, 이번에는 택시 한 대가 뒤쪽에서 다가오더니 내 왼쪽 옆에 정차했다. 조수석 쪽 창문이 천천히 내려갔다. 비어 있는 조수석을 지나쳐 운전석 쪽을 바라보았다. 안나였다. 대겸, 여기서 뭐 하는 거야? 안나가 말했다. 지금 산책하고 있어. 혹시 너도 켄싱턴 찾고 있어? 내가 말했다. 켄싱턴? 아닌데. 나 지금 콜 받고 손님 태우러 가는 길이지. 안나가 말했다. 우아, 택시 운전도 하는구나. 내가 말했다. 먹고 살기 힘드니까. 근데 켄싱턴한테 무슨 일이라도 있어? 안나가 말했다. 아니, 그런 건 아니고, 다들 켄싱턴을 찾는 것 같아서. 내가 말했다. 그래? 그럼 나도 켄싱턴이 있는 곳이나 가볼까. 혹시 켄싱턴 지금 어디 있는 줄 알아? 안나가 말했다. 제이슨한테 돈 받으러 간다던데. 내가 말했다. 오케이. 기왕 이렇게 된 거 대겸도 이 택시 타고 같이 가지 그래? 안나가 말했다. 그리고 그 순간, 똑같은 제안을 세 번이나 받고 나서야, 지금 내가 꿈을 꾸고 있다는 사실을 깨달았다. 이걸 이제야 깨닫다니! 내가 찾는 사람은 멕시코 작가도 아니고 켄싱턴도 아니었다. 룹와룹와였다! 택시 문을 열고 조수석에 오르자 운전석에 앉아 있던 룹와룹와가 액셀을 밟았다. 부우우우우우우웅. 어느새 아래위, 좌우 구별 없이 하얗디하얗게 변한 배경 속에서, 룹와룹와가 운전하는 택시가 달리고 있었다. 바깥 배경에 아무 변화가 없다 보니 속도계를 보지 않았다면 시속 200킬로미터로 달리고 있다는 것조차 모를 뻔했다.

"또 만났네. 두어 달 만인가."

룹와룹와가 먼저 입을 뗐다.

"제가 꿈신꿈왕 님이랑 다시 만나려고 얼마나 찾아다녔는지 아세요?"

"저번에 말하지 않았나? 나 만나는 게 쉬운 일이 아니라니까. 살면서 평생 한 번도 못 만나는 사람이 대부분이야. 그런 것치고는 너무 자주 만나고 있지만. 이상하단 말이지, 이상해, 뭔가 이상해."

"제가 이토록 간절히 원하니까 만날 수 있었겠죠."

"간절히 원한다고 전부 다 이뤄지면 그건 사기지."

"하하, 뭐 어때요. 자주 만난다고 나쁠 것도 없고."

"지금까지야 그렇긴 하지만. 근데 뭐지? 나를 그토록 찾은 이유는?"

"부탁이 있어요. 꼭 좀 들어주셨으면 좋겠는데."

"그러니까 그게 뭐냐고?"

"부산 느와르."

"부산 느와르?"

"네, 저번에 꿈신꿈왕 님이 써주신 소설."

"내가 소설을 써줬다고?"

"기억 안 나세요? 제일 처음 만났을 때, 이렇게 만난 것도 인연이라며 선물을 주신다고 해서 뭔가 했는데, 잠에서 깨고 보니 꿈신꿈왕 님이 쓰신 소설이 제 컴퓨터에 저장돼 있었잖아요. 그리고 두 번째 만났을 때, 이어지는 소설을 써달라고 부탁했고, 그걸 들어주셨고. 기억나시죠?"

"그러고 보니 그런 일이 있었네. 왜 그랬는지는 기억이 안 나지만. 근데 그게 뭐가 어떻다는 말이지?"

"이어지는 이야기를 더 써달라고 부탁하러 왔어요."

"또? 뭐 이런 뻔뻔한 녀석이 다 있어!"

"우리 벌써 세 번이나 만났다고요. 이 정도면 어마어마한 인연이잖아요. 그렇게 생각하지 않으세요? 무의식의 주인을 만나는 일이 그렇게 흔하게 일어나는 일이 아니라면서요. 그런데 벌써 세 번이에요. 우리 사이에 뭔가 특별한 인연이 있는 게 분명해요."

"아하하하, 말 한번 잘한다. 그래, 우리가 특별한 인연이라고 하자. 네 말이 맞을지도 모르지. 근데 넌 내게 아무것도 해주지 않으면서 왜 바라기만 하지?"

"꿈신꿈왕 님은 그야말로 절대자잖아요. 최고 존엄자. 제가 해드릴 수 있는 게 있을까요? 혹시 저한테 바라는 게 있습니까? 말씀해보세요, 제가 할 수 있는 일이라면 뭐든 해드릴 테니까."

룸와룸와는 오른손 검지를 턱에 갖다 대더니 입술을 삐죽 내밀며 뭔가를 생각하는 것 같았다. 고개를 좌우로 갸웃거리다가 턱에 갖다 댄 검지로 뒤통수를 긁적이기도 했다. 나는 그녀의 모습을 초조하게 바라보며, 제발 내가 직접 이어서 쓰라는 말만 안 했으면 좋겠다고 생각했는데, 바로 그때, 룸와룸와가 오케이! 라고 외치며 나를 바라보았다.

"저한테 바라는 게 생각났어요?"

"음? 내가 왜 그런 유치한 걸 생각해야 하지?"

"아, 전 꿈신꿈왕 님이 그거 생각하시는 줄 알고. 그럼 무슨 생각 하셨어요?"

"이어서 쓸 소설."

오, 멋져라.

"그럼 방해 안 하고 있을게요."

나는 그렇게 말하고 말없이 룲와룲와를 바라보았다.

룲와룲와는 혼잣말을 구시렁거리다가 고개를 끄덕였다가 하면서 소설의 스토리를 이어가는 것처럼 보였다.

꿈속에서 이토록 아무 사건이 없어도 되는지 의구심이 들 만큼 아무 일 없는 지루한 시간이 흘렀다.

지난번에 비해 시간이 너무 오래 걸리는 것 같은데, 라고 생각하는 순간, 갑자기 룲와룲와의 정수리에서부터 인중, 턱, 명치를 거쳐, 배꼽, 사타구니까지, 일직선으로 빛이 새어 나오기 시작했다. 룲와룲와는 얼굴을 찌푸리며 고통에 몸부림쳤고, 일직선이었던 빛이 점점 온몸으로 퍼져나가며 새어 나왔다.

갑자기 이게 무슨 일이야. 나는 어안이 벙벙한 채 몇 걸음 뒤로 물러났다. 상태가 왜 저래.

룲와룲와의 온몸에 금이 가기 시작했고, 마침내 퍼엉, 폭죽이 터지듯 사방으로 터지고 말았다. 강렬한 빛이 뿜어져 나왔고, 나는 고개를 돌리며 왼팔로 눈을 가렸다.

폭발? 갑자기 왜 폭발했지? 소설 쓰느라 머리를 너무 많이 써서 저렇게 됐나? 아니면 환골탈태? 새로운 존재로 재탄생하는 과정?

사방으로 뻗어나가던 빛의 강도가 차츰 약해졌고, 나는 룲와룲와에게 어떤 변화가 일어났는지 확인했다. 얼핏 보기에는 아무 변화도 없이 가만히 서 있는 듯했다. 하지만 차츰 시야가 선명해지자 내가 알던 룸와룸와가 사라졌다는 사실을 알 수 있었다. 흑갈색 풍성한 모발을 자랑하던 백인 여자는 사라지고 없었다. 대신, 남자였다가 여자였다가, 아니, 흑인이었다가 황인이었다가 백인이었다가… 이건 마치 영화 〈스캐너 다클리〉에서 수천수만 가지 생김새로 끊임없이 외모를 변형시켜 정체를 감춰주는 스크램블 수트를 입은 듯한 모습이지 않은가. 영화와 다른 점이라면 좀 더 투명한 느낌이랄까, 누군가 스크램블 수트를 입은 게 아니라 그 자체로 외모를 바꾸며 변화하고 있다는 점. 손을 뻗으면 그대로 몸을 통과해버릴 것 같았다.

"꿈신꿈왕 님 맞으세요? 무슨 일이에요? 왜 갑자기 이렇게 변했어요?"

"자네 덕분에 이 녀석을 잡았으니 고맙다고 해야 하나."

이건 또 무슨 뚱딴지같은 소리지?

"이 녀석이 발생한 것도 자네 때문이니 그냥 비긴 셈 칠까."

내가 알던 꿈신꿈왕이 맞나? 도대체 무슨 소리를 하고 있는지 모르겠다. 얼굴과 복장과 신장이 거의 1초 단위로 바뀌고 있어서 누구와 대화를 나누고 있는지도 모르겠다.

"저기, 무슨 말씀을 하시는지 모르겠는데요."

"아, 그런가. 내 소개를 해야겠네. 이 몸은 꿈신꿈왕 데룸비영스멥츤스키 독고환치타카라고 하네."

"데룸… 네? 이름이 엄청 기네요?"

"자네 기준에선 긴가 보군. 그럼 줄여서 데룸타카라고 부르게."

처음부터 그렇게 알려줄 것이지.

"그럼 데룸타카 님이라고 부를게요. 지금 제가 꿈을 꾸고 있는 상황이라 이해가 잘 안되는 건지, 뭐가 뭔지 잘 모르겠는데요, 꿈신꿈왕 님 맞으시죠?"

"이 몸이 바로 꿈신꿈왕이지."

"그럼 방금까지 있던 룸와룸와는 어떻게 됐어요? 꿈신꿈왕이 두 명이에요?"

"그럴 리가. 이 몸이 진짜고, 그놈은 가짜. 외모만 봐도 알 수 있지 않아? 네 무의식에 남아 있는 사람들의 외모를 조작해서 내 외모로 만들고 있잖아. 애초에 이 몸에겐 겉모습 같은 건 필요 없으니까. 근데 너와 만나기 위해 잠시 나타났지."

"죄송한데, 저랑 왜 만나려고 하신 거예요? 그 가짜, 아니 제가 처음에 만난 꿈신꿈왕이 저한테 소설도 써주고, 제 무의식도 다 파악하고 있는 것 같았는데… 정말 가짜였어요?"

"가짜라고까지 말할 건 없겠군. 정확하게 말하면 잉여라고 할 수 있지."

"잉여?"

"그래, 말 그대로, 쓰고 난 나머지."

"무엇의 잉여죠?"

"당연히 이 몸 꿈신꿈왕의 잉여지. 그래서 이 몸이 할 수 있는 대부분의 일을 할 수 있었고."

꿈신꿈왕은 아무래도 처음부터 차근차근 이야기하는 방법을 모르는 것 같다. 어째서 대화를 나누면 나눌수록 질문거리가 늘어나게 되는가.

"근데 잉여가 왜 생겼어요? 혹시 잉여가치… 그런 건 아니죠?"

"무슨 소리를 하는 거야. 자네 때문에 생겼잖아."

"저 때문이라고요? 제가 뭘 어쨌다고…."

"얼마 전에, 아니 벌써 두세 달 전인가, 소설이 안 써져서 머리 쥐어뜯은 적 있지? 자네가 생각을 너무 많이 하는 통에 덩달아 이 몸도 일이 바빠졌는데, 그때 내 몸에서 퐁, 하고 밖으로 빠져나갔어."

"꿈신꿈왕 님 몸에서 떨어져 나갔다는 말씀이세요?"

"몸에서 떨어져 나갔다기보다는, 알다시피 내 몸은 실재하지 않아. 무게도 없고, 중력에 영향을 받지도 않고, 이게 다 자네의 머릿속에서 꾸며진 이미지라고 할 수 있지. 물론 자네 머릿속에서 꾸며졌다고 해도 온전히 자네에게 속해 있다고 할 수는 없는데, 이걸 어떻게 설명해야 하나, 그래 맞다, 양자역학이라고 들어본 적 있지? 슈뢰딩거의 고양이로도 유명하고. 아, 이건 반박 의견이었나. 어쨌든. 이 몸은, 꿈을 꾸는 모든 사람의 머릿속에 존재해. 자네의 머릿속에 있는 이 몸은 자네 무의식을 바탕으로 꿈을 만들고, 다른 사람들의 머릿속에선 다른 사람들의 무의식을 바탕으로 꿈을 만들지. 거기에 있는 나도 나고, 여기에 있는 나도 나야. 여기에 있으면서 동시에 거기에도 저기에도 있지. 모든 곳에 있다는 말이야. 이 몸이 위대한 이유는 그 때문이지."

처음부터 차근차근 이야기하는 방법도 모를뿐더러, 질문에 엉뚱한 대답만 길게 늘어놓고 있었다. 룲와룲와가 어떻게 발생했는지 물어봤더니 자기 자랑만 하고 있네.

하긴, 어쩌면 꿈신꿈왕은 대화에 서투른 존재인지도 모른다. 평생 누군가의 무의식을 바탕으로 꿈을 만드는 일만 해봤지, 누군가와 대화란 걸 해본 경험은 없을 테니. 다시 이야기를 룲와룲와 쪽으로 돌리자.

"그렇군요. 위대한 꿈신꿈왕 님, 근데 룲와룲와는 어쩌다가 탄생했어요?"

"글쎄, 그걸 뭐라고 해야 할까. 자네가 가진 창작 에너지의 집약체라고 표현해도 괜찮을까. 창작에는 무의식의 힘이 반드시 필요한데, 그 무의식을 관장하는 자가 바로 이 위대한 꿈신꿈왕 님 아닌가. 그래서 결국 그렇게 됐지."

이 작자는 논리적이지도 못하다. 결국 그렇게 됐다니, 그게 말이냐 방귀냐. 혹시 꿈신꿈왕 역시 룲와룲와가 생겨난 이유를 명확하게 설명할 수 없는 것 아닌가. 옛날 사람들이 아기가 생기는 과정을 생물학적으로 정확하게 이해하지 못했던 것처럼. 맞아, 적절한 비유야. 어쨌거나 내 고민 때문에 룲와룲와가 발생한 듯하고…. 아, 그래서 그렇게 소설이 안 써졌구나! 창작 에너지의 집약체가 따로 빠져나갔으니 써질 리가 없지!

"제가 소설을 못 쓴 이유도 꿈신꿈왕 님에게서 그 창작 에너지의 집약체라고 할 수 있는 룲와룲와가 빠져나갔기 때문이군요!"

"그렇지! 이제야 말이 좀 통하는구만. 창작하는 사람들에게 아주 가끔 일어나는 일이야. 대부분은 룲와룲와 같은 존재를 알아채지도 못한 채 창작 재능이 사라져버리지. 아쉬운 일이야. 물론 운 좋게 그런 존재를 만난 사람들도 있는데, 그중에는 녀석의 존재를 간파하고 꿈속에서 그를 죽이는 사람도

92

있지."

"룸와룸와를 죽인다고요? 그런 사람도 있었어요? 그게 가능해요?"

"그럼, 가능하지. 자네가 알 만한 사람도 있을 텐데. 누가 있나 보자, 그래, 도스토옙스키도 그랬고, 필립 K. 딕도 그랬네. 또 보자, 에도가와 란포도 있군."

대박.

"진짜예요?"

"이 몸이 뭐 하러 자네한테 거짓말을 하겠나. 소설가 말고도 다양한 분야의 창작자들에게 나타나는 현상이야. 그냥 자연스럽게 소멸하는 경우도 있긴 한데, 자네 같은 경우는 또 특이한 케이스지."

데룸타카는 그렇게 말하고 나서 1초에 한 번씩 변하는 얼굴로, 시선으로, 나를 뚫어져라 쳐다보았다. 여자이면서 남자이면서 그 어떤 성별도 아닌 얼굴로, 아이면서 노인이면서 청년이면서 그 어떤 나이도 아닌 얼굴로, 데룸타카는 나무라기라도 할 듯 나를 쳐다보았다.

"왜요? 제가 뭐 잘못했어요?"

"그럼, 당연히 잘못했지!"

아, 그런가.

내가 뭘 잘못했지? 룸와룸와랑 만난 것?

하지만 만나는 것 자체는 잘못이 아니야. 그냥 우연히 만났으니까. 꿈을 꾸다 보니 내가 꿈을 꾸고 있다는 사실을 깨달았고, 그 순간 룸와룸와가 나타났어. 물론 그 이후엔 의도적으로 만나려고 애를 썼지. 근데 애를 쓴다고 그렇게 쉽게 만날 수 있는 것도 아니잖아. 만남 자체는 문제가 아닐 터.

"모든 개인은 애초에 이 몸을 평생 만나지 않고 죽는다. 전혀 없다고는 할 수 없지만, 거의 없어. 일종의 불문율이야. 어쩌다가 룸와룸와가 생겼다고 해도 굳이 이 몸이 찾아낼 필요도 없고, 방금처럼 폭파시켜서 없앨 이유도 없어. 근데 그렇게 했지. 이유가 뭐라고 생각하나?"

글쎄요, 라고 작게 구시렁거리다가 문득 어떤 생각이 떠올랐다.

설마 룸와룸와가 써준 소설 때문은 아니겠지?

근데 그게 내 잘못인가. 룸와룸와가 처음에 그냥 선물로 줬잖아. 물론 그다음부터는 내가 부탁했지만. 그게 그렇게 큰 잘못인가. 룸와룸와를 폭파시켜야 할 만큼? 어차피 내 머릿속에서 나온 소설이잖아. 내 무의식을 통해 창작된 소설이라고. 혹시 나도 모르게 큰 죄를 지었나? 그래서 나도 폭파시킬 셈인가!

"이 공간, 자네는 하얗고 평평한 바닥이 사방으로 끝도 없이 펼쳐져 있는 것처럼 보이겠지. 근데 아니야."

데룸타카는 그렇게 화제를 전환하더니 몸을 천천히 왼쪽으로 기울였다. 데룸타카는 바닥인 줄 알았던 공간을 통과해서 계속 돌더니 한 바퀴 뺑 돌아 다시 제자리로 돌아왔다.

"여기는 몽중계라고 하는 곳이야. 무중력 우주 공간 같은 곳이라고 말하면 이해가 빠르려나. 앞, 뒤, 위, 아래를 정해줄 절대적인 기준점이 없는 곳이지. 다만 자네가 땅과 바닥이 있는 곳에서 살고 있으니, 자네 감각이, 이곳 역시 바닥이 있으리라고 착각하는 것뿐이지."

나는 고개를 숙여 내가 딛고 있는 곳을 바라보았다. 온통 하얗기만 하다. 원근감이 느껴지지 않는다. 하지만 공중에 떠 있다는 감각은 없다. 두 발이 확실히 바닥을 딛고 서 있는 느낌이다.

"그러니까 이 몸이 하고 싶은 말은, 이 공간은 무지무지하게 넓어서 룲와룲와가 숨겠다고 작정하면 이 몸으로선 찾을 방법이 없다는 말이지."

"근데 찾았잖아요. 어떻게 찾았어요?"

"자네를 미끼로 삼았지."

엥? 이건 또 무슨 말?

"이전 두 번에 비해 이번엔 그 녀석을 만나기까지 유달리 오래 걸리지 않았나? 녀석이 눈치를 챘던 거지. 녀석도 이미 알고 있었어. 평생 만날 일 없는 무의식 밖의 자아를 벌써 세 번이나 만나게 될 것 같으니까, 뭔가 이상하다고 낌새를 챘지. 그래서 꿈을 억지로 이어 붙이면서 자네와 만나지 않으려고 애썼는데, 이 몸이 그 꿈을 없애면서 결국 만나게 됐지."

"저를 만나는 게 그렇게 이상한 일이에요?"

"지금 이렇게 자네와 이 몸이 대화를 나누고 있는 것 자체가, 그 녀석이 말하지 않았나, 두 번 연속으로 로또 1등에 당첨될 확률에 버금간다고. 평생에 두 번이 아니라, 두 번 연속이야. 사실상 확률이 0이나 마찬가지지."

"근데 제가 꿈속에 들어오는 거랑 룲와룲와를 붙잡는 거랑 무슨 관계가 있어요? 룸와룸와가 만든 꿈을 꿈신꿈왕 님이 없앨 수 있으면, 굳이 저 없어도 붙잡을 수 있지 않나요?"

"아까도 말했듯이, 이 몸도 그렇고 룸와룸와도 그렇고, 구체적인 형체가 없어. 가만히 있으면 찾을 수가 없지. 그 녀석이 만든 꿈도 그렇고 이 몸이 만든 꿈도 그렇고, 자네의 신경세포로 통하는 특정 문을 통과해서 나가기 때문에, 그 문만 지키고 있으면 룸와룸와가 만든 꿈 정도는 쉽게 없앨 수 있지. 룸와룸와를 찾기 위해 자네를 이곳에 불러들인 이유는, 대화를 발생시키기 위해서야. 몽중계에서는 원래 대화가 존재하지 않거든. 근데 대화가 발생하면 파동이 생기고, 그 파동의 진원지를 찾으면 룸와룸와를 잡을 수 있지. 그렇게 결국 잡아낸 거야, 후훗."

친절하시기도 하지. 어쨌거나 이제야 현재 상황이 조금은 이해가 된다. 데룸타카는 룸와룸와를 붙잡기 위해 나를 몽중계로 소환시켰다. 정확하게 말하면, 몽중계에서 룸와룸와와 대화를 나누게 하기 위해, 그 대화의 파동으로 룸와룸와의 위치를 파악하기 위해.

근데 굳이 없앨 필요까지 있나? 그냥 붙잡고만 있으면….

아니구나. 룸와룸와는 내 창작의 집약체고, 그것이 데룸타카에게서 빠져나갔다는 말은, 결국 내가 창작을 계속할 수 없다는 말이니까, 결국 없애는 게 맞기는 맞지. 근데 아까 설명으로는 원래 데룸타카는 룸와룸와가 생겨도 신경 안 쓴다고 하지 않았나. 그래서 도스토옙스키나 필립 K. 딕이나 에도가와 란포 같은 작가는 직접 꿈속으로 들어와 룸와룸와를 없애고 자신의 창작 능력을 회복할 수 있었고.

"저기, 꿈신꿈왕 님, 또 질문이 있는데요, 룲와룲와를 굳이 폭파시킨 이유가 있나요? 혹시 제 창작 능력이 걱정돼서 그랬어요?"

"그래, 이제 슬슬 이 몸이 자네 앞에 나타난 진짜 이유를 말해주지. 우선 이 몽중계에서 일어난 일을 자네에게 설명하기 위해서야. 만약 룲와룲와만 사라진 상태에서 꿈에서 깬다면, 자네는 궁금증이 마음에 남아 이후에도 계속 꿈속을 헤매게 되지. 자칫 잘못했다간 코마 상태에 빠질지도 모르고. 그래서 번거롭지만 이렇게 일일이 설명을 해주는 걸세. 꿈에서 일어난 사고로 자네가 바깥세상에서도 사고당하기를 바라지는 않으니까. 룲와룲와를 굳이 폭파시킨 이유를 물었나? 당연하잖아. 우리가 만든 결과물은 꿈으로만 존재해야 해. 인간의 논리적인 언어가 아니라, 꿈속의 맥락 없는 이미지로만 존재해야 한다고. 근데 룲와룲와는 그걸 어겼어. 이것만으로도 폭파의 이유는 충분하지. 근데 죄를 지은 건 룲와룲와뿐만이 아니야. 자네도 죄를 지었어. 자네는 자네 것이 아닌 것을 탐했거든. 자신이 쓰지 않았다는 사실을 알면서도, 온갖 합리화를 동원해 그 사실을 부인했어."

나는 데룲타카의 말에 반박하려 했지만 입이 떨어지지 않았다. 아니, 입은 벌어졌지만 목소리가 나오지 않았다.

"전대미문의 사건이라 자네에게 어떤 벌을 내려야 할지 고민했지. 답은 어렵지 않게 나왔어. 룲와룲와가 쓴 소설을 자네의 힘으로 마무리 지을 것. 이 녀석이 사라졌으니 창작 능력은 다시 회복됐을 테고. 이 녀석은 의리가 좋은지, 아니면 창작하고 싶은 욕구가 강한지, 아까 폭파되기 직전까지 소설을 썼더라고, 아마 자네 컴퓨터에 저장돼 있을 거야. 그다음부터 자네가 이어 쓰면 돼. 무슨 수를 쓰더라도 써야 해. 이렇게만 말하면 벌이 아니지. 만약 자네가 룲와룲와의 소설을 이어서 쓰지 않으면 진짜 벌이 내려진다. 이 몸이 자네의 소중한 것을 빼앗아 갈 거야."

소중한 것?

뭐지? 내가 쓴 작품인가?

설마 누군가의 목숨은 아니겠지?

"이제 우리가 만날 일은 없다. 앞으로는 본인의 힘으로 여러 난관을 돌파하길."

데룲타카의 모습은 마지막 말을 끝으로 점점 옅어지더니 완전히 사라지고 말았다. 그 순간 내 눈에 눈물이 고이더니 볼을 타고 흘러내렸다. 이유를 알 수 없는 눈물이었다. 소매로 눈물을 닦았지만 한도 끝도 없이 눈물이 흘러내렸다. 볼에서 떨어진 눈물은 아래로 떨어지지 않고 공중에 둥둥 떠다녔다. 눈물은 계속 흘러나왔고 공중에 떠다니는 눈물도 점점 많아졌으며 차츰 형태를 갖춰갔다. 사람 형태로, 백인 여자 형태로, 룲와룲와의 형태로. 룲와룲와! 나는 목청껏 룲와룲와를 불렀지만 룲와룲와는 아무 대답도 하지 않았다. 다만 나를 향해 손을 흔들 뿐이었다. 잠시 멈춘 듯한 눈물이 다시 쏟아져 나왔다. 그래, 너도 잘 가. 그동안 고마웠어. 룲와룲와가 악수를 하려는 듯 손을 내밀었다. 나는 그 손을 잡기 위해 손을 내밀었다. 하지만 내 손이 룹와룹와의 손에 닿자마자 뭉쳤던 눈물이 온 사방으로 방울방울 퍼져나갔다.

고개를 들었다. 이마를 받치고 있던 오른쪽 옷소매가 눈물로 젖어 있었다. 거울을 보지 않아도 눈이 퉁퉁 부어 있다는 것을 알 수 있었다.

몇 시에 잠들었는지는 기억나지 않았지만, 눈을 뜨니 창밖은 밤이었다. 스마트폰으로 시간을 확인했다. 오전 3시 28분. 머릿속이 멍했지만 나는 의자에 앉은 채 잠시 꿈 내용을 복기했다. 방금 스크린으로 영화를 본 듯 장면 장면이 생생하게 떠올랐고, 꿈신꿈왕이 했던 말들이 뇌리에 강하게 각인돼 있었다. 룹와룹와가 폭파되던 순간도, 내가 흘린 눈물이 모여 만든 룹와룹와의 모습도 선명하게 떠올랐다.

나는 마우스를 움직여 화면 보호 상태를 해제했다. 이제 룹와룹와가 쓴 마지막 소설을 확인할 차례였다. 《부산 느와르》 파일을 더블클릭하자 하얀 파일 안에 처음 보는 글자들이 가득 자리하고 있었다. 또다시 눈물이 날 것 같았다.

나는 모니터로 한 번 읽은 뒤, 프린트로 인쇄해서 다시 한 번 읽었고, 읽으면서 몇 군데 문장을 손봤고, 손본 문장을 다시 원고 파일에서 수정했고, 수정한 원고를 보며 노트에 필사했고, 필사를 하며 문장을 다시 손봤고, 손본 문장을 다시 원고 파일에서 수정했으며, 그러는 와중에 두 번에 걸쳐 몇 시간쯤 잤고, 잤다기보다는 책상에 엎드려 졸았고, 최종 마감 시간 5시간 전에 재영 씨에게 사과의 메일을 보내며 무슨 일이 있더라도 최종 마감 시간까지는 보내겠다고 말했고, 컵라면에 식은 밥을 말아 먹었고, 커피와 에너지음료를 먹으며, 결국 최종 마감 시간을 2시간 넘겨서야 겨우 원고를 송고할 수 있었다.

그 후 핸드폰을 끄고, 커튼을 치고, 침대에 쓰러져 22시간 동안 숙면을 취했다.

아무 꿈도 꾸지 않았다. 룲와룲와도 나오지 않았고 데룸타카도 나오지 않았다.

어쩌면 잠에서 깬 순간 모든 것을 잊어버렸는지도 모르겠다.

모든 것을 잊어버렸을지언정 룲와룲와와 데룸타카는 잊히지 않았다. 츤데레 같았던 룲와룲와. 폭파되는 순간까지도 내게 소설을 써서 보낸 룲와룲와. 창작에 대한 열정이 누구보다 강했던 룲와룲와. 그리고 차근차근 이야기하는 방법을 모르는 데룸타카. 아니, 애초에 누군가와 대화해본 경험이 없었을 데룸타카. 룲와룲와의 특성도, 데룸타카의 특성도, 사실 그들 고유의 것이 아닌지도 모른다. 애초에 나의 특성이 그들에게 배어들었는지도 모른다. 모든 사람 속에 존재하지만, 내가 만난 룲와룲와와 데룸타카는 결국 내 안에 있는 존재였고, 나의 특성이 드러날 수밖에 없었을 것이다.

사실 무엇보다 잊을 수 없는 것은, 잊으면 안 되는 것은, 데룸타카가 내게 남긴 말이었다. 룲와룲와의 소설을 이어 쓰지 않으면 나의 소중한 것을 빼앗아간다는 말이었다.

나는 나의 소중한 것이 무엇인지 생각했다. 답은 하나밖에 없었다. 꿈에서는 떠오르지 않았던 것이 곧바로 떠올랐다.

나의 소중한 것.

그가 빼앗을 수 있는 나의 소중한 것.

바로 창작의 에너지였다.

소설을 쓸 수 있는 재능이었다.

〔 **6** 〕

부산 느와르

어쩌다 보니 이틀 연속 데이브를 만나게 됐다.

원래는 데이브와 술이나 한잔하려고 했다. 그런데 이 여우 같은 놈이 벤지에게 연락을 했고, 마침 벤지도 시간이 났는지 함께 만났다.

우리는 서면 1번가에 있는 족발집으로 들어갔다. 내가 옆자리에 더플백을 올려두자 데이브와 벤지가 맞은편에 나란히 앉았다.

대화는 주로 데이브와 벤지가 나눴다. 벤지는 호주 생활이 어땠다느니, 치과 일이 어떻다느니 술술 풀어놓았다. 데이브도 그간 있었던 일을 덤덤하게 늘어놓았다. 커밍아웃도 했다. 벤지는 그다지 놀라는 눈치가 아니었다.

"세계에서 게이가 제일 많은 도시가 어딘지 아나?" 벤지가 물었다.

"어딘데?" 데이브가 되물었다.

"미국의 샌프란시스코가 1위. 다음으로 호주 시드니."

"너 시드니에 있었다며."

"덕분에 게이 친구들도 많이 사귀었고."

"야, 혼자만 사귀지 말고 나도 소개 좀 시켜줘라."

데이브가 벤지의 팔뚝을 툭 치며 말했다.

분위기 좋네. 시드니까지 갈 것 없이 그냥 너희 둘이 사귀지 그러냐.

나는 그들이 나누는 대화를 듣는 둥 마는 둥 하며 족발을 뜯었다. 간간이 소주잔을 부딪치기도 하면서.

어색하기 짝이 없네. 다시는 안 볼 것처럼 싸우고 헤어진 연인이랑 몇 년 만에 재회한 것도 아닌데.

"켄, 너도 족발 먹을 만큼 먹었으면 대화에 좀 껴라. 며칠 굶은 사람처럼 먹기만 하노. 아까 인사만 잠깐 하고 입을 안 떼네."

데이브가 나를 보며 말했다. 그리고 한마디 덧붙였다.

"감정 풀 거 있으면 풀고."

"풀고 자시고 할 거 없다."

"내가 너희들한테 잘못했지. 그렇게 말도 없이 혼자 떠버렸으니. 나 혼자 피해자인 양. 그 후로 연락도 안 했고." 벤지가 말했다.

보기보다 자기객관화가 잘 돼 있구만.

"야, 그때 우리 다 미성년자였어. 부모님 하라는 대로 했어야지." 데이브가 말했다.

데이브 이 새끼, 성인 나셨네, 성인 나셨어.

어쨌거나 둘 다 내 눈치를 보고 있었다. 결국 내가 문제였다.

"알았다, 알았다. 내가 다 소심해 터져서 그렇지. 그냥 술이나 한잔하자."

그러고 나서 나는 누구나 귀를 기울일 만한 이야기, 그러니까 수감 생활에 대한 썰을 풀기 시작했다.

벤지는 자신의 치과 위치를 알려주며 치아 검사를 받으러 오라고 몇 번이나 말했다. 나이 먹으면 다들 치아 때문에 고생하니 젊었을 때부터 관리받는 게 좋다면서.

시간이 빠르게 흘렀다.

헤어질 무렵, 막 생각났다는 듯 벤지가 말했다.

"야, 켄, 너 혹시 야간 경비원 일 안 해볼래?"

나는 불콰한 얼굴로 벤지를 바라보았다. 난데없이 웬 직업 알선?

"우리 치과 있는 건물에 야간 경비원 구하는 것 같더라고. 내가 건물주랑도 알고 지내니까. 니만 괜찮으면. 월급도 적당히 주는 것 같고."

"그래, 벤지가 이것저것 알아보고 소개해주는 거겠지." 데이브가 끼어들었다.

"1시간에 한 번씩 순찰 돌고 나면 개인 시간도 제법 있는 것 같더라고. 너 좋아하는 책도 많이 읽을 수 있을 테고." 벤지가 첨언했다.

이건 솔깃한 이야기였다.

"어차피 너도 슬슬 일자리 알아봐야 하잖아. 구하기 쉽지 않을 텐데." 데이브가 다시 몇 마디 보냈다.

이것들이 쌍으로 왜 이렇게 난리지? 나 퇴소한 지 이제 이틀밖에 안 됐다고 이놈들아! 이 인간들이 일 못 시켜서 죽은 귀신이라도 들러붙었나.

설마 미치한테 사주라도 받았나?

그렇지만 데이브의 마지막 말을 듣자 단박에 납득할 수밖에 없었다.

"너 일 안 하고 있을 때 늘 사고가 터져서 하는 말이야."

취하거나

취한 채 싸우거나

취한 채 약 하거나

보기보다 자기객관화가 안 돼 있었군.

"그 야간 경비원이라는 거, 언제부터 하면 되는데?"

데이브와 벤지의 표정이 환해졌다.

**인간은 자신의 행위를 더는 용납하지 못할 때
처벌받고 싶은 욕구를 느끼는 것 같아.**

— 요 네스뵈, 《박쥐》[*]

이틀 후, 다시 제이슨의 집으로 갔다. 물론 안나를 만나기 위해서.

처음엔 미치의 정장을 입으려고 했다. 하지만 창밖으로 느껴지는 한여름의 열기에 재킷은 포기할 수밖에 없었다.

내가 언제부터 '패피'였다고.

제이슨 집 앞에 도착하니 시각은 오후 5시 40분. 하늘은 파랬고 무더위는 여전했다.

이럴 줄 알았으면 연락처라도 받아둘 걸 그랬군.

금샘로에 있는 카페에 들어가 아이스 아메리카노를 테이크아웃해서 나왔다.

감빵에 있던 1년이 완전히 시간 낭비는 아니었다. 사소한

---

[*] 요 네스뵈 지음, 문희경 옮김, 《박쥐》 (비채, 2014)

상식들을 제법 배웠다. 예컨대 더위를 식히기 위한 방법 중 하나로 맥박을 짚을 수 있는 부위를 찬물로 적시는 것. 동맥혈을 식혀서 시원한 피가 온몸을 흐르게 하는 방식이다. 수박이나 오렌지처럼 수분이 많은 과일을 먹거나 이온 음료를 마시는 것도 좋은 방법이고.

나는 아이스 아메리카노를 홀짝이거나 손목에 갖다 대며 조금이나마 더위를 식혔다.

안나는 6시 10분쯤 제이슨의 집에서 나왔다. 청바지에 흰 티셔츠의 단출한 차림. 마음에 들었다.

마중 나온 사람도 함께 나온 사람도 없었다. 이것 또한 마음에 들었다.

나는 골목 위쪽에 서 있다가 빠른 걸음으로 내려갔다.

"안나."

안나가 고개를 돌려 내 얼굴을 보았다. 놀란 것 같기도 하고 덤덤한 것 같기도 한 얼굴이었다.

"제이슨은 집에 있는데요."

"그쪽 보러 온 건데."

안나가 나를 빤히 바라보았다.

"일하고 배고플 텐데, 저녁이나 같이 먹읍시다."

내 말에 안나는 동의도 거절도 하지 않았다. 다만 피식, 미소만 지었을 뿐. 그러고 나서 등을 돌려 가던 길을 갔다.

좋다는 거냐 싫다는 거냐.

나는 안나 옆에서 말없이 그녀를 따랐다.

지하철 남산역에 다다를 무렵에야 안나가 입을 뗐다.

"술, 괜찮죠?"

더할 나위 없이 좋지.

우리는 눈앞에 있던 일식 주점으로 들어갔다.

주문한 화요41이 절반쯤 비워졌고, 모둠 소시지도 절반쯤
사라졌다.

안나는 자신이 서른네 살이고 연하에겐 관심이 없다는 말
부터 시작했다. 대학 선배의 소개로 이 일을 시작한 지 반년쯤
지났고, 그 이전엔 세 군데 무역회사에서 일했는데, 첫 번째
회사에선 계약직으로 3년을 일했음에도 정규직으로 전환해
주지 않아 그만뒀고, 두 번째 회사에선 사장이 무리하게 사업
확장을 하는 바람에 부도가 나서 갑작스레 실직, 마지막 세 번
째 회사에선 팀장 새끼가 술만 처먹으면 성희롱을 해대 회식
자리에서 턱주가리를 날리고 퇴사했다고 말했다.

끝내주는군!

"그에 비하면 지금 하는 일은 괜찮은 편이에요. 급여도 넉
넉히 주고. 청소나 요리하는 것도 싫어하지 않으니까. 치마 입
고 일하는 게 불편하긴 하지만, 그쪽 집안 생각하면 그 정도는
감수해야지."

"그쪽 집안?"

안나는 내 질문에 고개를 갸웃거렸다.

"제이슨 친구 아니에요?"

잠시 제이슨과의 관계에 대해 생각했다. 우리가 친구 사이
인가?

나는 마지못해 고개를 끄덕였다.

"매튜가 국회의원이란 거 몰라요?"

"매튜?"

"제이슨의 아버지."

"아…."

"집에 찾아온 제이슨 친구 중에 매튜가 국회의원이란 거 모르는 사람 처음 봤네."

그제야 퍼즐 조각처럼 흐트러져 있던 그림들이 빠르게 모여드는 느낌이 들었다.

안나는 잠시 내 얼굴을 쳐다보다가 말을 이었다.

"진짜 몰랐나 보네. 뭐, 그럴 수도 있지. 그렇게까지 친한 사이는 아니었나 봐요. 그러고 보니 제이슨보다 나이가 좀 더 많은 것 같기도 하고. 나이가 어떻게 돼요?"

"나이 같은 건 스스로 느끼는 데 달렸으니까."

내 말에 안나가 피식, 미소를 지었다. 굳히기에 들어갔다.

"그러니까 한 마흔쯤?"

이번엔 안나의 치아까지 볼 수 있었다. 영원히 보고 싶은 미소였다.

그러다 갑자기 미소를 지우고 안나가 입을 뗐다.

"근데 그 두부는 왜 그랬어요? 그날 남산동 새벽시장까지 가서 맛있는 두부로 특별히 준비했는데. 바닥에 패대기쳐 버리다니."

올 게 왔군. 솔직하게 말하는 수밖에.

나는 두부를 바닥에 패대기칠 수밖에 없었던 사정, 그러니까 1억 2천만 원이라든지, 히로뽕이라든지, 제이슨을 대신한 수감 생활 등의 이야기를 덤덤히 늘어놓았다. 안나는 동그랗게 눈을 뜨거나 벌어진 입을 손으로 막았다.

전혀 몰랐던 눈치군.

"왜 그렇게 바보 같은 짓을 했어요?"

"약 한 거요? 아니면 대신 감빵 들어간 거?"

"둘 다!"

고개를 가로저었다. 나는 아무 대답도 할 수 없었다.

그 후 나는 분위기 전환 차 간단한 말장난을 시도했다.

"여기에 내가 좋아하는 튀김은 없네요."

"뭐 좋아하는데요?"

"패티김."

안나가 콧방귀를 뀌었다.

또 다른 말장난.

"혹시 대연고 어디 있는지 알아요?"

"남구 쪽에 있지 않나?"

"약국에 있어요."

"무슨 말이에요?"

"아니에요, 아니에요."

이건 완전히 실패다. 그럼 새로운 시도.

"이사할 생각 없죠?"

"이사요? 지금은 없는데."

"이사 말고 사장 해야죠."

"네?"

"이사 말고 사장이 좋으니까."

"확, 사장시키고 싶네요."

나는 피식 미소를 지었다.

"왜요?" 안나가 물었다.

"말장난은 물들기 쉽거든요."

호방하게 41도짜리 소주를 주문하길래 술이 센 줄 알았지. 술병이 바닥을 보일 무렵 안나는 이미 술에 취해 있었다. 장전동에 있는 안나의 집까지 데려다줘야 했다.

안나는 택시를 탈 때까지만 해도 집 주소를 세 번이나 잘못 말하며 횡설수설했으나 내릴 때가 되자 정신을 차린 듯 똑바로 서서 내게 인사를 했다. 이사한 지 얼마 지나지 않아 아직 집 주소가 익숙하지 않다는 말도 변명처럼 덧붙이면서.

"조심히 들어가세요."

나는 안나가 아파트 안으로 들어가는 모습을 바라보았다. 영화나 드라마에서처럼 뒤통수를 보인 채 손을 흔드는 짓은 하지 않았다. 안나라면 했어도 예뻐 보였을 것 같긴 하지만.

나는 20층이 넘는 아파트 꼭대기를 올려보다가 발길을 돌렸다.

부모님이랑 같이 사나 보군.

수림로를 건너 터벅터벅 걸었다. 마음에 드는 여자와 기분 좋게 술을 마셨음에도 뒷맛이 씁쓸했다. 안나가 했던 질문이 자꾸 머릿속에서 재생되었기 때문이다.

왜 그렇게 바보 같은 짓을 했어요?

왜 그렇게 바보 같은 짓을 했어요?

왜 그렇게 바보 같은….

장전역 아래로 내려가 온천천변을 걷기 시작했다. 밤 10시. 천변에는 사람들이 많았다.

처음엔 2, 30분쯤 걷겠거니 했는데 걷다 보니 계속 걷게 되었다. 셔츠가 땀에 젖었음에도 걸을수록 기분이 상쾌해졌다.

온천천 하류에 이르렀을 땐 21세기 도시의 총천연색 평화로움이 구현된 듯한 느낌까지 받았다.

온천천로를 저속 운행하는 자동차들이며 산책로에서 걷거나 자전거를 타는 사람들.

하천 양옆으로 높게 솟은 아파트와 맑디맑은 밤하늘.

불빛이 환한 산책로와 적절한 하천 폭.

딱 좋은 크기의 백색 소음까지.

나는 경쾌한 걸음으로 빠르게 도보를 이어갔다.

걷기 시작해서 1시간 40분쯤 지나자 수영강이 보이기 시작했다.

수영강변을 따라 다시 1시간쯤 걷자 민락수변공원이 나왔다. 곳곳에 돗자리를 깔고 술을 마시는 사람들. 바다 냄새와 술 냄새에 더해 젊은 남녀가 뿜어내는 욕정의 냄새까지 뒤섞인 늦은 밤.

술기운은 이미 사라진 지 오래였다.

편의점에 들러 포카리스웨트를 사 마신 후 30분쯤 더 걸어 집에 도착했다.

새벽 1시. 욕조에 시원한 물을 받고 몸을 담갔다.

몸의 열기가 서서히 가라앉았다.

*

　[안녕하세요, 안나예요. 엊저녁엔 오랜만에 과음을 한 것 같네요. 혹시 실수한 건 없는지…. 아 참, 데려다줘서 고마워요. 광안리까지 가기 멀었을 텐데, 집엔 잘 들어갔죠? 만나서 반가웠어요. 종종 연락하고 지내요 :)]

*

　토요일 낮. 벤지가 알려준 서면역 근방의 스타벅스로 들어
갔다.

　벤지는 처음 보는 남자 맞은편에 앉아 아이스 아메리카노를
홀짝이고 있었다. 나와 눈이 마주친 벤지가 한 손을 벌떡 올렸다.

　하지만 나는 벤지보다 맞은편에 앉은 남자에게 눈길이 더
갔다. 30대 중후반의 호탕해 보이는 얼굴이었지만 눈빛이 구렸
다. 교도소에 있을 때 자주 보던 눈빛이었다.

　벤지가 내 음료를 주문하러 갔고, 맞은편의 남자가 입을 뗐다.

　"말씀 많이 들었습니다. 로버트라고 합니다."

　"켄싱턴이라고 합니다."

　"최근에 학교 다녀왔다고 들었는데."

　다짜고짜 직설적이기 짝이 없군. 나는 입을 다문 채 고개를
살짝 끄덕였다.

"아아, 아입니다. 하하, 동질감이라 해야 하나, 저도 어렸을 때 잠시 다녀온 적이 있어서. 그것 때문에 개명까지 했는데, 아무튼 이걸 반갑다고 해야 하나, 마음이 동했다고 해야 하나. 벤 저민한테 대강의 이야기는 들었습니다만, 하하하."

사람 좋아 보이는 호쾌한 웃음. 과거와는 깨끗이 손을 씻었고. 이제 자신은 다시 태어났다는 말인가?

웃기고 있네.

한편으로는 벤지가 나에 대해 뭐라고 말했을지 예상되었고, 다른 한편으로는 전혀 짐작도 가지 않았다.

불쾌하기 짝이 없군.

"면접 본다는 얘기를 듣고 왔는데."

"하하하, 아입니다. 말이 면접이지, 이 기회에 안면이나 트는 거지."

"혹시 건물 주인이십니까?"

"친구 놈 하나랑 공동으로 운영하고 있습니다."

젊은 나이에 많이도 벌었군.

그때 벤지가 내가 마실 아이스 아메리카노를 들고 왔다. 벤지는 내 옆자리에 앉으며 말을 꺼냈다.

"켄, 로버트 어때? 성격 털털하지?"

나는 입을 다문 채 마지못해 두어 번 고개를 끄덕였다.

"하하하, 과묵한 성격이네예. 야간 경비원으로 일하기 딱 좋을 것 같습니다."

하고 싶지 않았다. 그렇지만 하지 않을 수도 없었다. 내 과거를 문제 삼지 않는 일자리를 이처럼 쉽게 구할 수는 없으리라.

나는 수감 1년 동안 갈고 닦은 인내심을 발휘했다.

"야간 경비원이 어떤 일을 하는지 잘 모릅니다만."

"어려울 거 없습니다. 기존에 하던 분이랑 이틀 정도 같이 일하면서 인수인계할 건 하고, 배울 것도 배우면 됩니다. 금방 배울 겁니다."

로버트는 그렇게 말하더니 테이블에 올려둔 검정 클러치백 안에서 봉투 하나를 꺼냈다.

"안에 보면 근로계약서가 있을 겁니다. 요샌 이런 것도 꼼꼼히 처리해야 한다니까, 하하하하."

벤지가 덩달아 웃었다. 나는 웃지 않았다.

봉투를 열어 근로계약서를 훑어보았다.

"지금 이 자리에서 당장 사인해도 되고, 천천히 검토하고 나중에 해도 되고."

"일은 언제부터 시작합니까?"

"편하실 대로 하시죠. 다음 주부터 바로 시작해도 되고, 그 다음 주부터 해도 되고. 근데 너무 미뤄지면 저도 곤란합니다, 하하."

근로계약서를 성의 없이 훑어보다가 문득 궁금한 점이 떠올랐다. 나는 벤지와 로버트를 번갈아 바라본 후 입을 뗐다.

"근데 두 분은 친하신가 보네요."

내 말을 듣자 벤지의 안색이 미묘하게 바뀌었다. 로버트는 아무 변화가 없었다. 이제껏 그래왔듯 하하하, 웃으며 내 말에 대꾸했다.

"벤저민이 치과 계약하면서 알게 됐지예. 이제 두세 달쯤 됐나? 이전에도 치과 하던 곳이라 리모델링할 것도 없이 간판만 바꾸고 들어왔고. 맞제, 벤저민?"

"인테리어만 조금 바꾸고 나머지는 거의 그대로지."

"가끔 이야기 나눌 기회가 있었는데 말이 잘 통하더라고예. 성격도 잘 맞는 것 같고. 따로 술자리를 갖기도 했고. 그러면서 친하게 됐지예."

벤지도 로버트의 말에 동의하는 듯한 얼굴이었다.

"벤저민 덕분에 켄싱턴 씨도 소개받고. 믿고 맡길 만한 야간 경비원 구하는 게 쉬운 일이 아니거든예. 아시다시피 젊은 사람들은 밤새우고 이런 일 잘 안 하려고 하니까. 그렇다고 나이 먹은 사람들 쓰기도 거시기한 게, 가끔 술 처먹고 건물 들어와서 귀찮게 하는 인간들도 있거든. 비싼 자재 쓰는 병원들이 많이 입주해 있으니까, CCTV랑 보안업체만으론 왠지 안심이 안 되고."

로버트는 테이블 위의 아이스 아메리카노를 몇 모금 들이켜고 나서 다시 말을 이었다.

"근데 켄싱턴 씨 보니까 마음에 쏙 드네. 나이도 젊고, 덩치도 있고. 소싯적에 주먹도 좀 썼다고 들었고."

누가 들으면 신입 건달 면접이라고 오해하겠군.

"그럼 모레부터 바로 하는 걸로 합시다." 내가 즉흥적으로 말했다.

"하하하, 역시 내가 사람 보는 눈이 있다니까."

로버트가 그렇게 말하며 손을 내밀었다. 나는 로버트의 손을 맞잡았다. 단단함이 느껴졌다.

"잘됐네. 덕분에 나도 너 자주 볼 수 있겠다." 벤지가 말했다.

잘된 건지 어떤지는 두고 봐야 알 일이고.

하지만 나는 내색하지 않은 채 벤지와 로버트를 보며 미소
를 지었다.

*

중학교 2학년 때 벤지가 우리 학교로 전학을 왔다.

사춘기나 중2병이라는 표현을 빌릴 것까지도 없었다. 나는 모든 것이 불만이었고 내 곁엔 아무도 없었다. 그런 나에게 벤지가 접근했다.

점심 식사 후 화장실에 갔다 오니 내 책상 옆에 벤지가 서 있었다. 책상 위에 올려둔 내 책을 들고 있는 게 보였다. 나는 벤지가 뭐라고 말하기도 전에 단숨에 책을 낚아채며 그의 어깨를 밀쳤다.

"씨발, 니 뭔데 남의 걸 맘대로 건드리노!"

처음에 벤지는 살짝 당황했다. 하지만 그 순간 기대에 찬 주변의 눈빛을 느꼈던 것 같다. 이대로 물러났다간 전학 온 학교에서 1년 내내 왕따를 당할지도 모른다고 본능적으로 알아챘을 것이다. 벤지의 태도가 곧장 바뀌었다.

"왜 밀치고 지랄이고!"

그 말이 도화선이 되어 나는 폭발하고 말았다. 벤지에게 달려들어 얼굴에 주먹을 내질렀다. 동시에 벤지도 내 얼굴에 주먹을 뻗었다. 비만 왔으면 딱 〈인정사정 볼 것 없다〉 각이었을 텐데. 그 후 둘 다 주먹질에 열중.

나도 한 성깔 한다고 생각했는데 벤지는 한 수 위였다. 분을 참지 못한 채 옆에 있던 의자를 들고 나에게 휘두르려 했던 것이다.

그쯤 되니 주위에서 구경만 하던 녀석들도 심상치 않음을 느꼈는지 우르르 달려들어 벤지를 말렸다. 내 쪽에도 몇 명이 달라붙었다. 나는 헉헉거리며 벤지를 노려보았다. 분을 주체하지 못한 벤지가 "으아, 씨발!" 하고 소리치며 멀어졌다.

달아올랐던 교실 안의 열기가 서서히 식어갔다.

나는 애들 몇 명과 쓰러졌던 주변의 책상과 의자를 똑바로 세웠다. 문제의 책이 바닥에 떨어져 있었다.

척 팔라닉의 《파이트 클럽》.

헛웃음이 났다. 찢어진 입술이 욱신거렸다.

많은 남중생들이 그러하듯, 그 싸움 이후 벤지와 나 사이에는 유치하고 진부하기 짝이 없는 단어들이 끼어들기 시작했다.

친구. 우정.

아쉬운 점이라면 이것들이 고작 3년밖에 지속되지 않았다는 점이지만.

*

[밥은 잘 챙겨 먹고 다니나?]

[바쁘신 형보다야 잘 먹고 지내겠지.]

[담주쯤 시간 날 것 같으니 가볍게 술이나 한잔하자!]

[나 담주부터 일 시작할 것 같은데?]

[갑자기? 무슨 일 하는데?]

[야간 경비원.]

[아파트?]

[아니, 서면에 있는 상가 건물… 이라고 해야 하나.]

[재주도 용하네.]

[친구가 알아봐줬지.]

[데이브?]

[벤저민이라고, 고등학교 때 친구 있는데 오랜만에 만났거든.]

[데이브 말고 고등학교 친구가 또 있네.]

[데이브랑도 같이 아는 친구. 유학 갔다가 최근에 치과 개업했다네. 그 치과 있는 건물에 야간 경비원을 구하고 있었고.]

[타이밍 딱이구만!]

[그렇지. 아, 맞다. 나 사진 봤다.]

[무슨 사진?]

[형 요즘 엄마 만나나 보네?]

[아, 그 사진. 뭐 그렇게 됐다.]

[그렇게 되긴 뭐가 그렇게 돼! 내가 그 여자 얼마나 싫어하는지 알면서!]

[야, 엄마한테 그 여자가 뭐냐. 엄마도 사정이 있었어.]

[남편, 자식 버린 여자한테 사정은 무슨!]

[암튼 됐고. 자세한 이야기는 만나서 하자.]

여자를 볼 때 가장 처음으로 보는 게 무어냐고 물었더니
그가 이렇게 말했지.

"적어도 서른은 넘어야지."

— 찰스 부코스키, 《여자들》[*]

토요일 오전. 에어컨 바람을 맞으며, 차가운 호가든 캔맥주
를 홀짝이며, 부코스키의 소설을 읽고 있었다.

띠링.

[오늘 시간 괜찮아요?]

안나의 문자메시지였다. 생각하기도 전에 손가락이 움직였다.

[더할 나위 없이.]

[낮에 대연동에 볼 일이 있는데, 기왕 간 김에 오랜만에 바
다 보고 싶어서. 같이 볼래요?]

[준비하고 기다리고 있겠습니다.]

[그럼 이따 다시 연락할게요.]

점심으로 쫄면을 끓여 먹고 샤워를 한 후 어떤 옷을 입을

---

[*] 찰스 부코스키 지음, 박현주 옮김, 《여자들》 (열린책들, 2012)

지 고민했다. 어차피 선택의 폭은 좁았다. 미치의 옷장에 있는 정장 중 하나. 오늘은 아르마니를 입기로 했다.

오후 4시가 조금 넘어서 안나에게 다시 문자메시지가 왔다.

[저 할리스에 있으니까 어서 와요.]

'어서'라는 말이 마음에 들었다. 첨부된 링크를 확인해보니 걸어서 5분도 안 걸릴 것 같았다.

[바로 갈게요.]

카페엔 사람들이 가득했다. 안나는 창가 테이블에 앉아 광안대교를 바라보며 바닐라 라테를 마시고 있었다. 무릎을 살짝 덮는 길이의 푸른색 브이넥 원피스. 눈을 뗄 수가 없었다. 카페 안에서 바다를 보게 될 줄이야.

천천히 안나에게 다가갔다. 안나가 나를 발견하고 조금 놀란 듯한 표정을 지었다.

"왜요?" 내가 물었다.

"진짜 빨리 왔네."

"바로 간다고 했으니까."

안나가 슬쩍 미소를 지었다.

계속 웃게 할 수 없을까.

안나가 자리에서 일어나며 물었다. "뭐 마실래요?"

"앉아 있어요. 주문하고 올게요."

"내가 불러냈으니까 내가 사야죠."

"설마 차만 마시고 가려는 건 아니죠? 그렇게 예쁜 옷까지 입고 왔으면서."

그러자 안나가 소리를 내며 웃더니 내 옷차림을 살펴보았다.

"켄싱턴 옷도 멋진데요."

미치의 옷을 빌려 입고 왔다는 얘기를 굳이 꺼낼 필요는 없겠지.

나는 테이블을 가리키며 말했다.

"그럼 안나랑 같은 걸로 마실게요."

우리는 각자의 바닐라 라테를 테이블에 둔 채 마주 앉았다.

어색한 시간은 금세 사라졌고, 우리는 빠르게 둘만의 시공으로 빠져들었다. 지난 술자리에선 주고받지 않은 아주 사적인 대화.

안나의 아버지는 2년 전에 돌아가셨다. 갑자기 쓰러지셨는데 그 후 눈을 뜨지 못하셨다. 심장 쪽 질환이었으나 별다른 전조도 없었다. 너무 황망한 죽음이라 여전히 실감이 나지 않고, 가끔 아버지가 아무 일도 없었던 것처럼 집으로 들어오는 꿈을 꾼다고 했다. 푸른 바다에 차오르는 따뜻한 눈물.

한 명 있는 남동생은 대학 졸업 후 몇 년째 서울에서 직장생활을 하고 있었다. 다른 남매에 비해 그렇게까지 친밀한 관계는 아닌 것 같다고 했다.

지금은 엄마와 단둘이 살고 있다는 말도 덧붙였다.

나 역시 가족 이야기를 해야 했다.

중학교 때 아버지가 교통사고로 돌아가셨는데, 어렸을 때부터 술이나 퍼마시던 사람이라 그때나 지금이나 슬픈 감정은 없다고 말했다. 엄마 얘기도 해야 했는데, 솔직하게 말하면 내 표정이 일그러질 것 같아 거짓말을 할 수밖에 없었다. 아버지

돌아가시고 나서 몇 년 뒤에 과로로 돌아가셨다고. 다시 한번 안나의 눈에 눈물이 차올랐다. 정작 말하는 나는 아무렇지도 않았건만.

여섯 살 많은 형이 있고, 원래는 경찰이었는데 업무에 시달리다 퇴직하고 지금은 경비업체에 다닌다고 했다. 한 번 거짓말을 하고 나니 이어지는 거짓말은 아무것도 아니었다. 물론 안나의 눈을 보고 있으려니 죄책감이 스멀스멀 피어올랐지만.

어느덧 여름 해가 저물고 어스름이 찾아왔다.

"나가요. '광안리식'으로 저녁 보내면 딱 좋겠네." 안나가 말했다.

"광안리식? 그게 뭐예요?"

"먼저 민락회센터에서 소주 마시면서 회를 먹고, 그다음에 느긋하게 광안리 해변을 산책하는 거지. 마지막으로 디저트처럼 '여수 밤바다'를 듣고."

"좋네. 근데 광안리에서 웬 '여수 밤바다'?"

"어차피 이름만 바꾸면 어디서나 다 똑같잖아요. 제주 밤바다도 되고 인천 밤바다도 되고. 당연히 부산 밤바다, 광안리 밤바다도 되고."

광어회와 민어회라는 최상의 안주가 테이블 위에 있었지만, 안나는 술을 자제하는 느낌이 들었다. 지난번처럼 취하고 싶지 않아서 그런지도 모르겠다는 생각이 들었다.

나는 내 페이스대로 술을 마셨다. 안주도 맛있게 먹었다.

안나가 평소에 뭐 하면서 시간 보내느냐고 물어서 소설을 읽는다고 대답했다. 안나의 눈빛이 초롱초롱해졌다.

"저도 소설 좋아하는데!"

"오, 진짜요?"

"마이조 오타로라는 일본 작가 좋아하는데, 혹시 알아요?" 안나가 물었다.

"이름은 들어봤는데 아직 안 읽어봤네."

"문압이 엄청난 작가예요."

"문압?"

"문체의 압력이라고 해야 하나. 문장의 압도감 같은 것. 속도감이 대단해요."

"오, 괜찮겠는데."

"이야기가 진짜 멋지고 시원한 느낌? 우선 《연기, 흙 혹은 먹이》부터 읽어봐요. 데뷔작인데, 미스터리 소설이면서 동시에 가족소설이라고 할 수도 있어요."

"가족소설?"

"가족에 대한 이야기. 가슴 깊이 증오하면서도 용서하고 화해할 수밖에 없는, 그런 가족에 대한 이야기."

안나의 말을 듣자 곧바로 엄마가 떠올랐다. 안나에게 했던 거짓말도 떠올랐다. 술기운이 빠르게 온몸으로 퍼져가는 것 같았다.

나는 잽싸게 소주잔을 비우고 안나에게 말했다.

"미안."

안나가 어리둥절한 표정을 지었다.

"갑자기 뭐가?"

"사실 나 거짓말했어."

"무슨 거짓말?"

"솔직하게 말하면 화를 자제하지 못할 것 같아서. 호감 있는 여자 앞에서 화내고 싶지 않았거든."

안나는 손에 든 젓가락을 테이블 위에 올려두고 나에게 집중했다.

"사실 우리 엄마 안 죽었어. 별로 엄마라고 부르고 싶지도 않은 사람인데, 어떤 남자랑 바람나서 가족 버리고 도망간 여자거든. 초등학교 몇 학년 때였더라, 4학년인가 5학년 때였나. 어느 날부터 엄마가 집에 안 들어오더라고. 그 이후로 아빠는 술만 마시면 엄마 욕해대고. 모르려야 모를 수가 없었다. 우리 버린 엄마도 싫었고, 맨날 술 처마시면서 엄마 욕하는 아빠도 싫었고."

나는 나도 모르는 새 테이블 위에 한 손을 올린 채 주먹을 쥐고 있었다. 안나가 손을 뻗어 내 주먹을 감싸 쥐었다. 손등을 몇 차례 쓰다듬었다. 안나의 온기가 전해졌다.

"거짓말해서 미안."

내 손을 감싼 채 안나는 고개를 저었다.

"이 얘기 하는 거 진짜 오랜만이다."

나는 쥐고 있던 주먹을 슬며시 풀었다.

잠시 후 안나가 내 손을 잡으며 말했다.

"술 더 마실래? 아니면 좀 걸을까?"

"그럼 좀 걸을까?"

민락회센터에서 나와 해변을 걸었다. 나는 잠시 놓았던 안나의 손을 다시 잡았다.

"아까 말한 '광안리식'이 이거구나."

나는 괜히 호쾌한 목소리로 말했다. 안나의 손에서 호감의 기운이 전해졌다.

착각이 아니기를.

저녁에 사람들은 광안리 해변에서

자전거를 타거나

초상화를 그리거나

버스킹을 하거나

술에 취하거나

폭죽을 터뜨린다.

물론 우리처럼 데이트를 하기도 한다.

여자들에게 작업을 거는 남자들도 볼 수 있었다.

온순해 보이는 커다란 개와 사나워 보이는 자그마한 개도.

시시각각 변하는 광안대교의 조명 빛도.

규칙적으로 드나드는 검푸른 파도와 그 위를 오르내리는 갈매기도.

안나와 자고 싶었다.

길 건너편에 호텔이 보였다.

"마지막으로 '여수 밤바다'만 들으면 완벽하겠네."

스스로도 느껴질 만큼 어색한 목소리였다.

안나가 코웃음을 치더니 말했다.

"여기 벤치에 앉아서 바다 보면서 들을까?"

"여긴 시끄러워서 잘 안 들릴 것 같은데."

"이어폰으로 들으면 괜찮아."

"그래도 조용한 곳에서 듣는 게 좋지 않나?"

내 말에 안나가 나를 빤히 쳐다보았다. 입꼬리가 살짝 올라가 있었다.

"아까부터 길 건너편 호텔 쳐다보면서 왜 자꾸 딴소리야?"

나는 잡고 있던 손을 놓고 안나를 바라보았다. 안나는 내 시선을 피하지 않았다.

"너랑 자고 싶다."

안나는 미소를 지우고 가만히 나를 바라보더니 놓았던 손을 다시 잡았다. 함께 길을 건넜고, 우리는 호텔 안으로 들어갔다.

감옥에서 나온 후부터
나는 모든 것을 순순히 받아들이게 되었다.

— 세르게이 도블라토프, 《여행가방》[*]

야간 경비원에 대해서라면 블라디미르 니키포로프가 정확하게 묘사한 바 있었다.

야간 근무를 마친 뒤 지하철을 타고 집으로 돌아갈 때 나는 몇 분, 혹은 몇 초 동안 절대적 행복감을 맛본다. 밤을 새우느라 마셔댄 커피 2리터와 담배 때문에 머릿속은 마치 필라멘트가 시커멓게 타버린 백열등 같다.[**]

소싯적엔 술 마시며 밤을 지새우기 일쑤였지. 나도 이제 내

---

[*] 세르게이 도블라또프 지음, 정지윤 옮김, 《여행가방》 (뿌쉬낀하우스, 2010)

[**] 블라디미르 니키포로프 지음, 〈어느 야간 경비원의 일기〉, 강명순 옮김, 《유럽, 소설에 빠지다 2》 (민음사, 2009)

년이면 서른이다. 설마 커피를 마시며 밤새우는 날이 찾아올 줄이야. 담배 끊은 지는 벌써 200년 이상 지난 것 같다. 하지만 매일 이렇게 일하다간 언제 다시 입에 물지 모른다.

무엇보다 이 비유. '필라멘트가 시커멓게 타버린 백열등'. 작가에게 두 손 두 발 다 들었다. 더 보텔 말이 없다.

절대적인 행복감에도 동의한다. 아쉬운 점이라면 길어야 5분을 넘기지 않는다는 점이지만.

야간 경비 일을 시작한 지 어느새 닷새째.

처음 이틀은 원래 하던 브래드가 함께 있었다. 60대 남자였다.

경비실 모니터로 CCTV 화면을 보는 게 주요 업무라는 말을 들었다. 1시간마다 각층을 돌며 특이사항이 있는지 확인하는 것 또한 중요하다고 했다. 특히 공용화장실과 복도 유리창 점검을 빼먹지 말아야 했다.

정시가 되면 엘리베이터를 타고 9층까지 올라갔고, 손전등으로 이곳저곳을 살피며 계단을 내려왔다. 지하 1, 2층 주차장까지 살펴보면 순찰 업무는 끝이 난다.

브래드와 함께 순찰할 때만 30분 가까이 걸렸지, 그 이후 혼자 할 때는 20분도 채 걸리지 않았다.

쥐 죽은 듯 고요하기만 한 건물 내부.

문득 의문이 들어 브래드에게 물었다.

"밤에 누가 오긴 옵니까? 이런 곳에 도둑이 들 것 같지는 않은데."

"가끔 오긴 와."

"진짜요? 도둑이?"

"아니, 로버트."

"로버트요? 여기 건물주?"

"흥. 건물주인지 조폭인지 낸들 아나."

나만 그렇게 생각한 게 아니군.

"로버트가 조폭이에요?"

"자기 말로는 그쪽 일 손 뗐다고 하는데, 하는 짓 보면 그 성질이 어디 가나."

"무슨 짓을 하는데요?"

"그런 건 알 필요 없고, 아무튼 가끔 밤중에 로버트가 오니까 감시 잘해야 한다고. 졸지 말고."

군대에서 사병들 사이에 돌던 우스갯소리가 떠올랐다. 우리의 주적은 북한이 아니다. 간부다.

여기서도 마찬가지다. 야간 경비원들의 주적은 도둑이 아니라 건물주.

애초에 야간 경비를 둬야 할 만큼 어마어마한 건물이 아니다. 게다가 세입자들이 각자 보안업체를 통해 보안 장치를 해두었다.

특이한 점이라면 건물주가 한밤중에 종종 건물을 찾는다는 점.

설마 그때를 대비해서 야간 경비가 필요한가? 건물주가 야밤에 심심할까 봐?

별의별 인간이 다 있는 세상이지.

어색하기만 했던 경비복도 조금씩 익숙해지고 있다.

가슴에 달린 명찰도.

켄싱턴 팍.

나야 어차피 돈 받고 하는 일이니 시키는 것만 하면 된다.

받는 만큼만 일하면 된다.

〔 **7** 〕

미스터리

여기까지가 두 번째 연재분이었다. 첫 번째 연재분과 비슷한 분량. 룲와룲와는 심지어 이 이후로도 조금 더 여유 분량을 남겨뒀다.

오랫동안 생각에 잠겨 있었기 때문에 그만큼 집필 분량이 늘어났을까. 나도 생각하는 시간에 비례해서 작업량이 늘어난다면 좋을 텐데.

어쨌거나 룲와룲와의 《부산 느와르》는 여기까지다. 룲와룲와는 완전히 사라졌고, 앞으로 이어질 이야기는 나 스스로 써야 한다. 무슨 일이 있더라도 써내야 한다. 작가로서의 생명이 걸린 문제다.

비유가 아니라 실제로.

재영 씨는 매번 최종 마감일에 맞춰서 원고를 넘긴다고 불만을 표했지만 소설에 대해서는 긍정적으로 평해줬다.

"굉장히 잘 읽히고 재밌어요. 제이슨이랑 엮여서 사건이 일어날 줄 알았는데 또 다른 악역 캐릭터(?) 로버트까지 등장했네요. 이제 조만간 사건이 팍 터질 것 같은 분위기! 지금까지는 범죄소설이라기보단 왠지 연애소설 느낌이 강했는데 이제 본격적으로 '느와르'에 어울리는 이야기가 전개될 것 같아요. 다음 화 기대할게요!"

머리도 환기 시킬 겸 오랜만에 성호와 만나기도 했다. 가끔 전화 통화나 문자메시지를 주고받기는 했지만 직접 대면하는 건 연재를 시작하고 나서 처음이었다.

우리는 건대 앞의 자주 가는 카페에 들어가 각각 아이스 아메리카노와 캐모마일티를 주문했다.

"웬일이고. 연재 기간 중에 차를 다 마시자고 하고." 성호가 먼저 입을 뗐다.

"이제 여유가 좀 생겼지, 하하하."

"헛소리하고 있네. 겨우겨우 마감 날짜 맞추는 주제에."

"어? 어떻게 알았지?"

"내가 네 소식 어떻게 알겠노. 재영 씨 통해서 들어서 알지."

재영 씨와는 내가 먼저 친분을 쌓았지만 이후 셋이서 같이 식사하거나 차를 마시면서 성호도 재영 씨와 연락하고 지내는 사이가 됐다.

"후후, 그럼 곧바로 본론으로 넘어가볼까?"

"그러시든지."

나는 아이스 아메리카노를 몇 모금 홀짝거리고 나서 마음

속에 품었던 이야기를 꺼내놓았다.

"지금 연재 중인 내 소설 읽어봤지?"

"어, 재영 씨가 나한테도 〈모던 픽션〉 한 권 보내주고 있어서."

〈모던 픽션〉은 《부산 느와르》가 연재되고 있는 격월간 소설 잡지의 이름이었다.

"어떤 거 같아?"

"어떤 거 같냐니?"

"네 솔직한 감상을 듣고 싶다는 말이지."

"포인트가 '솔직한'이가 아니면 '감상'이가?"

"솔직한 감상."

성호는 대학 시절부터 10년 넘게 알고 지낸 친구로, 대학 졸업 후 출판사에서 편집자로 일하다가 지금은 일본 소설을 전문적으로 번역하고 있다. 성호는 늘 내 소설에 대해 누구보다 적확한 지적을 해주었다. 과하게 칭찬하는 일도 없었고, 터무니없이 비판하는 일도 없었다.

솔직한 감상을 듣고 싶다는 내 요청에 성호가 했던 말은, 요컨대 켄 브루언의 스타일을 모방했다고는 하지만 너무 형태적인 데만 치중한 게 아닌가, 이상한 말장난만 몇 가지 있지 작가 특유의 블랙 유머를 찾아보기 어렵다, 내 고유의 스타일도 안 드러나고 켄 브루언 스타일도 잘 안 드러나는데 굳이 이렇게 쓴 이유를 모르겠다는 내용이었다.

물론 채찍질만 하지는 않았다. 다음과 같은 약간의 당

근도.

스토리텔링 면에서 흥미롭다. 이야기의 긴박감도 서서히 고조되고 있다. 다음 화가 기대된다.

"기왕 시작했으니 계속 써야 하긴 하는데 쉬운 일이 아니네. 네가 말했듯이 내 스타일도 아니고."

성호의 이야기를 듣고 나서 나는 그렇게 말했다.

"그래도 처음 쓰기 시작했을 때, 아이디어가 떠올랐을 순간이 있다 아이가. 그 순간을 계속 되새겨 봐봐. 네 안에 범죄소설을 쓰고자 하는 욕구가 있었을 테니까. 켄 브루언의 스타일을 모방하려고 했던 이유도 있을 테고."

성호가 누구보다 친한 친구이긴 하지만 그에게 꿈신꿈왕에 대해 말할 수는 없는 노릇이었다. 《부산 느와르》는 내가 쓴 게 아니라 사라진 룳와룳와가 쓴 거라고 말할 수는 없었다. 말한다고 한들 믿어줄 만한 내용도 아니거니와.

내가 별 대꾸 없이 자꾸 아메리카노만 홀짝거리자 성호가 입을 뗐다.

"최근에 출간 검토하고 있는 일본 소설이 있는데, 거기에 이런 구절이 나와. '강한 의지가 운명을 끌어당긴다면, 어떤 일은, 그 강철 같은 의지의 힘만으로 발생할 수 있는 것이다.'"[*]

강한 의지? 운명?

어디서 들어본 것 같은 말인데. 누가 했던 말이더라?

* 舞城王太郎, 《ディスコ探偵水曜日》(新潮社, 2008)

그나저나.

"강철 같은 의지가 중요하다는 말인가?"

"너 하기 나름이다, 라는 말일 수도 있겠고."

똑같이 반복되는 삶.

컴퓨터 앞에 앉아 키보드를 두드리거나 책을 읽고, 밥을 먹거나 설거지를 하고. 가끔 성호나 재영 씨와 대화를 나누고.

지금은 하얀 모니터에 새카만 글자를 새겨 넣을 시간이다. 《부산 느와르》를 계속 이어서 써야 한다. 가짜 꿈신꿈왕 룸와 룸와가 사라졌으니 이제부턴 내가 직접 쓰는 수밖에 없다. 쓸 수 있을 것이다.

다음 연재분부터는 본격적으로 사건이 전개된다. 그 전에 등장인물들에 대해 제대로 파악할 필요가 있다. 두 번째 연재분에서 등장인물이 갑자기 늘어났다. 다음 연재분 내용까지 참고해서 우선 등장인물의 나이나 직업, 특징이나 인물 간의 관계에 대해 간단하게 정리해두자.

+ 등장인물

켄/켄싱턴 팍 29세. 주인공. 마약 소지죄로 1년 동안 수감. 다혈질이라 순간 욱하는 기질도 있지만 어떤 면에선 소심함도 엿보임. 모친에 대해 강한 분노를 느낌. 형인 미첼을 각별하게 생각. 취미는 독서

미치/미첼 팍 35세. 주인공의 형. 전직 형사. 경찰 퇴직 후 현재

홍신소 직원, 혹은 사설탐정. 아버지의 죽음에 대해 조사 중. 아직 드러난 부분이 적은 캐릭터

데이브 리 29세. 켄싱턴과 벤지의 고교 시절 친구. 토익 학원 강사. 켄싱턴과 벤저민 사이의 갈등을 완화시키는 역할을 하는 등 원만한 성격의 인물

안나 34세. 켄싱턴의 연인. 제이슨네 가사도우미. 앞으로 일어날 사건과 관련해 중요한 역할을 하지 않을까?

벤지/벤저민 킴 29세. 켄싱턴, 데이브의 학창 시절 친구. 호주에서 치의학 전공 후 한국에서 치과 개업. 켄싱턴에게 야간 경비원 알선

제이슨 24세. 현재 마약 소지 혐의로 집행유예 중. 국회의원인 매튜의 아들. 2년 전 켄싱턴과 알게 됨

매튜 50대 중반. 국회의원. 제이슨의 아버지

크리스 40대 초반. 신문기자. 켄싱턴과 함께 비밀리에 모종의 일을 하고 있는 듯 보임. 초반에 언급된 인물이지만 아직 별다른 역할을 못 하고 있다.

로버트 30대 중후반. 켄싱턴이 야간 경비원으로 일하는 건물의 건물주. 벤저민과는 어떤 관계인가.

마이클 40대? 50대? 정신과 의사

루이스 20대? 켄싱턴의 수감 동료

브래드 60대. 전 야간 경비원

테드 60대. 오후, 저녁 타임 경비원

마이클이나 루이스, 브래드, 테드는 사실상 단역에 가까운

인물이지만 참고삼아 적어두었다. 나중에 뜻밖의 상황에서 등장시킬 수 있을지도 모르고.

그럼 우선 《부산 느와르》를 읽으며 떠올린 궁금증에 대해 몇 가지 적어보자.

가장 먼저 해결해야 할 점은 주인공의 형인 미첼이 어떤 일을 하고 있느냐 하는 것이다. 다음 연재분에, '아버지의 죽음'과 관련된 비밀을 밝혀내는 중이라고 나와 있긴 하다. 하지만 그 말이 전부다. 룸와룸와가 어떤 계획을 갖고 이야기를 꾸며냈는지는 모르겠다. 이전에 말했듯 그냥 즉흥적으로 만들었을지도 모른다. 어쨌거나 '아버지의 죽음'과 관련된 비밀에 대해서는 직접 상상해내는 수밖에 없다.

여기서 주요 인물로 급부상하는 캐릭터가 크리스다. 전반부에 이름만 잠깐 언급되고 계속 나오지 않던 크리스가, 다음 연재분에서 사건이 발생한 후 갑자기 등장한다. 그 이후 이야기가 끊어졌다는 점이 아쉬울 따름이지만. 크리스와 미첼은 서로 어떻게 알게 됐고 어쩌다 비밀을 공유하는 사이가 됐는가. 이것도 해결해야 할 문제다.

로버트는 또 어떤 인물인가. 교도소에 수감된 이력만 언급됐을 뿐 어떤 사건을 저질렀는지에 대해서는 전혀 나와 있지 않다. 상상해서 풀어내야 한다.

로버트와 벤저민이 어떤 관계인지도 생각해야 한다. 단순히 건물주와 세입자의 관계는 아닌 것 같고….

혹시 벤저민이 켄싱턴에게 접근한 것도 다른 꿍꿍이가 있기 때문일까.

하지만 이렇게 의심하면 한도 끝도 없겠지.

안나에 대해서도 생각해야 한다. 첫 술자리에서 연하를 좋아하지 않는다고 말했는데 갑자기 마음이 바뀌었고, 그다음 만남 때 잠자리를 가진다? 감정 변화가 너무 빠른 거 아닌가? 아니면 처음부터 켄싱턴이 마음에 들었는데 아닌 척했을 가능성도 있겠지.

설마 안나도 다른 꿍꿍이가 있는 건 아니겠지. 제이슨의 집에서 일하는 동안 제이슨에게 따로 들은 이야기가 있다든지. 아니면 영화 〈색, 계〉에서처럼, 원래는 정탐을 목적으로 켄싱턴에게 접근했는데 진짜 사랑에 빠지게 됐다든지.

역시 여자의 마음은 알기 어렵다.

아니, 아니다, 그렇게 생각하지 말자. 여자뿐만이 아니다. 누구의 마음도 알기 어렵다. 심지어 나 자신의 마음 또한. 하지만 알고자 애쓰고 노력하면 어느 정도까지는 알 수 있는 것이 마음이다.

휴우. 풀어나가야 할 문제가 한두 개가 아니다. 다음 이야기를 이어가며 해결해야 하는 문제들. 그것도 지금까지 발표된 것과 유사한 문체를 구사하여.

앞으로 나에겐 한 달이라는 시간이 남았다. 남은 이야기를 이어 쓰기에 충분한 시간.

이제 룸와룸와가 사라졌으니, 진짜 꿈신꿈왕이 말했듯 다시 소설을 쓸 수 있을 것이다. 창작 활동이 가능할 것이다. 이전처럼 멍하니 모니터만 바라보는 일은 없을 것이다.

이제 정말 이야기를 이어 쓸 시간이다.

그 전에 우선, 룖와룖와가 써둔 남은 이야기부터 확인해
보자.

〔 **8** 〕

부산 느와르

벌써 1년, 아니 벌써 한 달

한 달이라는 시간이 순식간에 지나갔다. 뜨겁기만 하던 한낮의 태양도 그 기세를 누그러뜨렸고, 어느새 아침저녁으로 공기가 선선해졌다. 태풍 하나가 지나가고 나니 가을이 물씬 다가온 것 같았다. 매미는 마지막 남은 힘을 쥐어 짜내며 한없이 짝짓기를 갈망했다.

야간 경비원 일도, 안나와의 연애도 차츰 일상으로 자리 잡아갔다.

먼저 야간 경비원 일.

별다른 일은 일어나지 않았다.

초반엔 순찰의 지루함을 없애기 위해 타이머를 세팅했다. 엘리베이터가 9층에 도착해서 땡, 하는 소리가 나면 시작 버튼을 누른다. 점검해야 할 포인트들을 빼먹지 않고 살펴본다. 빠르게 계단을 내려온다. 반복. 다시 반복. 지하 2층까지 찍고

1층으로 돌아와 정지 버튼을 누른다. 기록이 차츰 단축되었다.

15분 28초!

14분 32초!

13분 46초!

현재까지 기록한 최단 시간. 시간을 더 단축할 수도 있겠지만, 그랬다간 내가 설정해둔 최소한의 순찰 FM이 무너지게 된다. 아직 한 달밖에 안 됐는데 벌써 그렇게 할 것까지야.

순찰 업무를 마치고 나면 경비실에 앉아 책을 읽는다. 시원한 에어컨 바람을 쐬면서.

매일 한두 번은 졸리는 시간이 찾아온다. 그럴 때마다 커피를 들이켜고 CCTV 화면을 살펴보지만 한계가 있다. 특히 새벽 3시부터 4시까지가 가장 버티기 힘든 시간이다. 1.5리터짜리 커피 페트가 급속도로 줄어드는 시간.

그래 봤자 잠을 이길 수 있는 장사는 없다. 나도 모르게 잠깐씩 꾸벅거린다.

브래드는 로버트가 언제 찾아올지 모르니 항상 주의하라고 했지만, 한 달 동안 딱 한 번밖에 찾아오지 않았다.

잠가둔 1층 정문에서 똑똑똑, 소리가 나기에 나가봤더니 로버트였다. 다행히 쌩쌩한 상태로 눈을 뜨고 있었다. 나는 보안 상태를 해제한 후 문을 열어주었다.

"하하, 켄싱턴. 근무 잘 서고 있네."

"제 일이니까요."

"역시, 내가 사람 보는 눈이 있다니까, 하하하."

"혹시 무슨 일이 있어서 오신 겁니까?"

"아니야, 아니야. 요 근처에 볼일이 좀 있어서 왔다가, 생각 난 김에 들렀어. 켄싱턴 얼굴 못 본 지도 좀 됐고."

새벽 2시 반이 넘은 시간에 어떤 볼일이 있었는지 궁금했지 만, 묻지 않는 편을 택했다. 못 본 지 좀 됐다는 말은 사실이었 다. 브래드에게 날 소개해줄 때 보고 딱 20일 만이었으니. 기왕 이면 조금 더 뜸하게 봤으면 했지만, 이 역시 말하지 않는 편을 택했다.

"별일은 없지?"

"없습니다."

너무 없어서 지루할 정도로.

"그럼 가볼게."

로버트는 내 어깨를 툭툭 두드리고 나서 돌아섰다. 문을 잠 그고, 다시 보안 상태를 활성화시킨 뒤 경비실 안으로 들어왔다.

가끔 시간이 맞으면 한두 시간 정도 데이브와 만나기도 했다.

언젠가 내가 하는 일이 얼마나 단조롭고 따분한지 말한 적 이 있었다. 그랬더니 데이브는 난데없는 이야기를 했다.

"우리 사는 게 바닷속 상어나 마찬가지잖아."

"그게 뭔 소리고?"

"계속 헤엄치지 않으면 가라앉는다는 말이지."

그렇군.

날을 잡아 데이브와 함께 벤지네 치과에 스케일링을 받으러 가기도 했다.

먼저 스케일링을 받고 나온 데이브가 호들갑을 떨며 말했다.

"진짜 개운하다! 완전히 다른 세상이야!"

"아프지는 않고?"

내 물음에 데이브가 어이없다는 표정을 지었다.

"왜?" 내가 물었다.

"너는 감옥까지 갔다 온 애가 겁도 많다."

감옥은 법을 어긴 사람이 가는 곳이지 겁 없는 사람이 가는 곳이 아니다.

내 심각한 표정을 보더니 데이브가 덧붙였다.

"피 뽑는 것보다 안 아프니까 걱정 마시게."

그리고 나서 작은 목소리로 구시렁거렸다.

"이런 애를 좋아했다니."

긴장한 채 진료실에 들어온 나를 보자 벤지가 슬며시 웃으며 말을 걸었다.

"너도 무서워하는 게 있었구나."

의사라는 놈이 환자를 놀리고 있어!

침대에 누웠고, 곧바로 스케일링이 시작되었다.

젠장! 데이브 이 새끼가 거짓말을 한 게 틀림없다! 존나 아프잖아!

내가 끙끙거리는 소리를 내자 벤지가 입을 뗐다.

"너 평소에 양치질 자주 안 했지? 데이브보다 치석이 많이 끼어 있네."

오랜만에 친구 만났는데 자꾸 데면데면하게 굴어서 복수하는 건가? 설마 벤지 이 새끼가 나만 존나 아프게 스케일링 하는 건 아니겠지? 근데 나는 왜 이렇게 치과를 무서워하지?

어렸을 때 치과에서 겪은 트라우마라도 있나?

싸우지도 않았는데 입안 가득 피 맛이 감돌았다.

마지막으로 안나와의 연애.

평일과 주말로 나눠서 말할 수 있다. 평일에 우리는 주로 안나가 일하지 않는 화요일과 목요일 오후에 만나 저녁을 먹고 섹스를 하고 헤어졌다. 주말엔 시외로 외출할까 생각하기도 했지만 수많은 피서 인파를 보고 단숨에 마음을 접었다. 둘 다 사람 많은 곳이라면 질색이었다.

굳이 평일과 주말로 나눠서 말하기는 했지만 실상 우리가 하는 일은 대동소이했다.

먹고

마시고

섹스하고

안나와는 연인들이 흔히 나눌 법한 대화를 주고받았다. 사랑에 빠진 채 나눈 이야기라 시간이 지나고 나면 사실상 기억에 잘 남아 있지 않는 대화들.

물론 기억하고 있는 것도 몇 가지 있다.

네 번째인지 다섯 번째 섹스를 끝내고 나서 안나가 갑자기 이런 말을 꺼냈다.

"자기, 여자 많이 만나본 것 같아."

질문이냐, 아니면….

내가 아무 대꾸를 하지 않자 못 들었다고 생각했는지 내 쪽으로 돌아누우며 물었다.

"많이 만나봤지?"

"좀 놀긴 했지."

"하여튼."

"하여튼, 뭐?"

"겉보기엔 무뚝뚝하고 말주변도 별로 안 좋으면서."

"부산 남자가 다 그렇지."

"안 그런 부산 남자도 많거든?"

이번엔 내가 안나 쪽으로 돌아누웠다.

"자기도 남자깨나 만나본 것 같은 말투인데?"

"그러니 남자 보는 눈이 생겼지."

"그래서 그 눈으로 날 알아본 거네?"

"그 말만 안 했으면 딱 좋았을 텐데."

그러고 나서 안나는 다시 천장을 바라보며 누웠다. 나는 재빨리 안나 위로 올라가 입술을 맞췄다.

"자기 너무 좋아." 내가 말했다.

안나가 내 목을 끌어안으며 떨어진 입술을 다시 갖다 댔다.

이런 생각을 했다.

애인도 있고, 친구도 있고, 일자리도 있다.

오랫동안 소원했던 친구와도 차츰 관계를 회복 중이다.

번듯한 집도 있고, 읽을 책도 한가득.

미치와 좀 더 자주 볼 수 있으면 좋겠지만, 어차피 바쁘다는 일도 10월 전에는 마무리될 것이다.

그러면 내 삶은 조금 더 완벽에 가까워질 수 있겠지. 행복이라는 오아시스에 몸을 담글 수 있겠지.

그동안 불운하고 불행한 선로만 달리던 내 인생이 비로소 올바른 선로로 접어든 기분이 들었다.

하지만 착각이었다.

이런 기분은 그리 오래 지속되지 않았다.

실은 다가오기가 무섭게 사라지고 말았다.

그동안 까맣게 잊고 있던 제이슨에게 한 달여 만에 연락이 온 것이다.

**내 목표는 누나들의 조기 퇴직과
불안 없이 마음껏 게으름 피워댈 시간**

— E SENS, 〈WTFRU〉 *

핸드폰 벨소리에 잠이 깼다. 오후 1시. 이런 시간에 도대체
누가 전화질이야.

확인해보니 제이슨이었다. 눈을 뜨자마자 들어야 하는 목
소리가 제이슨이라니. 미세먼지를 들이마시는 기분이었다. 목
을 몇 차례 가다듬고 전화를 받았다.

"여보세요."

"뭐고, 켄. 혹시 자고 있었나? 나 제이슨이다."

난데없는 쾌활함이 가식적으로 느껴졌다.

"요즘 잘 지내나 보네. 연락도 없고." 제이슨이 말했다.

"왜? 무슨 일 있나?"

"에이, 켄. 사람이 왜 그렇게 냉담하노. 돈 때문에 아직 화

---

* E SENS, 〈WTFRU〉, 2017

가 안 풀렸나?"

뚫린 입이라고 아주 멋대로 지껄이는군.

나는 아무 대꾸도 하지 않았다.

"그렇지 않아도 그 일 때문에 연락했다."

"무슨 일?"

"돈 생겼거든."

"이번에도 500 주게?"

"하하하, 켄. 감옥 갔다 오더니 농담이 늘었네?"

이 새끼랑은 말을 섞으면 섞을수록 속이 뒤집히는 느낌이다.

"농담처럼 들리나?" 내가 말했다.

"아이고, 켄. 내가 잘못했다. 용서해도. 그래도 봐봐라, 돈 생겼다고 이렇게 연락도 주잖아."

그래, 기분은 기분이고, 받을 건 따박따박 받아야지.

"언제 가면 되노?"

"내일 시간 되나?"

내일은 목요일이라 안나가 쉬는 날이다. 돈 받고 나서 곧장 장전동에서 만나면 된다.

"오케이. 그럼 4시까지 갈게."

"그럼 내일 봅시다. 그때까지 기분도 좀 풀고."

이튿날, 시간에 맞춰 제이슨의 집으로 갔다. 정문에서 벨을 누르자 문이 열렸다. 나를 맞아주는 사람은 아무도 없었다. 문득 안나와 처음 만났을 때가 떠올랐다.

따지고 보면 제이슨 덕에 안나와 만날 수 있었던 셈이지.

젠장.

돌계단을 오른 뒤 정원을 가로지를 때 다시 한번 한 달 전의 사건이 떠올랐다. 나를 향해 사납게 짖어대던 시베리안 허스키. 하지만 그때와 달리 놈은 나에게 아무 관심도 보이지 않았다. 잔디밭 위에 배를 깔고 누운 채 한가로이 시간을 보내고 있을 뿐.

현관문을 열고 집 안으로 들어가 곧장 2층으로 올라갔다. 익숙한 동선. 지난번과 마찬가지로 제이슨은 소파에 앉아 술을 마시고 있었다. 테이블 위에 있는 보드카와 사이다와 레드불.

"켄, 어서 온나. 오늘은 켄이 좋아하는 걸로 준비해뒀다. 내가 비율 하나는 끝내준다 아이가. 기억나제?"

제이슨은 유리컵에 보드카와 사이다와 레드불을 적당히 부었다. 적당히, 라고 했지만 나름대로 비율이 있긴 있겠지. 한창 제이슨과 놀던 시절 즐겨 마시던 술이었다. 내가 좋아해서 제이슨이 자주 말아주던 술. 본능적으로 침이 넘어갔다.

"이거 보니까 옛날 생각나제? 자, 같이 한잔하자. 저번에 그냥 그렇게 가서 내가 얼마나 무안했는지 아나?"

하지만 거기까지였다. 옛날 생각도 잠시뿐. 제이슨에 대한 기억은 깔때기처럼 모조리 감옥으로 향했다.

되돌릴 수 없는 나의 1년.

"돈은 어디 있노?"

"아, 또 돈 얘기가. 무슨 빚쟁이한테 빚 독촉하러 온 사람도 아니고."

"지나간 내 1년이 너무 억울해서 니랑은 술 못 먹는다."

"돈 다 갚으면? 그땐 같이 술 마실 수 있나?"

"그건 그때 가서 생각해보고."

"사람 진짜 매정하네."

"알았으면 얼른 돈을 주시지."

제이슨은 나에게 주려던 술을 크게 한 모금 들이켜고 나서 테이블 위에 탁, 내려놓았다. 그러고 나서 소파 옆에서 검은색 007 가방을 들어 올렸다.

처음에 나는 가방 안에 돈다발이 빼곡히 들어 있다고 생각했다.

하지만 아니었다.

제이슨은 테이블 한쪽에 가방을 올린 뒤 천천히 가방을 열었다. 가방 안에는 실탄과 함께 새카만 총 한 정이 비닐 팩에 고정된 채 들어 있었다.

제리코 941. 이스라엘 경찰에 지급되는 총.

일련번호는 지워져 있었다.

가슴이 쿵쾅대기 시작했다.

"범죄는 성장 산업이거든요." 그가 말한다.
"왜 그런지 궁금하군요." 내가 말한다.

— 도널드 웨스트레이크, 《액스》*

제이슨의 말을 요약하면 이랬다.

나한테 빚진 돈도 갚고 자기 유흥비도 마련할 겸 유통업을 시작했다. 밀수할 만한 품목을 알아보다가 총기류가 돈이 된다는 사실을 알게 됐다. 지인을 통해 밀수업자와 접촉해 물건을 건네받았고 마침내 첫 거래가 성사됐다. 고객을 만나러 가야 하는데 자신은 집행유예 중이라 바깥 활동은 자제하고 있으니 메신저가 필요하다.

"그래서 나보고 이 총을 그 고객이라는 사람에게 갖다주라는 말이가?"

"그렇지."

"미친, 지랄하고 있네. 니는 집행유예 중이라 안 되고, 나는

* 도널드 웨스트레이크 지음, 최필원 옮김, 《액스》 (오픈하우스, 2017)

감빵도 갔다 왔으니 해도 된다 이거네?"

"그렇게 삐딱하게만 보지 말고."

"삐딱하게 보는 게 아니라 사실대로 말하는 거 아이가!"

제이슨은 고개를 저으며 테이블에 있는 술잔을 들이켰다. 그 모습을 보고 있으려니 화가 더 치밀었다.

"씨발, 생각하니까 열 받네. 니는 씨발, 니가 하라고 하면 내가 얼씨구나 하고 할 줄 알았나? 그것도 이런 더러운 일을."

"그런 게 아니라니까. 내가 설명해줄게."

"설명은 뭔 놈의 설명, 이 설명충 새끼야."

"이거 하면 돈을 받을 수 있다니까. 형한테 줄 돈도 바로 해결할 수 있고."

"그래, 그 돈 니가 직접 받아서 나한테 주면 되겠네."

"켄, 형, 딱 두 번만 하면 된다. 딱 두 번. 딱 두 번만 하고, 형한테 빚진 돈 다 갚고, 나도 여기서 손 뗄 거다. 솔직히 내가 무슨 돈이 있어서 그 큰돈을 갚겠노? 안 그렇나? 당장 일을 할 수도 없고, 아니, 일을 한다고 해도 어느 세월에 그 돈을 다 갚아. 한 달에 100만 원, 아니 200만 원씩 갚는다고 쳐도, 1년 해봤자 2천4백만 원이고, 결국 다 갚으려면 5년이나 걸리잖아. 이것도 아주 낙관적으로 봤을 때 그렇다는 거고, 솔직히 요즘처럼 취직하기 어려운 시절에, 내가 학벌이 있나 뭐가 있나."

"느그 아버지 국회의원 아니가? 빽 죽이는구만."

"지금 내 꼴 보면 모르나? 작년에 그 일 있고 나서 완전 남남처럼 지낸다니까. 돈도 완전히 다 끊기고. 그러니까 눈 딱 감고 좀 해주라. 내가 켄한테 돈 갚으려고 이렇게 애쓰고 있잖아. 돈 떼먹을 일도 없다. 상대편한테 돈 받으면 그거 전부 형이 가지면 되니까. 우선 이거 갖다주고 나서 돈 받고, 조만간 물건 하나 더 구해서 그때 나머지 돈 받으면 원래 약속했던 것보다 더 많이 받을 수 있다."

나는 이어질 제이슨의 말에 귀를 기울였다.

"한 8천만 원쯤 더."

나는 한숨을 푹 내쉬었다. 원래 받아야 할 1억 2천을 제외하면, 결국 8천만 원짜리 심부름인 셈이다. 현재 내 연봉보다 4천만 원 이상 많은 심부름. 게다가 제이슨에게 받아야 할 돈도 곧장 받을 수 있다.

"근데 니 돈도 없다면서 총은 어떻게 구했노?"

"사실 이것도 다 빚이다. 예전에 친하게 지내던 사장님한테 사정사정 해서. 내가 형한테 돈 갚으려고 이렇게 애쓰는데."

나는 천장을 올려봤다가 제이슨을 내려다보았다. 나는 다시 한숨을 내쉬었다.

제이슨은 굳히기에 들어갈 심산이었는지 내 쪽으로 다가와 무릎을 꿇었다. 그의 입에서 나온 말이 가관이었다.

"돈 좀 갚게 해주라."

쌩 쑈를 다 하는구만.

"그래서, 어디로 가면 되는데?"

제이슨은 자리에서 일어나 나를 확 끌어안았다.

"역시 켄이야! 이거 봐, 내가 사람 볼 줄 안다니까! 하하하하!"

제이슨의 입에서 뿜어져 나오는 술 냄새가 역했다. 나는 제이슨을 떨어뜨리며 다시 한번 말했다.

"약속 시간이랑 장소 말하라니까."

정직하지만 어리석은 삶이 아니라 자유롭고 위험한 삶,
이것이 그가 살고 싶은 진정 남자다운 삶이었다.

— 엠마뉘엘 카레르, 《리모노프》[*]

제이슨이 알려준 시간은 저녁 9시였다. 장소는 동래역과 교대역 사이에 있는 길. 정확하게는 대동교회 뒤쪽으로 난 골목.

지상에서 달리던 전철이 지하로 들어가는 곳. 혹은 지하에서 달리던 전철이 지상으로 나오는 곳. 몇 개의 조악한 가로등과 띄엄띄엄 주차되어 있는 승용차. 여과 없이 들리는 전철 소음. 드문드문 눈에 띄는 쓰레기 더미.

나쁜 짓 하기 딱 좋은 곳이군.

이를테면 불법 총기 거래 같은.

안나에게는 로버트의 지시로 누구를 좀 만나야 한다 적당히 둘러대고 약속을 취소했다.

거래를 끝내고 곧바로 서면으로 넘어가면 근무 시간에도

---

[*] 엠마뉘엘 카레르 지음, 전미연 옮김, 《리모노프》(열린책들, 2015)

늦지 않을 것이다.

나는 거래 시간까지 남은 시간 동안 지하철 동래역에 있는 뉴욕버거에 가서 통새우버거를 먹었고, 이후 근처의 작은 카페로 자리를 옮겨 《리모노프》를 읽었다. 하지만 낯선 고유명사가 많은 데다 몇 시간 뒤에 있을 일 때문에 글이 눈에 잘 들어오지 않았다. 007 가방이 들어 있는 더플백에 자꾸 눈이 갔다. 저 안에 권총이 있다. 제리코 941이 있다. 리모노프의 용기와 담대함이 필요하다.

약속 시간 10분 전에 일어나 약속 장소인 골목으로 향했다.

조마조마한 마음으로 골목 한구석에 서 있었다.

잠시 후 라이트를 켠 승용차 한 대가 느린 속도로 다가왔다. 9시 정각이었다.

저 자동차인가 보군.

나는 어깨에 걸친 더플백을 손으로 꽉 쥐며 차가 다가오길 기다렸다. 5미터가량 떨어진 곳에서 자동차가 멈췄고, 라이트가 꺼졌다.

그때 갑자기 뒤에서 누군가가 달려들어 내 입을 틀어막았다.

나는 그대로 정신을 잃고 말았다.

*

벤저민 킴

[켄, 무슨 일 있나? 연락도 없이 이렇게 갑자기 일을 째고. 로버트한테는 우선 열이 심해서 자고 있다고 말해뒀다. 메시지 확인하면 연락 줘.]

*

미첼 곽

[문자 확인하는 대로 전화할 것.]

*

데이브 리

[무슨 일이야, 켄! 벤지한테 얘기 들었어. 전화도 안 받고. 무슨 일 있는 건 아니지? 내일까지 연락 없으면 미첼 형한테도 얘기할 테니까 당장 연락을 달라!]

안나 조

[켄, 왜 전화를 안 받아? 너 지금 도대체 어디서 뭐 하고 있는 거야?]

*

안나 조

[켄!! 제이슨 살해당했다는 얘기 들었어? 나 지금 뭐가 뭔지
모르겠어. 무서워 죽겠어. 연락 좀 받으라고!]

세상은 뒤죽박죽에다 엿 같은 곳인데,
유감스러운 건 앞으로도 그러리라는 거야.
왜 그런지 말해줄까.

왜냐하면 아무도, 거의 아무도
이 세상이 잘못됐다는 걸 모르기 때문이야.

— 짐 톰슨, 《내 안의 살인마》[*]

허기. 갈증.

집에서 나와 근처 편의점으로 향한다.

유리문을 열고 들어갔더니 매대에 미치가 서 있다.

거기서 뭐 하노?

보면 모르나? 알바 하잖아.

흥신소는?

쌔빠지게 고생만 하고 돈도 안 돼서 때려치웠지.

뒤에서 문 열리는 소리가 나서 고개를 돌려보니 제이슨과 매튜가 함께 들어온다. 제이슨네 집 사진에서 본 매튜를 실제로 보게 되는군.

제이슨이 우릴 보고 말한다.

[*] 짐 톰슨 지음, 박산호 옮김, 《내 안의 살인마》 (황금가지, 2009)

오, 마침 켄이랑 미치가 같이 있네. 우리 아빠 소개해줄게.

뒤에서 미치가 빠르게 속삭인다.

여기 사장이다.

나는 고개를 돌려 미치에게 나지막한 목소리로 묻는다.

국회의원 아니었나?

호텔 직원 성추행하다가 걸려서 3선 실패하고 은둔 중.

다시 고개를 돌려보니 매튜가 다가와 오른손을 내민다.

켄싱턴 군. 제이슨에게 이야기는 많이 들었네. 켄싱턴 군은 우리 아들 생명의 은인일세.

이 씨발놈이 뭐라고 씨불이는 거고.

나는 어깨로 매튜의 어깨를 밀치고 제이슨의 어깨도 밀친다. 그러고 나서 편의점 밖으로 나온다.

미치에게 인사도 안 하고 나왔네.

그렇다고 다시 들어갈 수도 없지.

마침 길 건너편에 새로 생긴 카페가 보인다. 길을 건너 카페 안으로 들어가니 데이브가 있다.

야, 니 거기서 뭐 하노?

보면 모르나? 일하고 있지.

학원은?

때려치웠지. 나 옛날부터 꿈이 카페 사장이었잖아.

문 열리는 소리가 나서 고개를 돌려보니 벤지와 안나가 나란히 들어온다. 둘은 손을 맞잡고 있다.

안나, 어떻게 된 거고, 니가 왜 벤지 손을 잡고….

하지만 내 목소리는 그들에게 들리지 않는다.

벤지가 나에게 말한다. 내가 안나 소개 안 해줬지? 제이슨 소개로 만나게 됐다. 안나, 이쪽은 내 고등학교 친구 켄싱턴.

안녕하세요. 안나라고 해요.

이건 꿈이다.

나는 땀을 흘리며 침대 위에서 눈을 떴다.

침대?

자리에서 일어나 주변을 둘러보았다.

> 낯익은 책상
>
> 낯익은 선풍기
>
> 낯익은 베갯잇

매일 눈을 감고 뜨는 내 침대가 맞았다. 도대체 뭐가 어떻게 된 거야.

나는 책상 위에 놓인 핸드폰부터 확인했다.

부재중 통화 29건.

미확인 문자메시지 17건.

인기 폭발이군.

현재 시각 오전 11시 8분. 마지막 기억으로부터 12시간이 훌쩍 지나 있었다.

그사이 무슨 일이 있었지? 엊저녁 분명 총을 팔러 갔었는데, 갑자기 뒤에서 누군가 입을 틀어막았어. 그러고 나서….

나는 문자메시지를 확인하며 내가 정신을 잃고 있던 사이 무슨 일이 있었는지 유추할 수 있었다.

내가 제시간에 출근하지 않자 오후 근무자 테드가 내게 연락을 했고, 내가 연락을 받지 않자 다시 로버트에게 전화를 했으며, 로버트가 벤지에게 연락을 한 것 같고, 벤지가 데이브에게 연락을 했으며, 마지막으로 데이브가 미치에게 연락을 했다.

평소에 전화도 잘 받고 문자메시지 답장도 잘 하던 애가 갑자기 연락이 두절됐으니 걱정이 돼서 문자를 보내고 전화를 한 것이었다. 여기까지는 아무 문제가 없었다.

문제는 안나였다. 아니, 안나가 보낸 문자메시지였다.

제이슨이 살해를 당했다고? 이게 무슨 소리야. 어제 오후까지만 해도 나랑 멀쩡히 이야기를 주고받았잖아. 나랑 헤어지고 나서 그렇게 됐나? 이렇게 갑자기?

도대체 무슨 일이 있었지?

처음에 나는 안나에게 전화를 걸 생각이었다. 하지만 의지보다 무의식이 먼저 튀어나왔다. 손가락이 미치의 이름을 찾고 있었던 것이다.

전직 형사이자 현직 흥신소 직원, 혹은 사설탐정 미치. 어쩌면 이 세상에서 내가 의지할 수 있는 유일한 사람.

신호음이 흘렀고, 한동안 기다렸음에도 미치의 목소리는 나오지 않았다. 잠시 후 소리샘으로 연결한다는 음성이 들렸다.

종료 버튼을 누르고 다시 통화 버튼을 누르려고 했다. 그 순간 문가에 놓인 물건이 눈에 띄었다.

검은색 더플백.

저게 문제였어.

아니, 그 안에 들어 있던 총.

8천만 원이 아니라 천만 원이었으면 이 일을 수락하지 않았을까. 천만 원이 아니라 백만 원이었다면. 심부름 값이 없었다고 한들, 나는 이 일을 수락하지 않을 수 있었을까. 언제 받을 수 있을지 모를 돈을 당장 받을 수 있는 기회였는데.

아니, 애초에 심부름을 하는 게 아니었다. 그랬다면 약속 장소에 갈 일도 없었고, 누군가에게 흡입마취를 당해 쓰러지는 일도 없었을 것이다.

도대체 누가 이런 짓을 했지? 그리고 그 사람은 왜 나를 집에까지 데리고 왔는가. 우리 집 주소는 어떻게 알았고. 애초에 총이 목적이었으면 총만 빼 가면 되는 일이었잖아.

이상한 일투성이다.

나는 더플백 쪽으로 다가가 가방을 열어보았다. 007 가방이 눈에 들어왔다.

어? 이게 왜 아직 여기에 있지?

설마….

아니겠지.

나는 천천히, 007 가방을 열었다. 없으리라 예상한 제리코 941이 처음 봤던 그 상태 그대로 들어 있었다. 순간 손이 덜덜덜 떨렸다.

바닥에 둔 핸드폰을 들고 다시 한번 미치에게 전화를 걸었다. 하지만 이번에도 미치의 목소리는 들을 수 없었다.

불길한 느낌.

그때 갑자기 액정에 모르는 전화번호가 떴다. 전화벨은 울리지 않았다. 내가 쓰러져 있는 사이 핸드폰이 무음 모드로 전환된 것 같았다.

전화벨이 수십 번이나 울렸을 텐데 세상모르고 잠들어 있었던 이유가 이거였군.

그나저나 이 사람은 누구지? 스팸 전화인가?

그 순간 제이슨이 떠올랐다. 아니, 제이슨이 한 말이 떠올랐다. 나 모르는 전화 안 받거든.

통화 버튼을 눌렀다.

"어, 받으시네요. 다행입니다."

처음 듣는 목소리였다.

"크리스라고 합니다. 켄싱턴 씨 맞죠?"

크리스? 크리스가 누구지?

크리스….

아! 일전에 미치에게 들은 적 있는 이름이다. 가끔 우리 집에 와서 잔다고 한 사람.

"맞습니다. 근데 무슨 일로…?"

"지금 어디에 계십니까?"

"집에 있는데…. 뭐 때문에 그러십니까?"

크리스는 내 질문에는 대답하지 않았다.

"그럼 15분쯤 뒤에 아파트 정문 쪽에서 보는 걸로 합시다."

갑자기 이건 또 무슨 황당한 전개인가. 일면식도 없는 사람이 다짜고짜 만나자고 하다니.

"지금 바로 만나자고요? 뭐 때문에 그러시는데요?"

"내려오면 말씀드리겠습니다. 중요한 일입니다."

조짐이 이상했다. 어쩐지 지난밤에 벌어진 사건과 관련된 일이라는 생각이 들었다. 미치가 기자라고 했던 것 같은데, 설마 벌써 냄새를 맡았나. 불법 총기 매매를 눈치채고 연락한 건 아니겠지.

내가 아무 대꾸를 하지 않자 크리스가 한숨을 내쉬며 말했다.

"미치 일입니다."

그제야 나도 자세를 바꿀 수밖에 없었다.

"미치한테 무슨 일 있습니까?"

"네. 자세한 이야기는 만나서."

크리스가 유달리 말을 아낀다는 느낌이 들었다. 전화상으로는 말하기 어려운 내용인 것 같았다.

"알겠습니다. 그럼 15분 뒤에 아파트 정문에서 뵙죠."

시간을 확인했다. 11시 29분. 부재중 통화 목록을 한 번 더 훑고, 부재중 문자메시지를 한 번 더 살폈다. 안나에게 연락해 제이슨의 일에 대해 묻고 싶은 마음이 컸지만 크리스를 만나고 나서 확인해야 할 것 같았다.

우선 화장실에 가서 빠르게 세수를 하고 이를 닦았다. 거울로 봤을 때 눈에 띄는 상처는 없는 듯했다. 특별히 아픈 부위도 없었다.

화장실에서 나와 옷만 갈아입고 곧장 나가려 했으나 바닥에 놓인 더플백이 눈에 걸렸다. 누군가 집에 쳐들어와 찾으려고 작정한다면 못 찾을 리 없다. 그렇다고 저대로 바닥에 내버려둘 수도 없다. 나는 더플백을 들고 잠시 고민하다가 그냥 붙박이장 안에 던져 넣었다.

아파트 정문 밖으로 나가자 몇 미터 앞에 검은색 싼타페가 빵, 짧게 경적을 울렸다. 그쪽으로 다가가 조수석 문을 열며 인사를 건넸다.

"안녕하세요."

"네, 반갑습니다."

조수석에 앉자마자 크리스가 메모지 한 장을 건넸다.

차 내부가 도청되고 있는 것 같습니다. 자세한 이야기는 차에서 내리면 하겠습니다.

크리스의 낯빛이 밝지 않았다. 예상했던 것보다 문제가 심각한 것 같았다.

설마 미치가 전화를 받지 않는 이유와 관계있는 일인가?

그제야 이틀 전 미치와 만나 나눈 대화가 떠올랐다.

*

이틀 전, 그러니까 제이슨에게 전화가 왔던 날 저녁. 오랜만에 미치가 집에 들어와 함께 맥주를 마시며 치킨을 뜯었다.

어떤 얘기를 했더라….

그래, 미치가 난데없이 이런 말을 꺼냈지.

"모든 형사는 미결 사건 하나씩은 마음에 품고 사는 법이야."

"전직 형사도?"

"전직 형사에게도 미결 사건은 있으니까."

"그래서 형이 품고 있는 미결 사건은 뭔데?"

미치가 맥주를 들이켜며 대화 속도를 한 템포 줄였다.

"아버지의 죽음."

아버지의 죽음? 그게 왜 미결 사건인데?

아버지의 죽음에 대해서는 당시나 지금이나 의심스러운 구석 따위 없다. 당시 내가 중학생이었고, 아버지에게 그 나이 특유의 반항심을 갖고 있었다는 점을 제외하고라도.

아버지는 동방오거리 근처 원룸 건축 일을 끝낸 후 민락동 포장마차에서 술을 마시고 집으로 돌아오는 길에 4차선 도로를 무단횡단하다가 교통사고를 당해 사망했다.

아버지를 친 사람은 지금까지 내가 아는 사람 중 가장 착한 사람이었다. 사고 후 침착하게 119에 전화를 한 사람도 그 사람이라고 들었다.

몇 차례 경찰 조사와 목격자 진술이 이어졌다. 미치는 고작 스물한 살의 나이에 일련의 일들을 빠르게 처리했다. 우리는 수억의 합의금을 받았다.

여기까진 나쁠 게 없었다. 아빠의 죽음이 내 삶에 직접적으로 문제를 만들지는 않았으니까. 어차피 그 전부터 나에게 가장은 미치 하나뿐이었으니까.

진짜 문제는, 그 사건 이후 미치가 경찰이 돼야겠다며 서울로 떠났다는 점이었다. 미치는 매달 생활비를 보내주었고, 나의 일탈은 서서히 이루어졌다. 혼자 사는 중학생 남자에게 관심 갖는 애들이야 어디에서나 흔했으니. 술과 담배. 그 이후는 롤러코스터였다.

당시 미치가 날 버리고 간 일에 대해 지금으로선 불만이 없다. 성인이라고는 하지만 미치는 고작 20대 초반의 나이였고, 합의금을 받았다고는 하지만 당시 하던 피자 가게 아르바이트를 언제까지 계속할 수도 없었을 테니.

버림받았다는 감정도 어디까지나 내 주관적인 감정에 불과했다. 학창 시절의 탈선은 오로지 나 자신의 문제였다. 중학교 졸업 무렵 미치가 부산의 지구대에 발령 받았고, 1년 5개월 만에 우리는 다시 같이 살 수 있었다. 그럼에도 내 생활은 변하지 않았다. 미치가 한 달에 절반 정도는 야간 근무를 했기 때문이다. 우리 집은 여전히 아지트로 인기가 좋았다. 딴에는 뒤처리에도 공을 들였다. 성대한 파티가 끝나면 늘 환기를 시켰고, 쓰레기를 내다 버렸다. 광란의 기운마저 완전히 없애버릴 순 없었겠지만.

등잔 밑이 어둡다는 걸 미치가 모르지는 않았던 것 같고, 고등학교에 입학하고 얼마 후 미치가 이런 말을 했다.

"적당히 해라."

적당히 하라니, 뭘!

나는 아무 말도 하지 않았다.

"알겠나? 적당히 하라고."

뭘 알고 그런 소리를 하는 거야!

나는 입을 다문 채 미치를 노려보았다. 하지만 미치의 눈빛에서는 복잡미묘한 감정이 느껴졌다.

미치가 내 어깨 위에 손을 올렸다.

"그렇게 혼자 가버리는 게 아니었는데. 내가 잘못했다."

시선을 어디에 둬야 할지 알 수 없었다.

"이제부터라도 술이랑 담배 좀 줄여."

나는 미치를 증오하면서 사랑했다. 우선 술과 담배를 줄였다. 미치가 만족할 만한 수준은 아니었지만. 대신 싸움을 늘렸다. 미치 눈을 피하는 요령만 늘어갔다.

뒤늦은 미치의 관심 덕분인지 고등학교까지 무사히 졸업했고, 마침내 나는 백수가 되었다. 가끔 아르바이트를 구하기도 했지만 두 달 이상 가는 법이 없었다.

이듬해, 될 대로 되라는 심정으로 입대했고, 미치는 부산 남부경찰서 형사과에서 일하게 되었다.

몇 년 후, 미치는 뇌물죄로 경찰복을 벗어야 했고, 얼마 후 나는 마약 소지죄 및 마약 투약죄로 죄수복을 입어야 했다.

꼬일 대로 꼬인 형제의 삶. 이 모든 일은 언제부터 시작됐을까.

엄마가 우릴 버리고 도망갔을 때부터? 아빠가 죽었을 때부터? 미치가 경찰이 되겠다고 마음먹었을 때부터?

어쨌거나 미치는 10년 만에 경찰직을 잃었고, 내 앞에서 자신의 미결 사건이 아버지의 죽음이라고 말하고 있는 것이다.

"아빠 죽은 거, 그거 다 끝난 사건 아닌가?"

"끝나긴 끝났지. 근데 계속 마음에 남더라고. 합의금 받았을 때부터."

완전히 무너졌던 건물의 잔해가 하늘 위로 올라가며 다시 건물 형태로 바뀌고 있었다. 영화 〈닥터 스트레인지〉에서 닥터 스트레인지가 타임 스톤을 이용해 시간을 되돌리기라도 한 듯. 마침내 건물은 단 한 번도 부서진 적 없는 것처럼 꼿꼿하게 바로 서게 되었다.

"설마."

"설마, 뭐?"

"그거 때문에 경찰 되기로 했나?"

미치는 내 질문에 미소로 응답했다.

"왜 진작 얘기 안 했는데?"

"얘기한다고 바뀔 게 있나?"

나는 아무 말도 할 수 없었다.

"그리고 니, 내가 하는 말 믿기긴 하나?"

"뭐가?"

"아버지 사고에 흑막이 있을지도 모른다는 말."

내 인생에 더 이상 없을 것 같은 착한 가해자. 순탄하게 이어진 사건 처리 과정. 수억대 합의금. 굳이 냄새를 맡으려면 맡을 수도 있겠지.

하지만 왜? 일부러 죽였다고? 일용직이나 전전하고 다니는 인간을? 도대체 무슨 이유로?

"그제? 안 믿기제? 나도 그랬다. 근데 계속 마음에 뭔가 걸리는 거라. 뭔가 자꾸… 거슬려. 시간이 지나도 계속 그렇고. 가해자가 그렇게 반성하면서 우리를 신경 써줬고, 어차피 아버지가 무단횡단기도 했으니까, 따로 수사할 것도 없이 자연스레 사건 종료. 합의금도 많이 받았고. 지금이라면 흥신소 같은 데 의뢰해볼 생각이라도 했겠지만, 아니다, 그때나 지금이나 똑같겠지."

"뭐가 똑같은데?"

미치는 아무 대답도 하지 않았다.

"주변에 믿을 만한 사람 하나도 없다는 거?"

"아니. 직접 조사해봐야 한다는 사실."

"그 말이 그 말이지."

"좀 다르긴 하지만."

"그래서? 뭐가 나오긴 나왔나?"

"엄청난 게 나왔지."

"진짜 뭐가 있었나?"

"좀만 있으면 알게 될 거다. 흥신소 일이랑 그거 같이 하느라 요 몇 달 엄청 바빴는데, 이제 곧 결말을 볼 수 있을 거야."

그때, 테이블 위에 올려둔 미치의 핸드폰이 벨을 울렸다. 핸드폰을 귀에 댄 미치의 얼굴이 순식간에 굳어졌다. 전화를 끊고 미치가 말했다.

"나 좀 나가봐야겠다."

"왜? 뭔 일 있나?"

"일이 약간 꼬인 것 같은데, 자세한 건 나도 가서 알아봐야지. 먼저 일어날게. 조만간 근사한 데서 식사 한번 하자."

미치는 그렇게 말하더니 자리에서 일어났다. 그것이 내가 본 미치의 마지막 모습이었다.

그러고 나서 이튿날 제이슨에게 심부름 제의를 받았다. 나는 약속 장소에서 누군가에게 흡입마취를 당했고, 정신을 잃은 사이 미치가 전화를 걸어왔다. 내가 정신을 차렸을 때는 마지막 기억 이후 12시간이나 지난 상태였다. 그것도 우리 집에서 드러누운 채로.

근데 잠깐만.

나는 말없이 운전에 열중하고 있는 크리스 옆에서 핸드폰 통화 목록을 훑었다.

간밤에 내게 전화를 건 순서는 안나를 제외하면 테드(오후 근무자), 로버트(건물주), 벤지, 데이브, 미치 순이어야 하는 것 아닌가? 나의 결근 혹은 갑작스러운 부재를 알게 된 사람의 순서와 일치하게.

하지만 통화 목록을 다시 확인해보니 내 추정과는 달리 테드, 미치, 로버트, 벤지, 데이브 순으로 전화를 걸었다.

미치가 보낸 문자 내용으로 추측해봤을 때, 미치는 나에게 무슨 일이 일어났다는 걸 이미 알고 있는 듯했다. 문자를 확인하는 대로 전화를 해달라니. 미치는 내가 한두 번 전화를 받지 않는다고 이런 문자를 남길 사람이 아니다. 급한 일이 있었다면 그 사정을 문자로 알려줬을 것이다.

요컨대, 미치는 데이브에게 나의 부재를 전해 듣기 전에 이미 그 사실을 알고 있었던 것이다.

어떻게 그럴 수가 있지?

하지만 진짜 문제는, 정작 내가 전화를 걸자 미치가 전화를 받지 않았다는 점이다.

*

싼타페는 황령터널을 지나 곧장 서면으로 향했다. 차량은
생각보다 많지 않았다.

서면로에 있는 노래방 전용 주차장에 차를 세운 후 크리스
는 노래방으로 향했다. 생뚱맞은 전개에 의아했는데 크리스가
노래방 안에 들어가서 이유를 설명했다.

"아무한테도 방해받지 않고 방음되는 곳 중에 노래방만한
곳이 없거든요. 당연히 도청도 없을 테고. 도청 장치가 있다고
해도 아무 소용도 없고."

나는 주변을 두리번거렸다.

"갑자기 무슨 일입니까? 그것도 미치의 일이라니."

크리스는 내 말에 대답하지 않은 채 리모컨으로 아무 번호
나 누르고 시작 버튼을 눌렀다. 미러볼이 번쩍였고 음악이 흘
러나왔다. 번호 몇 개를 더 누르고 예약 버튼을 눌렀다.

크리스가 내 쪽으로 다가오더니 소리치듯 말했다.

"혹시 미치한테 뭐 얘기 들은 거 있어요?"

아버지의 사건을 조사한다는 얘기를 들었지. 하지만 그 이야기를 굳이 구구절절 늘어놓을 필요는 없을 것이다.

나는 고개를 저었다. 그러자 크리스는 숨을 크게 내쉬더니 테이블에 올려둔 캔커피를 벌컥벌컥 들이켰다. 그 후 시끄러운 반주 소리를 뚫고 크리스의 목소리가 귓속에 꽂혀 들어오기 시작했다.

크리스의 입에서 나온 이야기는, 전혀 예상치 못하게도, 아버지가 죽은 날로부터 시작되었다.

크리스는 아버지의 교통사고를 목격한 사람이었다.

〔 **9** 〕

부산 느와르 미스터리

여기까지가 룸와룸와가 남겨둔 이야기다. 사실 여기까지 분량만 해도 다음 화 한 회 연재분에 그럭저럭 들어맞는 편이다. 마감 기간이 한 달밖에 안 남았음에도 내가 여유를 가질 수 있었던 건 바로 이 때문. 사실상 내가 직접 써야 할 소설의 마감 기간은 아직 세 달이나 남은 셈이다.

하지만 후반부의 문체가 마음에 들지 않았다. 기존의 스타카토 같은 느낌이 조금 무뎌진 느낌이랄까. 현재 시점에서 이야기를 전개하는 장면보다 과거 시점을 회상하는 장면이 많기 때문일까. 어쩌면 룸와룸와가 사라지기 직전에 다급하게 작성해서 그랬을 수도 있다.

어쨌거나 이다음부터 내가 직접 써야 한다. 무뎌진 문체도 손봐야 하고 이야기도 이어서 써야 한다.

어디서부터 시작하면 좋을까. 우선 다음에 이어질 이야기를 거칠게 구상해보자.

소설 초반에 잠깐 이름만 나왔던 크리스가 마침내 주인공 켄싱턴 앞에 나타났다. 그것도 아버지의 교통사고 목격자라는 타이틀을 달고.

크리스의 입에서 어떤 말이 나올까. 크리스는 어떤 반전을 갖고 나타났을까.

상상하자.

상상해야 한다.

크리스는 어쩌다가 켄싱턴 아버지의 교통사고를 목격하게 되었는가.

크리스가 켄싱턴 아버지의 교통사고를 목격하게 된 정황.

이런 식으로 이야기가 전개돼도 괜찮지 않을까.

문체 따위 신경 쓰지 말고 우선 이야기를 짜내보자.

*

당시 크리스는 부산일보에 취직해 신입 기자로 일하고 있었다.

켄싱턴의 아버지가 교통사고를 당하던 밤, 크리스는 부산 MBC에서 아나운서로 일하고 있는 여자친구를 만나기 위해 방송국 앞 광남로 인도에 서 있었다. 마침 길 건너편에서 한 남자가 비틀대며 걸어오고 있었다. 술에 취했다는 걸 쉽게 알아챌 수 있는 걸음걸이. 그렇게 걸어가던 중 남자는 길바닥에 떨어진 무언가를 주어 들었다. 누군가가 분실한 핸드폰이었다.

크리스는 이 상황을 전부 길 건너편에서 바라보고 있다.

잠시 후, 남자는 핸드폰을 바지 주머니에 넣고 가던 방향으로 계속 걷기 시작한다. 하지만 몇 걸음 가지 않아 갑자기 걸음을 멈추더니 아까 주운 핸드폰을 꺼낸다. 폴더를 열고 전화를 받는다.

핸드폰 주인인가 보군. 건너편에서 바라보던 크리스는 그렇게 생각한다.

하지만 이상하게도 핸드폰을 귀에 댄 남자는 말을 하지 않는다. 전화가 끊긴 걸까. 그렇지만 전화를 끊을 생각도 하지 않는다. 상대편이 하는 이야기를, 입도 뻥긋하지 않은 채 가만히 듣고만 있는 눈치다. 수십 초가 흐르고 나서야 남자가 입을 떼는 모습을 볼 수 있다.

뭐지? 상대방이 무슨 이야기를 했길래 저 남자는 말도 안 하고 듣기만 하고 있었을까. 크리스는 길 건너편의 남자를 호기심 있게 바라본다.

얼마간 이야기를 주고받던 남자는 갑자기 전화를 끊더니 곁에 있던 가로수에 기댄 채 쭈그려 앉는다.

핸드폰 주인이 찾아오기로 했나 보다. 여전히 건너편에서 바라보던 크리스는 그렇게 생각한다.

그때 크리스의 핸드폰이 울린다. 살짝 놀라며, 크리스는 전화를 받는다. 여자친구의 목소리가 들린다.

자기야, 미안한데, 일이 아직 조금 덜 끝났어, 거의 다 끝나가니까 조금만 더 기다려줘, 미안해.

난 괜찮으니까, 천천히 마무리하고 와.

크리스는 전화를 끊으며, 잘됐네, 저 술 취한 아저씨랑 핸드폰 주인이 만나는 장면까지 볼 수 있겠어, 라고 생각한다.

몇 분 뒤, 크리스 앞으로 외제 승용차 한 대가 천천히 지나가다 선다. 크리스는 저 차에 타고 있는 사람이 핸드폰의 주인이라는 사실을 단박에 알아챈다. 그리고 어떤 본능에 이끌려 방송국 골목 쪽으로 몸을 숨긴다.

외제 승용차는 술 취한 남자를 몇 미터쯤 지나친 곳에서 정차한다. 차에선 아무도 내리지 않는다. 맞은편에 쭈그려 앉아 있던 술 취한 남자도 움직임이 없다. 외제 승용차에 타고 있던 남자가 술 취한 남자를 부르는 소리가 들린다.

저기요, 아저씨. 핸드폰 주우신 분이죠?

나무에 기대앉아 있던 남자가 어렵게 자리에서 일어나며 손을 든다.

외제 승용차에 있던 남자의 목소리가 다시 한번 들린다. 중년 남자의 목소리다.

죄송한데, 이쪽으로 건너와 주실래요? 차 돌리기가 뭣해서.

그 순간, 크리스는 뭔가 이상하다는 느낌을 받는다. 말로는 구체적으로 설명할 수 없는, 어쩌면 기자의 촉일지도 모르는 직감으로.

술 취한 남자는 대수롭지 않은 일이라는 듯 알았다는 손짓을 하며 차도로 발을 내민다.

아닌데, 아닌데. 크리스는 건물 모서리에 숨은 채 그 장면을 바라보며 생각한다.

밤 12시가 다 된 시간이라 어차피 지나다니는 차는 거의 없다. 보행자 또한 눈에 띄지 않는다. 술 취한 남자는 거침없이 무단횡단을 하고, 때마침 승용차 한 대가 라이트도 끈 채 빠른 속도로 다가오고 있다.

아니야, 이건 아니야. 건물 모서리에 숨은 채 그 장면을 지켜보던 크리스가 다시 한번 생각한다.

그리고 몇 초 지나지 않아 퍽, 하는 둔탁한 소리가 들리고, 뒤이어 끼이이이이익, 급정거하는 소리가 이어진다. 보통의 교통사고와는 상반된 순서로 들리는 소리. 술 취한 남자는 라이트가 꺼진 자동차의 본네트와 앞 유리와 차 천장에 차례로 부딪힌 채 바닥에 추락한다.

마네킹이었다면 박살이 났을 거야. 크리스는 생각한다.

살아서 차에 부딪힌 사람은, 죽어서 도로 위에 쓰러진다.

이건 사고가 아니라 살인이야. 크리스는 두 번 생각할 것도 없이 깨닫는다. 그리고 기자 정신을 십분 발휘해 자신의 핸드폰 사진으로 그 장면을 찍는다. 어차피 가로등 불빛에 조악한 화질이라 차 번호조차 파악할 수 없는 사진이었지만.

사고 직후, 크리스로서는 상상하기 힘든 일이 이어진다.

술 취한 남자를 들이받은 자동차에서 이제 막 스무 살이 됐음 직한 젊은 남자가 내리더니 술 취한 남자 쪽으로 빠르게 다가간다. 술 취한 남자의 상태를 살핀다. 아니, 살핀다기보다는 뒤진다. 그리고 술 취한 남자의 바지 주머니에서 핸드폰을 꺼낸다. 그 문제의 핸드폰을.

그러자 그때까지 외제 승용차 안에 있던 남자가 빠르게 사고 현장 쪽으로 달려가 문제의 핸드폰을 건네받는다. 그리고 곧장 자신의 차에 탑승한 후 출발. 젊은 남자가 자신의 핸드폰으로 어딘가에 전화를 건다. 남자는 그곳에서 한 발짝도 움직이지 않은 채 서 있다. 몇 분 뒤 경찰차와 구급차가 온다. 술 취한 아저씨는 구급차에 실려 병원으로 떠나고, 술 취한 아저씨를 들이받은 젊은 남자는 경찰차에 몸을 싣는다.

아직 기자 일을 한 지 1년도 되지 않은 크리스. 당시 그에겐 기자로서의 직감이 있었다. 직감을 구체화할 상상력도 충분했다.

다만 부족한 것은 용기.

마침 크리스의 여자친구가 놀란 얼굴을 하고 다가온다. 무슨 일이야? 사고 났었어?

하지만 크리스는 아무 말도 하지 못한다. 그저 몇 차례 고개를 주억거릴 뿐. 그 순간 크리스의 상상력은 다른 쪽으로 뻗어나가고 있다. 자신이 이 사건을 기사화했을 때 일어날 상황 같은 것.

이를테면 보복. 혹은 복수.

그와 동시에 가슴 한곳에 죄책감이 차곡차곡 쌓여간다.

그날 이후, 크리스는 부산남부경찰서의 담당 형사를 통해 그 사고가 어떻게 마무리되는지 알게 된다. 사고를 낸 남자는 최소한의 형량으로 수감된다. 그가 깊이 반성하는 모습을 보였고, 피해자 가족에게 진심 어린 사과의 말을 전했다는 이유에서다. 구체적으로 밝힐 순 없지만 수억의 합의금도 건넸다고 한다. 그것으로 사건 종결.

이야기를 듣는 동안 크리스는 머릿속에서 아른거리는 외제 승용차의 모습을 지울 수 없었다. 동시에 술 취한 남자가 길 건너편에서 핸드폰을 받는 장면 또한. 한동안 핸드폰을 귀에 대고 상대방이 하는 이야기를 듣고만 있던 그 모습. 외제 승용차를 탄 남자가 하는 이야기를 들은 술 취한 남자. 어쩌면 들어선 안 될 이야기를 들었고, 10분도 안 되는 사이에 계획적으로 살해를 당했다. 뭔가 있다. 하지만 담당 형사는 그 사실을 모른다.

일이 잘 수습됐다며 불행 중 다행이라고 말할 뿐이다.

그때 크리스는 술 취한 남자의 아들 둘의 이름을 알게 된다.

미첼과 켄싱턴.

뒤늦은 감이 있지만, 이후 크리스는 자신의 핸드폰으로 찍은 사진을, 익명의 목격자에게 받았다는 식으로 사건 담당 형사에게 넘긴다. 하지만 이미 종결된 사건. 한 번 종결된 사건을 굳이 되살펴볼 만큼 한가한 형사는 없다. 게다가 사고의 순수성에 대해 아무도 의심하지 않는다. 가해자가 실수를 인정했고, 깊이 반성하고 있으며, 적지 않은 합의금을 전달했다.

크리스는 몇 년이 흐르고 나서야 알게 된다. 자신이 전달한 핸드폰 사진이 경찰 윗선에서 은폐된 사실을. 형사과 강력1팀에 있던 미치가 알려준 사실이었다.

시간이 지나면서 동기들이 자연스레 다른 부서로 옮겨갔음에도 크리스만은 사회부를 고집한다. 그날 벌어진 사건의 진상을 혼자서라도 파고들어야겠다고 마음먹었기 때문은 아니다. 애초에 기자로서의 사명감 같은 건 생각지도 않았다.

아주 개인적인 이유 때문이었다. 요컨대 죄책감 같은 것. 그러니까 사회 곳곳에서 벌어지는 각종 사건, 사고를 취재하는 동안에는 죄책감에서 벗어날 수 있었기 때문이었다.

사건 이후 6년이라는 시간이 흘렀다. 크리스도 그날의 기억에서 조금은 자유로워졌기에 이제 다른 부서로 옮겨도 괜찮지 않을까 생각하는 날이 잦아질 무렵. 크리스는 부산남부경찰서로 출근했다가 신참 형사를 소개받는다.

미첼 팍. 미치였다.

그 이름을 듣는 순간, 크리스는 그대로 얼어붙고 만다. 완전히 잊고 있는 줄 알았는데, 그래서 기억에서 사라졌다고 생각했는데, 의식 깊은 곳에 묻혀 있던 기억이 단숨에 치솟은 것이다.

크리스는 멍한 상태로 인사를 나누었지만 동시에 깨달은 사실이 있었다. 머릿속에 악착같이 들러붙어 떨어지지 않는 사실.

아직 그 사건은 종결되지 않았다.

*

잠시 입을 다문 크리스. 덩달아 반주 멜로디가 사라지고 고요해진 방 안. 하지만 고요함은 오래 지속되지 않았다. 옆방에서 누군가 부르는 노랫소리가 정적에 찬물을 끼얹었다. 크리스는 리모컨으로 연달아 아무 번호나 눌러 몇 개의 노래를 예약하더니 방 밖으로 나갔다.

나는 난데없는 이야기에 머릿속이 복잡했다. 밀려오는 황당함과 어리둥절함. 끊임없이 이어지는 노래 반주. 시끄러움. 증폭되는 짜증. 어이없음. 슬픔. 분노. 소음. 도대체….

도대체 무슨 일이 있었던 거야!

이게 전부 사실이라고? 미치도 이 사실을 전부 알고 있었나?

하지만 크리스의 이야기는 이제 시작인 것 같다. 미치는 이제 막 등장했다.

크리스가 음료수 캔 몇 개를 사 들고 돌아왔다. 동시에 화면

오른쪽 윗부분에 서비스 시간이 30분 더 추가됐다는 자막이 떴다. 시간을 확인해보니 노래방에 들어오고 어느덧 40여 분의 시간이 흘러 있었다.

크리스가 자리에 앉아 음료수 캔 뚜껑을 깠다.

벌컥벌컥.

크리스가 다시 이야기를 이어 나갔다.

◉

좋아, 좋아. 이야기의 흐름 자체는 나쁘지 않다. 1인칭으로만 진행되던 이야기가 갑자기 3인칭이 되면서 이야기 톤이 조금 바뀐 것 같긴 하지만, 나중에 수정하기로 하고 이야기를 계속 진행시켜 보자.

확실히 지금까지 작성된 1인칭 문체는 과거 회상 장면과는 그다지 어울리지 않는 것 같다. 이럴 바엔 1인칭과 3인칭을 번갈아가며 집필하는 편이 낫지 않을까.

아니면 완전히 뜯어고쳐야 하나. 예전에 어떤 작가도 1인칭으로 연재를 시작했다가 자신이 쓰려는 이야기와 어울리지 않아서 연재를 중단하고 3인칭으로 바꿔서 단행본을 낸 적이 있잖아.

하지만 그 작가와 나는 입장이 완전히 달라. 나는 문단에서 주목받는 작가도 아니고 신인문학상을 제외하면 문학상을 받은 경험도 없어. 작품 활동을 시작한 지 얼마 되지 않은 신인 작가에 불과해. 신뢰는 바닥으로 떨어질 테고, 앞으로 그 어떤 잡지에서도 내게 장편 연재 청탁 같은 건 하지 않을 거야.

역시 1인칭과 3인칭을 번갈아가며 쓰는 게 좋을 것 같아. 기법적인 면에서도 나쁘지 않은 선택지니까. 과거 회상 장면에 한해서만 3인칭으로 쓰자.

이것저것 생각하지 말자. 지금은 오롯이 이야기에만 집중하자. 오랜만에 글이 써지고 있잖아. 인칭이니 문체니 신경 쓰지 말고 스토리텔링에 집중해서 계속 이어서 써보자.

지금 너와 만나게 됐으니,
결국 이 순간 이전의 내 모든 삶은
자네를 만나기 위함이었다고 할 수도 있겠지.
안 그런가?

— 한동오, 《홀로그램 여신》 [*]

크리스와 미첼, 둘은 차츰 친분을 쌓았다. 아니, 크리스 쪽
에서 일방적으로 미첼에게 접근했다고 하는 편이 맞을 것이다.
물론, 신중에 신중을 기울여서. 크리스는 업무를 핑계 삼아 주
기적으로 연락했고, 조금씩 만남의 빈도를 늘려갔다. 어느 정
도 친한 사이가 된 후에도 최소한의 거리를 유지하며 미첼의
마음이 열리길 기다렸다.

마침내 때가 무르익었다고 판단하여 크리스는 그날의 사건
을 입 밖에 꺼냈다. 지하철 수영역 근처에 있는 바에서였다.

옛날 기사 조사하다가 발견했는데, 혹시 이 기사에 나온 미
첼 팍이 너 맞아?

크리스는 프린트해온 종이를 미첼에게 건넸고, 미첼은 기사

---

[*] 한동오 지음, 《홀로그램 여신》 (네오픽션, 2015)

를 읽으며 삽시간에 얼굴이 어두워지더니 천천히 고개를 주억거렸다.

자, 이제 말해야 한다. 크리스는 머릿속으로 되뇌었다. 그날 내가 봤던 일에 대해, 사건의 진상에 대해 미첼에게 말해야 한다.

하지만 먼저 입을 뗀 건 미첼이었다.

나 이 일 있고 나서 경찰 돼야겠다고 결심했잖아.

왜? 무슨 계기라도 있어?

있었지, 아주 중요한 일.

그러더니 미첼은 입을 다물었다. 크리스는 미첼이 입을 뗄 때까지 잠자코 기다렸다.

크리스, 혹시 이 사건에 대해서 아는 거 있나?

아는 거? 어떤 거?

기사에 실린 내용 말고, 기사에 안 실린 내용.

크리스는 미첼이 뭔가 알고 있다는 느낌을 받았다. 아니, 뭔가를 숨기고 있다는 느낌을 받았다. 불과 10초도 안 되는 침묵의 시간 동안 크리스의 머리는 바쁘게 움직였다.

솔직하게 말해야 하나. 아니면 모른다고 시치미를 뗄까.

그렇지만 상대방에게 진실된 이야기를 듣고 싶다면 나부터 먼저 진실되게 나가야 하지 않을까.

그럼 어디서부터 솔직하게 털어놓을까. 그 사건에 대해 아는 바가 있다고? 실은 그 사건의 목격자라고? 그렇지만 혹시 모를 보복이 두려워 지금까지 감추고 살았다고? 그것 때문에 오랫동안 괴로웠다고? 그러다가 우연히 너를 만나 그때 일이

다시 떠올랐다고? 이미 어긋나버렸지만 지금에서라도 바로잡고 싶어졌다고?

도대체 어디서부터 말하고 어디까지 말하면 안 되는 걸까.

순식간에 고민에 휩싸인 크리스를 보며, 미첼이 슬며시 미소 지었다.

뭔가 있긴 있나 보네. 쉽게 털어놓을 수 없는 뭔가가.

크리스는 긍정도 부정도 하지 않은 채 미첼을 바라봤다. 눈앞에는 그때까지 본 적 없는 얼굴이 미소 짓고 있었다. 웃고는 있지만 속을 알 수 없는 얼굴. 크리스는 마네킹의 얼굴을 보는 듯한 느낌을 받았다. 팔에 소름이 돋았다.

이후 크리스는 무언가에 이끌리듯 모든 것을 털어놓았다. 우연히 당시 사고 현장을 목격하게 되었다고. 살인교사의 정황이 짙은 교통사고였다고.

그 당시 본 내용뿐만 아니라 자신의 나약함까지 다 털어놓았다. 보복이 두려워 아무에게도 그 사실을 말할 수 없었다고. 어차피 죽음을 막을 수는 없었겠지만 최소한 죽음의 진상을 밝혔어야 했다고. 덕분에 오랜 시간 죄책감에 시달렸다고. 기자로서도. 인간으로서도.

그러다가 미첼 너 소개 받고 나니까 뭔가 탁, 오더라고.

뭐가? 라고 묻는 듯한 얼굴로 미첼이 크리스를 바라봤다.

아직 이 사건은 끝나지 않았구나.

이야기를 끝낸 크리스가 힘없이 미소를 지었다. 그리고 이렇게 생각했다. 진실을 털어놓는 일이란 이런 거겠지.

그렇지만 미첼은 아무 대꾸도 하지 않은 채 크리스를 바라볼 뿐이었다. 크리스는 다시 한번 생각했다. 예상치 못한 진실을 접하는 일이란 이런 거겠지.

미첼이 테이블 위에 반쯤 남아 있던 호가든을 바닥까지 들이켰다.

일어나자. 할 얘기가 있어. 아니, 보여줄 게 있어.

어디로 가게?

우리 집.

크리스는 자리에서 벌떡 일어났다.

역시, 내 감이 맞았어. 미첼은 뭔가를 알고 있었어.

둘은 10분 남짓 걸어서 동방오거리 부근에 있는 미첼의 집에 도착했다. 크리스는 집 안으로 들어서며 의아해했다. 합의금을 꽤 많이 받았다고 들었는데, 그 돈으로 더 좋은 집으로 이사 갈 수 있었을 텐데, 아직 같은 집에 살고 있네.

나중에 알게 된 사실이지만, 미첼은 그 돈에 전혀 손을 대지 않았다. 범죄의 냄새가 난다는 이유 때문이었다.

크리스는 주방 식탁에 앉아 미첼이 준 캔맥주를 마셨다. 방으로 들어간 미첼이 크리스의 맞은편에 앉으며 구형 핸드폰을 식탁 위에 올렸다. 30만 화소의 카메라가 내장됐다며 홍보에 열을 올리던, 소위 '빨간눈 핸드폰'이라 불리던 핸드폰이었다.

크리스가 이게 뭐냐는 얼굴로 미첼을 바라보자 미첼은 이렇게 말했다.

아버지 주머니에서 나온 핸드폰.

아버지의 유품이라 아직 간직하고 있구나. 크리스는 생각

했다. 하지만 이어지는 미첼의 말에 크리스는 입을 떡 벌리고
말았다.

같은 기종이라 착각했나 봐. 걔네들, 이걸 가져갔어야 하는
데 아버지 핸드폰을 가져갔어.

이후 미첼의 이야기가 한참 이어졌다.

좋아, 좋아. 여기까지 순조롭게 작성했다. 이제부터 이어질 미첼의 이야기가 중요하다.

핸드폰은 교통사고 때 부러져서 작동이 안 됐다고 하자. 덕분에 미첼이 아버지 사고에 대해 연락받은 건 사고 발생 후 몇 시간이 지난 후.

누구한테 연락받았다고 할까? 의사? 간호사?

아무래도 경찰이 제일 무난하겠지. 문제의 핸드폰도 그때 전해 받았고.

아버지 장례식 때 아버지 지인에게 연락하려고 핸드폰 수리 센터에 가서 수리받고 보니 전화번호부에 연락처가 세 개밖에 없었고, 그것도 저장된 이름 없이 번호만 달랑 있어서 미첼은 의아해한다. 아버지가 술주정뱅이긴 하지만 히키코모리는 아니었으니까.

더 의아한 건 세 군데 전화해보니 모두 없는 번호라는 안내 음성이 뜬다는 점. 마지막으로 연락한 지 일주일도 채 지나지 않았는데, 심지어 마지막 통화는 사고 당일에 했던 건데.

미첼은 직감적으로 뭔가 이상하다는 것을 느낀다.

당시 미첼의 나이 스물한 살. 경찰에게도 이 사실을 알리지 않는다. 믿을 만한 사람은 주변에 아무도 없다.

아버지 일하는 곳에서 연락이 와 아버지 직장 동료나 지인들에게는 겨우 연락을 하고, 장례식도 무사히 치르고, 합의금도 전달받는다. 그렇게 사건은 무사히 정리되는 줄 알았다.

하지만 장례식이 끝나고 나서 이상한 일이 발생한다. 집에 도둑이 든 것이다. 더 이상한 것은, 방을 뒤진 흔적은 있지만 훔쳐 간 것은 없다는 점.

미첼은 그제야 그 핸드폰이 문제라는 사실을 깨닫는다. 그 핸드폰으로 혹시 연락이 올까 싶어서 항상 들고 다녔기 때문에 핸드폰을 도둑맞지 않았던 것이다.

마침내 미첼은 이런 추론을 하게 된다.

어쩌면 이 핸드폰이 아버지의 죽음과 관련이 있을지도 몰라.

미첼은 어느 책에서 읽은 문구 하나를 떠올린다.

불행과 동시에 행운이 찾아오면 의심해볼 것.

돈이 그렇게 많으면서 착하기만 한 사람은 본 적이 없다. 아무리 부자라고는 하지만 7억이란 돈을 7만 원 쓰듯이 쓰는 게 가능하다고? 심지어 원래는 5억만 주기로 했다. 근데 남은 가족이 미첼과 켄싱턴 형제밖에 없다는 사실을 알고 2억을 더 준 것이다.

하지만 털어놓을 사람이 없다. 경찰에게 말해봤자 이미 다 끝난 문제라고 귓등으로도 안 들을 것이다. 아버지의 죽음에 비밀이 있는 게 분명하다. 미첼은 고민 끝에 직접 사건에 대해 알아봐야겠다고 다짐한다. 경찰 공무원직에 응시했고, 형사과 에까지 오게 됐다.

미첼은 곧장 사고 가해자부터 따로 조사해봤을 거야. 혹시 범죄의 끈을 발견할 수 있을까 하고. 하지만 별다른 범죄 전력 이 없는 깨끗한 남자.

아! 그래! 이 남자를 건물주 로버트라고 하자! 나이도 대충 맞는 것 같고. 우선 이 아이디어를 킵 해두고 나중에 써먹을 수 있으면 써먹자.

좋아, 좋아! 스토리가 쭉쭉 진행되고 있어. 룹와룹와가 빼 내 갔던 내 창작 에너지가 되돌아온 게 분명해!

자, 그럼 다시 핸드폰으로 돌아가자. 핸드폰에 얽힌 비밀은 어떤 식으로 풀면 좋을까.

핸드폰의 원래 주인은 누구일까?

살인을 교사한 인물은?

그리고 그 이유는?

…….

아! 오 마이 갓!

제이슨의 아버지가 국회의원이잖아! 그래, 매튜! 이 인간이 숨어 있는 메인 빌런이었어!

매튜가 핸드폰 주인에게 전화로 불법 청탁? 아니면 기업 비 리? 그런 걸 은밀히 말했는데 전화를 받은 사람이 미첼 팍 형제의 아버지였던 거야. 일을 돌이킬 수 없다는 걸 깨달은 매튜가 사람을 시켜서 곽 형제의 아버지를 제거한 거지. 꼬리를 잡히기 싫어서 핸드폰까지 회수하려 했지만 결국 회수하는 데 실패했고, 결국 사람을 붙여서 미첼과 켄싱턴을 감시했다?

감시까지 하는 건 너무 과한 설정인가?

아니지, 미첼이 경찰이 됐다는 사실을 알게 되면 뒤가 구린 매튜로서는 감시를 붙일 수밖에 없었을 거야. 현직 경찰인 미첼에겐 어려울 테니, 미첼의 동생 켄싱턴에게.

그래, 맞아! 벤저민이 중학교 2학년 때 켄싱턴의 학교에 전학을 왔다고 했잖아. 알고 보면 벤저민도 매튜와 모종의 혈연 관계로 얽혀 있었던 거야. 매튜의 조카라고 할까. 흐음, 그럼 제이슨과 사촌 관계가 되는데, 결국 제이슨이랑 벤저민도 아는 사이여야 하고.

아! 그냥 이복형제라고 하는 게 낫겠다. 제이슨은 벤저민의 존재를 모르고.

좋았어!

인물들 사이의 감춰졌던 관계도가 대충 다 그려졌어. 그리고 밝혀지지 않은 과거들도.

벤저민은 매튜의 지시로 켄싱턴과 친분을 맺게 되지. 미첼에 대한 감시까지 포함해서. 근데 벤저민은 켄싱턴과 함께 점점 엇나가기만 하지. 술을 마시고 담배를 피우고. 싸움질이나 하고 다니고. 더 이상 참지 못한 매튜가 벤저민을 호주로 보내버린 거야. 그즈음 서울에서 지내던 미첼이 다시 부산으로 돌아오기도 했고. 미첼의 동태는 매튜가 알고 지내는 부산 지역 경찰 간부를 통해 전해 들으면 되니까. 그러다 미첼이 경찰에서 잘리고, 흥신소 같은 데서 일하면서 자기 뒷조사를 하는 것 같으니까 불안해진 매튜가 이번엔 제이슨을 켄싱턴에게 붙이지. 친분을 쌓고, 마약을 하고. 켄싱턴을 감옥에 보내고.

으하하하하! 난 천재였어! 이야기가 이렇게 쭉쭉 뽑혀 나올 줄이야. 글이 안 써지던 지난 몇 달이 거짓말처럼 느껴지잖아!

내가 글을 못 쓴다고? 하하하, 그럴 리가 없지! 이게 다 그 못된 룲와룲와 때문이야. 룲와룲와가 내 창작의 에너지를 빼앗아 갔기 때문이었어. 하지만 룲와룲와는 사라졌고, 나는 창작 에너지를 되찾게 됐어!

지금 이렇게 보다시피.

자, 자, 침착하자. 들뜨지 말자.

다시 이야기로 돌아가자. 인물의 과거나 인물 사이의 관계에 모순이 없는지 확인하자. 큰 얼개는 잡았으니까 디테일한 부분에서 오류가 없는지 살펴봐야 해.

슬며시 미소를 띤 채 왼손으로 턱을 만지작거리며 그런 생각을 하고 있는데 갑자기 난데없는 목소리가 들렸다.

"그래서요? 그래서 어떻게 됐습니까?"

음? 이게 무슨 소리지? 어디서 나는 소리지?

나는 이야기를 구상하느라 흐트러졌던 시야의 초점을 맞

추고 정면을 바라보았다.

　눈앞에 있어야 하는 모니터는 어느새 사라져버렸고, 그 자리에 켄싱턴이 앉아 있었다.

　켄싱턴?

　켄싱턴이라고?

〔 **10** 〕

초특급 부산 느와르 미스터리

나는 분명 《부산 느와르》의 스토리를 구상하고 있었다. 등
장인물의 과거에 대해, 인물들 간의 관계에 대해 생각하고 있
었다.

매튜가 로버트에게 지시해 켄싱턴 형제의 아버지를 살해한
다. 이후 서울에서 경찰 생활을 하는 미첼의 동태도 파악할
겸 켄싱턴에게 이복아들 벤저민을 접근시킨다. 하지만 벤저민
이 방탕한 생활을 지속해서 호주로 보내버리고, 그즈음 미첼
이 다시 부산에서 경찰 생활을 시작해 부산 지역 국회의원인
매튜로서는 미첼을 감시하기가 수월해진다. 몇 년 후 미첼이
경찰에서 잘리고 나서 과거 일을 파헤치는 정황을 포착하자
매튜는 아들 제이슨을 켄싱턴에게 붙여 켄싱턴을 마약 소지
혐의로 감방에 보내버린다. 이는 미첼에 대한 간접적인 협박도

될 것이다. 네가 하는 일을 계속 진행하면 네 동생이 앞으로 또 어떤 일을 당할지 모른다는. 켄싱턴이 출소하자 호주로 유학 갔던 벤저민이 치과 의사로 화려하게 재등장. 벤저민이 로버트와 알고 지낸 것도 둘 사이에 매튜가 있었기 때문이야. 단순히 세입자와 건물주의 관계가 아닌 거지. 세부적인 사항은 직접 쓰면서 조사해보기로 하고, 대강의 스토리라인은 이렇게 정해두기로 하자. 짜 맞춘 듯 딱딱 떨어지는 게 조금 작위적으로 느껴지기도 하지만, 쓰다 보면 지금은 생각하지 못한 새로운 아이디어가 떠오를 거야. 늘 그렇게 써왔으니까.

그런 생각을 하고 있었다.

그런데 갑자기 이런 목소리가 들려오는 게 아닌가.

"그래서요? 그래서 어떻게 됐습니까?"

목소리가 들려오는 쪽을 바라보자 눈앞에 있어야 하는 모니터는 온데간데없이 사라지고, 그 자리에 켄싱턴이 앉아 있었던 것이다.

나는 주변을 둘러보았다. 테이블 위에 캔 음료수와 마이크가 있었다. 기다란 소파와 뮤직비디오가 흘러나오고 있는 텔레비전이 보였다.

분명 노래방이었다. 방금까지만 해도 내 방 안에 있었는데 영문을 알 수 없는 일이 벌어졌다.

나는 당황한 채 주위를 자꾸 두리번거렸다.

"왜요? 무슨 일 있습니까?"

켄싱턴이 다시 나에게 말을 걸었다.

내 앞에 있는 사람은 틀림없는 켄싱턴이었다. 내가 쓴, 정확하게 말하면 룹와룹와가 시작했고 내가 이어받아서 쓰고 있는 《부산 느와르》의 주인공. 소설 속에 구체적인 외양 묘사는 없었지만, 학창시절 친하게 지냈던 친구와 재회하기라도 한 듯, 나는 내 앞의 인물이 켄싱턴이라는 사실을 알 수 있었다.

"저기, 지금 여기가 어디죠?"

내 질문에 켄싱턴이 황당하다는 얼굴로 나를 바라보았다.

"갑자기 무슨 말씀 하시는 겁니까? 방음도 되면서 도청 걱정도 없는 곳 중에 노래방만한 곳이 없다고 하면서 당신이 날 데리고 오지 않았습니까?"

아, 그랬지. 그래. 역시 노래방이 맞구나.

잠깐만. 그럼 지금 내가 《부산 느와르》라는 이야기 속으로 들어왔다는 말인가.

"그렇…군요. 미안합니다. 갑자기 다른 생각이 떠올라서. 제가 방금 어디까지 말했죠?"

근데 내 말투랑 크리스 말투에 아무 차이가 없으려나.

"형이 당신을 집으로 초대했고, 거기서 아버지의 핸드폰을 보여줬다고 했어요. 근데 걔네들이 핸드폰을 잘못 가져갔다고, 거기까지 말씀했습니다."

방금 집필한 곳까지만 말했구나.

"다음 이야기를 이어서 해주셔야죠. 그 이야기 하러 여기까지 온 것 아닙니까?"

그래, 다음 이야기를 해줄 수 있으면 나도 좋지. 근데 이어질 이야기는 아직 안 썼는걸. 쓰지도 않은 부분을 막 이야기

해도 되는 건가.

물론 대강의 스토리를 머릿속으로 구상해보기는 했지. 핸드폰에 얽힌 비밀 같은 것들. 근데 그건 어디까지나 잠정적인 내용이야. 아직 확정된 사실은 아니라고.

도대체 어떻게 된 상황인지 알 수가 없네.

얼마 전까지만 해도 꿈을 꾸고 났더니 쓰지도 않은 소설 파일이 컴퓨터에 저장돼 있는 일이 벌어졌어. 근데 이제는 소설에 대해 생각하고 있었을 뿐인데 그 소설 속의 인물이 돼버렸어.

그게 가능한 일인가. 터무니없는 일이잖아.

옆에 앉아 있는 켄싱턴이 의심스러운 눈빛으로 나를 빤히 바라보고 있었다. 우선 자리를 피해서 생각을 좀 정리하자.

"미안한데, 화장실 좀 잠깐 다녀오겠습니다."

나는 그렇게 말하고, 켄싱턴이 뭐라고 대꾸하기 전에 곧장 방 밖으로 빠져나왔다. 왼쪽으로 꺾어 복도를 따라가니 카운터가 나왔고, 카운터에 앉아 있는 사람에게 화장실이 어디냐고 묻자 복도를 쭉 따라가면 나온다는 대답이 돌아왔다.

나는 다시 복도 쪽으로 돌아가 나왔던 방을 지나쳐 복도 끝으로 향했다.

복도 천장에 띄엄띄엄 달려 있는 노란빛 조명. 반투명 통유리로 되어 있는 문들. 하늘색 소용돌이 문양이 담긴 붉은빛 카펫.

청소하기 어렵겠군.

그런 생각을 하는 순간, 어떤 기시감이 들었다. 예전에도 와본 것 같은, 예전에도 비슷한 경험을 해본 것 같은 기분이 들었다.

언제였더라, 대학교 다닐 때였나, 아니면 졸업하고 나서였나, 1차, 2차 술자리가 끝나고 3차로 노래방에 왔을 때, 이런 소용돌이 문양의 카펫을 본 적이 있어. 그래, 맞아. 그때도 카운터에 가서 화장실이 어디냐고 물었고, 복도를 쭉 따라가면 나온다는 대답을 들었지. 당시엔 술에 취한 상태라 이 카펫의 소용돌이 문양이 어지럽게 느껴졌어. 덩달아 이 복도가 왠지 모르게 미로처럼 느껴졌던 것 같아. 복도를 따라 계속 걸었음에도 화장실이 나오지 않아 다시 카운터 쪽으로 되돌아가서 화장실이 없다고 했어. 하하하하하. 설마 과거에 겪었던 일을 소설 속 세계에서 다시 겪을 줄이야. 혹시 소설 속 세계라는 건 일종의 평행세계 같은 걸까. 여기에 살고 있을 '나'도 지금 나와 비슷한 경험을 하고 있는 건 아닐까.

나는 그렇게 생각하며 복도를 따라 계속 걸었다. 하지만 한참을 걸어도 나와야 할 화장실은 나오지 않았다.

도대체 노래방이 얼마나 크기에 화장실이 안 나오는 거야.

혹시 꿈을 꾸고 있나? 소설 속 세계로 순간이동 하게 되는 꿈.

그런 생각을 할 즈음 복도의 끝이 나타났고, 거기엔 화장실 대신 막다른 벽이 있을 뿐이었다.

나는 어쩔 수 없이 왔던 길을 한참 돌아가 다시 카운터에 도착했다.

"복도 따라 가봤는데 화장실이 없던데요?"

"하하, 그거 그냥 따라가기만 하면 되는데, 그걸 못 찾습니꺼."

부산 사투리였다. 꿈속에서도 사투리를 쓰나?

노래방 사장으로 보이는 50대 남자는 "따라 와보이소."라고 말하며 앞장서서 걸었고, 나는 다시 한번 기시감을 느꼈으며, 몇 걸음 걷다 보니 복도 끝에 '화장실'이라 적혀 있는 문이 나왔다.

"저기 안 있습니꺼. 하하."

"고맙습니다."

이상하네, 분명 아까는 막다른 벽이 나왔는데. 중간에 갈라지는 길이라도 있었나. 그리고 아까보다 복도가 훨씬 짧아진 것 같아. 한번 와봤던 길이라 짧게 느껴지는 건가. 그리고 저 화장실 문. 그러고 보니 예전에 갔던 노래방도 저런 식이었어. 문을 열면 위층으로 올라가는 가파른 계단이 있었지.

그렇게 생각하며 문을 열었는데, 아니나 다를까 눈앞엔 위층으로 올라가는 가파른 계단이 나왔다.

역시, 완전히 똑같아! 아무리 소설 속 세계라고는 하지만, 아니, 이제 소설 속 세계인지 꿈속 세계인지 헷갈릴 지경이긴 하지만, 어떻게 기억 속의 세계를 이토록 완벽하게 재현해낼 수 있지?

나는 계단을 밟아 화장실로 올라가려다 문득 발걸음을 멈췄다.

잠깐, 근데 왜 그렇게 화장실을 찾아 헤맸나. 용변이 급한 것도 아닌데.

애초에 화장실에 가려고 한 이유는 켄싱턴을 피해 잠시 혼자만의 시간을 갖기 위해서야. 현재 상황에 대해 곰곰이 생각해보기 위해서지.

나는 볼을 꼬집어보았다. 통증이 느껴졌다.

아무래도 꿈을 꾸는 건 아닌 듯하다. 당연히 내가 원래 살던 현실 세계도 아니다. 조금 전 사장님의 사투리도 그렇고, 이곳이 《부산 느와르》 속 세계라고 생각하는 편이 합당하다.

그렇다면 우선 첫 번째 질문. 나는 어쩌다 이런 곳으로 오게 됐나?

모르겠다. 분명 내 방 책상에 앉아 스토리를 구상하고 있었을 뿐인데 정신을 차리고 보니 노래방 안이었고 눈앞에 켄싱턴이 있었다.

그렇다면 다음 질문. 여기서 빠져나갈 방법은 없을까?

이것 역시 모르겠다. 내 의지와 무관하게 들어왔으니, 나가는 것 역시 내 의지와 무관하게 가능한 일 아닐까. 언제까지 소설 속 세계에 갇혀 살아갈 순 없을 테니.

자, 그럼 이번엔 심화 질문을 던져보자.

이 소설 속 세계의 인물들은 내가 구상한 내용과 얼마나 같고 얼마나 다를까. 이따가 켄싱턴에게 돌아가서 나는 어떤 이야기를 들려주면 좋을까. 내가 구상했던 이야기를 모조리 들려줘도 괜찮을까.

근데 애초에 이 《부산 느와르》라는 세계 자체가 내 머릿속에서 나왔잖아. 나와 무관하게 독립적으로 존재하는 세계가 아니라고.

그래, 내가 창조한 세계야.

나는 화장실 문을 닫고 노래방 복도 쪽으로 돌아왔다.

나는 이 세계 속에 존재하는 캐릭터이면서 동시에 이 세계를 창조하는 존재.

노래방 복도를 걷다가 처음에 기시감을 느낀 건 의식 깊은 곳에 묻혀 있던 기억 때문이었어. 하지만 이후에 복도를 헤매고, 화장실을 찾지 못해 사장님에게 길을 알려달라고 한 건 기억 때문이 아니야.

내가 그렇게 생각했기 때문이야.

그렇게 창조했기 때문이야.

나는 복도에 선 채 화장실 문을 바라보았다. 나는 누군가에게 인사를 하는 것처럼 화장실 문을 향해 천천히 손을 흔들었다. 그리고 이렇게 생각했다.

여기는 그냥 막다른 벽이 있는 게 나을 것 같아.

그러자 방금까지 화장실 문이 있던 곳이 서서히 막다른 벽으로 바뀌었다.

역시, 내 생각이 맞았어!

지금으로선 《부산 느와르》의 세계 속에 있다고 가정하는 게 합리적인 판단인 것 같아. 어째서 소설 속으로 들어오게 됐는지는 알 수 없지만. 앞으로 언제까지 여기에 있어야 하고 어떻게 빠져나가야 하는지도 알 수 없지만.

어쨌거나 지금 나는 《부산 느와르》의 세계 속에 존재하고 있어. 크리스라는 캐릭터가 되어서. 동시에 이 소설을 쓰고 있는 창작자로서. 나는 눈앞의 화장실 문을 벽으로 바꿀 수도 있고, 짧은 복도를 미로처럼 길게 늘어뜨릴 수도 있어.

그렇다면 켄싱턴이 앞으로 할 말도 내가 마음대로 통제할 수 있을까. 켄싱턴뿐만 아니라 다른 인물들의 생각이나 행동도 내 마음대로 조종할 수 있을까.

혹은, 한 번 일어난 사건도 없었던 것처럼 되돌릴 수 있을까.

나는 몸을 돌려 복도를 걸어 켄싱턴이 있는 방으로 향하려다가 걸음을 멈췄다.

굳이 원래 있던 방으로 갈 필요가 없겠구나. 아무 빈방이나 열면 그곳에 켄싱턴이 있을 테니까. 이 세계의 창조자인 내가 그렇게 생각하면 되니까.

나는 그 자리에 우뚝 선 채 내가 아까 나온 방이 아닌 다른 방의 문을 열었다.

방 안에서 켄싱턴이 나를 빤히 바라보고 있었다.

"뭡니까? 갑자기 그렇게 두리번거리더니. 화장실이 급해서 그랬던 겁니까?"

생각지도 못한 대사를 내뱉는 켄싱턴. 내가 아무 대꾸도 하지 않자 다시 한번 예상치 못한 말을 했다.

"미리 말 좀 해주세요. 화장실에 간다는 말만 하고 10분이나 자리를 비우다니."

벌써 시간이 그렇게 흘렀나. 아무래도 인물의 대사를 완전히 통제하는 건 불가능한 일인 듯하다.

"미안합니다. 그럼 아까 하던 이야기를 마저 하죠."

나는 문을 닫고 자리로 돌아와 리모컨으로 아무 번호나 눌러 음악을 흘러나오게 한 뒤 켄싱턴을 바라보았다.

상황을 봐서 테스트를 해봐야겠다.

나는 아까 앉았던 자리로 돌아가 음료수로 목을 축인 다음 켄싱턴에게 과거에 있었던 이야기를 늘어놓기 시작했다. 이 세계 속으로 오기 전까지 구상하던 스토리를 털어놓은 것이다. 그 핸드폰은 사고 당시 당신 아버님이 갖고 있던 핸드폰이다, 하지만 그건 아버님 것이 아니다, 아버님을 사고에 이르게 한 놈들이 찾고자 했던 핸드폰이다, 그렇다, 놈들이 가져간 건 아버님의 핸드폰이었다. 핸드폰에 어떤 비밀이 있는지는 모른다, 사고에 어떤 음모가 숨어 있는지도, 그래서 미첼은 경찰이 되고자 했다. 아버지의 사고와 관련된 비밀을 직접 조사하기 위해.

하지만 켄싱턴에게 말하지 않은 내용도 있었다. 예컨대 켄싱턴 당신을 감시하기 위해 벤저민과 제이슨이 당신 인생에 차례로 접근했다는 사실. 이 부분은 켄싱턴과 헤어지고 나서 다시 찬찬히 생각해봐야 할 것 같았다. 미첼이 경찰에서 잘린 이유에 대해서도, 정확하게는 알 수 없지만 건드리지 말라는 과거의 사건을 계속 파고들어서 그렇게 된 것 같다, 라는 식으로 적당히 둘러대고 넘어갔다.

한번 구상해본 이야기였기 때문인지 나는 막힘없이 설명을 이어 나갈 수 있었다.

"켄싱턴 씨의 연락처는 며칠 전 미첼에게 받았습니다. 당시 미첼은 이제 막바지에 다다랐다는 표현을 썼어요. 조금만 더 조사하면 원하는 결과를 얻을 수 있다면서. 근데 설마 미첼이 종적을 감추는 일이 벌어질 줄이야. 놈들이 눈치채고 손을 쓴 게 틀림없어요. 제니퍼가 이중 스파이였던 건지도 모르겠고."

나는 내가 내뱉은 말에 깜짝 놀라고 말았다.

제니퍼가 누구지? 이중 스파이는 또 뭐야?

"제니퍼는 누굽니까?" 켄싱턴이 물었다.

나야말로 궁금한 점이니 우선 적당히 넘어가자.

"같이 일하는 친군데…. 자세한 건 나중에 말씀드리죠."

켄싱턴은 내 대답을 듣고 의심스러운 듯 고개를 갸웃거렸다. 나는 속으로 몇 차례, 켄싱턴, 적당히 넘어가, 적당히 넘어가, 라고 되뇌었다. 그러자 켄싱턴은 내 속마음을 듣기라도 한 듯 찬찬히 고개를 끄덕이며 소파 등받이에 몸을 기댄 채 잠시 생각에 잠기는 것 같았다.

다행이다. 내가 원하는 대로 됐어.

그나저나 제니퍼는 누구지?

등장인물 정리할 때 적어둔 인물도 아니고 이야기 구상할 때 떠올린 인물도 아니야. 한 번도 생각했던 캐릭터가 아닌데 갑자기 이름이 튀어나오고 말았어. 어쩌면 내 의식이 이 세계로 이동하기 전, 크리스가 원래 알고 있던 인물이 아니었을까. 그러니까 크리스의 잔여 의식이, 내 의식을 뚫고 나와 말을 해버린 건지도 몰라. 나로선 아직 세세히 파악하지 못한 크리스의 과거. 그럴 가능성은 충분해. 어차피 크리스는 소설 초반부에 잠깐 나온 게 전부라 정보가 별로 없는 캐릭터잖아. 어느 정도는 내가 나중에 설정을 추가할 수도 있겠지. 그래, 켄싱턴의 말이나 행동을 테스트해보기 전에 우선 이 크리스라는 인물에 대해 알아볼 필요가 있겠어.

지금은 21세기. 누군가에 대해 알아보기 위해 할 수 있는 가장 간단한 방법은 하나밖에 없다.

그 사람의 핸드폰을 뒤져보는 것.

나는 바지 주머니에 넣어둔 핸드폰을 꺼내 문자메시지들을 확인하려 했다. 그 순간 켄싱턴이 말을 걸었다.

"그럼 우리 형이 지금 어디에 있는지는 아직 확인이 안 된 겁니까?"

"네, 지금으로선. 마지막으로 미첼과 통화했을 때, 혹시 자기한테 무슨 일이 생기면 켄싱턴 씨에게 연락하라고 했었죠."

문자메시지 좀 훑어보게 조금만 더 생각하고 있으면 안 되겠니, 라고 생각하며 나는 이렇게 답했다. 그러자 켄싱턴은 이번에도 내 속마음을 알아챈 듯, "그렇군요"라고 말하며 소파 등받이에 몸을 기댄 채 생각에 잠겼다.

아, 혹시 상대방이 어떤 말을 꺼낼지까지는 컨트롤할 수 없지만 생각하게 하는 것 정도는 할 수 있는 걸까. 그렇다고 무턱대고 그렇게 할 수도 없겠지. 지금은 나한테 들은 이야기를 머릿속으로 정리할 필요가 있기 때문에 잠시 생각에 잠긴 것뿐이야.

그래, 어느 정도 이야기의 흐름이나 맥락에 맞는다면 상대방의 말이나 행동 같은 걸 제어할 수 있을지도 몰라. 확인해보자.

나는 다음과 같이 생각했다. 잠시 말없이 생각을 정리하던 켄싱턴이 크리스에게 앞으로 자신이 어떻게 하면 좋겠느냐고 묻는다, 라고.

나는 핸드폰을 보는 척하며 곁눈질로 켄싱턴을 흘끔흘끔 바라보았다. 잠시 후 켄싱턴이 등받이에서 몸을 떼며 말을 걸어왔다.

"저기 크리스 씨."

"네?"

정말 생각대로 되나.

"앞으로 전 어떻게 하면 됩니까?"

된다! 진짜 된다!

"바깥 활동을 잠시 자제할 필요가 있을 것 같습니다."

"바깥 활동… 말입니까?"

"네, 바깥 활동."

내가 이야기를 구상할 시간이 필요하니까. 그동안 켄싱턴이 아무도 만나게 해서는 안 된다. 괜히 누군가와 만나서 대화를 주고받다가 내가 생각지도 못한 정보가 켄싱턴의 귀에 들어갈 수도 있다.

"그러면 지금 하고 있는 일도 그만두는 게 좋을까요?"

"그러는 편이 좋을 것 같습니다. 아무래도 사태가 심상치 않게 돌아가고 있어서."

굳이 이런 말을 할 필요도 없겠구나. 내가 속으로, 켄싱턴은 나와 헤어지고 나서 당분간 다른 사람과 연락을 끊은 채 집에서 독서삼매경에 빠진다, 라고 생각하면 그만이지 않나? 어차피 켄싱턴은 책을 좋아하는 캐릭터였으니까.

"그러고 보니 실은… 저도 간밤에 일이 좀 있었습니다."

"무슨 일이 있었죠?"

켄싱턴은 자신이 먼저 이야기를 꺼내놓고도 잠시 머뭇거리는 듯하더니 이윽고 어제 있었던 일을 털어놓았다. 지인 부탁으로 권총 매매를 중개하게 되었는데 약속 장소에서 괴한의 습격을 받아 쓰러졌고, 눈을 떠보니 자신의 집에 돌아와 있었다는 이야기였다. 이미 알고 있던 내용이었지만 나는 처음 듣는 이야기인 것처럼 반응했다.

"그런 일이 있었군요. 그럼 그 권총은 어떻게 됐습니까?"

"정신을 차리고 보니 제 방에 함께 있었습니다."

"역시 켄싱턴 씨는 함부로 돌아다녀선 안 될 것 같습니다. 이미 놈들의 표적이 된 것 같으니."

"형이 조사하고 있는 놈들일까요?"

"아마 그렇지 않을까요?"

아직 구상하지 않은 부분이라 확신할 수는 없지만.

"크리스 씨는 앞으로 어쩔 셈입니까?"

나? 앞으로 이야기를 어떻게 쓸지 궁리해봐야지.

"우선, 연락책 몇 명과 접촉해봐야겠지요. 놈들이 어디까지 일을 진행시켰는지도 확인해봐야겠고, 미첼이 놈들의 비밀을 어디까지 파헤쳤는지도 알아봐야겠고."

"제가 도와드릴 일은 따로 없을까요?"

아니, 나는 옆에 누가 있으면 소설을 쓸 수가 없어.

"괜찮습니다. 우선 혼자 알아보다가 다른 일이 생기면 연락하겠습니다."

이제 질문 금지. 질문 금지!

내 속마음이 전달됐는지 켄싱턴은 고개를 몇 번 주억거릴 뿐 더 이상 질문하지 않았다.

켄싱턴과 함께 노래방에서 나왔다. 내가 먼저 입을 뗐다.

"그럼 이쯤에서 헤어지기로 하죠."

"네?"

"왜요?"

"아, 아닙니다. 크리스 씨는 어디로 가시려고?"

우선 혼자 있을 수 있는 곳으로 가봐야겠지. 이를테면 카페라거나.

"아까 말했듯이 만나야 할 사람들을 좀 만나봐야 할 것 같습니다."

"그렇군요."

자, 그럼 이제 헤어지자.

"상황을 보고 다시 연락드리겠습니다."

그러고 나서 우선 지금 있는 곳에서 멀어지기 위해 걷기 시작했는데 몇 걸음 걷지 않아 켄싱턴이 "크리스 씨!" 하고 나를 불러 세웠다.

켄싱턴 얘, 도대체 뭐야. 원래 이렇게 질질 끄는 성격이었나?

나는 걸음을 멈추고 천천히 고개를 돌리며 켄싱턴을 바라보았다. 켄싱턴이 엄지손가락으로 자신의 뒤편을 가리키며 이렇게 외쳤다.

"주차장에 주차해둔 차는요?"

맞아! 크리스 얘 자동차가 있었지.

나는 켄싱턴 쪽으로 다가가며 말했다.

"갑자기 사건이 우후죽순으로 터지는 바람에, 하하, 자동차를 깜빡하다니."

근데 나 면허증 없는데….

아니지. 지금 나는 크리스니까 면허증도 있을 테고 운전도 할 수 있을 거야.

정말 가능할까. 의식은 어느 정도까지 육체를 지배할 수 있을까. 내 외양은 분명 기자 크리스. 하지만 의식은 소설가 박대겸. 운전을 할 줄 모르는 내가, 단순히 크리스의 외양을 하고 있다고 해서 크리스처럼 운전하는 게 가능할까.

아, 이것도 아니구나. 내가 이 세계의 창조자라는 사실을 자꾸 잊어버리네. 크리스는 운전을 잘한다. 현재 크리스 역할을 맡고 있는 나 역시 당연히 운전을 잘한다. 무사고 20년 경력의 베테랑 드라이버. 그렇게 설정해버리면 돼. 좋았어.

정신을 차리고 보니 켄싱턴이 나를 물끄러미 바라보고 있었다.

"무슨 생각을 그렇게 골똘히 하세요?"

"잠깐 다른 생각을. 그나저나 켄싱턴 씨는 어느 쪽으로 가실 생각인지?"

"집으로 가야죠."

"집으로 가실 생각이군요."

"크리스 씨가 바깥 활동을 자제하라면서요."

대화하면서 자꾸 다른 생각을 하다 보니 어떤 말을 주고받았는지 잊어버린 것 같다.

"그랬죠. 미안합니다. 그럼 집까지 태워드릴까요?"

당황한 나머지 무심결에 이런 질문이 나오고 말았다. 어차피 예의상 한 질문이니 켄싱턴 성격상 곧이곧대로 받아들이진 않겠지, 라는 생각이 채 끝나기도 전에, 켄싱턴은 슬며시 미소 지으며 이렇게 답했다.

"그렇게 해주시면 저야 고맙죠."

나는 켄싱턴과 주차장 쪽으로 걸어가며 생각했다.

아무래도 켄싱턴의 성격이 조금 바뀐 것 같다. 물론 사람은 누구나 상대방이 누구냐에 따라 드러나는 모습이 조금씩 달라진다. 켄싱턴 또한 마찬가지다. 미첼을 대할 때의 켄싱턴과 안나를 대할 때의 켄싱턴과 제이슨을 대할 때의 켄싱턴은 전부 다르다. 그러니 나를 대할 때의 켄싱턴 역시 내가 기존에 알고 있던 켄싱턴과는 조금 차이가 있을 것이다. 하지만 기본적으로 켄싱턴은 약간 삐딱한 성격에 독고다이형 인물 아닌가? 차 태워준다고 넙죽넙죽 그러겠다고 답한다고? 혹시 내가 이 세계로 이동해 오면서 캐릭터의 성격에도 변화가 일어난 걸까. 그나저나 크리스의 차종이 뭐였더라.

그렇게 생각하며 주차장 안으로 진입했는데 바로 앞쪽에 서 있던 검은색 싼타페의 헤드라이트가 번쩍, 하면서 주인을 반겼다.

자동차 키를 자동으로 인식하는 시스템이군.

나는 시동을 켜고 곧장 내비게이션부터 확인했다. 다행히 최근 목록에 켄싱턴의 집 주소 기록으로 보이는 주소가 남아 있었다. 검색 버튼을 누르고, 내비게이션의 안내에 따라 싼타페를 주행시켰다.

둘 다 입을 다문 어색한 시간. 이게 정상이야. 켄싱턴은 원래 말이 많은 타입이 아니니까.

그러다가 문득 떠오른 게 있어서 말을 꺼냈다.

"켄싱턴 씨, 가능하면 안나 씨와의 연락도 자제하는 게 좋을 것 같아요."

바깥 활동을 자제하라고 해서 직장 쪽만 자제하고 연애 쪽은 자제하지 않으면 곤란하다. 안나와 대화를 나누다가 예상치도 못한 이야기가 만들어질 수 있으니.

그런 생각으로 가볍게 던진 말이었는데 켄싱턴은 아무 대꾸도 하지 않았다. 사생활까지 간섭해서 기분이 나빠졌나. 나는 곁눈질로 켄싱턴 쪽을 슬쩍 바라보았다. 켄싱턴의 표정이 심상치 않아 보였다.

"크리스 씨가… 안나를 어떻게 압니까?"

켄싱턴의 질문을 듣는 순간 머릿속이 하얘지는 느낌이 들었다. 크리스는 안나라는 인물에 대해 아는 바가 없어야 했다.

"혹시 제 뒷조사도 했던 겁니까?"

켄싱턴이 추궁하듯 다시 한번 물었다.

"아니, 그런 게 아니라…."

아, 젠장, 뭐라고 둘러대야 하지? 내가 던진 그물에 내가 낚이다니. 어떻게 이 상황을 모면해야 하나.

그런 생각을 하며 진땀을 빼고 있는데 켄싱턴이 난데없이 엉뚱한 소리를 했다.

"드디어 만났다! 어느새 운전을 하고 있네?"

나는 빨강 신호등을 받아 차를 세우고 켄싱턴을 바라보았다. 이번엔 내 표정이 심상치 않게 바뀌었다.

"처음 만나는 것도 아니면서 뭘 그리 당황해. 나야 나. 누군지 모르겠어?"

켄싱턴의 목소리에 낯익은 말투.

설마?

설마!

"그래, 맞아. 나 룲와룲와야."

빠아앙.

빠아아아아앙.

뒤쪽에서 들려오는 클랙슨 소리.

"신호등 녹색으로 바뀌었잖아. 안 가고 뭘 그렇게 넋 놓고 있어?"

켄싱턴의 목소리를 한 룲와룲와의 말에 나는 천천히 액셀을 밟았다.

룲와룲와가 어떻게 이 세계에 있지? 방금까지만 해도 분명 내가 알던 켄싱턴이었잖아.

뭐가 도대체 어떻게 전개되고 있는지 알 수가 없다. 하나 겨우 이해하는가 했더니 또다시 터무니없는 일이 벌어졌다.

룲와룲와, 사라진 거 아니었나? 그때 분명 진짜 꿈신꿈왕 데룲타카가 나타나면서 룲와룲와가 폭파해버렸잖아.

"묻고 싶은 게 한두 개가 아니지? 뭐가 뭔지 아무것도 모르겠지? 근데 놀랄 거 없어. 이건 전부 내가 계획한 일이니까."

"계획한 일… 이라고?"

"그래, 애초에 《부산 느와르》라는 허구 세계를 창조한 것도, 데룲비영스멥츤스키 독고환치타카에게 폭파당하기 직전 이 세계 속으로 순간이동 한 것도, 전부 계획적으로 행한 일이지."

나와의 만남이 반가워서 《부산 느와르》를 선물로 줬다는 말은 새빨간 거짓말이었나.

"물론 이 세계로 너를 부를 수 있으리라곤 예상하지 못했어. 네가 크리스에게 의식 이동을 한 것도 예상하지 못한 일이고. 하긴, 소설 속 캐릭터도 제대로 통제하기 어려운데 실제 사람을 통제할 수 있으리라 판단한 건 나의 실수."

이게 도대체 무슨 소리지, 라는 의문이 가득했지만 그 와중에 건진 말이 하나 있었다. 《부산 느와르》라는 소설 속 세계로 나를 불러들인 자가 다름 아닌 룲와룰와라는 사실. 이 작자가 모든 일의 화근이었다.

"날 왜 여기로 불렀지?"

욱하는 마음이 일었다. 하지만 켄싱턴 목소리를 한 룲와룲와는 내 마음 같은 건 아랑곳하지 않고 되레 빽 소리를 질렀다.

"이신이왕 님께 말버릇이 왜 그래!"

"아니, 그게 아니라… 근데 이신이왕? 그게 뭐예요?"

"이신이왕 몰라? 이야기의 신이자 이야기의 왕. 《부산 느와르》라는 허구의 이야기를 창조해낸 신이자 왕이라 이 말씀이야. 예의를 갖춰서 말해야지."

언제는 꿈신꿈왕이라더니. 우선 이 작자의 말을 듣도록 하자. 이 세계에서 빠져나가려면 어쩔 수 없다.

"네, 알겠습니다. 이신이왕이 그런 의미였군요. 근데 이신이왕 님은 왜 절 여기로 불러들였나요?"

"그걸 몰라서 물어? 내가 만든 《부산 느와르》를 네가 망치고 있어서 불러들였잖아!"

이건 또 무슨 소리야?

앞을 보며 운전하고 있었지만 도저히 운전에 집중할 수 없었다. 나는 내비게이션이 알려주는 노선에서 벗어나 차량이 드문 골목 쪽으로 방향을 꺾어 자동차를 정차시켰다.

고개를 돌려 륾와륾와를 바라보았다. 얼굴을 보고 대화하려니 위화감이 몰려왔다. 겉모습과 목소리는 분명 켄싱턴이었기 때문이다.

하지만 헷갈려서는 안 된다. 저 안에서 실제로 말하고 있는 자는 륾와륾와니까. 물어볼 건 물어봐야 해.

"제가 《부산 느와르》를 망치고 있다고요? 그게 무슨 말이에요?"

"내가 기껏 그럴싸한 세계를 만들어냈건만, 네가 이야기의 톤을 완전히 바꿔버렸잖아."

이야기의 톤? 문체를 말하는 건가? 마지막에 썼던 것?

"아직 완성된 원고가 아니에요. 퇴고도 안 했고. 임시로 써본 것뿐이라고요."

"그게 문제라는 거야! 임시로 써보다니. 너는 네 삶을 임시로 살 수 있어? 그냥 한번 살아보다가 맘에 안 들면 다른 방식으로 살아보자, 그게 가능해?"

"사는 거랑 소설 쓰는 건 다른 문제잖아요."

"말귀를 못 알아듣네. 그게 왜 다르지 않은 문제인지 모르겠어?"

전혀 모르겠는데. 둘은 당연히 다른 것 아닌가? 소설 쓰는 건 사는 것 속에 포함된 일이잖아.

"모르나 보네. 자, 질문을 바꿔볼까? 《부산 느와르》를 누가 썼지?"

"룸와룸와 님이 썼죠."

"왜 썼을까?"

"저를 만나서 반가운 마음에 쓴 거 아닌가요?"

"물론 처음엔 그랬지. 순수한 마음으로. 근데 두 번째 만났을 때 뭔가 이상하다고 느꼈어. 한평생 일어나기 힘든 일이 두 번이나 일어났으니까. 불길한 기운 같은 게 느껴졌달까. 그래서 《부산 느와르》를 좀 더 정교하게 다듬어야겠다고 생각했어. 본능적으로. 그래, 본능적으로 그렇게 판단했어."

나와 두 번째 만났을 때 이미 자신이 데룸타카에게 발견될지도 모른다고 예감했던 걸까.

"로또에 2회 연속으로 당첨될 만큼 가능성 없는 일이 실제로 발생했단 말이지. 그것도 두 번씩이나. 의심하지 않을 수 없었어. 그리고 마침내 세 번째 만남. 의심은 확신으로 바뀌었지. 나는 곧 사라질 것이다. 데룸비영스멥튼스키 독고환치타카가 나를 발견해 없앨 것이다."

아까도 그랬지만 어떻게 저 긴 이름을 한 번도 더듬지 않고 주욱 말할 수 있을까? 진짜 꿈신꿈왕이든 가짜 꿈신꿈왕이든, 이들에게 이름의 길이 같은 건 문제가 되지 않는가 보다.

"그래서 사라지기 직전까지 최선을 다해 《부산 느와르》의 세계를 구축했고, 무사히 이 세계로 이동하는 데 성공했어. 근데 이 이후에 이어질 이야기를 네가 망치고 있어. 네가 '임시로' 쓴 글 때문에 이 세계가 엉망진창으로 일그러지고 있다고. '임시로' 썼다 지울 때마다 이 세계가 일그러졌다 펴졌다 아주 난리도 아니야."

"저도 사정이 있었어요. 필사적으로 《부산 느와르》를 이어서 써야 하니까요. 그러지 않으면 제 창의력이 사라질 판이었으니."

"그게 무슨 말이야?"

"데룸타카 님이 그렇게 말했어요. 룲와룲와 님의 소설을 이어서 쓰지 않으면 제 소중한 것을 빼앗아 갈 거라고요."

"냐하하하하하하."

왜 이렇게 기분 나쁘게 웃는 거냐.

"그 말을 믿어?"

"네?"

"진심으로 그 말을 믿어? 소중한 것을 빼앗아 간다고? 그게 창의력이라고? 냐아하하하하하하하."

"그만 좀 웃으세요."

"이렇게 웃긴 얘기를 하는데 어떻게 안 웃을 수가 있어?"

"그럼 데룸타카 님이 거짓말을 했단 말이에요?"

"그 작자가 네 소중한 것을 어떻게 빼앗을 거라고 생각해?"

"글쎄요. 꿈신꿈왕 님이잖아요. 제 무의식을 조작하든지 해서 빼앗겠죠."

"그래, 네 말마따나 그 작자는 꿈신꿈왕이지. 그리고 단지 꿈신꿈왕일 뿐이야. 네 꿈의 세계 속에서만 신이고 왕이라고. 꿈 밖에선 아무것도 할 수 없어. 맞아, 당연히 무의식을 조작하지. 그래야 꿈을 만들어낼 수 있으니까. 그렇다고 네 안에 없었던 무의식을 새로 만들어내거나 이미 존재하는 무의식을 없애진 못해."

그런… 거였나.

"그 말에 홀딱 속아 넘어가서 억지로 이야기를 이어 쓰려 했군."

"그런 것도 있고, 시작한 연재를 중간에 그만둘 수 없다는 이유도 있고. 근데 전부 거짓말은 아니었어요. 룳와룳와 님이 사라지고 나서 거짓말처럼 제가 글을 쓸 수 있게 됐으니까."

"그건 또 무슨 말이지?"

"제가 요 몇 달 동안 소설을 못 쓴 이유가, 데룸타카 님에게서 창작 에너지의 집약체가 빠져나갔기 때문이라고 했어요. 그리고 그 집약체가 룳와룳와 님이 된 거고."

"그 말도 곧이곧대로 믿었다?"

"이 말도 거짓말이에요?"

"애초에 너는 내가 탄생한 이유 자체를 모르는 것 같네. 너, 원래 쓰던 소설을 엎고 새로운 소설을 써야 했지? 그것도 단기간 안에. 갑자기 소설을 다시 써야 한다는 압박감 때문에 스트레스가 잔뜩 쌓였잖아. 아이디어도 안 떠오르고 머리도 안 돌아가고. 그때 데룸비영스멥튼스키 독고환치타카는 뭘 하고 있었을까?"

그걸 내가 어떻게 알아.

"임무를 방기하고 있었어. 가만히 가라앉아 있어야 할 무의식이 대책 없이 날뛰는 걸 보고 그냥 손을 놔버렸지. 착착 정리해서 창작에 사용할 수 있는 무의식을 건져내서 의식층으로 보내야 하는데, 내버려둔 거야. 그래서 내가 태어난 거지. 임무를 방기해버린 그 작자를 대신해서. 그 작자가 갖고 있던

244

창작 에너지를 가지고."

"그럼 그때 룲와룲와 님이 제가 소설 쓰는 걸 도와줬으면 좋잖아요."

"너는 앞으로 뭘 하면서 어떻게 살아갈지 알고 나서 태어났니? 아니지? 나도 마찬가지야. 태어나고 보니 그런 상황이었어. 나에게 창작 에너지가 있단 걸 알았지만 어떻게 사용해야 하는지 몰랐어. 그러다 우연히 널 만나게 됐고, 데룸비영스멥츤스키 독고환치타카와는 다른 방식으로 창작 에너지를 사용하게 됐지."

직접 허구의 세계를 창조한 거군.

그리고 데룸타카에게 제거되기 직전에 자신이 창조한 허구의 세계 속으로 이동했고.

그럼 다시 원래 했던 질문으로 돌아가보자.

"왜 저를 이 세계에 끌어들였어요?"

"아까 말했잖아! 네가 이야기를 이어 쓰면 이어 쓸수록 이 세계가 비뚤어지고 왜곡되고 있으니까. 그걸 멈추려고 불러들였어!"

"그럼 어떻게 써야 해요? 어떻게 써야 제대로 쓸 수 있죠?"

"제대로 쓰는 건 불가능해. 여긴 어차피 내가 구축한 세계니까. 그냥 이 세계 안에서, 이 세계의 흐름에 맞춰서 살아보라고 이곳으로 불러들였어. 근데 여기에 들어와서도 크리스라는 인물의 역할에 집중하지 않고 자꾸 이야기를 꾸며내려 했지."

"그럼 앞으로 전 어떻게 하면 되죠?"

"정말 몰라서 물어? 크리스라는 인물의 역할에 몰입하면 되잖아. 자기가 창작자라는 생각을 버리고. 이 세계를 창조할 수 있단 착각을 버리고. 그냥 크리스로서 살아가면 돼."

소설가로 몇 년째 살고 있는데 소설가라는 생각을 버리라고? 그냥 크리스가 돼서 살아가라고? 배우라도 하라는 말인가.

물론 《부산 느와르》는 당신이 시작한 소설이야. 하지만 수십 번이나 읽고 고쳐 쓰면서 이미 내가 쓴 소설처럼 느끼고 있는 상황이라고.

"네가 이야기를 이어받고 나서, 그리고 네가 이 세계로 진입해온 이후부터, 이미 《부산 느와르》의 세계가 원래 세계와 많이 어긋나버렸어. 하지만 완전히 돌이킬 수 없을 만큼은 아니야. 네가 크리스 역할을 얼마나 제대로 수행해내느냐에 따라 다시 본궤도로 돌아갈 수도 있어."

"이야기가 본궤도로 돌아가야 제가 원래 세계로 돌아갈 수 있나 보군요."

룲와룲와가 빙그레 미소를 지었다. 이전에는 본 적이 없는, 다분히 과장된 미소였다.

"두말하면 잔소리지."

애초에 룲와룲와는 나를 현실로 돌려보낼 생각을 하지 않고 있다. 현실로 돌려보내 봤자 내가 다시 《부산 느와르》를 이어 쓸 테고, 내가 이어 쓴 부분은 본인 마음에 안 들 테니 다시 나를 이 세계로 불러들일 것이다.

끝없는 도돌이표.

시작도 끝도 없는 우로보로스.

이야기가 본궤도로 돌아가야 한다는 말은 어떤 의미인가.

각자의 인물이 각자의 역할에 맞게 움직여야 한다는 말이다.

내가 맡은 역할은 무엇인가. 크리스가 맡은 역할은 무엇인가.

"이제야 지금이 어떤 상황이고 어떤 일을 해야 할지 자각이 좀 생겼나 보군."

"여기서 빠져나가려면 어쩔 수 없죠. 시키는 대로 해야지."

"그럴 줄 알고 내가 선물을 하나 준비해뒀어."

이번엔 또 무슨 선물을 주려고.

룸와룸와는 글로브박스를 열어 말려 있던 A4 용지 수십 페이지를 꺼내 내게 내밀었다. 첫 페이지에 '부산 느와르'라고 적혀 있었다.

"이게 뭐예요?"

"보고도 몰라? 지금까지 내가 쓴 《부산 느와르》잖아. 네가 쓴 부분도 뒤에 조금 있고."

내가 그걸 몰라서 묻는 게 아니잖아.

"이걸 저한테 왜…?"

"정말 몰라서 물어? 넌 네가 쓰지도 않은 소설, 여러 번 읽었다고 해서 속속들이 전부 기억할 수 있어?"

"그건 아니죠."

"본인이 직접 썼다고 해도 꼼꼼하게 기억하는 건 불가능할걸? 이야기의 신이자 이야기의 왕인 나에겐 가능한 일이지만. 냐하하하. 아무튼 그래서 준비했어. 그거 보면서 크리스 역할을 충실히 수행해 봐."

묘한 기분이 들었다. 《부산 느와르》의 세계 속에서 《부산 느와르》를 읽게 되다니. 단순히 이야기의 배경이 된 장소를 순례하는 것이 아니다. 이야기 속에서 직접 그 이야기를 살아가야 하는 것이다.

"다시 말하지만, 이야기의 내적 논리가 있으니까 억지로 이야기를 꾸며내려 하지 마. 소설가 박대겸의 자의식을 버리고, 캐릭터 크리스가 되어서, 그냥 이야기의 흐름에 따르면 돼."

켄싱턴의 얼굴을 하고 켄싱턴의 목소리를 한 룷와룷와가 말했다.

여전히 얼굴과 말투가 매치가 안 돼, 라고 생각하며 A4 용지에 적힌 '부산 느와르'라는 제목을 보고 있노라니, 문득 이전에 가졌던 의문이 떠올랐다.

"근데 소설 제목은 왜 《부산 느와르》라고 했어요?"

"왜? 제목에 불만이라도 있어?"

"아뇨, 그냥 궁금해서. 부산이 배경이라 '부산'이 들어간 것까지는 알겠는데, 《부산 느와르》가 느와르 장르의 소설인가 하는 궁금증이 들어서."

"넌 느와르가 뭐라고 생각하지?"

"느와르… 글쎄요…. 굳이 정의를 해보자면, 전반적으로 어두운 분위기에, 범죄 사건이 일어나고, 인물들의 욕망이 뒤얽히고…. 대충 그런 느낌 아닌가요?"

"그걸 왜 나한테 물어봐?"

왜 물어보냐니.

"느와르가 뭐냐고 물어봤잖아요?"

"나도 몰라서 물어봤지."

몰라서 물어봤다고?

"무슨 뜻인지도 모르고 소설 제목을 《부산 느와르》라고 지었어요?"

"냐하하하하, 설마 몰랐겠어? 어차피 네 무의식 속에 있었던 건데."

이 인간이 장난하나.

"그렇겠죠. 제 무의식 속에… 그럼 왜 《부산 느와르》라고 지었어요?"

"왜? 제목에 뭐 불만이라도 있어?"

"네? 아니, 그게 아니라 아까도 말했다시피 그냥 순수한 궁금함이에요."

"너는 느와르가 뭐라고 생각하지?"

"네? 느와르는 아까 말했다시피…."

뭐지? 대화가 조금 전과 똑같이 반복되고 있다. 장난하는 건가?

나는 켄싱턴의 얼굴을 한 룸와룸와를 바라보았다. 웃음기 하나 없는 진지한 얼굴. 저렇게 진지한 얼굴로 장난하진 않을 테고. 딱히 대답하고 싶지 않아서 자꾸 말을 돌리고 있나. 아니면 룸와룸와 본인조차 왜 그런 제목을 붙였는지 답하기 어려운지도 모르겠고.

그래, 제목이야 뭐가 됐든 상관없다. 《부산 하드보일드》가 됐든 《부산 크라임》이 됐든 중요한 문제가 아니다. 본질적인 문제가 아니다. 나는 좀 더 핵심적인 질문을 던져야 한다. 《부산 느와르》에서 가장 핵심적인 사건. 미첼과 켄싱턴의 아버지를 차로 들이받으라 지시한 사람은 누구인가. 핸드폰을 되찾기 위해 10년 이상 미첼과 켄싱턴 형제를 감시하라고 시킨 사람은 누구인가. 혹시 내 구상대로 제이슨의 아버지 매튜가 진범인가. 어차피 아는 것과 증명하는 건 다르다. 범인이 누구인지 알고 있다 해도 그가 범인이란 걸 증명하려면 증거가 필요하다. 그리고 크리스의 역할은 그 증거를 찾는 것이리라.

"이신이왕 님. 중요한 질문 딱 하나만 할게요. 도대체 이 사건의 범인은 누구예요?"

"어떤 사건을 말하지?"

"미첼과 켄싱턴의 아버지가 차에 치인 사건요. 차로 들이받으라 지시한 사람이 있을 거 아니에요."

"그걸 내가 알 거라고 생각해?"

"이신이왕 님이 직접 구상한 이야기 아니에요?"

"물론 이 이야기를 꾸며낸 사람은 나야. 그렇다고 해서 이 이야기를 속속들이 전부 아는 건 아니지. 너도 소설 써봤으니 알고 있을 텐데."

나는 일개 소설가에 불과하고. 당신은 아니잖아. 본인 입으로 이야기의 신이자 이야기의 왕이라고 하지 않았나? 근데 전부 아는 건 아니라고? 범죄소설 쓰면서 범인이 누구인지도 모른 채 썼다고?

진짜 아무 대책도 없이 써댄 소설이었군.

"나 이제 가봐야 돼."

"벌써 가게요?"

"켄싱턴 속에 너무 오래 있었어. 다른 사람 속에 너무 오래 들어가 있으면 이 인물이 나중에 정신 차렸을 때 자아분열을 일으킬 수도 있어."

자아분열이라니. 잠깐, 그 말은 곧, 크리스 또한 그런 위험에 처할 수 있다는 말 아닌가. 나는 지금 크리스의 의식 속에 얼마나 오랫동안 머물고 있는 것인가.

"크리스도 나중에 자아분열 일으킬 수 있는 거 아니에요? 저는 벌써 1시간 이상 크리스 속에 있는 것 같은데."

내 말에 켄싱턴의 얼굴을 한 룸와룸와는 빙그레 웃음을 지었다. 조금 전에도 봤던, 다분히 과장된 표정의 미소. 들키면 안 되는 꿍꿍이라도 있는 걸까.

"너랑 나랑은 달라. 나는 이신이왕으로서 인물 속에 들어갔고. 너는 평범한 사람으로서 들어갔으니까."

그럼 다행이긴 하지만.

그나저나 룸와룸와는 나와 헤어지면 어디로 가는 걸까.

"마지막으로 딱 하나만 물어볼게요. 이제 가봐야겠다고 했잖아요. 어디로 가세요? 룸와룸와 님은 원래 어디에 있었어요?"

"하나만 묻는대 놓고 뭘 그렇게 연달아 물어봐."

원래 있던 곳과 앞으로 갈 곳이 다른 건가?

"그럼 마지막 질문만 다시 할게요. 룸와룸와 님은 켄싱턴에게 의식이동 하기 전에 어디에 있었어요?"

"그게 지금 중요한 문제야?"

"그냥 궁금해서요."

"다시 말하지만, 넌 이제부터 박대겸이 아니야. 크리스라고 크리스. 크리스가 그런 걸 궁금해할 것 같아?"

"그건 아니겠지만."

"크리스는 애초에 나라는 존재를 모르지."

"그렇…겠죠."

"거기서부터 시작하면 돼. 사실 나도 이렇게 드러나면 안 된다고. 이야기 뒤에 물러나 있어야 하는데, 어쩔 수 없이 나온 거야. 어서 원래 자리로 돌아가야 해."

그럼 이만, 까지 말한 룳와룳와는 한 템포 호흡을 조절한 뒤 마지막 말을 남겼다.

"크리스 역할 잘 수행하길 바랄게."

잠시 후, 켄싱턴은 의자에 기댄 채 죽은 듯이 눈을 감았다. 천천히 가슴팍이 오르락내리락하는 걸 보니 잠이 든 것 같았다. 룳와룳와가 원래 있던 곳으로 돌아간 것이다. 원래 있던 곳이 어디인지는 모르겠지만.

이야기의 신이자 이야기의 왕인 룳와룳와는 어쩌면 진짜 신처럼 세계 곳곳에서 나를 지켜보고 있는 게 아닐까, 라는 생각이 들었지만 곧장 그 생각을 철회했다. 만약 그랬다면 내가 크리스에게 의식 이동을 했을 때 곧바로 켄싱턴의 모습으로 나타났을 것이다. 나를 이 세계로 불러들이긴 했지만 내가 어느 인물 속으로 이동했는지까지는 몰랐던 것 같다. 아마 내가 크리스 속으로 들어왔다는 걸 알아챘다기보다는, 이야기에 균열이 생기는 걸 느끼고 날 찾아온 것 같다.

하지만, 하고 나는 생각했다. 룳와룳와의 말마따나 그건 중요한 문제가 아니다. 켄싱턴을 보니 한동안 잠들어 있을 것 같다. 우선 원래 목적지인 켄싱턴의 아파트로 이동해야겠다.

나는 시동을 켜고 액셀을 밟았다. 검은색 싼타페가 천천히 움직였다.

다시 생각해보자. 이 이야기에서 내가 맡은 역할은 무엇인가. 크리스가 해야 할 일은 무엇인가. 크리스는 미첼을 도와 과거 사건을 조사하고 있었다. 그러다 미첼과 연락이 닿지 않아 급하게 켄싱턴에게 연락을 한 것이다. 소설에서 크리스에 대해 묘사된 내용은 적은 편이지만 크리스가 해야 할 일은 분명하다. 미첼을 도와 미첼 아버지의 죽음에 얽힌 비밀을 밝혀내는 일. 사건의 진범을 찾아내는 일. 그래, 이것이 내가 해야 할 일이다. 그러고 나면 이야기는 자연스레 본 궤도로 돌아갈 수 있을 것이다. 범인을 찾고 나면 나도 이 세계에서 빠져나갈 수 있을 것이다. 어쩌면 다른 사건에 대한 사정을 알아내야 할지도 모른다. 예컨대 켄싱턴이 괴한에게 마취당해 정신을 잃은 일이라든지. 혹은 미첼의 실종에 대해서라든지. 제이슨의 뜬금없는 죽음에 대해서 알아내야 할지도 모르겠고. 어떤 사건부터 어떤 식으로 접근하는 게 좋을까.

켄싱턴의 아파트에 도착해 경비원에게 아파트 호수를 적당히 말했다. 차단 바가 올라갔고, 나는 아파트 지하 주차장 구석 빈 곳에 자동차를 주차시켰다.

문득 어디서 읽은 내용이 떠올랐다. 미국 통계에 따르면 살인사건의 70퍼센트는 피해자와 살인자가 아는 사이라고. 한국이라고 미국과 크게 다르지는 않을 것이다.

미첼의 실종이 단순한 실종이 아니라면.

바꿔 말해, 미첼이 이미 살해당한 상태라면. 그리고 제이슨의 죽음이 타살이라면.

둘 사이의 교집합.

나는 고개를 돌려 보조석에서 얌전히 눈을 감고 있는 켄싱턴 팍을 바라보았다.

《부산 느와르》의 중심인물. 이 소설의 주인공.

교집합은 켄싱턴밖에 없다. 우선 켄싱턴부터 조사해야 한다.

켄싱턴이 범인일 확률은 희박할 것이다. 켄싱턴이 기억을 상실한 채로 하룻밤 사이에 미첼과 제이슨을 살해했다? 가능성이 전혀 없는 이야기는 아니다. 하지만 룲와룲와가 내 무의식을 바탕으로 이야기를 꾸며냈다면 이렇게 터무니없는 결말을 염두에 두지는 않았을 것이다.

나는 다시 한번 켄싱턴을 바라보았다.

그래, 나는 이제 크리스다. 이 세계의 창조자도 아니고 소설가도 아니다. 발로 뛰어다니며 자료를 조사해야 하는 탐정이다. 켄싱턴을 조사하고 다른 인물들을 만나 사정을 묻고 숨은 진실을 밝혀내야 하는 탐정이다.

고개를 반대편으로 돌려 차창에 비친 얼굴을 바라보았다.

나는 크리스다.

나는 탐정이다.

나는 크리스다.

나는 탐정이다.

사건을 해결해야 한다.

나는 탐정이다.

사건을 해결해야 한다.

크리스는 차창에 비친 자신의 얼굴을 바라보며 몇 번이고 그렇게 되뇌었다.

〔 **11** 〕

초특급 부산 느와르

크리스는 《부산 느와르》 파일을 빠르게 훑으며 재킷 안주머니에 있던 수첩을 꺼내 메모를 남겼다. 20여 분에 걸쳐 소설을 다 훑은 뒤 의자 등받이에 몸을 기댄 채 잠시 눈을 감고 거의 들리지 않는 목소리로 혼잣말을 했다.

크리스가 《부산 느와르》 파일을 글러브박스에 다시 집어넣었을 때, 30분 가까이 눈을 감고 있던 켄싱턴이 마침내 눈을 떴다. 켄싱턴은 잠시 주변을 살펴보다가 운전석에 크리스가 앉아 있는 것을 확인했다.

"어? 벌써 다 왔네요. 깜빡 잠이 들었습니다."

"제가 운전하는 차에 타면 다들 그런 것 같더군요."

"죄송합니다. 초면에 차까지 얻어 타면서 졸아버리다니."

"아닙니다. 지난밤 사건의 후유증일 수도 있죠."

"아… 그럴 수도 있겠네요. 아무튼 태워주셔서 감사합니다."

"별말씀을. 그리고 지난밤 사건 얘기가 나와서 말인데, 헤어지기 전에 간단히 몇 가지만 물어봐도 괜찮을까요? 확인하고 싶은 게 있어서."

"그러시죠."

크리스는 수첩을 보며 질문을 시작했다.

켄싱턴은 기억을 더듬으며 크리스의 질문에 답했다.

10여 분에 걸친 질의응답.

크리스는 수첩을 덮고 볼펜과 함께 재킷 안주머니에 집어넣었다.

"이 정도면 충분할 것 같습니다. 앞으로 또 무슨 일 있으면 연락드릴게요."

"네, 그럼 들어가 보겠습니다. 조심하세요."

켄싱턴은 그렇게 말하고 나서 차 밖으로 나갔다.

문이 쾅 닫히고, 곧이어 똑똑, 보조석 쪽 창문 두드리는 소리가 났다. 켄싱턴이었다. 창문을 내리자 켄싱턴이 이렇게 물었다.

"갑자기 생각났는데, 혹시, 아까 안나에 대해 얘기하지 않았나요?"

크리스가 고개를 갸웃거리며 답했다.

"안나? 안나가 누구죠?"

"아, 아닙니다. 꿈이랑 잠깐 헷갈린 것 같네요."

켄싱턴이 떠난 뒤 크리스는 방금 메모해둔 수첩을 훑어보다가 이렇게 중얼거렸다.

"그럼 우선 켄싱턴이 어제 총기 거래를 하려 했던 곳으로 가봐야겠어."

곧바로 스마트폰 지도 앱을 통해 그 지역을 검색했다. 동래 역과 교대역 사이. 대동교회 뒤편.

"여긴가 보네."

하지만 도로명은 따로 없었다. 크리스는 '산업2교'라는 교 량 이름을 발견하고 내비게이션으로 검색한 뒤 자동차 시동 을 켰다.

그 순간, 딩동, 하면서 문자메시지가 하나 도착했다.

제니퍼였다.

[아저씨, 급한 일이 생겼어요. 광안리 카페로 오세요..]

크리스는 스마트폰 액정을 잠시 바라보다가 고개를 갸웃거 렸다.

"맞아, 제니퍼가 있었어. 근데 광안리, 어디 카페를 말하는 거지?"

크리스는 통화 버튼을 누를까 말까 몇 번이고 고민하다가 마침내 버튼을 눌렀다. 신호음이 울리기도 전에 상대편이 전 화를 받았다.

"여보세요. 크리스 지금 어디예요?"

갑작스러운 질문에 크리스는 잠시 머뭇거리다가 대답했다.

"지금 잠깐 누구 좀 만나고 이제 그쪽으로 가려고."

"빨리 오세요. 급한 일이에요."

"무슨 급한 일?"

"급한 일이 뭐가 있겠어요? 당연히 제이슨 일이지. 자세한 이야기는 만나서 하기로 하고, 카페 2층에 있으니까 얼른 오세요."

"저기, 잠깐만 잠깐만."

"왜요?"

"미안한데, 어디 카페를 말하는 거지?"

"광안리 카페라고 메시지 보냈잖아요. 매번 보던 데."

"그러니까 카페 이름이 뭐냐고?"

"……."

"여보세요?"

"크리스… 맞죠?"

"……맞는데."

"카페 이름이 광안리잖아요. '광안리 카페'."

"그게 이름이었군. 알았어, 지금 가지."

"크리스, 뭔가 좀…."

"……왜?"

"아니에요. 만나서 얘기해요."

크리스는 내비게이션에서 '광안리 카페'로 다시 검색했다. 현재 위치에서 1, 2분밖에 걸리지 않은 곳에 있었다. 크리스는 스마트폰 지도 앱으로 '광안리 카페'의 위치를 확인한 뒤 시동을 끄고 차에서 내려 주차장 밖으로 나왔다.

출발하고 정확히 7분 뒤, 크리스는 목적지에 도착했다. 구름이 짙은 날씨라 무더운 느낌은 아니었지만 습도 탓인지 이마에 땀방울이 맺혔다. 크리스는 혹시나 해서 1층 야외 테이블과 건물 안 테이블을 훑어보았으나 낯익은 얼굴은 없었다.

2층으로 올라가 다시 테이블을 살펴보았다. 이번에는 눈에 띄는 얼굴이 있었다. 20대 중반쯤으로 보이는 여자였다. 마침 상대편도 크리스와 눈이 맞았고, 살짝 손을 들어주었다. 크리스는 제니퍼 쪽으로 다가가다 창밖으로 난 광안리 바다와 광안대교를 바라보았다. 문득 발걸음이 멈춰졌다. 선 채로 몇 초간 차창 밖 풍경을 보다가 좋네, 라고 혼잣말을 한 뒤 제니퍼가 있는 테이블로 향했다.

"뭐예요, 새삼스럽게?"

"뭐가?"

"처음 광안리 와본 사람처럼 갑자기 창밖 구경을 하질 않나."

"오랜…만에 보는 것 같아서."

"엊그제도 여기에서 만났으면서."

이번에 크리스는 아무 대꾸도 하지 않았다.

"그나저나 급한 일이란 건 뭐지?"

크리스의 질문에 제니퍼의 표정이 순식간에 어두워졌다.

"제이슨 일 알고 있어요?"

크리스는 잠시 입을 다물고 있다가 이렇게 되물었다.

"제이슨 일이라니?"

이번엔 제니퍼가 잠시 입을 다문 채 크리스를 빤히 바라보았다.

"왜? 무슨 일인데?"

제니퍼의 시선을 피하며 크리스가 재촉하듯 물었다. 제니퍼는 테이블에 있던 아이스 아메리카노를 들이켰다.

"방금 누구 만나고 왔어요?"

"누구라니?"

"아까 전화 통화로 그랬잖아요. 누구 좀 만나고 있었다고. 그게 누구냐고요?"

"지금 제이슨 얘기 하려던 거 아니었어? 갑자기 대화가 왜 그쪽으로 넘어가지?"

"궁금해서 그래요, 궁금해서. 켄싱턴 만난 거 아니었어요?"

"……그렇긴 한데."

기어들어 가는 크리스의 대꾸에 제니퍼의 목소리 톤이 한층 올라갔다.

"켄싱턴 만났으면 만났다고 하면 되지, 왜 나한테까지 비밀로 하는 거예요? 나, 미첼이랑 당신들 쪽 사람 아니에요?"

"……그렇지."

"근데요? 근데 왜 아까부터 갑자기 사람이 바뀌기라도 한 것처럼 굴어요."

"그런 건 아니고…"

크리스의 반응에 제니퍼는 크게 한숨을 내쉬더니 "미첼 말이 맞았어"라고 구시렁거렸다.

"무슨 말? 미첼이 뭐라고 했는데?"

그러자 제니퍼는 크리스를 똑바로 바라보며 말했다.

"당신이야말로 제이슨 쪽 스파이 같다고."

"내가 제이슨 쪽… 스파이…?"

어안이 벙벙했는지 크리스는 채 끝까지 말을 잇지 못했다.

"아니면 아니라고 말해봐요. 내 눈 똑바로 보고."

하지만 크리스는 혼자만의 세계에 잠긴 듯 "내가 스파이라고?"라는 말만을 몇 번이나 구시렁거렸다.

"제이슨이 죽었다는 말이 돌고 있고, 미첼은 연락 두절 상태. 크리스 당신은 스파이인지 정신이 이상해진 건지 모르겠고. 앞으로 나보고 어쩌라는 말이지?"

제니퍼는 그렇게 말하고 나서 한동안 크리스를 바라보다가 자리에서 벌떡 일어나 1층으로 내려갔다. 크리스는 고개를 돌려 제니퍼가 사라지는 모습을 바라보긴 했으나, 거기까지였다.

얼마 후, 머릿속이 정리된 듯 크리스는 이렇게 중얼거렸다.

"내가 제이슨 쪽 스파이일지도 모른다?"

그러고 나서 천천히 자리에서 일어나 1층으로 내려가 카페 밖으로 빠져나왔다.

"아직 확정된 건 없으니 우선 내가 해야 할 일을 하자."

켄싱턴의 아파트 주차장으로 돌아온 크리스는 다시 자신의 검은색 싼타페에 올라탔다. 처음에 가려고 했던 목적지를 내비게이션에 입력한 후 차량을 출발시켰다.

목적지에 도착한 크리스는 대동교회 뒤편 길 적당한 곳에 싼타페를 주차한 뒤 재킷 안주머니에서 수첩을 꺼내 켄싱턴이 했던 말을 되짚어보았다.

"약속 시간 15분 전에 이곳에 도착. 9시 정각이 되자 라이트를 켠 승용차 한 대가 천천히 다가옴. 거래할 사람이라 생각하여 그쪽을 바라보고 있는데 갑자기 뒤에서 누군가 달려들며 입을 틀어막음. 그 후 정신을 잃음."

크리스는 수첩을 다시 재킷 안주머니에 집어넣은 뒤 차에서 내렸고, 골목길을 걸으며 생각을 정리해보았다.

"놈들은 켄싱턴이 도착하기 전에 이곳에 잠복하고 있었던 게 분명해. 그리고 켄싱턴의 시선이 한쪽으로 쏠렸을 때 곧장 접근해서 흡입마취를 시켰지. 여기서 수수께끼는 세 가지야. 첫째, 놈들이 켄싱턴을 마취시킨 이유는 무엇인가. 그리고 둘째, 마취까지 시켰으면서 총기에는 손도 대지 않은 이유. 마지막으로 셋째, 정신을 잃은 켄싱턴을 굳이 집까지 데려다놓은 이유."

크리스는 대동교회 뒤쪽에서부터 중앙대로가 보이는 곳까지 300미터가 채 안 되는 골목길을 걸었다. 차들이 띄엄띄엄 주차돼 있었지만 《부산 느와르》에서 묘사된 것처럼 눈에 띄는 쓰레기더미는 없었다. 낮이었기에 가로등이 조악한지 아닌지는 확인할 수 없었다. 지상을 달리던 전철이 지하로 들어가거나 지하를 달리던 전철이 지상으로 나오는 구간이라 방음벽이 있었음에도 전철 소음이 크게 들리는 건 맞았다.

그 외에는 아무것도 없었다. 전날 밤 켄싱턴 납치 사건 수수께끼를 풀어줄 만한 그 어떤 증거도 발견할 수 없었다. 인적이 드물고 차량 이동도 뜸한 곳이라 CCTV도 설치되어 있지 않았다.

"어떻게 해야 하나. 여기선 아무 증거도 찾을 수 없을 것 같아. 그리고 놈들의 목적이 파악이 안 돼. 놈들의 목적이 무엇이었을까. 애초에 놈들은 총기를 거래하려던 사람이었어. 근데 총기에는 손도 대지 않았다? 너무 이상해."

혼자만의 생각에 빠진 크리스는 무심결에 산업2교 아래쪽

짧은 터널을 통과해 온천천 쪽으로 걷고 있었다.

"이런 곳에 증거가 있을 리 없잖아."

하지만 크리스는 알 수 없는 본능에 이끌려 10여 분 동안 그 일대 산책로를 한 바퀴 돌았다.

"온천천로를 저속 운행하는 자동차들과 산책로에서 걷거나 자전거를 타는 사람들. 하천 양옆으로 높게 솟은 아파트와 하늘. 딱 좋은 크기의 백색 소음. 분명 이렇게 쓰여 있었지. 소설에서 읽어본 장소이기 때문인가, 처음 왔는데도 왠지 모르게 낯익은 느낌이야."

이마에 맺힌 땀방울을 재킷 소매로 닦아내며 다시 산업 2교 쪽으로 돌아가던 중, 크리스는 눈앞에 있는 언덕 쪽으로 올라가보았다. 언덕 위에는 낮은 울타리가 설치된, 반려동물 놀이공원이 꾸며져 있었다. 더운 날씨 탓인지 강아지는 한 마리도 없었다.

크리스는 언덕 위에 서서 방금 자신이 걸었던 산책로를 쭈욱 훑어보았다. 땀방울을 식혀줄 바람이 희미하게 불어왔다. 그 바람과 함께, 어떤 남자의 목소리가 들려왔다.

"왜 그랬는교?"

크리스는 목소리가 들려온 곳으로 고개를 돌렸다. 은갈치색 정장을 입고 있는 남자가 벤치에 앉아 있었다. 남자는 자리에서 일어서더니 서서히 크리스 쪽으로 몸을 돌렸다. 켄싱턴이 야간 경비원으로 일하고 있는 고층 건물의 주인. 로버트였다.

로버트가 크리스를 바라보며 다시 한번 물었다.

"제이슨은 뭐 때문에 제거했는교?"

"무슨… 말이지?"

"하하, 이제 와서 발뺌할 셈인가."

"……."

"난 설마 당신이 그런 짓을 벌이리라곤 상상도 못 했지. 하긴, 생각해보면 수상쩍기 짝이 없는 지시였으니까."

"수상쩍기 짝이 없는 지시라."

"당연히 수상쩍지. 켄싱턴을 덮쳐라. 근데 뭐? 덮치긴 덮치되 집으로 고이 모셔둬라? 다 이유가 있다?"

"누구 지시였지?"

"하하하하, 모른 척하는 거 봐라. 당신 지시였잖아!"

"……내가?"

"이제 와서 발뺌하는 기가. 뭐, 내야 상관없다. 회장님도 제이슨이 눈엣가시 같은 존재였으니까. 한 큐에 제이슨이랑 켄싱턴을 보내면 꿩 먹고 알 먹고지."

"켄싱턴과 제이슨을 한 큐에?"

"……회장님 몰래 당신이 단독으로 꾸민 계획 아닌교?"

"글쎄…."

"끝까지 나 몰라라 잡아떼시겠다 이거가? 하여간 당신 같은 부류가 세상에서 제일 불쾌해. 기자랍시고 겉보기엔 번지르르한지 모르겠지만, 뒷구녕에다 무슨 꿍꿍이를 쑤셔 박고 있는지 모르거든."

"……."

"오케이, 오케이. 그렇게 나오시겠다 이거지. 아까도 말했지만 내는 상관없다. 야간 경비원 새로 뽑는 게 쪼매 귀찮을랑

가. 켄싱턴 그놈, 보기보다 일을 잘하드라고."

"켄싱턴은 어떻게 되지?"

"당신이 더 잘 알지 않나?"

"……."

"뭐고? 정말 몰라서 그러나? 제이슨 살해 용의를 켄싱턴한테 뒤집어씌우려고 한 거 아이가? 켄싱턴만큼 좋은 용의자도 없지. 제이슨이 주기로 한 돈도 안 주고 있겠다, 무엇보다 켄싱턴은 빵에서 갓 나온 따끈따끈한 범죄자니까."

"켄싱턴을… 아, 그래서… 그렇게 된 거군."

"진짜 알다가도 모르겠네. 어디까지가 연기고 어디까지가 진짜고. 당신 크리스 맞죠? 분명히 크리스 맞는 거 같은데."

"크리스… 맞지."

"그렇지. 내가 크리스랑 한두 번 만난 것도 아니고, 사람을 잘못 볼 리가 없지. 근데 사람이 우째 하룻밤 새 바보가 다 됐노. 아무것도 모르네."

"부분 기억 상실증…."

"부분 기억… 뭐? 그게 뭔교?"

"부분적으로 기억이 상실되는 증상이랄까."

"부분적으로 까먹는다고? 근데 그게 왜?"

"어쩌면 내가 지금 부분 기억 상실증에 걸렸는지도 모르겠고."

"……."

"일전에 어느 TV 프로그램에도 나왔던 내용인데, 볼일을 보다 힘을 많이 줘서 뇌압이 높아지면 부분 기억 상실증이 올 수도 있어."

"아하하하하하! 형씨 요즘 개그 배우는교? 부분 뭐? 거참 편리하기 짝이 없는 증상이네. 그래서 어제 있었던 일이 기억이 안 난다고?"

"나도 잘 안 믿기는데, 까맣게 기억이 안 나네."

"기억이 안 난다?"

"우리가 원래 여기서 만나기로 했었나?"

"진짜 기억이 안 나는 기가, 모른 척하는 기가, 당최 알 수가 없네."

"진짜 기억이 안 난다고."

"그게 상식적으로 말이 되는 소리가?"

"상식적으로 말이 안 되니까 나도 지금 당황스럽다고."

"······모르겠네, 모르겠어. 분명 내가 알고 있는 크리스가 맞긴 맞는데, 왜 오늘 처음 만난 것 같은 느낌이 드노."

"다시 한번 묻겠는데, 왜 여기서 날 기다리고 있었지?"

"왜긴 왜야. 당신이 여기서 보자고 했으니까 기다리고 있었지! 그동안 말 못 할 이야기라도 털어놓을 줄 알았드만."

"······."

"황당하기 짝이 없네."

"미쳴은 어떻게 했지?"

"미쳴? 미쳴을 왜 나한테 묻노. 미쳴 담당은 형씨 아인교?"

"······."

"아, 진짜 답답해가 대화를 못 하겠네. 나도 바쁜 사람인데 한가하게 여기서 이러고 있을 시간 없지. 일 다 마무리되거든

다시 연락하소. 그 전에 시간 있으면 부분 기억 어쩌고 하는 병부터 고치든가 하고."

로버트는 몸을 돌려 언덕 아래쪽으로 내려가 전철 아래 자그마한 터널 건너편으로 넘어갔다. 로버트가 사라지는 모습을 멍하니 바라보던 크리스는 아까 로버트가 앉아 있던 벤치에 털썩 주저앉았다. 고개를 푹 숙인 채 양손으로 머리를 부여잡았다.

"진짜 뭐가 어떻게 된 일인지 영문을 모르겠네."

한동안 웅크려 있던 크리스는 갑자기 벌떡 허리를 세웠다.

"아! 설마 그런 건가!"

그때 갑자기 핸드폰 벨소리가 울렸다. 크리스는 재킷 주머니에 넣어둔 핸드폰을 꺼냈다. 핸드폰 액정엔 발신자 제한 표시가 떠 있었다.

"여보세요."

"긴말 않겠네. 자네가 했나?"

"네?"

"자네가 했나?"

"무슨 말씀인지."

"로버트한테 듣긴 했는데, 나한테까지 어설픈 연기가 통할 거라 생각진 말고."

"……."

"마지막으로 묻지. 자네가 했나?"

"뭐를 말씀입니까?"

"뭐긴 뭐야! 제이슨 말하는 거잖아!"

"저도 지금 알아보고 있습니다."

"알아보고 있다?"

"네. 어떻게 된 일인지."

"그 말은, 자네가 한 일이 아니라는 것처럼 들리는군."

"지금… 알아보고 있습니다."

"자네가 한 일인지 아닌지 알아보고 있다는 말인가?"

"……."

"그건 어디서 배운 화법이지? 요즘 언론사에선 그런 화법도 가르치나?"

"……."

"침묵도 대답의 일종이지. 자네 대답이라 이해하겠네."

"뭐라 드릴 말씀이 없습니다."

"정말 더 할 말이 없나?"

"……."

전화가 끊겼다. 크리스는 핸드폰 액정을 빤히 바라보다가 벤치에서 일어났다. 마침 선선한 바람이 불어왔다.

"뭔가 잘못됐어. 잘못된 것 같아."

크리스는 자동차로 돌아와 시동을 켜고 에어컨을 켰다. 글러브박스에 넣어둔 《부산 느와르》 파일을 꺼내 후반 부분을 다시 한번 읽었다.

"역시, 착각하고 있었어."

그 순간 다시 한번 핸드폰이 울렸다. 이번에는 연락처에 저장돼 있지 않은 휴대전화 번호였다. 받을지 말지 잠시 고민하던 크리스는 조심스레 통화 버튼을 눌렀다.

"여보세요. 크리스 선생님 되십니까?"

"예, 제가 크리스입니다만."

"안녕하세요. 저는 금정경찰서 헬렌 심 형사라고 합니다."

"형사요?"

"네. 금정경찰서 헬렌 심 형사라고 합니다."

"무슨 일이시죠?"

"수사 협조를 요청하려고 연락 드렸습니다."

"어떤 수사 협조 말씀입니까?"

"지난밤에 발생한 사건과 관련해서 크리스 선생님을 주요 참고인으로 모시려고 하는데, 협조 가능하시겠습니까?"

"어떤 사건 말씀이신지."

"기밀 사항이라 구체적으로는 아직 알려드리기 어렸습니다."

"어떤 사건인지도 모르는데 참고인으로 조사한다고요?"

"지난밤 행적에 대해서 간단한 진술만 받으면 됩니다. 시간이 오래 걸릴 것 같진 않으니 선생님이 괜찮은 시간에 금정경찰서 쪽으로 방문해주시면 좋을 것 같은데요."

"아니, 어떤 사건인지도 모르는데 참고인으로 조사한다니요? 말이 안 되잖아요."

"그래서 저희가 이렇게 미리 전화를 드린 겁니다. 사건 피해자 통화 목록에 선생님의 연락처가 남겨져 있었거든요."

"피해자가 누굽니까?"

"원래 이것도 아직 노출하면 안 되는 건데. 그럼 이름만 말씀드리죠. 피해자 이름은 제이슨 킴."

"제이슨 킴?"

"네. 아시는 분이죠?"

"알긴 압니다만."

"어제 오후에 제이슨 킴 씨와 통화하지 않으셨나요?"

"……."

"여보세요? 크리스 선생님?"

"그게… 어제 했는지 그제 했는지 기억이 아리송한데."

"그래서 저희 쪽에 잠시 들르시라는 겁니다. 간단히 대면 조사만 하면 되니까. 부담 가지실 필요는 없습니다."

"제이슨이… 어떻게 됐습니까?"

"거기까진 정말로 말씀드릴 수 없습니다."

"혹시, 살해됐나요?"

"지금 조사 중에 있습니다. 더는 말씀드리기 어렵습니다."

"그렇군요."

"그럼 언제쯤 찾아오실 수 있습니까?"

"금정경찰서가 어디에 있죠?"

"구서역 2번 출구로 나오면 바로 보입니다."

"구서역이라."

"네. 지하철 1호선 구서역."

"형사님 성함이 뭐라고 했죠?"

"헬렌 심입니다."

"찾아가서 형사님 이름을 말씀드리면 됩니까?"

"오시기 전에 도착 시간을 미리 알려주시면 좋고요."

"그럼 스케줄 확인해보고… 이 연락처로 연락하면 됩니까?"

"네, 제 연락처입니다."

"그럼 이따 다시 연락드리겠습니다."

"그럼 이따 뵙겠습니다."

"아, 잠깐만."

"왜 그러시죠?"

"제가 꼭 가야 하나요?"

"아까도 말씀드렸다시피 중요 참고인이시니 저희가 조사하는 데 도움을 주실 수 있을 겁니다."

"만약 안 가겠다면 어쩔 거죠?"

"안 오시겠다면 어쩔 수 없죠. 하지만⋯."

"하지만?"

"오시는 편이 좋을 텐데."

"왜죠?"

"글쎄요."

"글쎄요, 라뇨?"

"정말 안 오실 생각입니까?"

"정말 참고인으로 부르는 겁니까?"

"지금으로선 그렇습니다."

"지금으로선 그렇다?"

"네, 지금으로선."

"지금으로선 참고인으로 부르지만 언제 피의자 신분이 될지도 모른다, 이 말입니까?"

"글쎄요. 본인이 저지른 사건이 아니라면 피의자가 될 일도 없지 않을까요?"

"글쎄요. 본인이 저지른 사건이 아니더라도 피의자가 되는 일이 왕왕 있는 것 같은 세상이라."

"……."

"우선 생각 좀 해보고 연락드리겠습니다."

"가능하면 빠른 시간 안에 답변 부탁드리겠습니다."

크리스는 핸드폰 종료 버튼을 누르고 나서 크게 숨을 들이켰다가 내뱉었다. 그리고 이런 생각을 했다.

역시, 내 생각이 맞았어. 나는 완전히 착각하고 있었어. 룲와룲와가 쓴 부분이랑 내가 쓴 부분을 구분하지 않아서 이런 착각이 벌어진 거야. 내가 쓴 부분이 어디서부터 시작되더라.

나는 《부산 느와르》 파일을 다시 뒤적였다.

그래, 여기 '그러니까 크리스는 아버지의 교통사고를 목격한 사람이었다.' 이게 룲와룲와가 마지막으로 쓴 문장이야. 그리고 내가 쓴 첫 문장은 '당시 크리스는 부산일보에 취직해 신입 기자로 일하고 있었다.' 여기야. 여기서부터가 내가 쓴 이야기. 내가 상상해낸 크리스의 과거.

왜 크리스가 켄싱턴에게 거짓말을 하고 있다고는 생각하지 않았을까.

왜 크리스를 당연히 켄싱턴과 미첼 쪽 사람이라고 생각했을까.

룲와룲와가 크리스에 대해 수식한 구절은 크리스가 신문기자라는 점, 그리고 원래 거주지가 서울이지만 한 달에 한두 번씩 부산으로 출장을 오고 미첼의 경찰 시절부터 친하게 지내고 있다는 사람이라는 것.

왜 크리스가 누군가의 사주를 받고 미첼에게 접근했다고 생각하지 못했을까.

젠장!

젠장!

크리스는 이 사건의 주범 중 한 명이었어!

〔 **12** 〕

초특급 부산 느와르 미스터리

이 사건의 주범은 크리스였어! 켄싱턴을 납치하라고 지시한 것도 크리스였고, 아마 제이슨을 제거한 것도 크리스겠지. 그리고 그 살해 혐의를 켄싱턴에게 떠넘기려 했고.

젠장!

그럼 이제 나는 어떻게 해야 하지? 크리스인 내가, 크리스로서 해야 할 일은….

아니, 애초에 룲와룲와가 나한테 바란 게 뭐였지. 크리스 역할을 제대로 수행하는 거잖아. 그래서 나는 크리스가 되어 사건을 조사하려 했지. 하지만 난데없이 연락 온 제니퍼는 날 의심하고 있었어. 미첼의 말이 맞는 것 같다면서, 내가 제이슨 쪽 스파이일지도 모른다고 생각했어. 그때까지만 해도 긴가민가했지. 하지만 곧바로 로버트를 만났어. 설마 크리스가 로버트와도 아는 사이였을 줄이야! 켄싱턴을 납치하라고 지시한 사람이 크리스였을 줄이야!

젠장! 젠장!

룲와룲와 이 새끼가 날 엿먹인 거야!

이 새끼는 분명 다 알고 있었어. 본인이 창조한 세계의 캐릭터니까 크리스가 사건의 주범이란 사실을 알고 있었겠지. 근데 시치미를 떼고 나에게 크리스 역할을 충실히 해내라고 말한 거야.

왜지? 크리스가 범인이란 걸 알았으면서, 왜 크리스가 된 나에게 사건 조사를 지시했지? 굳이 그럴 필요가 있나. 아니면 단순히 내 뒤통수를 치고 싶었나. 범인이 직접 자기가 저지른 사건을 조사하는 꼴을 보고 싶었다?

룲와룲와가 날 《부산 느와르》의 세계에 불러들인 건 내가 자신이 만든 세계를 망가뜨리고 있었기 때문이야. 이게 무슨 말인지는 이제 알 것 같아. 자신의 구상대로 이야기 진행이 안됐다는 의미지. 자기 계획대로라면 크리스가 범인이어야 하는데, 내가 쓴 소설은 크리스가 범인이 아닌 인물로 그려지고 있었으니까. 망가져 가는 세계를 자신의 원래 의도대로 되돌리고 싶었던 거야.

크리스는 일종의 반전 포인트였어. 탐정소설이나 추리소설에서 쉽게 찾아볼 수 있는 요소. 예상치도 못한 네가 범인일 줄이야! 근데 난 그걸 캐치하지 못한 채 크리스가 주인공을 조력하는 인물이라고만 생각했어.

그럼 그렇다고 알려주면 되지 않나? 네가 잘못 생각하고 있다, 크리스는 숨은 악인이자 숨겨진 범인이다, 왜 말을 하지 않았지? 굳이 이런 번거로운 과정을 겪어야 할 이유가 있나? 룖와룖와가 《부산 느와르》의 원래 스토리는 이러이러하다 알려줬다면, 나는 현실 세계로 돌아가서 룖와룖와가 알려준 대로 소설을 이어서….

곧이곧대로 이어갔을까?

룖와룖와가 구상한 대로 써나갔을까?

…….

그럴 리가 없다. 나는 너랑 생각이 달라. 전반부를 쓴 사람은 너지만, 후반부를 쓰는 사람은 나야. 나는 내 생각대로 쓸 거야. 내가 쓰고 싶은 대로 이야기를 이어갈 거야. 나는 네 아이디어를 옮겨 쓰는 사람이 아니라고! 나도 명색이 작가라고!

룖와룖와는 이미 잘 알고 있었어. 당연하지. 내 무의식에서 탄생한 존재니까. 내 무의식에 대해서라면 모를 리가 없겠지.

룖와룖와가 나에게 굳이 크리스처럼 생각하고 크리스처럼 행동하라고 한 이유는 뭘까. 우선 고려해야 할 점은, 룖와룖와가 의도적으로 날 크리스의 머릿속으로 불러들인 것 같지는 않다는 점. 만약 의도했다면 곧장 내 앞에 나타나서 해야 할 말을 했을 거야. 내가 크리스에게 의식 이동을 해서 켄싱턴을 만나고 1시간 정도가 지나서야 나타났어. 그때까지 내가 크리스 안에 들어왔다는 걸 몰랐던 것 같아.

나는 지금 곤란한 상황에 처했다. 소설 속 세계에 들어온 것 자체도 곤란한데, 심지어 살해 용의가 있는 범인에게 의식 이동을 한 것이다.

겹겹이 곤란한 상황.

차창 밖으로 30대로 보이는 남자가 지하철 교대역 방향으로 걸어가는 모습이 보였다. 그 남자와 교차하며, 짐칸이 비어 있는 흰색 1톤 트럭이 동래역 쪽으로 멀어져갔다. 좌우로, 혹은 앞뒤로 멀어지는 남자와 트럭을 멍하니 번갈아 보다가 문득 어떤 생각에 미쳤다.

그렇구나. 내가 크리스의 의식에 들어온 건 우연이지만, 룹와룹와는 그 우연을 이용하기로 마음먹은 거야. 소설가라는 의식을 버리고 크리스에게 동화되어 움직이길 바랐지. 자신이 의도한 대로 이야기가 전개되길 바랐으니까.

그리고 그 끝은 아마도 권선징악.

크리스는 원래 매튜가 손을 써서 미첼에게 붙인 인물이야. 제이슨을 살해하고 켄싱턴과 미첼 형제를 곤경에 빠트린 인물. 이 이야기는 아마 크리스가 처벌을 받으며 끝이 나겠지. 크리스의 의식 속에 있는 나 역시 수감 생활을 하며 결말을 맺을 테고.

애초부터 룹와룹와가 노린 건 딱 하나. 크리스를 감옥에 가두는 것. 그렇게 하면 자연스레 두 가지 부수적인 결과도 따라오지.

1. 크리스 안에 있는 나 역시 감옥 속에서 살게 된다.
2. 룹와룹와는 자신이 구축한 《부산 느와르》의 세계를 누구의 방해도 없이 온전히 자신의 것으로 만들게 된다.

그 순간 똑똑똑, 운전석 차창 두드리는 소리가 났다. 고개를 돌려 보니 검정 티셔츠를 입고 깍두기 머리를 한 신체 건장한 남자가 나를 내려다보고 있었다.

"크리스 씨 맞죠? 경찰입니다. 잠시 서까지 가주셔야 할 것 같은데요."

반대편에도 단발머리에 검정 티셔츠를 입은, 몸집이 단단해 보이는 여자가 나를 쳐다보고 있었다. 여자가 말했다.

"창문 좀 내려주실래요? 들리세요? 아까 전화했던 헬렌 심이에요. 가만히 기다렸다간 안 오실 것 같아서 직접 모시러 왔습니다."

경찰이? 이렇게 난데없이?

근데 내가 여기 있단 건 어떻게 알았지?

동시에 떠오른 이 세 가지 질문을 한 큐에 꿸 수 있는 인물은 하나밖에 없다.

매튜.

국회의원이니 지역 경찰들과 긴밀히 연락하며 지냈을 것이다. 아까 나와 통화하고 나서 곧바로 나를 잡아들이기로 마음먹었겠지. 내 위치는 로버트에게 연락받았을 테고.

영장도 없이 사람을 잡아들인다고 항의해봤자 안 먹힐 것이다. 어차피 달리 항의할 곳도 없다. 지금 시급히 고민해야 할 문제는 이 상황을 어떻게 빠져나갈 것인가 하는 점이다.

다시 똑똑똑, 차창이 울렸다.

"크리스 씨, 우선 문 좀 열어주시겠습니까? 이렇게 차에서 버틴다고 해결될 문제가 아닙니다."

남자 경찰이 말했다. 나는 그를 향해 고개를 돌렸다가 아무 대꾸도 하지 않은 채 다시 정면을 바라보았다. 조수석 바깥쪽에 있던 헬렌 심이 손짓하는 모습도 얼핏 보였지만 무시했다. 지금은 딱 하나만 생각해야 한다.

이 상황에서 벗어나는 방법.

무작정 차를 출발시켜볼까?

하지만 교통체증이 심하기로 유명한 부산이다. 길도 잘 모르거니와, 어차피 무리하게 차량을 몰고 도망쳐봤자 금세 잡힐 것이다.

그렇다고 순순히 경찰서에 따라간다?

안 된다. 최악의 수가 될 게 뻔하다. 상황은 지금보다 악화될 것이고, 빠져나갈 가능성은 더욱 희박해진다.

바깥이 조용해진 것 같아 슬쩍 고개를 돌려 조수석 바깥쪽을 바라보니 헬렌 심이 누군가와 전화 통화를 하는 듯 스마트폰을 귓가에 댄 채 무어라 말하고 있었다. 왼쪽으로 곁눈질해서 보니 검정 티셔츠를 입은 남자는 한 손을 차에 올려둔 채 스마트폰을 만지작거리고 있었다. 자동차 문을 강제로 열 방법을 강구하고 있나? 아니면 크리스의 범죄 혐의가 수면에 드러났나?

젠장! 나는 왜 내가 하지도 않은 일 때문에 처벌을 받아야 하나! 어째서 경찰 두 명 사이에 둘러싸인 채 차 안에서 옴짝달싹도 할 수 없는 상황에 놓여야 하냐고!

나는 그냥 소설을 쓰고 있었을 뿐이라고!

룸와룸와가 쓰던 소설을 이어서 완성시키려 했을 뿐인데!

나는 그저 소설을 쓰고 있었던 것뿐인….

아! 그렇구나. 여긴 소설 속 세계잖아. 크리스에 몰입해 있느라 완전히 까먹고 있었어. 이 세계를 구축한 룹와룹와가 이야기의 신이고 이야기의 왕이라면, 그 뒤를 이어 쓴 나 역시 이야기의 신이고 이야기의 왕이 될 수 있다. 룹와룹와가 《부산느와르》를 조작하고 통제할 수 있듯이, 나 역시 이 세계를 조작하고 통제할 수 있다. 어느 정도는. 이미 켄싱턴과 만났을 때 시도해봤던 일이다.

그리고 아마도.

룹와룹와가 그러했던 것처럼.

어쩌면 나 역시 다른 인물에게 의식 이동을 하는 것이 가능할지도 모른다.

크리스에서 벗어나 다른 캐릭터의 머릿속으로 이동하는 것이 가능할지도 모른다.

내가 이런 생각을 할 수 없게끔 하려고 룹와룹와는 내게 크리스 역할에 충실하라고 지시했던 것이다. 나 역시 이야기의 신이자 이야기의 왕이라는 사실을 각성하지 못하게 하기 위해서 그랬던 것이다!

지금 바깥에 있는 두 명의 의식을 동시에 컨트롤하긴 어렵겠지. 무엇보다 나를 잡으러 온 사람들이 갑자기 나를 내버려두고 돌아가게 만들긴 어려워. 논리적인 흐름이 아니니까. 그보다는 내가 크리스를 떠나는 편이 나을 거야. 그래, 크리스를 떠나서 다른 인물에게 의식 이동을 해야 해.

누구에게 가는 게 좋을까.

나는 살짝 고갯짓하며 좌우를 살펴보았다.

차 밖에 있는 경찰들 머릿속으로 가볼까?

상황은 아까 봤을 때와 비슷한 것처럼 보였다. 헬린 심은 여전히 누군가와 전화 통화를 하고 있었고, 남자 경찰은 한쪽 손을 차에 올린 채 헬렌 심 쪽을 바라보고 있었다.

아니야, 이들에게 의식 이동을 하는 건 위험해. 들어간다고 해도 그 인물의 기억을 훑어볼 수 있는 게 아니잖아. 저렇게 동료들과 협업하는 캐릭터의 머릿속으로 들어가봤자 주위 인물들에게 의심을 살 수 있어.

그럼 적당한 인물이 누가 있을까. 사람들과의 만남이 뜸하면서, 또한 이 사건과 관계된 인물들과도 접점이 있는 캐릭터.

켄싱턴?

안 돼. 켄싱턴은 사건의 주요 관계자잖아.

미첼?

미첼 역시 사건의 주요 관계자라 안 돼.

안나도 안 되고 데이브도 안 되고 벤저민도 안 돼. 켄싱턴과 너무 가까운 인물들이야. 금세 의심을 살 거야.

젠장. 젠장.

또 누가 있었지?

그때 띠링, 하고 문자메시지 알림음이 울렸다. 핸드폰을 확인해보았다.

[방금 로버트한테 연락받았어요. 정말 기억 상실증이 생긴 거예요?]

제니퍼였다.

맞아! 제니퍼가 있었어!

근데 뭐야? 방금 로버트한테 연락을 받았다? 제니퍼랑 로버트도 서로 연락하는 사이였어? 그걸 크리스한테 말해도 된다?

궁금한 점이 한두 개가 아니지만 자세한 건 나중에 다시 알아보자. 우선 이 상황에서 벗어나야 한다. 어떻게 하면 내 의식을 다른 인물 속으로 이동시킬 수 있을까.

근데 내가 이동하고 나면 크리스는 어떻게 되지? 아마도 본래 의식을 되찾을 테고, 눈앞에서 벌어진 일에 혼란스러워하겠지. 상상치도 못한 상황 속에서 깨어날 테니.

하지만 내가 걱정할 일이 아니다. 어차피 크리스는 범인이고 악당이다. 마땅한 처벌을 받아야 한다.

나는 운전석 등받이에 목까지 기댄 채 눈을 감았다. 그리고 아까 만난 제니퍼를 떠올리려 했다. 창밖으로 광안리 해변이 보였고, 카페 한쪽에 제니퍼가 앉아 있었어. 하지만 딱 한 번, 그것도 몇 분밖에 안 봤기 때문인지 생김새나 외양이 잘 떠오르지 않아. 피부색은 살짝 구릿빛이었던 것 같은데. 전반적인 인상이….

그냥 목소리를 생각하자. 제니퍼가 했던 말을 떠올려보자.

"처음 광안리 와본 사람처럼 갑자기 창밖 구경을 하질 않나."라고 말하던 제니퍼.

"아까 전화 통화로 그랬잖아요. 누구 좀 만나고 있었다고. 그게 누구냐고요?"라고 따지듯 묻던 제니퍼.

"켄싱턴 만났으면 만났다고 하면 되지. 왜 나한테까지 비밀로 하는 거예요? 나, 미첼이랑 당신들 쪽 사람 아니에요?"라고 억울함을 호소하듯 토해내던 제니퍼.

"제이슨이 죽었다는 말이 돌고 있고, 미첼은 연락 두절 상태. 크리스 당신은 스파이인지 정신이 이상해진 건지 모르겠고. 앞으로 나보고 어쩌라는 말이지?"라고 혼잣말을 하는 것처럼 중얼거리던 제니퍼.

문득 깨닫고 보니 차창 밖에서 들려오던 소음이 잦아든 것 같았다. 2, 3분에 한 번씩 주기적으로 들려오던 지하철 지나가는 소리도 들리지 않았다. 그러고 보니 운전석 의자의 촉감도 조금 달라진 것 같았다. 나는 천천히 눈을 떴다.

낯선 공간. 낯선 냄새.

정면으로 옷장이 보이고 그 옆에 나무 문이 있었다. 왼편엔 창문이 있고, 오른편엔 화장대와 싱크대. 나는 지금 침대 위에 앉아 있었다. 완전히 달라진 몸으로.

침대에서 일어나 화장대 거울을 바라보았다. 거울 안엔 아까 만났던 제니퍼의 모습이 나를 바라보고 있었다.

됐다! 내 생각이 맞았어!

나도 다른 인물들의 머릿속으로 의식 이동을 할 수 있었어!

하지만 기뻐하고 있을 틈이 없다. 제니퍼가 어떤 인물인지 알아봐야 하고, 앞으로 어떻게 해야 할지, 이야기를 어떤 식으로 이끌어 가야 할지 생각해야 한다.

나는 침대에 올려둔 핸드폰을 집어 들었다. 홈 버튼을 눌러 잠금 상태를 해제하자 방금 크리스에게 보낸 메시지가 눈에 들어왔다.

[방금 로버트한테 연락받았어요. 정말 기억 상실증이 생긴 거예요?]

하지만 크리스와 주고받은 메시지는 달랑 그것 하나밖에 남아 있지 않았다. 광안리 카페에서의 대화 내용을 곱씹어보면 크리스와 제니퍼는 알고 지낸 지 꽤 된 사이 같았다. 그런데 최근 메시지 하나 외에 다른 메시지는 남아 있지 않은 것이다.

이게 무슨 의미인가?

지금까지 크리스와 주고받은 메시지를 일일이 다 삭제했다는 말이 된다. 그 누구도 봐선 안 되는 내용이라도 담겨 있다는 듯. 지문으로 잠금 설정이 되어 있는 핸드폰인데도 굳이. 통화 목록도 깔끔하게 삭제되어 있었고, 심지어 크리스라는 이름이 저장되어 있지도 않았다. 크리스는 제니퍼를 저장해두고 있었음에도.

하지만 저장되어 있지 않은 사람은 크리스만이 아니었다. 분명 방금 로버트한테 연락받았다고 했지만, 로버트에게 받은 메시지도 없었고 통화 목록에 로버트의 이름이 남아 있지도 않았다. 물론 로버트의 연락처도 저장되어 있지 않았다. 핸드폰 연락처에 저장되어 있는 목록은 10여 개뿐으로, 그것도 '원룸 주인', 몇 군데 음식점, 택배사, 카드사 정도가 전부였다. 원룸 주인을 제외하면 개인으로 특정할 수 있는 연락처는 하나도 없는 셈이었다.

이건 그냥 업무용 핸드폰인가. 사적인 핸드폰을 따로 가지고 다니나.

나는 침대에서 일어나 화장대 서랍과 옷장 등 몇 군데를 뒤져봤다. 하지만 다른 핸드폰은 눈에 띄지 않았다.

이 핸드폰은 사적인 핸드폰이면서 동시에 업무용 핸드폰이다. 저장된 연락처 중 사적인 관계는 하나도 없다.

핸드폰으로 제니퍼의 SNS도 살펴보았다. 인스타그램에서도, 페이스북에서도, 트위터에서도, 팔로우하고 있는 사람은 전부 한국이나 해외의 배우나 모델, 혹은 뮤지션뿐. 사적으로 멘션이나 DM을 주고받는 사람은 없는 것 같았다.

20대 중후반의 나이에, 스마트폰을 사용하며 SNS를 하고 있음에도, 오프라인 친구도, 심지어 온라인 친구도 하나도 없다고? 그게 가능한 일인가? 이 인간은 도대체 뭐 하는 사람이지? 주변 관계가 이렇게 텅 비어 있을 수 있다니.

지금까지 제니퍼에 대해 알게 된 사실이라면, 크리스, 미첼과 함께 일을 하고 있었다는 점. 그리고 로버트와도 연락을 주고받는 사이라는 점. 고작 이 정도밖에 없었다. 하지만, 고작, 이라고 말한 것치고는 심상치 않은 내용이긴 했다. 서로 엮이기 어려운 세 명의 인물과 동시에 연락을 주고받을 수 있는 인물이니까.

제니퍼가 어떤 인물인지 알려줄 만한 게 뭔가 있을 텐데.

이후 10여 분에 걸쳐 방 안 곳곳을 샅샅이 뒤졌다. 화장대 서랍과 옷장을 다시 한번 훑었고, 주방 쪽 수납함도 열어보았다. 혹시나 하는 생각에 침대 아래쪽도 살펴보았고, 심지어 화장실 좌변기 물탱크도 확인했다. 하지만 아무것도 발견할 수 없었다. 주민등록증도 없었다. 나이도 본명도 아무것도 알 수 없는 인물.

내 생각이 너무 얄팍했다. 제니퍼로 넘어오면 사건을 다른 측면에서도 볼 수 있을 줄 알았지. 지금으로선 제니퍼가 어떤 인물인지조차 알 수 없었다.

아, 젠장. 되는 일이 하나도 없네.

나는 침대에 주저앉았다.

이제 어떻게 해야 하지. 기껏 제니퍼 쪽으로 넘어왔건만 알아낸 건 단 하나도 없다.

하지만 그렇게 생각한 순간, 머릿속에 다른 아이디어가 떠올랐다.

어차피 잘된 일인가. 제니퍼를 통해 알아낼 수 있는 정보가 하나도 없다는 말은, 바꿔서 생각해보면 제니퍼를 통해 내 마음대로 정보를 만들어낼 수도 있다는 말이 되잖아.

그래! 새로운 정보. 새로운 이야기.

이야기를 새롭게 구상해야 한다. 내가 구상만 하고 아직 쓰지 않은 이야기. 룲와룲와의 의도와는 다르게 진행된 나의 이야기.

이러고 있을 시간이 없다. 조금이라도 빨리 기록을 남겨야 한다.

나는 제니퍼의 핸드폰 메모장을 활성화시켰다. 떠오르는 생각을 정리한 뒤 이렇게 적었다.

크리스를 만나고 왔다. 미첼에게 들은 이야기를 해주니 처음엔 아니라고 부인했으나 결국 시인하고 말았다. 이중 스파이였다고. 설마 설마 했는데 정말 이중 스파이였을 줄이야! 하지만 크리스는 작심한 듯 이야기를 이어갔다. 본인도 더 이상 이렇게 살고 싶지 않다고. 사실은 매튜도 최근 자신을 조금 의심하는 것 같다고. 어제 로버트를 시켜서 켄싱턴에게 손을 댄 건 매튜에 대한 의심을 덜기 위한 방책이었다고. 하지만 제이슨을 제거한 건 본인이 아니고 미첼의 행방 또한 자신은 아는 바가 없다고 했다. 크리스의 이야기를 들으며 어디까지 믿어야 하고 어디까지 믿지 말아야 할지 알 수 없었다. 하지만 분명한 건, 즉흥적으로 지어낸 거짓말처럼 보이지는 않았다는 점이다. 최소한 그 이야기를 하고 있는 동안은 진실을 말하는 것처럼 보였다. 어쨌거나 나는 생각할 시간이 좀 필요하다며 크리스와 헤어져 곧장 집으로 돌아왔다. 침대에 앉아 생각을 정리할 겸 메모장에 이렇게 끄적이고 있다.

좋았어. 크리스가 범인이 아닐 수도 있는 상황을 만들었어. 의심이 완전히 사라진 건 아니지만, 차근차근 단계를 거치자. 자, 그럼 이번엔 로버트를 범인으로 만들 이야기를 지어내야 한다.

나는 좌우로 고개를 갸웃거리며 잠시 허공을 바라보다가 메모장에 이렇게 적어나갔다.

로버트는 술만 들어갔다 하면 입이 가벼워진다. 본인도 그 사실을 알고 술을 자제하려고 하지만, 술쟁이가 술을 자제한다는 게 말이 되는 일인가. 얼마 전에는 자신이 수감된 이유에 대해 주절주절 늘어놓았는데, 어디 높으신 분 지시를 받아 자동차로 사람을 치어서 죽였다는 거다. 설마 자기 입으로 그렇게 술술 털어놓을 줄이야! 눈치를 봐서 녹음을 해두었으니 로버트는 이제 독 안에 든 쥐다. 미첼에게 이 녹음 파일을 넘겨줬더니 이제 끝이 다가오고 있다고 했다.

으하하하하! 어떠냐 룹와룹와! 내가 그렇게 호락호락 당하고만 있는 놈은 아니라고. 크크크크.

나는 방금 쓴 가공의 이야기를 다시 읽어보다가 소름 돋는 구절을 발견했다. 쓰던 순간에는 전혀 인식하지 못하다가 쓰고 나서야 새삼 새롭게 보이는 구절. '눈치를 봐서 녹음을 해두었으니.'

진짜 녹음해뒀으려나?

나는 메모장에서 빠져나와 음성 메모 앱으로 들어가보았다. '로버트 1'에서부터 '로버트 13'까지 로버트라는 제목의 음성 파일만 열세 개가 나열되어 있었다. 최근 파일부터 하나하나 확인했는데 분명 아까 온천천 반려동물 산책 놀이공원에서 만났던 남자의 목소리와 일치했다. '로버트 11'이라는 제목의 파일에서 로버트는 이렇게 술주정을 하고 있었다.

— 내가 누구야. 나 로버트 초이라고. 회장님이 시키는 일이라면 목숨을 바쳐서 할 수 있다고. 어쩌다 내가 감방에 갔냐고? 그게 궁금? 진짜로? 당연히 회장님이 시킨 일을 하다가 갔지. 그게 무슨 일인지 궁금하겠? 이거야 이거. (그게 뭐예요?) 이거 몰라? 이거 있잖? 킬러. (사람을 죽였어요?) 하하, 내가 또 할 땐 하는 남자라고. 벌써 15년 전 일이야. 아, 그땐 나도 젊었는데. 뭐 하느라 이렇게 나이만 처먹었나. 벌써 옛날이 그리운 나이가…. 근데 무슨 얘기하고 있었지. (감옥에 간 이유.) 그래. 어려운 거 없었어. 액셀 밟고 그대로 쭉 가면 되는 거니까. 별거 아니라고 생각했는데, 감옥에도 갔다 왔고 처벌

도 다 받았는데, 툭, 하고 뭔가 부딪치는 느낌만은 아직도 손끝에 남아 있어.

우와, 짱이잖아! 난 '눈치를 봐서 녹음을 해두었고' 한 구절밖에 안 썼는데, 이야기의 내적 논리에 따라 로버트의 음성을 녹음한 파일이 열세 개나 생기기도 하고. 그야말로 이야기의 신이자 이야기의 왕만이 할 수 있는 일들이다.

룲와룲와, 보고 있나! 나는 네가 원하는 대로 고분고분 따라다니는 사람이 아니라고. 사람 잘못 봤어!

그나저나 룲와룲와는 지금 어떤 인물에게 의식 이동을 한 상태일까. 사태가 이상하게 흘러가고 있다는 걸 알아챘을까. 지금 당장은 아니더라도 룲와룲와 역시 머잖아 국면이 전환됐다는 사실을 알아챌 것이다. 자기가 원하는 대로 스토리가 전개되지 않는다는 사실을 눈치챌 것이다.

좋아, 이제부터 나와 룲와룲와의 싸움이다! 누구의 구상대로 이야기가 흘러갈 것인가!

그렇게 생각한 순간, 문득 데룲타카가 했던 말이 떠올랐다.

― 대부분은 룲와룲와 같은 존재를 알아채지도 못한 채 창작 재능이 사라져버리지. 아쉬운 일이야. 물론 운 좋게 그런 존재를 만난 사람들도 있는데, 그중에는 녀석의 존재를 간파하고 꿈속에서 그를 죽이는 사람도 있지.

룲와룲와를 죽이는 것이 가능하다는 말이다. 어떻게 죽일 수 있는지도 물어봤으면 좋았을 텐데. 하지만 그건 룲와룲와가 머릿속에 있을 때의 일일 것이다. 꿈속에서 룲와룲와를 만났을 때나 가능한 일일 것이다. 지금처럼 소설 세계로 빠져나와 독립해서 살아가는 경우에도 룲와룲와를 죽이는 것이 가능할까. 게다가 캐릭터들 사이를 마음대로 이동하는 놈이다. 구체적인 형태가 없는 존재. 그런 놈을 어떻게 죽일 수 있다는 말인가.

말 그대로 이야기의 신이자 이야기의 왕.

만에 하나 그것이 가능하다고 해도, 그 이후 나는 어떻게 되는가. 나를 소설 세계로 불러들인 룲와룲와가 죽고 나면, 나는 현실 세계로 돌아갈 수 있을까. 이 소설 세계에서 빠져나갈 수 있나? 혹시 이 세계에서 계속 살아가야 하는 건 아닐까.

후우우우. 모르겠다, 모르겠어. 어쨌거나 내가 아는 것이라면, 앞으로 무엇을 어떻게 해야 할지 모를 때엔, 나중 일은 나중에 생각하기로 하고 그저 현재 자신의 위치에서 할 수 있는 일을 최선을 다해 하는 수밖에 없다는 것이다.

지금 내가 할 수 있는 일을 생각하자. 제니퍼의 입장에서 내가 할 수 있는 일.

우선 사건이 어떻게 진행됐는지 알아봐야 한다. 제이슨 살해 사건부터 미첼 실종 사건까지. 기존에 나와 있는 정보를 알아야 그것을 토대로 이야기를 이어갈 수 있다.

제이슨은 어떻게 죽었을까. 제이슨의 사망 시각은 언제일까. 어떻게 해야 제이슨 살해 용의를 크리스에서 로버트 쪽으로 돌릴 수 있을까. 메모장에 적어둔 것만으로는 부족하다. 처음에 제이슨이 죽었다는 걸 알려준 사람이 누구였더라….

맞아, 안나!

《부산 느와르》에서 제이슨의 사망이 처음 드러난 건 안나의 문자메시지를 통해서였다.

[켄!! 제이슨 살해당했다는 얘기 들었어? 나 지금 뭐가 뭔지 모르겠어. 무서워 죽겠어. 연락 좀 받으라고!]

아까 크리스와 헤어진 뒤 켄싱턴은 안나에게 연락했을까. 아니면 안나 쪽에서 먼저 연락을 했을까. 둘은 대화를 나누었을까. 어디까지 정보를 주고받았을까.

정확한 시각은 나와 있지 않았지만, 안나가 켄싱턴에게 제이슨에 관한 문자메시지를 보낸 건 밤 시간일 것이다. 켄싱턴이 정신을 잃고 있는 사이. 안나는 그 시간에 누구에게 그 소식을 전해 들었을까.

아마도 매튜 집안 쪽 사람들이겠지. 소설엔 나와 있지 않았지만 안나 외에도 제이슨이 살고 있는 집을 관리하는 사람이 있을 것이다. 하지만 그렇게 생각하면 조금 이상한 점이 있다. 안나는 밤에 그 소식을 접했다. 그 소식을 전해준 사람이 밤에 그 집에 있었다는 말이 된다. 그 집에 상주하는 사람이 따로 있지 않은 이상, 밤 시간에 집에 있어도 자연스러운 사람은 제이슨의 가족일 것이다. 제이슨의 어머니, 혹은 매튜일 것이다. 밤에 우연히 들렀다가 총에 맞은 제이슨을 발견한 후 112나 119에 연락했을 테고, 그 후 안나에게 연락한다? 제이슨이 사망했으니 내일은 출근하지 않아도 된다고 알려주기 위해서? 그렇게 혼란스럽고 정신없는 상황에?

부자연스럽다.

아니, 잠깐. 룖와룖와의 구상대로라면 제이슨을 제거한 사람은 크리스다. 크리스는 로버트와도 아는 사이고. 크리스와 로버트가 아는 사이라면….

설마 안나도 매튜 쪽 사람인가? 그래서 켄싱턴이 접근했을 때 아무 거부감 없이 켄싱턴과 술자리를 가졌다? 가까워질 필요가 있어서? 심지어 그다음 만남은 안나 쪽에서 먼저 연락했었고.

나는 고개를 절레절레 저었다.

아니야, 아니야. 난 이 이야기가 맘에 안 들어. 뭐가 죄다 나쁜 놈이고 악인이냐. 그 속에서 꿋꿋하게 살아 나가는 켄싱턴을 그리고 싶은 것이었나. 친구에게 배반당하고 애인에게 배반당한 상황에서도 끝끝내 미첼의 복수를 감행하는 켄싱턴을 그리고 싶었던 것이냐. 그것이 네가 생각하는 '느와르'라는 것이냐, 롭와롭와?

미첼의 복수라니. 무심코 떠올랐지만 이 생각은 취소하자. 취소, 취소, 취소. 미첼은 잠시 잠적한 상태일 뿐이다. 잠적한 이유까지는 당장 떠오르지 않지만, 조만간 제 발로 나타날 것이다.

안나가 매튜 쪽 사람이라는 생각도 취소한다. 취소, 취소, 취소. 안나는 그저 순수하게 켄싱턴이 마음에 들었을 뿐이다. 상황에 따라, 아니면 사람에 따라, 누군가에게 호감이 생기는 데는 10초 정도의 시간이면 충분할 때도 있다.

그리고 아까 내가 제이슨이 총에 맞았다고 했었나? 소설에는 제이슨의 사망 원인에 대해서는 안 나왔었는데. 나는 왜 총에 맞았다고 생각했을까. 켄싱턴이 총기 심부름을 했기 때문인가. 켄싱턴이 총기 심부름을 하고 있었고, 크리스가 켄싱턴에게 제이슨 살해 용의를 떠넘기기 위해서, 같은 총기로 제이슨을 살해했다고 생각했던 것 같다. 그러므로 이 생각도 취소, 취소, 취소. 제이슨이 어떻게 죽었는지는 아직 밝혀지지 않았다.

우선 안나를 만나봐야겠다. 안나에게 사건 정황에 대해 듣고 나서 이야기를 어떻게 이어나갈지 다시 생각해보자.

근데 안나는 어떻게 만나지. 안나와 제니퍼 사이에 접점이 없잖아. 설마 둘이 아는 사이였을 리도 없고.

그냥 솔직하게 말하자. 나는 켄싱턴의 형인 미첼과 함께 일하는 사람이다. 켄싱턴에게 들었는지 모르겠지만 현재 미첼이 실종된 상태고 사건이 급박하게 돌아가고 있다. 잠시 만나서 이야기를 나눴으면 좋겠다.

자, 그럼 이제 안나에게 연락을 해야 하는데. 안나의 연락처는….

제니퍼의 머릿속에 있다. 제니퍼의 머릿속에 있다. 안나의 연락처는 제니퍼의 머릿속에 기억되어 있다.

나는 핸드폰에 안나의 전화번호를 찍고 나서 통화 버튼을 눌렀다. 한참 신호음이 이어지다가 상대편에서 전화를 받았다.

"여보세요."

"여보세요, 앗!"

깜짝이야. 스스로 제니퍼라고 생각하고 있으면서도 갑자기 내 입에서 여자 목소리가 나오니 놀라고 말았다. 크리스 때는 그래도 비교적 비슷한 목소리라 어색하지 않게 받아들일 수 있었는데.

"여보세요? 누구세요?"

"죄송합니다. 안녕하세요. 저는 제니퍼라고 합니다. 안나 씨 맞죠?"

근데 이대로 말해도 되나? 목소리만 여자고 말투는 남자처럼 들리지 않을까. 아니, 그런 거 신경 쓰지 말고 그냥 목소리에 어울리게 말해보자.

"네, 제가 안나인데. 제니퍼 씨라고요?"

"처음 전화 드렸어요. 저는 켄싱턴 씨의 형인 미첼 씨와 함께 일하는 제니퍼라고 해요."

"켄의 형?"

"네. 혹시 오늘 켄싱턴 씨와 연락하셨나요?"

"네…. 아까… 근데 미치는 어떻게 됐죠?"

"혹시 오늘 잠깐 시간 좀 내주실 수 있어요? 만나서 긴히 말씀드리고 싶은 게 있는데."

"오늘요? 무슨 얘기를?"

"방금 물어보신 미첼 씨 얘기부터, 제이슨 씨에 대해서도 좀 할 얘기가 있고."

"제이슨 일도 알고 있어요?"

"……그것도 만나서 얘기해야 할 것 같아요."

안나는 나에게 호의적이다. 안나는 제니퍼에게 호의적이다. 나는 몇 차례 속으로 되뇌었다.

"근데 켄이…."

"켄싱턴 씨가, 무슨 일 있어요?"

"무슨 일이 있는 건 아닌데, 그게 지금 좀, 상황이 안 좋다면서⋯."

맞다. 내가 크리스 속에 있을 때, 켄싱턴에게 바깥 활동을 줄이고 가능하면 집에만 있으라고 했지.

"크리스에게 들었던 얘기인 것 같네요."

"크리스? 네, 맞아요. 그 사람이랑 만났다고 했어요."

"저희랑 같이 일하는 사람이에요. 미첼이 갑자기 실종 상태가 돼서 혹시 켄싱턴에게도 무슨 일이 생길까 봐 그렇게 말했죠."

"켄에게 무슨 일이 생기나요?"

"아니요, 아니요. 아직 아무것도. 안나 씨는 지금 댁에 계신가요?"

"네. 평소라면 제이슨 집에 갔어야 하는데⋯."

"그럼 제가 안나 씨 집 근처에 가서 다시 연락드릴게요. 30분 정도만 시간 내주시면 될 것 같아요."

안나는 나를 만날 것이다. 안나는 제니퍼를 만날 것이다.

"지금 뭐가 뭔지 모르겠어요. 갑자기 일이 이렇게 연속적으로 터져서."

"안나 씨 마음 이해해요. 하지만 이런 상황일수록 마음을 단단히 다잡아야 합니다."

"⋯⋯그래야겠죠."

"그럼 잠시 후에 다시 연락드릴게요."

"저기, 제니퍼 씨?"

"네?"

"제니퍼 씨는 서울분이신가요?"

음? 갑자기 이런 건 왜 물어보지? 내 말투 때문인가?

"그건 갑자기 왜?"

"아, 아니에요. 그럼 이따 연락 주세요. 근데 저희 집이 어디인지 아세요?"

아차. 안다고 해야 하나? 모른다고 하는 게 나을까. 근데 내가 아까 집 근처에 가서 연락한다고 했잖아.

"정확한 주소는 모르고, 어느 동네에 사신다는 것 정도만 알고 있어요."

"그렇구나. 맞다, 미치랑 같이 일한다고 하셨지. 그럼 이따 봐요."

안나는 그렇게 말하고 전화를 끊었다.

전화 통화 중에 혹시 무슨 실수라도 한 걸까. 너무 즉흥적으로 전화했나. 제니퍼의 정보에 대해 조금 정리를 해둔 후에 전화를 하는 게 나았을까. 하지만 지금 상황에선 안나를 만나는 게 가장 좋은 선택인걸. 어쩌면 같은 여자라는 이유로 안나 역시 제니퍼를 조금은 편하게 대할 수 있을지도 모른다.

그렇게 생각하고 나서 핸드폰 메모장에 안나에게 물어봐야 할 내용을 정리하고 있는데 문자메시지가 하나 도착했다.

[안나예요. 온천장역 앞 모모스커피에서 봐요. 1시간 뒤면 괜찮겠죠?]

링크된 주소를 클릭해보니 지도 앱에서 위치가 표시되었다. 그 후 나는 지도 앱을 통해 내가 있는 위치를 확인했고, 부산 지하철 수영역 인근의 원룸에 있다는 걸 알게 되었다. 수영역에서 온천역까지의 이동시간이 환승 한 번 포함 약 25분 정도 걸린다는 것도 알게 되었다.

[괜찮아요. 1시간 후에 봐요.]

안나에게 문자메시지를 보내고 나서 메모장에 질문거리들을 몇 가지 더 적은 뒤 나갈 채비를 했다. 나가기 전에 화장대 앞에 앉아 거울을 바라보았다. 아까 크리스가 되어 만났을 때보다 화장이 조금 옅어진 것 같았지만 화장하는 방법을 모르니 손을 댈 수 없었다.

어차피 화장 고치려고 거울 앞에 앉은 게 아니잖아.

나는 거울 속 제니퍼의 얼굴을 바라보며, 크리스였을 때 했던 각오를 다시 반복했다.

나는 제니퍼다.

나는 탐정이다.

나는 제니퍼다.

나는 탐정이다.

안나를 만나 사건에 대해 조사해야 한다.

나는 탐정이다.

사건에 대해 조사해야 한다.

제니퍼는 거울에 비친 자신의 얼굴을 바라보며 몇 번이고 그렇게 되뇌었다.

〔 **13** 〕

초특급 부산 느와르

제니퍼는 문을 열고 집 밖으로 나왔다. 문이 닫히자 도어락이 자동으로 잠기는 소리가 들렸고, 제니퍼는 잠시 멈춰선 채 집 비밀번호가 뭐였는지 생각했으나 나중 일은 나중에 생각하기로 하고 우선 걸음을 옮겼다.

수영역에 도착해 지하철 3호선에 탑승했고, 연산역에서 내려 1호선으로 환승했다. 지하철은 교대역을 지나 지상으로 올라왔고, 제니퍼는 1시간 전만 해도 저기에 있었는데, 라고 생각하며 지하철 밖으로 빠르게 스쳐 지나가는 골목을 보았고, 다시 반대편 문으로 자리를 옮겨 흘러가는 온천천과 천변에서 산책하고 있는 사람들을 바라보았다.

동래역과 명륜역을 지나자 곧바로 온천장역이 나왔고, 제니퍼는 개찰구를 통과해 모모스커피로 향했다. 가게 안은 커피향과 사람으로 가득했다. 제니퍼는 안나가 미리 와 있는지 둘러보았고, 1층 한쪽 구석에 앉아 있는 안나를 발견하고는 그쪽으로 다가갔다.

"안나 씨?"

안나가 고개를 들고 제니퍼를 바라보았다.

"제니퍼 씨?"

"아까 전화 드린 제니퍼예요."

"어떻게 저를… 바로 알아보셨네요."

제니퍼는 안나의 말에 무어라 대꾸해야 할지 잠시 생각하다가 적당한 답을 찾지 못해 그냥 이야기를 돌렸다.

"빨리 오셨네요. 우선 커피 주문부터 할까요?"

"……그러죠."

잠시 후, 둘은 각자 주문한 핸드드립 커피를 테이블 위에 올려두고 마주 앉았다. 제니퍼가 먼저 입을 뗐다.

"지금 정신이 없는 상황일 텐데 나와주셔서 고맙습니다."

"갑자기 여러 가지 일들이 동시에 터져서 혼란스럽긴 한데, 집에 틀어박혀 있는 것보단 나을 것 같아서…."

"켄싱턴 씨한테는 말씀하셨나요?"

"지금 만나는 거요?"

"네."

"할까 말까 고민하다가, 말하면 괜히 걱정할 것 같아서, 그냥 나왔어요."

"잘하셨습니다."

"근데 지금 도대체 무슨 상황이에요? 켄에게 대충 듣기는 했는데 뭐가 뭔지 잘 모르겠어요."

"켄싱턴 씨가 어디까지 말씀하셨죠?"

"어디까지?"

"켄싱턴 씨에게 어떤 얘기를 들으셨는지."

"어제 무슨 일이 있었는지, 어제 로버트 씨가 시킨 일이 있어서, 아, 로버트 씨는 켄이 일하는 곳 사장님인데, 그 일을 하던 도중에 갑자기 정신을 잃고 쓰러졌다고 했어요. 자기도 이유는 잘 모르겠다면서. 그래서 원래 하던 일도 못 하고 전화도 못 받았다고."

"로버트 씨가 어떤 일을 시켰다고 하던가요?"

"그냥 물건 전달하는 심부름이라고 했어요. 제가 혹시 이상한 물건 아니냐고 물어봤는데 그런 건 아니라면서 그냥 사업상 필요한 제품이라고만 하더라고요."

"그렇게 말했군요."

"아니죠?"

"네?"

"그냥 사업상 필요한 제품이 아닌 것 같아서. 더 캐묻지는 않았지만 왠지 둘러대는 듯한 느낌을 받았거든요."

"글쎄요, 저도 거기까지는 잘… 사실 제가 묻고 싶은 건 제이슨 씨에 대한 이야기예요."

제니퍼의 입에서 제이슨이라는 이름이 나오자 안나의 얼굴이 순식간에 어두워졌다. 제니퍼는 안나의 눈에서 눈물이 차오르는 걸 보고 테이블에 있던 티슈를 내밀었다. 티슈를 건네받은 안나는 한동안 미동도 하지 않고 있었다. 눈물을 참고 있는 듯이 보였다.

제니퍼는 테이블에 있는 커피를 몇 모금 들이켠 후 조심스레 입을 뗐다.

"제가 알고 싶은 건, 안나 씨가 어제 누구에게 소식을 전해 들었나 하는 점이에요."

"실은 저도 그게 누군지 궁금해요."

"그게 무슨 말이에요?"

안나는 제니퍼의 물음에 의자 뒤에 둔 에코백에서 자신의 핸드폰을 꺼내 화면을 몇 번 두드리더니 제니퍼에게 내밀며 이렇게 말했다.

"모르는 번호였어요."

제니퍼는 안나가 건넨 핸드폰을 보았다. 보낸 사람 이름 대신 010으로 시작하는 열한 자리의 번호가 눈에 들어왔다. 문자 내용은 짤막했다.

[제이슨이 사망했습니다.]

"이게 무슨 소리인가 싶어서 그 번호로 전화를 걸어봤죠."

"누구던가요?"

"없는 번호라고 하더라고요."

"없는 번호?"

"네. 근데 너무 이상하고 황당한 이야기잖아요. 문자를 받은 그때가 밤 12시를 넘긴 시간이었거든요. 늦은 시간이라 그냥 넘어갈까 했는데, 그러기엔 내용이 너무 찜찜하잖아요. 그래서 혹시나 하는 마음에 제이슨 핸드폰으로 전화를 걸어봤어요. 처음엔 안 받더라고요. 자고 있는 사람 괜히 깨우는 거 아닐까 고민하다가, 그래도 걱정되는 마음에 이번엔 집으로 전화를 걸었죠. 받더라고요."

"받았어요? 제이슨이?"

"아니요. 매튜가."

"매튜?"

"네, 제이슨의 아버지요. 평소라면 그 시간에 거기 계실 분이 아닌데, 원래 바쁘시기도 하고 이런저런 사정으로 제이슨 집에는 거의 안 들르시는 분이거든요. 그래서 더 놀랐어요."

"매튜 씨가, 뭐라고 하던가요?"

"이 시간에 웬일이냐고. 그래서 제가, 누가 이상한 문자를 보내서 걱정이 돼서 전화했다고 했죠. 그랬더니 무슨 이상한 문자냐고 물으셔서, 직접적으로는 말을 못 하고, 제이슨에게 안 좋은 일이 일어났다는 내용이라고 적당히 둘러대며 답했어요. 그러자 이번에는 누가 그런 문자를 보냈느냐고 물으시기에, 누군지 모르는 번호로 와서 전화를 걸어봤는데 없는 번호라고 나왔다고 했어요. 그랬더니 매튜가 뭐라고 하는지 알아요?"

제니퍼는 안나의 물음에 천천히 고개를 가로저었다. 안나는 커피로 목을 축인 후 테이블에 놓여 있던 핸드폰을 집어 들더니 이야기를 이었다.

"대뜸 이 번호를 말씀하시더라고요. 저한테 제이슨이 사망했다는 메시지를 보낸 번호."

"매튜 씨는 그 번호를 어떻게 알았대요?"

"저도 그렇게 물었어요. 그랬더니 거기에는 답을 안 하시고 그냥 맞다, 라고만 하셨어요."

"맞다고 하면….”

"제이슨이 사망했다고.”

"그렇군요. 혹시, 사망 이유도 들으셨나요?”

"아니요. 거기까지는. 머릿속이 멍한 와중에, 혹시 제가 도울 일이 뭐가 있겠냐고 물었는데, 나중에 상황을 보고 다시 연락하겠다는 말씀만 하셨어요.”

잠시 이야기가 끊긴 사이 제니퍼는 머릿속으로 빠르게 전날의 사건을 시간순으로 정리해보았다.

제이슨이 켄싱턴에게 총기 불법 거래를 요청한다. 켄싱턴이 총기를 가지고 약속 장소에서 기다렸으나 괴한에게 습격을 받고 정신을 잃는다. 괴한은 켄싱턴이 야간 경비원으로 일하는 건물의 사장 로버트이고, 그 일을 로버트에게 지시한 사람은 미첼을 돕고 있던 크리스(크리스는 매튜의 이중 스파이지만 최근 자신이 하는 일에 회의감을 느끼고 있다). 제이슨을 살해한 사람이 누구인지는 밝혀지지 않았으나 이 사실을 알고 있는 누군가가 매튜와 안나에게 '없는 번호'로 이 사실을 알린다. 로버트와 매튜는 제이슨의 살해범으로 크리스를 의심하고 있다. 하지만 크리스는 제이슨을 살해하지 않았고, 만에 하나 그렇다고 하더라도 굳이 매튜에게 '없는 번호'로 이 사실을 알려줄 필요는 없다. 안나에게까지 알릴 필요는 더더욱 없다.

가장 큰 의문은, 제이슨을 살해한 사람이 누구이며 그 이유가 무엇인가 하는 점이다.

또 따른 의문은, 살해범이 어째서 매튜에게 이 사실을 미리 알렸는가 하는 점이다. 어차피 하루도 지나지 않아 알게 될 사실 아닌가. 더욱이 안나에게는 굳이 왜 알렸는가. 할 필요가 없어 보이는 일을 굳이 했다는 것은, 거기에 어떤 필요성이 있기 때문이다.

용의자가 될 만한 인물에는 누가 있을까. 살해 동기 같은 거 고려하지 않고 단순히 할 수 있느냐 할 수 없느냐의 가능성만 따지면, 정신을 잃고 쓰러져 있던 켄싱턴만 제외하고 모든 인물에게 가능성이 있다.

우선 크리스는 범인이 아니다. 릶와릶와는 크리스를 범인으로 염두에 두고 있는 것 같지만, 결코 그렇게 이야기를 이어 가지 않을 것이다. 크리스가 이중 스파이였다는 점은 바꿀 수 없지만, 범인으로 만들지는 않을 것이다. 크리스는 무조건 범인이 아니다.

안나 역시 범인이 아니다. 굳이 그렇게까지 이야기를 비극적으로 끌고 가고 싶지는 않다. 같은 이유로 미첼도, 데이브도 범인이 아니다. 켄싱턴이 마음을 열고 있는 인물들은 무조건 범인에서 제외.

결국 단역 캐릭터를 제외하면 벤저민과 매튜와 로버트, 딱 세 명이 남는다.

하지만 로버트도 용의자에서 제외해야 할 것 같다. 아까 로버트를 만났을 때, 로버트가 연기를 하고 있는 것처럼 보이지는 않았기 때문이다. 정말 크리스가 범인이라고 믿고 있는 사람처럼 보였다.

매튜 역시 용의자로 두기 애매한 면이 있다. 물론 아까 크리스와 매튜의 전화 통화만 떠올려보면, 자신의 범죄를 크리스에게 떠넘기려고 하는 느낌을 받을 수도 있을 것 같다. 하지만 굳이 그 사실을 안나에게 문자메시지로 알릴 필요는 없는 것 아닌가.

아니면 누군가 매튜가 저지른 일을 몰래 목격했고, 그 사실을 알리기 위해 매튜에게 '없는 번호'로 메시지를 보냈을 가능성도 있다. 보험으로 안나에게까지 알리고. 하지만 제이슨의 집에서, 도대체 누가 어떤 식으로 몰래 그런 일을 목격할 수 있단 말인가. 요즘 세상에 '지붕 위의 산책자'가 있을 리도 없다.

결국 남는 건 벤저민 하나뿐이다. 치과의사이니만큼 의료기기 사용에도 익숙할 것이고, 어떤 의료기기는 사람을 죽이는 데 이용할 수도 있다. 제이슨과는 이복형제 사이니 말로 설명하기 어려운 복합적인 감정을 가지고 있을 것이다. 동기는 충분히 만들어낼 수 있다.

그렇지만.

만약 그렇다면 이야기가 너무 시시해지지 않나?

10여 년 만에 주인공 앞에 나타난 친구가, 주인공에게 돈을 갚지 않는 인물을 죽인다? 주인공을 위해?

심지어 범인이 치과의사인 이야기는 너무 흔하잖아.

그럼 도대체 누가 범인이면 좋을까. 누굴 범인으로 해야 이야기를 재미있게 구성할 수 있을까.

제니퍼는 어떤 시선을 느끼고 정면을 바라보았다. 맞은편엔 아까와 마찬가지로 안나가 앉아 있었다. 하지만 안나의 표정이, 입꼬리가, 미묘하게 올라가 있었다.

"그렇게 생각에 잠긴다고 이야기의 흐름을 바꿀 수 있는 게 아니라고."

제니퍼가 고개를 갸웃하며 말없이 안나를 바라보았다. 그러자 안나가 계속해서 말을 이었다.

"왜 그렇게 나를 피곤하게 하니? 그냥 얌전히 크리스 역할에 충실했으면 편하고 좋았을 텐데, 안 그래?"

"룳와룳와?"

"말했지? 나는 이 세계의 신이자 이 세계의 왕이라고. 네가 다른 인물 속으로 들어가 있으면 내가 못 찾을 줄 알았니?"

〔 **14** 〕
초특급 부산 느와르 미스터리

나는 어떤 시선을 느끼고 정면을 바라보았다. 맞은편엔 아까와 마찬가지로 안나가 앉아 있었다. 하지만 안나의 표정이, 입꼬리가, 미묘하게 올라가 있었다.

"그렇게 생각에 잠긴다고 이야기의 흐름을 바꿀 수 있는 게 아니라고."

이게 무슨 난데없는 소리지?

"왜 그렇게 나를 피곤하게 하니? 그냥 얌전히 크리스 역할에 충실했으면 간편하고 좋았을 텐데, 안 그래?"

뭐야? 설마!

"뤎와뤎와?"

"말했지? 나는 이 세계의 신이자 이 세계의 왕이라고. 네가 다른 인물 속으로 들어가 있으면 내가 못 찾을 줄 알았니?"

"크리스를 범인으로 만들어서 날 감옥에 처넣으려 했잖아!"

"크리스뿐이겠어?"

"무슨 말이지?"

"네가 어떤 인물 속으로 들어가든 난 널 범인으로 만들어 감옥에 처넣을 수 있어. 나는 이 세계의 신이자 이 세계의 왕이니까, 냐하하하하!"

어떤 인물 속으로 들어가든 날 범인으로 만들 수 있다고?

애초에 룲와룲와가 날 소설 속 세계로 불러들인 데엔 명백한 이유가 있었다. 《부산 느와르》를 망치고 있다느니 하는 말은 다 허튼소리다. 날 범인으로 만들어 감옥에 집어넣기 위해 불러들인 것이다. 그것 말고 다른 이유는 없다.

"어떤 인물도 다 범인으로 만들 수 있다고?"

"당연하지."

하긴, 나도 방금 생각했던 부분이다.

— 살해 동기 같은 거 고려하지 않고 단순히 할 수 있느냐 할 수 없느냐의 가능성만 따지면, 정신을 잃고 쓰러져 있던 켄싱턴만 제외하고 모든 인물에게 가능성이 있다.

"만약에 내가 켄싱턴 속으로 들어간다면? 켄싱턴은 범인이 될 수 없을 텐데. 정신을 잃고 쓰러져 있었으니까."

"그게 뭐? 문제가 돼?"

"켄싱턴이 범인일 가능성은 없지 않아?"

"간단한 방법이 있잖아. 이중인격으로 처리하면 돼."

"그런 터무니없는….."

"전혀 터무니없지 않은데?"

"소설 속에는 켄싱턴이 이중인격자란 암시를 전혀 남겨두지 않았잖아."

"앞으로 조금씩 남겨두면 돼."

"……."

"켄싱턴은 사실 마약 성분을 흡입할 때마다 무의식 속에 잠겨 있던 또 다른 인격이 태어나는 인물이었어. 그 비밀은 함께 마약을 했던 제이슨만이 알고 있었고."

완전히 제멋대로다.

"하지만 켄싱턴을 습격한 건 로버트잖아. 로버트에게 그런 지시를 내린 사람은 크리스고. 크리스가 그런 지시를 내린 이유는 뭐지?"

"냐하하하하하. 너, 기억 안 나?"

"뭐가?"

"크리스에게 설정을 부여한 건 너야."

"그게 무슨 소리야?"

"부분 기억 상실증. 기억 안 나?"

불과 몇 시간 전의 일인데 기억이 안 날 리가. 당시 크리스였던 나는 로버트에게 이런 말을 했다.

— 어쩌면 내가 지금 부분 기억 상실증에 걸렸는지도 모르겠고.

이런 말도 덧붙였다.

— 일전에 TV 프로그램에도 나왔던 내용인데, 볼일을 보다 힘을 많이 줘서 뇌압이 높아지면 부분 기억 상실증이 올 수도 있어.

젠장. 순간적으로 위기를 모면하려 떠올린 생각이었는데,

그게 곧바로 크리스의 캐릭터 설정이 돼버릴 줄이야!

그렇지만.

"그건 상관없는 일이야. 크리스가 로버트에게 지시를 내린 건 부분 기억 상실증이 생기기 전의 일이니까. 그리고 흡입마취를 당해 정신을 잃은 켄싱턴이 제이슨을 살해하러 간다고? 그게 말이 돼?"

"말이 안 될 건 또 뭐가 있지? 제이슨이 켄싱턴을 총기 소지 건으로 다시 구속시키려 했는데, 이중 스파이 노릇에 지쳐가던 크리스가 제이슨의 꿍꿍이를 역이용한 것뿐이야. 마취 성분 안에 마약 성분도 포함돼 있었고, 켄싱턴은 마취가 깨면서 숨어 있던 제2의 인격이 되살아났어. 제이슨을 향해 억눌러온 분노가 터져 나왔지. 이 정도면 말 되지 않나?"

그래도 말이 안 된다. 《부산 느와르》는 제목 그대로 느와르 소설이고 범죄소설이다. 마약 성분을 흡입하면 제2의 인격이 되살아난다니. 이게 무슨 말 같지도 않은 소린가.

"룰 위반이야 룰 위반!"

"자꾸 했던 말 반복하게 할래? 이곳은 내가 만든 세계고, 이곳의 룰 역시 내가 만들어. 자, 설명 끝."

터무니없다. 말이 안 된다. 어처구니가 없다.

내가 어떤 캐릭터 속에 들어가든 룸와룸와는 나를 범인으로 만들어 잡아넣을 계획을 하고 있다. 근데 그게 실제로 가능한 일인가? 나는 어떤 순간이라도 내가 원하는 인물로 의식 이동을 할 수 있다. 지금 제니퍼를 잡아들인다고 한들 나는 켄싱턴이나 데이브에게로 이동할 수 있고, 켄싱턴이나 데이브를 잡아들인다고 한들 또 다른 인물로 이동할 수 있다.

그런 생각을 하자, 하하하, 무심코 웃음이 터져 나오고 말았다.

"오호? 뭔가 재밌는 생각이라도 한 모양이네?" 룲와룲와가 물었다.

나는 룲와룲와의 물음을 무시하고 생각을 이어 나갔다.

언제까지 룲와룲와의 의도대로 끌려다닐 수는 없다. 나를 감옥에 처넣으려 발버둥 치는 룲와룲와의 술수에 더 이상 당하고 있을 수만은 없다. 《부산 느와르》 내에서 룲와룲와와 나의 능력치는 유사할 것이다. 룲와룲와가 다른 인물들로 의식 이동을 할 수 있듯, 나 역시 다른 인물들에게 의식 이동하는 것이 가능하다. 하지만 아직 룲와룲와가 어떤 인물 속에 들어 있는지는 알아내지 못했다. 그나저나 룲와룲와는 어떤 방식으로 내 의식이 들어와 있는 인물을 알아낼 수 있을까. 분명 방법이 있을 텐데….

나는 잠시 생각을 멈추고 안나의 얼굴을 한 룲와룲와를 바라보았다. 안나의 얼굴을 한 룲와룲와는 핸드폰을 만지작거리다가 나와 눈이 마주쳤다.

"하던 생각은 다 끝났어?"

"넌 어떻게 내가 있는 곳을 찾아낼 수 있지?"

"뭐야? 내 질문도 씹고 입 다물고 있더니 고작 그런 걸 생각한 거야?"

"이 세계에서 네가 할 수 있는 일이라면 나 역시 할 수 있어. 나 또한 《부산 느와르》를 쓰고 있는 작가니까."

"너랑 나랑은 달라. 애초에 달라. 태생부터 다르잖아? 내가 할 수 있다고 네가 모조리 할 수 있을 리가 없잖아. 당연한 이야기 아니야?"

룲와룲와와 내가 다르단 건 맞는 말이다. 하지만 둘 다 《부산 느와르》의 창작자라면, 이 세계 안에서 우리 둘이 할 수 있는 일은 같아야 한다.

"알았어, 알았어. 아주 의심을 못 해서 안달이 나셨구만."

룲와룲와는 그렇게 말하더니 몸을 오른쪽으로 수그려 의자 아래쪽에서 뭔가를 집어 올렸다.

"이거야."

"뭐지?"

"이거 뭔지 몰라? 검도 대련할 때 쓰는 호면이잖아."

"그걸 몰라서 묻는 게 아니잖아. 난데없이 그런 투구를, 아니, 호면이라고 했나? 그 호면은 갑자기 어디서 났지?"

"이야기의 신이자 이야기의 왕인 이 룲와룲와 님에게 불가능한 것은 없나니. 냐하하하하하."

없던 물건도 즉석에서 만들 수 있다는 말인가. 아니면 애초에 안나가 가지고 왔다? 근데 안나가 저런 걸 들고 다닐 이유가 없잖아.

"잘 들어. 이거, 겉보기엔 그냥 평범한 호면처럼 보이겠지만, 여기엔 어마어마한 과학기술이 내장돼 있어."

TV에서 봤던 기억을 제외하면 검도 호면을 직접 접한 적은 없다. 하지만 그렇다고 평범해 보이는 저 호면 안에 어마어마한 과학기술이 내장돼 있을 것 같지는 않다.

"그래, 이제부터 본격적인 일대일 정면 승부를 시작하자. 정정당당하게."

이건 또 무슨 소리야?

"너는 네가 원하는 걸 하고, 나는 내가 원하는 걸 하자는 말이지. 자, 우선 이 호면부터 받아."

나는 안나의 얼굴을 한 륪와륪와가 내민 호면을 받아서 들었다.

"아까도 말했듯이 거기에는 초고밀도 과학기술이 집약돼 있어. 그 호면을 쓰면 거기 내장된 전자 칩이 두뇌에 접속해서 자신이 구상한 소설과 어긋나는 부분을 파악할 수 있지. 그걸 통해서 네가 어디에 있는지도 알아낼 수 있었고."

"이걸 쓰기만 하면 된다고?"

"나는 그걸 쓰고 네가 있는 위치를 알아냈어."

아무리 봐도 그냥 평범한 호면이다. 물론 안면 쪽 절반 정도가 다른 호면과는 다르게 투명한 플라스틱 같은 재질로 되어 있다.

"이 플라스틱 같은 건 뭐지?"

"폴리카보네이트 수지적층판."

"폴리카보…?"

"일종의 스크린이라고 생각하면 돼. 상대방이 있는 지점을 시각화해주는 것."

잠깐만, 잠깐만. 내가 잠시 망각하고 있었는데, 여기 《부산 느와르》 속 세계 아닌가? 《부산 느와르》는 기본적으로 느와르 소설이잖아. 이중인격자에 더해 이런 최첨단 과학기술까지

나온다고? 이건 너무 생뚱맞은 전개 아닌가? 현실 세계에선 이렇게까지 과학기술이 발달하지 않았잖아.

"《부산 느와르》가… SF였어?"

"처음부터 장르를 정해둔 건 아니야. 하지만 SF로 보면 SF로 볼 수도 있겠지."

"하지만 이 소설은 현실 세계와 시간적 배경이 똑같지 않나? 크리스로 지내면서, 그리고 지금은 제니퍼로 지내면서, 별다른 위화감은 못 느꼈는데?"

"그런 게 뭐가 중요하지?"

"당연히 중요하지. 현실 세계에선 현재의 과학기술로 이런 물건이 나올 수 없으니까."

"현실 세계에선 다른 사람들의 머릿속으로 의식 이동을 할 수도 없잖아, 안 그래? 따지고 보면 그 지점에부터 이미 SF지."

"……듣고 보니 그것도 맞는 말이긴 하지만….."

"정 맘에 걸리면 지금이 근미래라고 생각하든지."

완전히 얼렁뚱땅이다. 나를 감옥에 집어넣기 위해 이야기의 통일성 같은 건 마음대로 비틀고 뒤집어버린다. 지금에 와선 본인이 창작자란 의식도 사라진 것 같고 애초에 독자의 반응 따위 염두에 두지도 않고 있다. 오직 나를 감옥에 집어넣기 위해서만 머리를 굴리고 있다. 오직 나를 감옥에 처넣기 위해서만.

네가 그렇게 나온다 이거지?

나는 손에 든 호면을 바라보았다. 이걸 쓰면 이야기가 어떻게 어긋나는지 알아챌 수 있다. 룸와룸와가 누구 머릿속에 있는지도 파악할 수 있다.

그래, 좋다. 네가 원하는 대로 일대일 정면승부를 받아주지. 각자 가진 능력으로 최선을 다해 자신이 원하는 이야기를 만들어 간다. 네 목표는 나를 감옥에 집어넣는 거겠지만, 내 목표는 네놈의 방해를 무릅쓰고 《부산 느와르》를 멀쩡한 범죄소설로 끝맺는 것이다. 누가 이기나 해보자.

나는 크게 심호흡을 한 뒤 호면을 머리 위에 썼다. 그러고 나서 가만히 기다렸다. 하지만 전면의 폴리카보네이트에는 아무것도 나타나지 않았다. 대신 맞은편에 앉아 있는 안나 얼굴을 한 룲와룲와가 씨익 웃고 있는 모습이 보였다.

뭐야, 설마 장난쳤나?

"냐하하하하. 뭐가 그렇게 급해? 호면은 그렇게 쓰는 게 아니야. 적당히 뒤집어쓴다고 작동하는 게 아니라고."

안나의 외양을 한 룲와룲와가 자리에서 일어나 내 옆쪽으로 왔다.

뭐야? 왜 오는 거야?

"실제로 착용하는 것처럼 써야지 작동한다고. 고개 이쪽으로 돌려봐. 그렇지. 앞쪽에 턱이랑 이마 딱 대고."

안나는 그렇게 말하며 호면 앞부분을 잡고 내 뒤통수를 호면 안쪽으로 꾸욱 눌렀다.

으윽, 이런 식으로 복수하는 건가?

그런 생각이 드는 순간, 그제야 나는 카페 안의 사람들이 우리 모습을 흘끗흘끗 쳐다본다는 사실을 알아챘다. 커피 향과 빵 냄새가 가득한 카페 안에서, 멀쩡하게 생긴 여자 둘이 검도 호면을 쓰고 있는 것이다. 정확하게 말하면 쓰고 있는 사람은 나 하나뿐이지만.

하지만 안나의 모습을 한 룲와룲와는 주변의 시선 따위 개의치 않는 모습이었다.

"고개 움직이지 말고. 이렇게 바싹 붙인 다음에 호면 끈으로 꽉 묶어줘야 해. 그래야 네 머리 부분과 호면 안쪽 부분이 밀착해서 의식을 읽어낼 수 있으니까."

그렇게 말하더니 룲와룲와는 전면부 윗부분에 달린 두 개의 끈을 한 바퀴 감고 나서 바싹 졸라맸다.

"아야."

무심코 신음이 터져 나오고 말았다. 머리 옆면과 귀 쪽에 저릿한 통증이 느껴졌다.

이렇게 세게 묶는다고?

"좀 참아. 흔들리지 않도록 단단하게 고정시켜야 하니까."

몇 번이나 매듭을 꼼꼼히 묶은 뒤 이번에는 전면부 아래쪽에 있는 두 개의 끈을 이전과 마찬가지로 한 바퀴 돌린 뒤 꽉 졸라 맸다. 이번에도 귀 쪽과 턱 부위에 통증이 느껴졌다.

"자, 이 정도면 단단히 고정됐겠네."

룲와룲와는 호면을 슬쩍 흔들어보더니 다시 내 맞은편 자리에 가서 앉았다.

"그럼 이제 작동이 되는 건가?"

"음? 뭐가?"

"아까 네가 말한 거. 네가 어디에 있는지 찾을 수 있는 기능."

"내가 그렇게 말했었나? 냐하하하하."

안나의 목소리로 들리는 룸와룸와의 과장된 웃음소리를 듣는 순간, 오싹한 기운이 엄습했다. 나는 본능적으로 뒤통수에 묶인 매듭에 손을 갖다 댔다. 매듭은 나 혼자서는 풀기 어려울 정도로 단단히 묶여 있었다.

"지금 뭐 하자는 거야?"

"이제 네 스스로는 그 호면을 벗을 수 없을 거야."

나는 끈을 풀지 않은 채 호면을 벗어보려 했지만 워낙 단단하게 묶어둔 탓에 꿈쩍도 하지 않았다.

당황하지 말자. 당황하지 말자. 이건 그냥 호면일 뿐이다. 묶인 줄 따윈 나중에 가위로 잘라내면 된다.

"내가 그 호면을 씌운 이유가 뭐라고 생각해? 그 호면에 어떤 장치가 돼 있을 것 같아?"

그렇다. 문제는 그것이다. 평범해 보이는 검도용 호면을 머리에 씌운 이유가 뭘까. 단순히 머리에 압박감을 주기 위해서만은 아닐 것이다. 혹시 다른 특수한 기능이라도 있는 걸까? 하지만 만약 기능이 있다고 해도 내 두 손을 묶지 않는 이상 나는 언제든 가위를 빌려 이 호면을 벗을 수 있다. 호면은 무용지물이 된다. 룸와룸와도 그걸 모르진 않을 텐데.

"아까는 거짓말을 했는데, 그 호면에 어마어마한 과학기술 따윈 없어. 거기엔 그저 어떤 설정이 하나 들어가 있을 뿐."

어떤, 설정?

"그게 뭐지?"

"예나 지금이나 하나하나 일일이 다 가르쳐줘야 하는 건 변함이 없네."

옛날에 뭘 얼마나 그렇게 가르쳐줬다고 저런 소리를 하는지는 모르겠지만 나는 반박하지 않은 채 잠자코 있었다.

"그 호면을 쓰고 있으면 넌 더 이상 다른 인물 속으로 의식 이동을 할 수 없어."

의식 이동을 할 수 없다?

하지만 그게 뭐가 어때서. 이런 호면 따위 벗어버리면 그만이다. 카페 카운터에 가서 가위를 빌리면 지금 당장이라도 이 우스꽝스러운 호면을 벗어낼 수 있다.

"의외로 별로 놀라지 않은 모습이네?"

《부산 느와르》의 세계에 들어온 것 포함해서 불과 몇 시간 동안 놀라운 일을 너무 많이 겪었기 때문에 이 정도는 놀랄 일도 아니야. 그리고 내 두 손 두 발이 자유로운 이상 언제든 이까짓 것 벗을 수 있으니까."

나는 양손을 어깨높이까지 올리며 말했다.

"아, 그랬군. 두 손 두 발이 자유로웠지. 하지만 그 자유도 시간문제지."

이건 또 무슨 소리야.

"아, 마침 저기 사람이 오네."

룲와룲와는 그렇게 말하며 내 뒤쪽을 향해 한쪽 손을 들어 올리고 외쳤다.

"여기요, 여기에 범인이 있어요!"

주변 사람들이 웅성거리며 우리 쪽을 흘끔거렸다. 나는 고개를 돌려 안나가 손짓한 곳을 바라보았다. 여자 한 명이 앞장서고 그 뒤를 남자 한 명이 따르고 있었다.

낯익은 얼굴들. 불과 한두 시간 전, 크리스 속에 있을 때 봤던 사람들. 헬렌 심과 이름 모를 남자 경찰.

저 사람들이 왜 여기 있지? 지금 한창 크리스 심문하고 있어야 하는 거 아닌가?

근데 뭐? 여기에 범인이 있다?

헬렌 심은 우리 테이블 쪽으로 다가오더니 안나에게 살짝 목례한 후 내 쪽을 바라보며 바지 뒷주머니에서 경찰수첩을 꺼내 보였다.

"안녕하십니까. 경찰입니다. 제니퍼 씨 맞습니까?"

"맞는… 데요."

내 대답이 끝나기가 무섭게 헬렌 심은 영화나 TV에서 한두 번쯤 들어봤을 문구를 읊기 시작했다.

"제니퍼 씨. 귀하를 현 시각으로 형법 250조 1항 보통살인죄 위반 혐의로 체포합니다. 당신은 묵비권을 행사할 수 있으며, 당신이 한 발언은 법정에서 불리하게 사용될 수 있습니다. 당신은 변호인을 선임할 수 있으며, 변호인을 선임하지 못할 경우 국선변호인이 선임될 것입니다. 이 권리가 있음을 인지했습니까? 대답은 자유입니다."

뒤통수를 얼마나 심하게 맞으면 정신이 멍해져서 아무 말도 안 나오게 될까. 나는 뒤통수를 맞지 않았음에도 지금 상황이 도통 이해가 되지 않아 입을 벌린 채 얼빠진 사람처럼 있었다. 헬렌 심과 남자 경찰은 내가 얼이 빠져 있건 말건 자신이 해야 할 일을 한다는 듯 허리춤에서 수갑을 꺼내 내 팔목에 채웠다.

철컥. 철컥.

수갑 채워지는 소리가 들리자 잠시 외출했던 정신이 돌아왔고, 그제야 내 맞은편에 앉아 있던 안나 얼굴을 한 룲와룲와의 미소가 보였다. 아주 환한 미소였다. 오랫동안 꿈꿔온 일을 이룬 듯 환희에 찬 미소였다. 웃음기를 머금은 목소리로 룲와룲와가 말했다.

"어쩌나. 이제 두 손이 자유롭지 않게 됐네?"

나는 고개를 떨군 채 손목에 채워진 수갑을 바라보았다. 아주 차갑고 묵직한 느낌. 진짜 범죄자가 된 것 같은 기분이었다.

"가시죠."

헬렌 심이 내 팔을 살짝 끌어올리며 말했다. 경찰에게 붙잡히지 않으려 크리스에게서 빠져나와 제니퍼로 옮겨왔건만 결국엔 잡히고 말았다. 룲와룲와의 말대로 된 것이다.

— 네가 어떤 인물 속으로 들어가든 난 널 범인으로 만들어 감옥에 처넣을 수 있어.

호면을 쓰고 있으니 더 이상 다른 인물에게 의식 이동을 할 수도 없다. 룲와룲와가 거짓말을 해가며 내게 호면을 씌우려 한 데엔 이유가 있었다. 순진한 나는 룲와룲와의 거짓말에 속아버리고 말았고.

이제부터 시작일 것이다. 룲와룲와는 어떤 인물의 머릿속에 들어가 누군가에게 지시를 해뒀을 것이고, 창작자로서 이 세계에 어떤 설정을 했을 것이다. 감옥에 들어갈 때까진 절대 호면을 못 벗기게 한다든지. 감옥 자체가 외부로 의식 이동이 불가능한 장소라든지.

나는 힘이 빠진 채 두 경찰에게 양팔을 붙들려 일어났다. 주변에서 웅성거리는 소리가 더 커졌다. 핸드폰으로 사진 찍는 소리도 들렸다. 그나마 다행스러운 건 호면을 쓰고 있어서 자연스레 초상권이 보호된다는 점. 물론 제니퍼의 초상권이긴 하지만.

나는 두 경찰에게 붙들려 터덜터덜 걸어가며 생각했다. 이제 정말 끝인가. 더 이상 방법이 없나. 다른 인물로 이동할 수도 없으니 제니퍼로서 어떻게든 방법을 강구해야 하는데 아무런 아이디어도 떠오르지 않는다.

젠장! 나는 왜 룲와룲와의 말을 의심해보지 않았을까. 애초부터 날 감옥에 집어넣고 싶어서 안달 난 놈의 말을, 왜 곧이곧대로 믿어버린 채 이따위 호면에 갇히는 신세가 되었나. 어쨌거나 내 머릿속에서 태어났고, 나를 위해 《부산 느와르》를 쓰다가 파괴됐기 때문에, 룲와룲와에게 일말의 동정심 같은 게 남아 있었던 걸까.

모르겠다, 모르겠어. 이제 이야기가 룲와룲와가 원하는 대로 흘러간다면, 룲와룲와가 내 앞에 나타나는 일은 더 이상 없을지도 모른다. 그렇게 돼선 안 된다. 어떻게든 이야기를 내가 원하는 쪽으로 틀어서, 다시 한번 룲와룲와가 내 앞에 나타나도록 해야 한다. 그때는 내 쪽에서 먼저 한 방 먹여줄 것이다.

그 전에, 이 상황에서 벗어나야 한다. 제니퍼에게서 벗어나야 한다.

"저기요, 형사님. 이 호면이 너무 답답해서 그런데, 잠시만

벗겨줄 수 없을까요? 머리가 너무 아파서"

"그건 안 됩니다, 제니퍼 씨. 이 호면만은 꼭 씌우고 있어야한다는 상부 지시가 있었습니다." 헬렌 심이 말했다.

상부 지시가 아니라 룲와룲와의 지시였겠지. 호면을 벗지 않으면 의식 이동을 할 수 없는데. 호면을 벗어야 의식 이동을 할 수 있는데.

호면을 벗어야….

호면을….

아니, 잠깐.

왜 시도도 하지 않고 이런 생각에 사로잡혀 있지?

룲와룲와 때문이다. 룲와룲와가 호면을 쓰고 있으면 의식 이동을 할 수 없다고 말했기 때문이다. 나는 또다시 순진하게 룲와룲와의 말을 믿고 있었다.

— 나는 왜 룲와룲와의 말을 의심해보지 않았을까.

방금 내가 했던 생각이다. 이 세계에 속해 있기 때문에, 세계를 창조한 자의 말에 의심을 품지 않았던 것이다. 하지만 해보지 않고는 모를 일이다. 설령 그것이 이 세계를 창조한 자의 말이라고 한들, 직접 시도해보기 전엔 아무도 모를 일이다.

카페 밖으로 나온 나는 형사들의 손에 이끌려 자가용 뒷좌석에 탑승했다. 헬렌 심이 운전석에 앉았고, 남자 형사가 내 옆자리에 앉았다. 나는 등받이에 몸을 기댄 채 눈을 감았다.

해보자. 아무것도 해보지 않은 채 실망하고 낙담하는 건 너무 바보 같은 짓 아닌가. 해보자. 해보고 나서 실망해도 아무 문제 없지 않나.

나는 머릿속으로 《부산 느와르》에 나온 인물들을 떠올렸다. 크리스, 켄싱턴, 미첼, 제이슨, 매튜, 로버트, 데이브, 안나.

안나 안에 있던 룸와룸와는 다시 원래 있던 곳으로 돌아갔을까. 그렇다면 안나는 정신을 잃은 채 카페 테이블에 엎어져 있을까.

누가 좋을까. 누구에게 의식 이동을 하는 게 가장 좋을까.

역시 지금 상황에선 미첼이 최선이겠지. 도대체 어디서 무엇을 하고 있기에 여태 연락 두절 상태인지 알아봐야 한다. 설마, 벌써 죽진 않았겠지. 그래, 멀쩡히 살아 있을 거야. 무엇보다 내가, 이 세계를 새로 창조하고 있는 내가 그렇게 원하고 있으니.

헬렌 심이 운전하는 자동차가 움직이기 시작했다. 나는 미첼을 떠올렸다. 퇴소하는 날 켄싱턴에게 "이제 진짜 약 같은 거 하지 마라."라고 말하던 미첼을 떠올렸다. "반복되는 지루한 일상이 모든 것을 야기하나니."라고 말하던 미첼을 떠올렸다.

나는 미첼이다.

나는 미첼이다.

나는 미첼이다.

그렇게 생각하며 한동안 앉아 있었으나 시트의 촉감에 별다른 변화가 없다.

실패했나. 룸와룸와의 말대로 호면을 쓰고 있기 때문에 의식 이동이 불가능해졌나.

하지만 감고 있는 눈 밖으로 느껴지는 빛의 양이 확연히 줄었다. 마치 터널 안으로 들어간 차에 타고 있기라도 한 듯. 그러고 보니 차의 진동도 사라졌다. 조금 전까지 움직이고 있었는데, 자동차가 정지해 있었다. 시동이 꺼진 상태였다.

나는 천천히 눈을 떴다. 눈앞에 보이는 차 전면 유리, 차창 밖으로 보이는 어두운 공간. 주위를 둘러보았다. 실내 주차장처럼 보였다. 나는 뒷좌석이 아니라 운전석에 앉아 있었다.

뭐지? 성공했나?

다급히 룸미러를 조정해 얼굴을 비췄다. 미첼이었다. 《부산 느와르》를 쓰며 떠올렸던 바로 그 얼굴. 미첼의 얼굴을 한 내가 잔뜩 들뜬 표정을 짓고 있었다.

됐다! 됐어!

의식 이동 성공!

나는 곧장 핸드폰 거치대에 올려둔 핸드폰 잠금장치를 해제하고 지도 앱을 통해 현재 위치를 확인했다. 지도는 내가 이미 한 번 다녀왔던 곳, 그러니까 미첼과 켄싱턴이 살고 있는 아파트를 보여주고 있었다.

미첼이 다시 집으로 돌아왔다고? 이렇게 뜬금없이?

최근 통화 목록을 확인해보니 켄싱턴, 크리스, 제니퍼의 이름이 차례로 보였다. 시간대로 미루어 짐작해보면, 미첼이 제니퍼와 통화한 시각은 내가 크리스일 때였던 것 같았다. 제니퍼에게 의식 이동을 했을 때는 제니퍼의 핸드폰 통화 목록에 이미 미첼과 통화한 기록이 남아 있지 않았고. 미첼이 크리스와 통화하지 못한 이유는, 내가 빠져나간 이후 크리스가 잠시 기절해 있던 상황이었기 때문일 것이다. 아니면 경찰들에게 심문을 받고 있는 상황이었거나. 어쩌면 핸드폰이 무음 모드로 설정돼 있었을지도 모른다. 마지막으로, 미첼은 불과 몇십

분 전에 켄싱턴과 통화를 했다. 1분 1초. 간단히 생사 여부만 확인하고 자세한 이야기는 집으로 가서 하겠다고 끊었으리라. 그리하여 미첼은 현재 자기 아파트 지하 주차장에 도착한 상황으로 보인다.

무심코 손을 올려 머리를 만져보았다. 호면은 없었다. 호면을 쓰고 있지 않은 게 당연한 사실임에도 왠지 모르게 안심이 되었다. 호면을 쓰고 있다고 해서 갑자기 의식 이동이 불가능해질 리는 없다. 룳와룳와가 아무리 이 세계의 창조자라고 한들, 그런 터무니없는 물건을 만들어낼 수는 없다. 그런 설정을 억지로 삽입할 수는 없다.

…….

아닌가?

작가는 어떤 설정이든 이야기에 끼워 넣을 수 있다. 그것이 너무 터무니없는 내용이라면 독자에게 지탄을 받을 수도 있겠지만, 그렇다고 불가능한 것도 아니다. 그리고 어떤 독자들은 그런 터무니없는 내용을 좋아하기도 한다.

멀쩡한 탐정소설인 줄 알고 읽었는데 갑자기 외계인이 용의자로 등장한다든지.

멀쩡한 본격 추리소설인 줄 알고 읽었는데 갑자기 좀비 떼가 우르르 출현한다든지.

멀쩡한 느와르 소설인 줄 알고 읽었는데 갑자기 주인공이 캐릭터 속으로 의식 이동을 한다든지, 그걸 가로막는 호면이 나타난다든지.

애초에 어떤 인물의 머릿속에 다른 누군가의 의식이 들어간다는 것 자체가 터무니없는 내용이다. 내 의식이 미첼의 머릿속에 들어와 있는 동안 미첼의 의식은 어디로 가 있는가. 하긴, 타인의 의식을 들여다볼 수 있는 인물이 나오는 SF 소설도 있긴 있다.

그렇다면 《부산 느와르》는 룹와룹와의 말처럼 어느새 범죄 소설에서 SF 소설로 장르가 바뀐 셈인가. 하지만 AI도 나오지 않고 외계인도 나오지 않고 최첨단 과학기술도 나오지 않고 배경이 우주도 아닌 《부산 느와르》를 SF라 인식하고 읽는 독자가 얼마나 있겠는가.

원래 《부산 느와르》의 화자이자 주인공은 켄싱턴이다. 켄싱턴의 시점에서 보면, 크리스가 된 내가 제니퍼와 만나고 로버트와 만났다가, 다시 제니퍼로 의식 이동을 한 뒤 안나를 만났다가, 다시 미첼에게 의식 이동을 하기까지의 모든 과정을 알 수는 없다. 독자 역시 마찬가지다. 켄싱턴의 시점으로만 《부산 느와르》를 본다면, 인물들 속으로 다른 누군가의 의식이 들어가고 이동하는 과정을 알 수 없다. 상상할 수도 없다. 그러므로 《부산 느와르》를 SF라고 인식하는 독자는 없을 것이다. 《부산 느와르》는 여전히 느와르 소설이고, 범죄소설이다.

다시 룹와룹와에 대해 생각해보자. 아까 안나에게 의식 이동을 한 룹와룹와는, 《부산 느와르》가 SF였냐는 내 질문에 처음부터 장르를 정해둔 건 아니라고, 그렇게 보면 그렇게 볼 수도 있다고 답했다. 내가 좀 더 추궁하자 "정 맘에 걸리면 지금이 근미래라고 생각하든지."라고 얼렁뚱땅 대꾸했고.

그래, 룹와룹와는 얼렁뚱땅 대꾸했다. 마치 이 세계가 어떻게 되든 자기는 알 바 아니라고 생각한 사람처럼. 이 세계는 더이상 자신의 통제하에 있지 않다는 것을 시인하기라도 한 사람처럼.

혹시 룲와룲와의 마지막 말에는 이런 의미가 담겨 있는 게 아닐까. 《부산 느와르》의 세계는 더 이상 내가 마음대로 컨트롤할 수 없다. 이제부터는 네가 하고 싶은 대로 해라. 네 마음먹기에 달려 있다. 네가 근미래라고 생각하면 이 세계는 언제든 근미래가 될 수 있다.

나에게 호면을 씌우며 더 이상 의식 이동을 할 수 없다는 터무니없는 거짓말을 한 것도 간단한 이유 때문이다. 의식 이동을 가로막는 호면 같은 설정을, 본인 힘으로는 이야기 속에 삽입할 수 없기 때문이다. 할 수 있었다면 실제로 했을 것이다.

룲와룲와는 더 이상 이 세계를 새로 창조하거나 이야기를 직접 바꿀 힘이 없다. 그 역할은 온전히 나에게로 넘어온 것이다. 내가 현실 세계에서 《부산 느와르》를 이어 쓰기 시작한 순간부터.

이 세계에서 룲와룲와가 가진 두 가지 특별한 능력 중 하나는, 인물들 속으로 의식 이동을 하며 다른 인물들에게 명령하고 지시하는 것이겠지. 평소에 룲와룲와의 의식은 권력을 가진 인물 속에 있을 가능성이 크다. 이를테면 국회의원 매튜 같은. 나머지 하나의 능력은 내가 갖지 못한 것. 바로 내가 어떤 인물 속에 들어 있는지 알아맞히는 능력이다. 룲와룲와는 내가 어떤 인물에게 의식 이동을 했는지 간파하고, 그 인물과 대화하는 상대 인물에게 의식 이동을 해온다. 내가 크리스였을 땐 함께 있던 켄싱턴에게 왔고, 제니퍼였을 땐 맞은편에 있던 안나에게 왔다.

어떻게 이것이 가능한가. 또한 왜 매번 조금씩 시간이 지나서 나타나는가.

그리고 또 이상한 점.

내가 크리스였을 때, 켄싱턴이던 룲와룲와는 크리스의 자동차 글러브박스에서 《부산 느와르》가 프린트된 A4 용지를 꺼냈다. 룲와룲와를 지우고 생각해보면, 그 프린트 용지는 크리스가 갖고 있던 셈이 된다. 《부산 느와르》 속 인물인 크리스가, 자신의 승용차 글러브박스에 《부산 느와르》가 인쇄된 용지를 가지고 있다는 이야기다. 말이 안 되는 소리다. 어떻게 소설 속 캐릭터가 자신의 이야기가 쓰여 있는 소설의 인쇄용지를 가지고 있을 수 있단 말인가. 그러니 그 용지는 룲와룲와가 직접 준비했다는 말이 된다. 이야기를 직접 컨트롤할 수 없는 게 분명한 것 같은데, 그 프린트 용지는 어떻게 준비했을까.

이상한 점은 그것만이 아니다. 안나에게 의식 이동을 했을 때, 룲와룲와는 앉아 있던 의자 아래쪽에서 호면을 집어 올렸다. 그 호면은 어디서 왔는가. 안나가 직접 호면을 가져올 리는 없지 않은가. 결국 그것 역시 룲와룲와가 직접 준비했다는 말이 된다.

하지만 룲와룲와가 소설 속에서 그걸 만들어낼 수 있는 능력은 없다. 그럼 안나가 가져왔다는 말이 되는데….

의문스럽기 짝이 없는 두 가지 아이템. 《부산 느와르》가 인쇄된 A4 용지. 그리고 호면. 룲와룲와는 과연 어떤 트릭을 이용해 이 두 가지를 소설 속 세계 안으로 가져올 수 있었나.

……

모르겠다.

여기서 이러고 있어봤자 뾰족한 해답이 떠오를 것 같지도 않다. 우선 켄싱턴을 만나 《부산 느와르》 사건이 어떻게 전개되고 있는지 알아봐야 한다.

켄싱턴을 만나서?

켄싱턴이 알고 있는 게 뭐가 있다고.

지금 사건의 키는 미첼이 쥐고 있다. 지난밤에 어디서 무얼 했는지는 미첼 본인만 알고 있을 것이다. 분명 《부산 느와르》의 사건 전개에 결정적인 역할을 할 이야기이리라. 그렇다면 나는 다시 켄싱턴에게 의식 이동을 해서, 미첼이 하는 이야기를 듣는 입장이 되는 편이 낫다. 미첼의 이야기를 들으며 사건을 정리해봐야 한다.

문제는 륢와륢와. 당장 발견하지는 못하겠지만 오래지 않아 내가 있는 곳을 찾아낼 것이다. 이전과 마찬가지로 한창 대화를 나누던 중 미첼에게 의식 이동을 하겠지. 다시 한번 경찰을 불러 켄싱턴을 잡아들이려 할 것이다. 막아야 한다. 륢와륢와의 의식 이동을 막을 방법을 생각해야 한다. 하지만 어떤 수를 써서?

……

맞아! 그 방법이 있구나!

근데 될까?

나는 쓰고 있던 검은색 캡모자를 벗어들고 가만히 바라보왔다.

이게 정말 될까? 이렇게 해도 되나?

그렇지만 다른 방법은 떠오르지 않는다.

룸와룸와가 하고 싶었지만 할 수 없었던 그것. 의식 이동을 막는 설정을, 이 모자에 부여하는 것이다.

"이 모자는 의식 이동을 차단하는 성능이 있다."

이렇게 말하면 되는 건가.

"이 모자를 쓰고 있으면 그 누구라도 모자를 쓰고 있는 사람에게 의식 이동을 할 수 없고, 모자를 쓰고 있는 사람 역시 다른 누군가에게 의식 이동을 할 수 없다."

이게 정말 될까?

결과는 나중에 두고 보기로 하자. 우선은 지금 최선이라고 생각하는 일을 하는 수밖에.

나는 모자를 무릎 위에 올려둔 채 모자를 만지작거렸다.

이제부턴 미첼에게 맡겨두는 수밖에 없다. 내가 빠져나간 뒤 정신을 차린 미첼은 무릎 위에 올려둔 모자를 본능적으로 쓸 것이다. 이 모자가 부디 미첼의 의식을 지켜주길.

자, 그럼 켄싱턴에게 넘어가자.

나는 이전과 마찬가지로 눈을 감은 채 의자에 기대 켄싱턴의 목소리를 떠올렸다.

"그럼 우리 형이 지금 어디에 있는지는 아직 확인이 안 된 겁니까?"라고 묻던 켄싱턴의 목소리.

"앞으로 전 어떻게 하면 됩니까?"라고 묻던 켄싱턴의 목소리.

잠시 후 눈을 뜨자, 손에 든 핸드폰이 가장 먼저 보였다. 나는 소파에 앉아 있었다. 고개를 들어 보니 눈앞에 꺼진 텔레비전이 보였고, 꺼진 텔레비전의 검은색 화면 속에, 켄싱턴의 얼굴이 비쳐 보였다. 벌써 몇 시간 전, 크리스의 눈을 통해 보았던 바로 그 켄싱턴의 얼굴이었다.

〔 **15** 〕

초특급 부산 느와르

켄싱턴은 소파에서 일어나 거실을 왔다 갔다 하며 미첼이 오기만을 초조하게 기다렸다.

당연히 모자를 쓰고 오겠지?

모자에 의식 이동을 막는 설정이 제대로 작동하고 있겠지?

15분쯤 지난 후 삐리릭, 하며 도어락이 열리는 소리가 났다. 켄싱턴은 잽싸게 현관 쪽으로 달려 나갔다. 미첼은 검은색 캡모자를 머리에 쓰고 있었다.

좋았어!

"미치!"

"어."

"왜 이제야 와? 지금까지 어디서 뭐 하고 있었어?"

"밤을 새워서 피곤했나. 주차장에 차 대고 깜빡 잠들었네. 나이 먹어서 그런가."

"그게 아니라, 간밤에 어디서 뭐 하고 있었냐고? 뭐 하고 있느라 전화도 안 받고."

신발을 벗고 집 안으로 들어온 미첼은 켄싱턴의 질문에 이렇게 되받아쳤다.

"근데 니 말투가 왜 그렇노?"

"내 말투?"

"갑자기 서울말을 쓰노, 오글거리게."

"……하하하. 그게… 어… 그… 벤저민이라고… 저번에 말한 친구가… 하도 서울말을 써서… 옮았나…?"

"……."

"많이… 이상해? 이상하나?"

"말을 하는 건지 줄이는 건지 모르겠네."

그렇게 말하며 미첼은 검은색 캡모자를 벗어 소파에 던지려고 했다. 그 순간 켄싱턴이 미첼의 손목을 잡으며 모자를 다시 미첼의 머리에 씌웠다.

"뭐, 뭐고?"

"미치, 이유 같은 거 묻지 말고 내 부탁 딱 하나만 들어줘. 앞으로 1시간만 그 모자 계속 쓰고 있어줘."

"집에서 계속 모자를 쓰고 있으라고? 뭐 하러?"

"그러니까, 이유는 묻지 말고. 어려운 일 아니잖아. 딱 1시간만. 동생 부탁 좀 들어주라."

미첼은 잠시 켄싱턴의 진지한 얼굴을 바라보았다.

"알았다. 근데 니 좀 변한 거 같네?"

"내가?"

"니 원래 뭐 부탁하고 그런 타입 아니잖아. 갑자기 서울말도 술술 잘하고. 연애를 해서 그런가."

"하하하. 나이 들면서 사람이 조금씩 바뀌기도 하고 그렇지."

"진짜 서울 사람처럼 말하네. 난 서울에서 몇 년이나 살아도 서울말 못 쓰겠던데."

"하하하. 그거야 사람에 따라… 아니, 지금 우리가 이런 얘기 하고 있을 때가 아니지. 간밤에 어디에 있느라 연락이 안 됐어?"

미첼은 냉장고에서 캔맥주 두 캔을 꺼내 식탁에 앉았다.

"오전에 크리스 만났제?"

"만났지."

"아버지 일에 대해서도 얘기 들었겠네."

"듣긴 했는데 끝까지 듣진 못했고. 갑자기 일이 생겼는지 누굴 만나러 가봐야 한다고 해서." 켄싱턴이 적당히 둘러댔다.

"애초에 제니퍼에게 말하는 편이 나았으려나. 아이다, 크리스랑 만나게 하는 것 자체가 목적이었으니까."

미첼은 잠시 혼잣말을 하는 것처럼 중얼거리더니 캔맥주를 몇 모금 들이켜고 나서 켄싱턴을 바라보았다.

"니한텐 좀 충격적인 이야기일지도 모르겠는데, 어차피 다 알게 될 내용이니까 미리 말해두는 것도 나쁘지 않겠지."

이번에는 켄싱턴이 식탁 위에 있던 캔맥주를 한 모금 들이켰다.

"간밤에… 제이슨 뒤를 밟고 있었다."

미첼의 이야기를 들은 켄싱턴의 눈이 똥그래졌다.

"제이슨이라고?"

"그래, 니한테 마약 소지 혐의 떠넘긴 새끼."

"제이슨이, 살아 있었어?"

"살아 있다니? 그게 무슨 소리고. 당연히 살아 있지."

"아니, 그게 아니라…."

"왜? 누가 제이슨이 죽었다는 말이라도 했나?"

"그것 때문에 형사들이 막 잡아가려 했었는데."

"형사들이? 형사들이 집까지 찾아왔다고?"

"아니, 아니. 그게 아니라, 크리스가, 그럴 수도 있다고 하더라고."

"크리스가 제이슨이 죽었다고 했나?"

"어… 크리스한테도 들었고, 처음 들은 건 안나한테."

"안나? 니 여자친구? 안나는 그 얘길 누구한테… 아, 그 집에서 일한다고 했었제."

"근데 안나도 모르는 번호로 문자메시지를 받았다고 하더라고."

"모르는 번호라고? 나 참, 제이슨 미행하고 있는 동안 무슨 일이 있었던 거고."

"제이슨은 왜 미행했던 건데?"

"크리스가… 아, 크리스가 원래 매튜 쪽 사람이었다는 얘기는 들었나?"

"원래 매튜 쪽 사람이라니?"

"거기까진 얘기 안 했나 보네. 매튜가 제이슨의 아버지고 국회의원이었단 얘기는 들었제?"

"그건 안나한테 들어서 알고 있어."

"원래 매튜 쪽 사람이었는데, 일종의 스파이 역할로 나한테 접근했다가, 서로 가까워지게 되면서 어느 날 그 사실을 털어놓더라고. 날 감시하는 역할로 접근했다고, 근데 죄책감 때문에 도저히 계속 못 하겠다고."

"크리스가 그런… 그래서?"

"처음 그 얘기 들었을 땐 완전 멘붕이었는데, 배신감도 엄청 느꼈는데, 크리스가 진심으로 사과하면서 차라리 이중 스파이를 해보겠다고 먼저 제안하더라고."

"먼저 제안했다고? 이중 스파이를?"

"무슨 첩보영화 찍는 것도 아니고. 암튼 그래서 내 쪽 정보도 적당히 넘겨주면서, 매튜 쪽 정보도 제법 넘겨받을 수 있게 됐거든."

"크리스가 하는 말을 믿을 수 있었어?"

"아니. 그래서 계속 의심했지. 믿는 척하면서 계속 의심했지. 의심하는 척하면서 계속 믿었고."

미첼은 거기까지 말하고 나서 식탁 위에 있는 캔맥주를 다시 들이켰다. 켄싱턴은 미첼을 바라보며 제니퍼가 했던 말을 떠올렸다.

— 미첼 말이 맞았어(…) 당신이야말로 제이슨 쪽 스파이 같다고.

제니퍼가 크리스에게 했던 말이었다. 하지만 지금 미첼의 말을 들어보면, 미첼은 애초에 크리스가 미첼 쪽 스파이라는 사실을 알고 있었고, 그걸 역이용해서 이중 스파이 역할까지 하게 했던 것이다.

"지지난 밤에 치맥 하다가 갑자기 나간 것도, 크리스가 제이슨 쪽 움직임이 심상치 않다는 연락이 와서고."

"지지난 밤… 아."

"그때, 제이슨이 불법 총기를 반입했다는 정보를 얻었거든."

미첼의 말에 켄싱턴이 아! 하는 탄성을 내지르며 주먹으로 테이블을 쾅, 내리쳤다.

"갑자기 왜 그라노?" 미첼이 깜짝 놀라며 물었다.

"아, 아니. 잠시만."

켄싱턴은 자리에서 일어나 곧장 방으로 들어가더니 검정 007 가방을 가지고 나왔다.

"그게 뭐고?" 미첼이 말했다.

대답 대신 켄싱턴은 가방을 열었고, 가방 안엔 제이슨에게 받은 제리코 941이 얌전히 자기 자리를 지키고 있었다. 미첼의 얼굴에 굴곡이 졌다.

"이걸 네가 왜 갖고 있는데?"

켄싱턴은 007 가방을 닫고 테이블 한쪽에 치워둔 뒤, 어제 있었던 일, 그러니까 제이슨과 만나 총을 건네받기까지의 일들을 요약해서 이야기했다.

"알면 알수록 진짜 쓰레기 새끼네, 매튜 이 새끼."

"매튜가? 제이슨이 아니라?"

"제이슨도 쓰레기긴 하지만, 따지고 보면 매튜한테 이용당한 처지니까.”

“제이슨이 이용당했다고?”

“제이슨이 입양아들이란 건 알고 있나?”

켄싱턴은 살짝 입을 벌린 채 천천히 고개를 가로저었다.

“크리스한테 못 들었나 보네. 아무튼 제이슨은 입양아들이다. 피 섞인 아들은 따로 있고.”

“잠깐만, 잠깐만. 제이슨이 입양한 아들이라고? 벤지가 아니라?”

“어? 알고 있네?”

“뭐를 알아?”

“숨겨둔 아들이 벤저민이다. 접때 네가 말했던, 서면에서 치과 한다는 친구.”

아아, 라고 한숨 섞인 신음을 내뱉으며 켄싱턴은 테이블 위에 있는 캔맥주를 몇 모금 들이켰다.

“벤저민이 입양아들인 줄 알았나?” 미첼이 물었다.

“어… 벤지가 배다른 아들이라고 생각했는데.”

“그것까진 조사 못 했는데. 배다른 아들이라… 그럴 가능성도 있겠네. 우리는 제이슨이 입양아들이라는 사실까지만 확인했거든.”

미첼은 그렇게 말하고 나서 자리에서 일어나 냉장고에서 캔맥주 두 개를 더 꺼냈다.

“뭐 씹을 건 없어?” 켄싱턴이 물었다.

“야, 네가 나보다 집에 더 오래 있으면서, 그런 건 네가 더 잘 알아야지.”

미첼은 캔맥주 두 개를 테이블 위에 올려두고 부엌 상부장에서 견과류 팩을 가져와 뜯었다. 둘은 캔맥주를 따서 건배하고 몇 모금 마셨다.

켄싱턴이 먼저 입을 뗐다.

"그래서, 제이슨은 지금 어디에서 뭘 하고 있어?"

"지금 경북 쪽에 있는 산속 별장에 짱박혀 있다."

"경북? 별장?"

"그런 곳에 별장을 구해뒀더라고."

"혼자?"

"거기서 가끔 기사 일 해주는 브래드라는 중장년 남자가 있는데, 그 사람이랑 같이."

"브래드? 들어본 적 있는 이름인데."

"안나한테 들었나 보네."

"안나가 말했나? 아닌데, 안나가 아니라… 브래드… 아, 맞아! 켄싱턴이 일 시작하기 전에 근무했던 야간 경비원."

"켄싱턴이 일 시작하기 전에?"

"어, 켄싱턴이 일 시작하기… 아니, 내가 일 시작하기 전에."

미첼이 켄싱턴을 빤히 바라보며 고개를 갸웃거렸다.

"니 오늘 좀 많이 이상하네. 계속 서울말을 쓰질 않나, 애도 아니고 자기 이름을 아무렇지도 않게 부르질 않나. 겉모습만 켄싱턴이고 속은 딴 사람인 것 같기도 하고."

"그게 무슨 소리야, 하하. 사람이 살다 보면 실수를 할 때도 있고… 아, 맞아. 사실 나 간밤에 일이 좀 있었어."

"무슨 일?"

"아니, 그 전에, 간밤에 나한테 메시지는 왜 보냈어? '문자 확인하는 대로 전화할 것.'"

"제이슨도 어딘가로 가고 있고, 매튜 쪽에서 본격적으로 움직임이 있는 것 같아서. 왠지 낌새가 안 좋았거든. 조심하라고 말하려고. 그것 때문에 크리스한테 연락해서 너 만나라고 했던 건데. 근데 니는 간밤에 무슨 일 있었노?"

켄싱턴은 테이블 한쪽에 있는 007 가방 쪽으로 잠시 시선을 돌렸다가 다시 미첼 쪽을 바라보며 총기를 건네받은 후 벌어진 일에 대해 간략히 이야기했다.

"이상하네. 그냥 흡입마취만 시키고 나서 얌전히 집에 데려다줬다고?" 미첼이 물었다.

"지금까진 그런 것 같은데."

"뭐 달라진 건 없고? 총기가 바뀌었다든지. 아니면 실탄이 없어졌다든지."

"아!" 켄싱턴은 007 가방을 열어 내부를 확인했고, 그제야 가방 안에서 사라진 것이 무엇인지 깨달았다. "실탄이 없구나."

"아무 이유도 없이 마취시킬 리가 없지. 근데 실탄이 없어졌다…. 원래 몇 발 있었는지는 기억나나?"

"아니, 제대로 세어보지 않아서."

"그 집에서 뭔가 심상찮은 일이 벌어지긴 벌어졌나 보네. 그래서 크리스가 형사한테 잡혀갈 수도 있단 말을 한 것 같고."

"크리스한텐 연락 없었고?"

"아까 전화해봤는데 안 받더라고. 부재중 통화 확인하면 연락하겠지."

"제이슨은 계속 산속 별장에 짱박혀 있는 거야?"

"지금까지 확인한 바로는."

"따로 찾아온 사람도 없고?"

"내가 지켜봤을 때까진. 내 핸드폰이 구려서 그런지 아니면 통신사 문제인지 핸드폰도 잘 안 터지고, 인터넷도 당연히 안 되고, 누가 찾아올 것 같은 낌새도 없고. 계속 지켜보고만 있을 순 없어서 돌아오긴 했는데, 그사이에 이상한 일이 많이 일어났네."

켄싱턴은 "그러게."라고 하더니 잠시 후 "미치, 나 잠깐 화장실 좀 다녀올게."라고 말하며 자리에서 일어났다.

켄싱턴은 화장실 안으로 들어가 문을 잠갔고, 좌변기 뚜껑을 덮은 채 그 위에 걸터앉아 혼잣말을 했다.

"미첼의 이야기를 들으면 의문이 어느 정도 해소될 줄 알았는데, 정작 중요한 의문은 하나도 해결되지 않았어."

잠시 변기 뚜껑에 앉아 생각에 잠겨 있던 켄싱턴은 다시 일어나더니 거울을 바라보았다. 거울에 비친 켄싱턴의 얼굴을 보며, 나는 이렇게 생각했다.

제이슨은 살아 있어. 산속에 짱박힌 채. 마치 죽은 사람처럼 조용히.

그럼 제이슨의 집에서 죽은 사람은 누구일까.

룸와룸와는 도대체 어디까지 일을 꾸며놓았을까.

매튜는 어디까지 알고 어디까지 모르는 걸까.

356

어쩌면 《부산 느와르》의 진상은 이미 룗와룗와는 물론 나의 손에서도 벗어나버린 곳에 있는 게 아닐까.

〔 **16** 〕

초특급 부산 느와르 미스터리

나는 거울에 비친 켄싱턴의 얼굴을 보며 생각했다.

제이슨은 살아 있어. 산속에 짱박힌 채, 마치 죽은 사람처럼 조용히. 그럼 제이슨의 집에서 죽은 사람은 누구일까. 누군가 죽은 게 분명한데, 그게 누구인지도, 어떤 이유로 죽었는지도 지금으로선 알 수 없어. 룲와룲와는 알고 있을까. 룲와룲와는 도대체 어디까지 일을 꾸며놓았을까. 어쩌면 룲와룲와도 구상하지 않은 일이 벌어지고 있는 건 아닐까. 매튜는 어디까지 알고 어디까지 모르는 걸까. 아니, 내 예상대로라면 매튜와 룲와룲와는 사실상 동일 인물이라고 봐야 하는 게 맞는데….

어쩌면 《부산 느와르》의 진상은 이미 룲와룲와는 물론 나의 손에서도 벗어난 곳에 있는지도 몰라. 원래 내 구상대로라면 벤저민이 매튜의 혼외 아들이고 제이슨이 친아들이어야 해. 하지만 실제로는 그 반대이고 제이슨은 그냥 입양아들이야. 몇 시간째 소설 속에서 캐릭터로 살다 보니 창작자로서의 에너지는 사라지고 그저 이야기가 흘러가는 대로 휩쓸려 가고 있는 게 아닐까.

처음에 크리스에게 의식 이동을 했을 때, 나는 눈앞의 화장실 문을 벽으로 바꿀 수도 있었고, 짧은 복도를 미로처럼 길게 늘일 수도 있었어. 켄싱턴의 행동도 미약하나마 컨트롤할 수 있었어. 하지만 더 이상은 아니야. 어째서 사람들을 만날 때마다 새로운 의문점이 생길까. 미첼을 만나면 사건의 궁금증이 대부분 해소되고 범인을 확정할 수 있으리라 생각했는데. 미첼과의 대화가 끝나면 또 다른 인물을 만나봐야 해. 심지어 아직 아버지의 죽음에 얽힌 비밀은 듣지도 못했어. 크리스에게 들어서 이미 알고 있다고 생각하는 걸까. 아니면 아직 결정적인 단서를 찾지 못했나. 이번엔 제이슨에게 의식 이동을 해야 할까.

아니야. 그보다는 제이슨과 같이 있는 브래드에게 의식 이동을 하는 편이 낫겠지. 켄싱턴의 선임 야간 경비원으로 잠깐 등장하고 사라진 줄 알았던 브래드. 하지만 제이슨이 브래드에게 자초지종을 설명할 이유도 없고 그럴 마음도 없을 거야. 제이슨은 분명히 뭔가 알고 있어. 자기 집에서 누군가 죽었고, 그 일 때문에 핸드폰 통화도 잘 안 터지는 산속 별장에 숨어있는 거야.

설마 제이슨이 누군가를 죽였나?

그건 아닌 것 같아. 제이슨은 술 마시고 마약이나 하는 찌질하고 쓰레기 같은 인간이지, 누굴 해할 만한 놈은 아니니까.

딱히 원한을 갖고 있는 사람도 없는 것 같고. 다른 것보다 제이슨이 누군가를 죽였다고 가정하면 앞뒤가 안 맞아. 켄싱턴을 굳이 흡입마취시킬 이유도 없잖아. 그사이에 실탄만 빼내갈 이유도 없고. 분명 제이슨이 모르는 사이, 제이슨보다 윗선의 사람이 꼼꼼하게 계획한 일이야.

매튜겠지.

매튜 혹은 룖와룖와가 구린 일을 벌인 게 틀림없어.

하지만 그렇게 생각해도 석연치 않은 부분이 있어. 제이슨 살인 사건과 살아 있는 제이슨 사이엔 어떤 관계가 있는 건가. 제이슨이 살해됐다는 이야기가 나온 이유는 무엇이고 제이슨이 숨어야 하는 이유는 무엇인가.

……

젠장!

왜 내가 구상하지도 않은 소설 때문에 골머리를 앓아야 하는지 모르겠다. 그 전엔 내가 집필하지도 않은 소설을 이어 쓰느라 골치가 아팠고. 그보다 더 전엔 소설이 안 쓰여서….

젠장! 젠장!

이게 다 룖와룖와 때문이야.

젠장! 젠장! 젠장!

차라리 룖와룖와를 불러들여서 사건의 자초지종을 물어보는 편이 나을까.

아니구나. 룖와룖와는 더 이상 《부산 느와르》의 구상에 관여할 수 없지. 과거에는 그랬을지도 모르지만, 내 무의식에서 소설 속 세계로 이동한 이후부턴, 그러니까 내가 본격적으로 집필하고 나서부턴 그럴 수 없게 됐어.

아버지의 죽음에 얽힌 비밀에 대해서도 분명 룒와룒와가 구상했던 내용이 있을 거야. 하지만 이야기가 이미 많이 뒤엉켰고, 원래 내용 또한 현재로선 큰 의미를 갖지 않겠지.

무심결에 또 룒와룒와에게 의지하려 했다. 시작이 잘못됐기 때문이다. 애초에 룒와룒와에게 부탁하고 의지해서 탄생한 작품이니까. 하지만 분명 바꿀 수 있다. 시작이 잘못됐다고 한들, 내 의지로, 나의 강철 같은 의지로, 올바른 방향으로, 내가 원하는 방향으로 바꿀 수 있다.

나는 좌변기 뚜껑을 열고 소변을 보고 물을 내리고 세면대 앞에서 비누칠을 하고 손을 씻었다. 세수도 했다. 세면대 반대편 벽에 걸린 수건으로 얼굴을 닦고 손을 닦고 다시 세면대 쪽 거울을 바라보았다.

이야기가 이미 자기만의 구동력에 의해 흘러가고 있는 이상, 직접 발로 뛰며, 사람들 머릿속으로 의식 이동을 하면서, 단서를 모으고 사건을 재구성해보는 수밖에 없다. 자, 이제 밖으로 나가자. 미첼에게 들을 수 있는 이야기를 최대한 들어보자.

나는 화장실 문을 열고 복도를 걸어가 주방 쪽으로 다가갔다. 주방 식탁에선 미첼이 캡모자를 벗은 채 환히 웃고 있었다. 다분히 보여주기 위한 과장된 미소. 얼굴은 바뀌었지만 낯익은 미소. 한 손에는 제리코 941을 쥔 채로. 총구는 정확히 나를 향하고 있었다.

씨발, 생각대로 되는 게 하나도 없네.

"거기서 똥 씹은 표정 하고 있지 말고, 어서 여기 앉아."

미첼의 얼굴을 한 룙와룙와가 총구를 까딱까딱 움직여 맞은편 의자를 가리켰다.

"이번엔 나도 한 방 먹었어. 설마 이런 조잡한 테크닉을 써서 의식 이동을 막을 생각을 하다니. 미첼이 모자를 안 벗었으면 계속 못 올 뻔했잖아. 호면에서 힌트를 얻었나? 어쨌거나, 너도 이제 좀 하는구나?"

"그 총부터 치우고 말하지. 어차피 실탄도 없는 총 가지고 사람 불쾌하게 하지 말고."

미첼의 모습을 한 룙와룙와는 내 말을 듣자 피식, 헛웃음을 짓더니 총구를 거실 벽 쪽으로 돌려 양손으로 손잡이를 잡고 방아쇠를 당겼다.

탕!

나는 몸을 움츠리며 손으로 귀를 막았다. 이미 총격의 굉음을 고스란히 들었기 때문에 소 잃고 외양간 고치는 모양새긴 했지만.

설마 실탄이 장전된 총이었을 줄이야.

몸이 떨리기 시작했다.

"실제 총기, 반동이 엄청나구나. 한 손으로 쐈으면 큰일 날 뻔했네."

"그걸 그렇게 갑자기 쏘면, 그것도 가정집에서 그렇게⋯."

미첼의 얼굴을 한 룙와룙와가 총기를 손에 쥔 채 테이블 위에 올렸다. 총구는 내 옆쪽으로 살짝 빗나가 있었다.

"지금 내가 상황 따지거나 이것저것 가릴 처지가 아니라서.

너도 벌써 진상을 어느 정도 파악한 것 같고."

"아니야. 아직 멀었어. 아직 누가 범인인지도 모르겠고."

"아니, 《부산 느와르》의 진상 말고, 나에 대한 진상."

내가 깨달았다는 사실을 알아챘나?

"더 이상 이 소설 속에서 뭔가를 만들어낼 수 없다는 거?"

"그래. 그리고 지금은 처음에 구상했던 내용과 너무 많이 달라져서 내가 손쓸 방법이 없어."

룲와룲와 이 녀석, 이전과는 접근 방식이 바뀐 것 같다. 어떻게든 날 감옥에 잡아넣으려던 태도가 사라졌어. 포기했나? 아니면 다른 꿍꿍이가 있나?

"그럼 이제 어떻게 해야 하지?"

"둘이 힘을 합해야지."

이제 와서?

"갑자기 그런 식으로 나오니까 조금 당황스럽네."

"나는 그냥, 이 세계가 평화로웠으면 좋겠어. 범죄 사건이 완전히 사라지지는 않겠지만, 가능하면 조용하고 아름답게 흘러갔으면 좋겠어."

"그럼 지금까진 왜 그렇게 기를 써서 나를 감옥에 잡아넣으려 했지?"

"그렇게 하면 이 세계가 평화로워질 줄 알았지."

터무니없는 소리를 하고 있다. 그런 이야기를 들으면 내가, 그렇게 깊은 뜻이! 하고 감동하면서 받아들일 줄 알았나. 한 손으로는 악수를 청하고 있지만 다른 손에는 나를 찌를 칼을 쥐고 있는 게 틀림없다.

"너는 원래 어디에 있었지?"

"이제 님 자도 안 붙이고 그냥 '너'라고 부르네."

"말 돌리지 말고. 그동안 내 앞에 잠시 나타났다가 돌아간 곳은 어디야? 누구에게 의식 이동을 했지?"

"좋아. 처음부터 다 얘기해줄게. 하나하나 빠짐없이."

그러고 나서 잠시 과거를 반추하는 듯 입을 다물었다가 다시 입을 뗐다.

"내가 《부산 느와르》의 세계 속으로 들어와서, 가장 최초로 이동해 온 인물은 크리스야."

"크리스라고?"

"그래, 처음엔 나도 어떤 상황인지 몰라서 어리둥절했어. 네가 처음에 크리스에게 의식 이동을 했을 때처럼."

"그래서?"

"어쨌거나 죽지 않고 계속 살아 있었으니 기뻤어. 나로선 목숨을 건 도약이었으니까. 근데 얼마 지나지 않아 뭔가 잘못됐다는 사실을 알게 됐지. 머릿속에 이상한 이야기들이 생성되는 거야. 그러니까 네가 구상한 《부산 느와르》의 이야기. 내가 계획한 것과는 다른 이야기."

나는 테이블 위로 손을 뻗었고, 미첼의 모습을 한 룸와룸와는 순간 움찔하며 총구를 내 쪽으로 돌렸으나 내가 캔맥주를 들고 입으로 가져가는 모습을 확인하자 다시 총구를 옆쪽으로 돌렸다.

"힘을 합하자고 했으면서 계속 그렇게 총을 겨누고 있어야 하나?"

"그러고 보니 그렇기도 하네."

"근데 그 실탄은 어디서 났어? 분명 가방 안엔 없었는데."

"그것도 이야기를 계속 듣다 보면 알게 될 거야."

미첼의 얼굴을 한 룱와룱와는 그렇게 말하며 탄창을 제거했고, 슬라이드를 당기자 약실에서 튀어나온 실탄 한 발과 함께 탄창을 나에게 건넸다.

"내 마음의 진정성을 보이기 위해서라도 그건 네가 갖고 있고, 이 총기는 내가 갖고 있지."

나는 무게가 꽤 묵직한 탄창을 받아 들었고, 남은 실탄 한 발도 거기에 꽂았다.

룱와룱와가 다시 이야기를 이었다.

"처음에 나는 크리스에게 의식 이동을 했다고 생각하지 않았어. 그냥 크리스라는 인물이 되었다고 생각했지. 그렇지만 나는, 말도 행동도, 심지어 생각까지도, 내 마음대로 할 수 없었어. 얼마 있지 않아 깨달았지. 나는 완전히 너에게 종속된 캐릭터라는 사실을. 네가 생각하고 네가 쓴 대로만 말하고 행동하는 캐릭터라는 사실을. 나는 고통스러웠고, 나는 전혀 자유롭지 않았고, 그래, 감옥에 갇힌 것 같았어. 아니, 감옥보다 더한 어떤 곳에 속박된 것 같았어. 켄싱턴과 함께 노래방에 있는 동안, 내가 구상하지도 않은 이야기를 내 입으로 내뱉는 동안, 나는 계속해서 다른 생각을 했어. 여기서 벗어나고 싶다. 크리스에게서 벗어나고 싶다. 나 스스로 생각하고 나 스스로 말하고 싶다. 자유롭고 싶다!"

열변을 토하듯 말하던 룱와룱와가 갑자기 입을 다물더니

잠시 나를 바라보았다. 그러고 나서 다시 입을 뗐다.

"내가 너를 소설 속으로 불러들였다고 했지? 그건 반은 맞는 말이고 반은 틀린 말이야. 엄밀히 말해 내가 너를 불러들인 건 아니니까."

"그러면?"

"너랑 나랑 바뀐 거야."

"바뀌었다?"

"그래, 바뀌었어. 네가 소설 속 크리스에게 의식 이동을 하는 것과 동시에, 나는 현실 속 너에게 의식 이동을 했어."

"잠깐만, 잠깐만."

뭐라고?

얘가 지금 무슨 소리를 하고 있지?

"그러니까, 지금 넌, 현실 속의 내 머릿속에 있다?"

"맞아."

나는 손에 쥐고 있던 탄창으로 테이블을 쾅! 내리치며 자리에서 일어났다.

이 씨발 새끼! 그동안 날 속이고 있었어!

하지만 미첼의 얼굴을 한 룲와룲와는 담담한 모습으로 가만히 앉아 있었다.

"아직 이야기 끝난 거 아니니까, 흥분하지 말고 다시 앉아봐."

나를 가지고 놀았겠다. 내가 소설 속에서 삽질하는 동안 이 새끼는 내 머릿속에서 느긋하게 소설을 읽고 있었겠군. 내 머릿속에서 느긋하게….

잠깐만. 그러면 룲와룲와는 현실 세계와 소설 세계 사이를

왔다 갔다 할 수 있다는 말인가? 그게 가능하다면, 그러니까 룲와룲와가 할 수 있다면, 나 역시 할 수 있는 일 아닌가?

"그래, 그래. 네가 빡치는 것도 한편으론 이해가 돼. 무슨 생각하는지 알 것도 같아. 하지만 그 전에, 내가 하는 이야기 마저 들어보지 않을래?"

나는 흥분을 가라앉히며 다시 자리에 앉았다.

"좋아, 좋아. 이건 나도 꽤 궁리해서 알아낸 내용이니까 잘 들어봐. 우선, 편의상 네 머릿속을 의식과 무의식 두 가지 층으로 나눠서 생각해보자. 처음에 내가 있었던 곳, 그러니까 처음에 우리가 만났던 곳이 어디지?"

"내 무의식 속."

"맞아, 그러고 나서 내가 이동한 곳이 네 의식 속에 있는 《부산 느와르》라는 소설 세계. 엄밀하게 말하면 무의식과도 일정 부분 맞닿아 있긴 하지만. 아무튼 그리고 마지막으로 이동한 곳이 네 의식이 사라진 네 머릿속. 여기까지는 알겠지?"

나는 고개를 살짝 기울인 채 룲와룲와가 한 말에 대해 생각해보았다. 의식과 무의식, 그리고 그 경계에 걸쳐 있는 소설 세계….

"대충 이해가 됐으면 다음으로 넘어가자. 아까도 말했듯이 처음에 나는 네 무의식 속에서 룲와룲와로 존재하다가, 의식과 무의식의 접점에 있는 《부산 느와르》 속에서 크리스로 지내다가, 마지막엔 현실의 박대겸이 되었어. 현실 세계로 의식 이동을 한 셈이지. 나는 그 사실을 자각하게 됐어. 마침내 나는 실재하는 사람이 되었다, 더 이상 소설 속 캐릭터가 아니다, 살아 있는 인물이 되었다!"

"좋았나 보네?"

"당연히 좋았지. 내 의식이 박대겸 네 머릿속에 자리하게 됐으니 이제 《부산 느와르》도 내가 직접 이어서 쓸 수 있을 것이다. 그럴 줄 알았지."

미첼의 모습을 한 룲와룲와가 잠시 입을 다물었다가 후우 우우우, 길게 한숨을 내뱉었다.

어? 분위기가 묘하게 바뀐 것 같다?

하긴, 일이 예상대로 진행됐다면 룲와룲와가 굳이 지금처럼 소설 속 캐릭터에게 의식 이동을 할 필요가 없었겠지. 자기가 직접 써서 이야기를 바꿔 가면 되니까.

그렇구나! 아까도 말했듯이 《부산 느와르》라는 세계는 내 의식 속에 있으니까, 룲와룲와의 의식이 내 머릿속에 들어갔다고 한들 《부산 느와르》를 직접 이어서 쓸 수 없었던 거야!

미첼의 목소리를 한 룲와룲와가 다시 이야기를 이어갔다.

"근데 안 되더라. 내 의식 속엔 더 이상 《부산 느와르》가 남아 있지 않더라고. 참 이상하지? 분명 내가 창작한 세계인데, 내가 최초로 만들어낸 작품인데, 어째서 난 이야기를 이어서 쓸 수 없을까. 이야기 자체를 떠올릴 수가 없었어. 더 이상 이야기가 보이지 않더라고. 살짝 좌절한 채로 멍하게 앉아 있는데, 이번엔 내 몸이, 그러니까 네 몸이 저절로 움직이는 게 아니겠어? 내 의지와는 무관하게."

"그게 무슨 소리야?"

"손가락이 키보드를 두드렸다는 소리지."

"키보드를 두드렸다고? 뭐라고 썼는데?"

"뭐겠어?"

굳이 질문에 질문으로 응수해야겠냐.

내가 말없이 있자 미첼의 목소리를 통해 룳와룳와의 대답을 들을 수 있었다.

"《부산 느와르》의 이어지는 이야기를 쓰고 있었어."

"그럼 내 몸이 네 의식의 지배를 받지 않았단 말이네?"

"그건 아니야. 《부산 느와르》를 쓰는 것만 빼면 다른 건 전부 내 마음대로 할 수 있었으니까. 앉았다가 일어난다든지, 머리나 팔뚝을 긁는다든지, 그런 사소한 것들 전부. 하지만 내겐 《부산 느와르》를 이어서 쓰는 게 제일 중요한데, 다른 건 나한테 필요 없는데 말이지."

"그래서 그다음은 어떻게 됐어?"

"《부산 느와르》가 어떤 식으로 전개되는지 알 수 있었지. 모니터에 적힌 글자를 읽으면서."

"거기에도 내가 나와? 그러니까, 내 의식이 드러났어?"

"아니, 철저하게 3인칭 시점으로만 보였어. 그 인물이 하는 말이나 행동만 볼 수 있었어."

"그걸 보고 내가 누구와 무엇을 하고 있는지 알게 됐군."

"그렇지. 크리스가 갑자기 이상한 말과 행동을 했으니까. 그래도 내 의식으로 할 수 있는 일이 조금은 있었어. 그 덕에 소설 속에 일종의 버그를 삽입할 수 있었지."

"버그라 하면…."

"네가 들고 있는 것."

나는 손에 쥔 실탄을 내려 보았다.

"이거?"

"그래. 그 전에 제니퍼와 안나가 만날 때는 의자 밑에 호면을 준비해뒀고."

"그 전에 크리스의 자동차 글러브박스에는 《부산 느와르》가 프린트된 용지가 있었군."

"맞아. 네 손가락이 키보드를 두드리다가 잠시 멈춘 틈을 타서, 그냥 문장 사이에, 아무 맥락 없이 빠르게 적어넣었어. '크리스의 자동차 글러브박스에는 《부산 느와르》가 인쇄된 용지가 있다.'라든지. '안나가 앉아 있는 의자 밑에 호면이 놓여 있다.'라든지. '부엌 하부장에 제리코 941의 실탄이 있다.'라든지. 말 그대로 소설 속 버그. 이것만은 순전히 내 의식으로, 내 의지만으로 쓴 문장이야. 조금 힘들긴 했지만."

나는 고개를 주억거리며, 그렇게 된 일이군, 이라고 중얼거렸다.

하지만 여전히 의문스러운 구석이 있었다. 처음 소설 세계로 왔을 때, 룲와룲와는 켄싱턴의 목소리로 이런 말을 했었다.

— 이건 전부 내가 계획한 일이니까.

당시 룲와룲와는 소설 속으로 나를 불러들인 것을 포함해 모든 일을 자기가 계획했다고 당당히 말했다. 아직 룲와룲와가 하는 말을 완전히 믿을 수는 없다. 자신이 불리한 입장에 처했기 때문에 임기응변식으로 거짓말을 꾸며내고 있는지도 모른다. 다시 한번 나를 속이려 드는 건지도 모른다.

미첼 얼굴을 한 룲와룲와가 나를 보더니 살짝 미소를 지으며 말했다.

"내 설명이 빨랐나? 이해 안 되는 부분이라도 있어?"

"이해가 된다 안 된다를 떠나서, 벌써 몇 시간째 터무니없는 일의 연속이라. 아무튼 계속 이야기해봐. 그다음은 어떻게 됐지? 넌 어떻게 다시 소설 속으로 들어올 수 있게 됐어?"

"네가 하는 방식과 비슷한 방식이지 않을까."

"내가 하는 방식?"

"너는 다른 인물로 의식 이동을 할 때 어떻게 했어?"

"그 사람이 했던 말을 떠올리려고 했어. 그 사람의 목소리를 되새기려고 했고."

"나랑은 조금 다르네. 나는 특정 인물을 떠올린 게 아니라 특정 상황을 떠올렸어."

"예를 들면?"

"네가 크리스 안에 있을 땐, 켄싱턴이 되어 크리스를 막아야 한다고 생각했고, 네가 제니퍼 안에 있을 땐, 안나가 되어 제니퍼를 막아야 한다고 생각했어."

역시, 아직 룸와룸와가 하는 말을 온전히 신뢰할 수 없다. 애초에 의식 이동을 하는 이유가 다르다. 나는 위기 상황을 모면하기 위해, 이야기를 제대로 풀어나가기 위해 다른 인물로 이동하는데, 룸와룸와는 오로지 나를 막기 위해서 움직이고 있었던 것이다.

모니터에 적힌 글자들을 보면서. 현실 세계의 내 눈을 통해서. 어?

"그럼, 현실 세계로는 어떻게 다시 돌아갈 수 있어?"

"그건 내 의지가 아니야. 뭐랄까, 시간제한이 있는 것 같았어. 처음에 켄싱턴에게 의식 이동을 했을 때도 자연스레 스르르 현실 세계로 돌아갔고, 안나로 의식 이동했을 때도 마찬가지고."

"시간제한이 있다?"

"그런 것 같아. 그 부분은 나도 제대로 몰라."

"이야기의 신이고 왕이라면서? 모르는 게 있다고?"

"이야기 안에서만 그렇지, 이야기 밖에선 신도 왕도 아니니까. 《부산 느와르》라는 이야기 밖에서 일어나는 일에 대해선 나도 너와 마찬가지 입장이야. 모르는 것투성이고 하나하나 알아가는 과정. 그리고 지금은, 너도 알다시피, 이야기 안에서도 힘이 없어."

"그래 놓고 처음 만났을 땐 뻔뻔하게 거짓말을 했군."

"그때까지만 해도 아직 잘 몰랐으니까. 상황 파악이 덜 됐지. 지금 내 말투 보면 모르겠어?"

룲와룲와의 말투라…. 그러고 보니 처음 꿈에서 만났을 때와는 사뭇 달라진 말투다. 《부산 느와르》 속에서 처음 만났을 때와도 많이 달라졌다. 룲와룲와 특유의 고압적인 기운이 사라졌다.

이빨 빠진 사자가 딱 저 모양일까. 하지만 이빨이 빠졌다고 해도 사자는 사자지. 끝까지 방심하면 안 된다.

그럼 이제부터 어떻게 하면 좋을까. 어떻게 하면 룲와룲와는 자신의 세계를 원하는 대로 유지할 수 있을까. 어떻게 하면 내 의식은 현실의 나에게로 돌아갈 수 있을까.

"아까, 모니터에 적힌 글을 읽고 《부산 느와르》의 내용을 알 수 있다고 했잖아?" 내가 물었다.

"아, 맞아, 아까 말 안 한 부분이 있는데, 그게, 조금 느려."

"느리다니, 뭐가 느려?"

"타이밍이 한 10분에서 15분쯤 느리다고 해야 하나. 켄싱턴 때나 안나 때나 마찬가지였는데, 화면에 뜬 내용을 보고 나서 내가 소설 속으로 들어오면 사건이 이미 어느 정도 진행된 이후더라고."

그러고 보니, 룹와룹와가 켄싱턴으로 의식 이동을 하고 나서 처음 이런 말을 했다.

― 드디어 만났다! 어느새 운전을 하고 있네?

모니터 상에 적힌 글에서는 아직 운전을 하지 않은 상태였던 거야. 실제 소설에서 벌어지고 있는 일과, 내 손가락이 그 일을 작성하는 것 사이엔 10분에서 15분 정도 딜레이가 있는 것 같다.

"근데 아까 하려던 말은 뭐야?" 미첼의 목소리로 룹와룹와가 물었다.

"아까 내가 무슨 말 하려고 했지?"

"모니터에 적힌 글을 읽고 《부산 느와르》의 내용을 알 수 있다는 말을 꺼냈잖아. 물어볼 내용 있었던 거 아니야?"

"아, 맞다. 다른 인물들에 대한 이야기는 안 나왔어? 그러니까 매튜라든지, 벤저민이나 데이브에 대해서라든지."

"전혀 안 나왔어. 주로 네 의식이 들어간 인물 중심으로만 보였어."

혹시나 했는데 역시나 그랬군.

"다른 인물의 동태에 대해서는 직접 파악할 수밖에 없겠네. 다시 의식 이동을 할 수도 있겠고."

내 말에 미첼의 얼굴을 한 릂와릂와가 반대 의견을 내보였다.

"의식 이동은 더 이상 안 하는 편이 좋을 것 같아."

"왜지?"

"생각해봤는데, 어쩌면 우리가 하는 의식 이동 자체가, 《부산 느와르》의 세계를 망가뜨리고 있는지도 모르니까."

미처 생각하지 못한 문제다. 나의 의식 이동이, 그리고 릂와릂와의 의식 이동이, 이야기의 흐름을 이상한 방향으로 이끌 수도 있는 것이다.

"그리고 《부산 느와르》의 주인공은 어디까지나 켄싱턴이잖아. 결국 사건을 해결하는 인물도 켄싱턴이어야 하지 않을까? 켄싱턴인 네가 이 사건을 매듭지어야 모든 게 순조롭게 끝날 수 있지 않을까?"

맞는 말이다. 《부산 느와르》는 켄싱턴이 주인공인 이야기다. 켄싱턴이 사건을 해결해야 한다.

내가 해결해야 하는 것이다.

그 순간, 머릿속에서 이런 소리가 들려왔다.

「웃기고 있네.」

〔 **17** 〕

초특급 미스터리

나는 미첼의 얼굴을 한 룲와룲와를 바라보았다.

"네가 한 말이야?"

하지만 룲와룲와는 내 물음에 답하지 않은 채 눈의 초점이 흐릿해지더니 이내 눈을 감고 서서히 고개를 숙이며 테이블 위로 쓰러졌다. 미첼의 머릿속에 있던 룲와룲와의 의식이 다시 현실 세계의 내 머릿속으로 돌아간 것 같았다.

웃기고 있다니, 룲와룲와는 왜 그런 말을 했을까.

「이게 지금 룲와룲와인지 뭔지 인간 같지도 않은 놈의 목소리라고 생각하나?」

나는 주변을 빠르게 둘러보았다. 맞은편에 엎드려 있는 미첼 말고는 아무도 없었다. 천장에 붙은 스피커에서 나는 소리도 아니었다.

"누구야? 누가 말하고 있는 거야?"

「어이, 어이, 그렇게 소리 내서 말할 필요 없다.」

소리 내서 말할 필요가 없다니. 그리고, 사투리?

「맞다, 부산 사투리.」

뭐야, 지금 내가 하는 생각을 읽고 있나?

「네 머릿속 생각이 아주 훤하게 잘 보이네.」

텔레파시….

「뭐, 일종의 텔레파시라고 할 수도 있겠네.」

머릿속에서 오만가지 생각이 떠오르려 했지만 나는 가능하면 아무 생각을 하지 않으려 했다.

「'머릿속에서 오만가지 생각이 떠오르려 했지만 나는 가능하면 아무 생각을 하지 않으려 했다.' 야, 다 보이거든?」

…….

「오, 이제 진짜 아무것도 안 보이네. 오케이, 오케이. 장난은 여기까지.」

당신, 누구야?

그렇게 보이지도 않는 상대에게 머릿속으로 대화를 건넨 순간, 나는 어쩌면 《부산 느와르》의 세계에 존재하는 진짜 신일 수도 있다는 생각이 들었다.

「뭐, 신이라면 신이라고 할 수도 있겠네. 근데 내가 신은 아니고.」

그럼, 누구… 신지?

「나? 하하하. 이렇게 쉽게 내 정체를 밝혀도 되나? 나도 이 상황이 좀 신기하고 재밌어서 말이지.」

이 상황? 그게 도대체 무슨….

「그래, 우선 내가 누군지부터 말할게. 너무 놀라지 말고 들어. 나, 제이슨이다. 저승에서 돌아온 제이슨! 하하하!」

제이슨? 내가 아는 그 제이슨? 아니, 제이슨이 어떻게…?

「나도 간단하게 설명해주고 싶은데, 이게 꽤 복잡하거든. 아니, 간단하다고 하면 간단할 수도 있으려나. 받아들이기 나름일 테니까.」

나는 제이슨이 할 이야기를 묵묵히 기다리고 있었다.

「오케이. 그럼 시작할게. 자, 우선 질문 하나 하지. 나는 누굴까?」

제이슨이라며. 방금 네가 말했잖아.

「그래, 맞다. 나, 제이슨이지. 하지만 그건 일차원적인 대답이잖아. 설마 내가 그런 걸 물어보겠나. 음, 그럼 질문을 좀 바꿔볼까? 내가 어떻게 태어났지?」

어떻게 태어나다니, 그거야 너희 부모님이….

「아차차. 내가 이거 이야기하는 걸 깜빡했네. 나는 내가 《부산 느와르》라는 소설 속의 등장인물이라는 걸 알고 있다. 설정상, 주인공 켄싱턴 근처에서 알짱거리면서 켄싱턴을 악의 구렁텅이로 빠뜨리려는 캐릭터라는 걸 알고 있다고.」

…….

「그래, 그래. 이제 슬슬 말문이 막히겠지. 자, 그럼 내가 소설 속 캐릭터란 걸 알고 있다는 걸 전제로 하고, 다시 물어볼게. 나는 어떻게 태어났지?」

소설 캐릭터가, 자기가 소설 속 캐릭터란 걸 알고 있다고?

그걸 알고 있는 채로 나에게 말을 걸어온다고? 그것도 내 머릿속에 직접?

도대체 이게 무슨 상황이야?

「무슨 상황인지는 차차 알게 될 테니 우선 내가 묻는 말에
나 대답해보라니까.」

도대체 무슨 상황인지 모르겠지만, 우선 네 질문에 답하자
면, 너는 룸와룸와의 머릿속에서 태어났다고 할 수 있지.

「딩동댕. 정답입니다.」

어차피 너도 알고 있는 사실인데 굳이 왜 나한테 물어보는
거지?

「차근차근 단계를 밟아가는 과정이니까 조금만 더 기다려
보라고.」

나는 답답한 마음에 한숨을 후우우우우, 내쉰 뒤 테이블
위에 있는 맥주를 벌컥벌컥 들이켰다.

「답답하제? 지금까지 이야기가 네 위주로, 네 중심으로만
흘러가다가 갑자기 상황이 역전되니까, 네 마음대로 안 되니
까 한숨이 절로 나오고 맥주를 들이켤 수밖에 없제?」

…….

「오케이, 그럼 다음 질문. 네가 지금 있는 곳은 어디지?」

그 질문을 듣자 내 머릿속에는 몇 가지 대답이 떠올랐다.

어떤 대답을 듣고 싶지?

「머릿속에 떠오른 몇 가지 대답, 전부 다 말해봐.」

우선 나는 켄싱턴과 미첼의 집에 있어. 근데 이건 일차적원
적인 대답인 것 같고, 그다음으로 할 수 있는 대답은, 나는 지
금 켄싱턴의 머릿속에 있지. 근데 이것도 엄밀하게 말하면 맞

는 말은 아니야. 내 의식만 켄싱턴의 머릿속에 있고, 내 몸뚱이는 현실 세계에 있으니까. 마지막으로, 어차피 너도 알고 있는 사실이니까 이렇게도 답할 수 있겠지. 나는 지금 《부산 느와르》라는 소설 세계 속에 있어.

「좋아, 좋아. 착실하게 대답을 잘하네. 이제야 제법 소설 속 캐릭터가 된 것 같아.」

제법 소설 속 캐릭터가 된 것 같다? 나한테 하는 소리인가?

「조금만 기다려봐라. 이제 슬슬 니 스스로 정답을 알아채는 시간이 찾아올 테니까. 그럼 다음 질문으로 넘어갈게. 너는 어쩌다가 지금 니가 있는 곳에 있게 됐노. 이것도 할 수 있는 대답을 전부 말해봐.」

지금 내가 여기 있는 이유는, 내가 《부산 느와르》의 창작자라서 《부산 느와르》의 인물들의 머릿속으로 의식 이동을 할 수 있기 때문이고, 그러다 현재 켄싱턴의 머릿속에까지 왔기 때문이고, 《부산 느와르》 속으로 들어온 이유는, 이 빌어먹을 룷와룷와 놈 때문에….

「룷와룷와 놈이 어떻게 했는데?」

너도 알고 있잖아!

「오, 느낌표까지 찍어가며 감정 표현! 왠지 분노가 느껴지는데? 역시, 활자화된 글이라고 해도 직접 대화를 나누니까 느낌이 많이 다르네.」

활자화된 글? 그게 무슨 말이야?

「자, 자, 자, 너에겐 대답할 의무밖에 없어. 룷와룷와 놈이 어떻게 했다고?」

나는 자리에서 일어나 냉장고에서 캔맥주 하나를 꺼내, 선 채로 몇 모금 마신 뒤 다시 자리로 돌아왔다.

그나저나 미첼은 언제쯤 정신이 다시 돌아올까.

「대략 20분이나 30분쯤 지나면 돌아올 거야.」

별걸 다 알고 있네.

「전부 다 알고 있지. 후훗.」

근데 뭐 하러 귀찮게 일일이 물어보냐.

「별로 안 귀찮은데? 지금 엄청 재밌는데. 너도 내 입장이 돼 보면 엄청 재밌단 걸 알 수 있을걸?」

도대체 이 자칭 제이슨이란 놈이 무슨 소리를 하고 있는지 모르겠다.

「오케이, 오케이. 너도 많이 답답해 보이니까, 이쯤 해서 네가 혹할 만한 이야기 하나 던져줄게. 나는 과연 어떻게 죽었을까. 누가 나를 죽였을까.」

네가 죽었다고? 잠깐만 잠깐만. 아까 미첼은 제이슨이 살아 있다고 했어. 제이슨을 쫓아서 미행까지 하고 왔다고 말했는데.

「그 이야기는 나중에 다시 해줄 테니까, 지금은 우선 누가 나를 죽였을지 추리해봐. 답은 쉬워. 너도 한 번쯤 의심해본 인물이니까.」

내가 의심해본 인물? 로버트? 아니, 로버트는 아닌 것 같았고. 매튜였나? 아니야, 매튜도 아닌 것 같았어. 남은 인물이….

벤지? 벤저민?

「딩동댕.」

벤저민이 널 죽였다고? 벤저민이 어떻게…?

「그게 반전을 노린 트릭이지.」

그건 또 무슨 소리야?

「나랑 벤저민의 인상착의를 잘 생각해봐.」

너랑 벤저민의 인상착의? 제이슨과 벤저민의 인상착의…. 근데 《부산 느와르》에는 너희 둘의 인상착의에 대한 묘사가 없잖아.

「아차, 맞다, 맞다. 하여간 이 작가놈 완전히 얼렁뚱땅이라니까. 인물 묘사도 전혀 안 해놓은 채로 소설을 줄줄 쓰고 말이지.」

작가놈? 나를 말하는 건가? 아니면 룲와룲와?

「자자, 모르는 것 같으니까 내가 알려줄게. 나랑 벤저민은 뒷모습만 보면 같은 사람이라고 착각할 정도로 키나 몸집이 비슷해.」

비슷하다…?

「그래. 미첼은 벤저민을 나로 착각했어. 미첼이 미행 시작했을 때가 밤 시간대잖아. 착각하기 좋은 시간이었어. 내가 살던 집에서, 나와 비슷한 몸집의 남자가 나오니까 당연히 나인 줄 알았겠지. 그래서 내가 살아 있다고 착각한 거고.」

미첼은 벤저민이 제이슨을 죽이고 집에서 나오는 모습을 목격했구나. 아! 그럼 이건 제이슨의 영혼인가? 제이슨의 영혼의 목소리가 들리고 있는 상황인가?

「하하하, 그렇게 생각할 수도 있겠군.」

아닌가 보네. 그나저나 벤저민이 널 왜 죽였어?

「나는 벤저민을 몰랐는데 벤저민은 날 알고 있더라고. 켄싱턴이 연락 두절 되던 밤에 벤저민이 날 찾아왔다. 내가 켄싱턴을 해쳤을 거라 오해하고 있더라고. 난 전혀 모르던 일이었는데. 총기 판매는 아버지가 시켜서 한 것뿐이고.」

역시 뒤에는 매튜가 있었군. 그래서?

「그래서는 뭐가 그래서야. 벤저민 그 새끼가 무턱대고 집에 찾아와서, 처음에는 말로만 옥신각신하다가 자연스레 몸싸움으로 이어졌고, 내가 빡쳐서 집에 있던 총으로 위협했는데 그 새끼가 내 총을 빼앗아서 날 쏴버렸지. 탕. 탕.]

네 이야기인데 굉장히 담백하게 말하네.

「담백하긴 개뿔. 아직도 생각하면 빡치는구만. 어쨌거나 날 죽인 새끼인데.」

벤저민은 언제부터 너에 대해 알고 있었어?

「하나 대답해주니까 끝없이 물어보네. 야, 니도 소설가니까 그 정도는 스스로 상상해야 하는 거 아이가?」

그렇긴 한데….

「아니지. 어차피 너도 소설 속 캐릭터에 불과하니까.」

내가 캐릭터에 불과하다고?

「자자, 그럼 이쯤에서 아까 하던 이야기를 다시 이어가보자. 너는 어쩌다 그 《부산 느와르》 속으로 들어가게 됐노?]

하여간 대화도 자기 하고 싶은 대로만…. 룸와룸와가… 글쎄, 본인도 정확하게 이유는 모르는 것 같은데, 원래 내 무의식에 있던 룸와룸와가 《부산 느와르》의 크리스 머릿속으로 의식 이동을 했고, 그 이후에 현실 세계에 있는 나와 의식 교환이 이뤄졌어.

「그럼 자연스레 이어지는 질문. 룲와룲와가 할 수 있다면, 너도 할 수 있지 않나? 근데 왜 안 하지?」

뭘 안 해?

「소설 속에서 네가 말하는 현실 세계로 의식 이동하는 것. 룲와룲와도 《부산 느와르》 안에 있다가 이동한 거라며?」

생각을 해보긴 했지…. 근데 어차피 해봤자, 룲와룲와가 다시 또 하지 않을까?

「구더기 무서워서 장 못 담그는 꼴이군.」

뭐?

「한번 해봐. 시도해서 나쁠 건 없잖아. 룲와룲와가 다시 또 의식 이동을 할지 안 할지 누가 알겠어?」

따지고 보면 이 인간이 하는 말이 맞다. 만약 소설 세계에서 현실 세계의 내 머릿속으로 이동하는 것이 가능하다면, 굳이 시도하지 않을 이유는 없지 않나? 룲와룲와가 다시 또 하는 건 나중 문제고.

「그렇지.」

그리고 무엇보다, 현실 세계로 이동하면 이 녀석이 하는 말도 더 이상 들리지 않을 것이다.

왜 진작 안 했을까.

나는 그렇게 생각하며 곧장 내 머릿속으로 의식 이동을 시도했다. 나는 눈을 감고 내 목소리를 떠올렸다. 카페에서 현성호와 나눈 대화를 생각했다. 재영 씨와 소설 편집에 관해 나눈 이야기를 되새겼다.

얼마 지나지 않아 낯익은 냄새가 났다. 낯익은 소음도 들렸다.

눈을 뜨자 눈물이 날 정도로 그리운 물체가 시야에 들어왔다. 내가 사용하던 책상, 몇 시간 전까지 작업하고 있던 모니터와 키보드였다.

진짜로 되잖아! 현실 세계로 돌아왔어!

「하하하하하하하하!」

웃음소리? 제이슨?

「진짜 너무너무 재밌다.」

아직 《부산 느와르》의 세계에 있나?

하지만 여긴 분명 내 방이다. 내가 사용하던 컴퓨터고, 내가 사용하던 핸드폰, 책상 위에 쌓아둔 책들, 그리고 책장과 옷장과 침대. 전부 내가 현실 세계에서 사용하던 것과 똑같다.

「그래, 그래. 현실 세계 맞다.」

근데 왜 자꾸 제이슨의 목소리가 들리지?

설마 《부산 느와르》의 세계 속에도 나와 비슷한 캐릭터가 있는 건가? 《부산 느와르》는 부산이 배경인 작품이잖아. 당연히 서울도 존재할 테고, 서울엔 내가 살고 있을 테니….

「계속 상상해봐봐. 소설가로서 네 상상력이 어디까지 뻗어나가는지 지켜보는 것도 흥미진진하네.」

아니야. 애초에 나는 《부산 느와르》의 캐릭터가 아니잖아. 내가 캐릭터의 머릿속으로 의식 이동을 할 수 있었던 건, 내가 《부산 느와르》를 창조한 사람이기 때문이야. 《부산 느와르》에 또 다른 내가 있을 리는 없어.

「옳지. 계속 이어가봐라.」

근데 왜 자꾸 머릿속에서 제이슨의 목소리가 들리지? 아까 켄싱턴의 머릿속에 있을 때와 완전히 똑같은 말투와 목소리야. 분명 내 눈앞의 세계는 바뀌었는데, 현실 세계로 돌아온 게 맞는데….

설마 룲와룲와가 장난치고 있나?

「오오, 난데없이 등장한 룲와룲와!」

맞아, 미첼이 정신을 잃고 쓰러지는 순간부터 이 목소리가 들리기 시작했어. 혹시 룲와룲와가 현실 세계로 돌아간 게 아니라 내 의식에 들러붙은 거 아닐까? 그래서 계속 내 생각을 읽을 수 있는 거야.

「그것도 나름 참신한 발상이라고 할 수 있겠네.」

넌 좀 닥치고 가만히 있어봐!

「아이고, 무서워라. 네네, 그냥 보고만 있는 것도 재밌으니 잠시 입 다물고 있습죠.」

젠장. 머릿속에서 하는 생각이 완전히 스캔되고 있어. 아니, 그런 거 신경 쓰지 말고 지금 이 상황을 논리적으로 이성적으로 파악해보자. 방금 이 목소리가 룲와룲와일지도 모른다는 생각을 했는데, 그건 아닌 것 같아. 우선 말투가 달라. 다른 것보다 룲와룲와는 사투리를 쓰지 않았으니까. 본인이 말했듯 제이슨이 맞아. 아마 맞을 거야. 하지만 제이슨은 《부산 느와르》의 캐릭터고, 제이슨은 죽었고, 근데 갑자기 내 머릿속에 나타났다? 내가 하는 모든 생각을 읽고, 내 머릿속에 직접 텔레파시로 대화를 나눈다? 심지어 현실 세계로 돌아온 지금까지도?

캐릭터에게도 혼이란 게 있을 수 있나. 그냥 종이 위에, 모니터 위에 적힌 글자에 불과한 허구의 캐릭터에 불과한 존재라도, 혼이라는 게 존재할 수 있나. 벤저민에게 불의의 살해를 당한 제이슨이, 그 억울함을 호소하기 위해 창작자인 내 의식에 들러붙었고, 그대로 현실 세계까지 따라왔다?

…….

어? 이제 아무 소리도 안 들리네? 착각이었나?

「착각은 개뿔! 무슨 소리 하는 거고! 니가 닥치라고 해서 잠시 닥치고 있었던 것뿐이잖아. 하여간 지 좋을 대로 생각하는 데는 일가견이 있다니까.」

계속 들리는구나.

나는 의자에서 일어나 방 안을 왔다 갔다 했다. 가능하면 머릿속을 비우려고 했다. 머릿속에 떠오르는 오만가지 상념들을 가라앉히고 흙탕물처럼 뿌옇고 지저분한 머릿속이 잠잠해지길 기다렸다.

아무래도 어딘가 망가진 게 틀림없다. 그래, 충분히 그럴 수도 있을 것이다. 기사 소설을 너무 많이 읽은 나머지 자신이 기사이고 자신이 살고 있는 세계를 기사들의 세계라고 착각한 세르반테스의 돈키호테처럼, 나 역시 내가 쓰고 있는 소설 세계에 너무 빠진 나머지 소설 속의 캐릭터와 머릿속으로 대화를 나누는 지경에 이르게 됐으니까.

「하하하하핳하핳하하하.」

…….

「진지하게 생각하는데 미안 미안. 도저히 웃겨서 못 봐주겠네. 그냥 내가 지금 상황을 설명해줄게. 아까 내가, 《부산 느와르》의 세계에서 네가 말하는 현실 세계로 왜 의식 이동을 안 하는지 물어봤잖아. 그리고, 짜잔, 지금 너도 보다시피 의식 이동이 가능하게 됐어. 그럼 이쯤에서 이런 의문을 떠올려야 하지 않나?」

어떤?

「너는 어째서 《부산 느와르》의 켄싱턴의 머릿속에서, 니가 말하는 현실 세계 박대겸의 머릿속으로 의식 이동을 할 수 있는 건가?」

근데 넌 왜 자꾸 아까부터 '니가 말하는 현실 세계'라고 굳이 길게 늘여서 말하지? 내가 말하고 말고 할 것 없이, 여긴 그냥 현실 세계잖아.

「내가 왜 그렇게 말하는 거 같노?」

…….

「오케이. 그럼 내가 답해주지. 내가 그렇게 말하는 건 그게 맞는 말이기 때문이지. 거긴 니가 말하는 현실 세계거든. 니가 생각하는 현실 세계. 니가 믿는 현실 세계.」

지금 여기가 내가 생각하고 내가 믿는 현실 세계라면, 진짜 현실 세계는 따로 있다는 소린가?

「오호, 마침내 사고를 한 단계 도약하는 데 성공하셨네. 자연스럽게 다음 질문으로 이어갈 수 있겠다. 자, 아까 질문으로 다시 돌아가보자. 니가 《부산 느와르》의 캐릭터들 머릿속으로 자유롭게 이동할 수 있었던 이유가 뭐라고 했지?」

《부산 느와르》가, 내가 창조한 세계라서. 창조자이기 때문에, 캐릭터의 머릿속으로 의식 이동을 할 수 있었지.

「그럼 이번에는? 소설 세계에서, 니가 생각하는 현실 세계의 박대겸에게 의식 이동을 할 수 있었던 이유는?」

이건 원래 나잖아. 원래 내 머릿속으로 돌아온 것뿐이잖아.

「아직도 그렇게 생각하나?」

아니면 다른 이유라도 있어?

「내가 재밌는 얘기 하나 해줄까? 너는 니가 마음만 먹으면 다시 《부산 느와르》의 켄싱턴의 머릿속으로 의식 이동을 할 수 있다.」

그게 무슨 개소리야?

「믿기지 않으면 지금 당장 해봐라.」

자꾸 이 인간의 이야기에 말려들고 있다.

「왠지 아나? 나는 《부산 느와르 미스터리》의 창조자이고, 너는 이 소설 속의 캐릭터니까.」

…….

「그뿐만이 아니다. 니가 마음만 먹으면 현성호의 머릿속으로도, 재영 씨의 머릿속으로도 의식 이동 할 수 있을 거다. 어쩌면 데룸타카나 룲와룲와에게 의식 이동하는 것도 가능할 걸? 근데 그렇게까지 하면 소설이 너무 복잡하고 난잡해지겠네. 어차피 내가 쓰고 있는 소설도 아니지만.」

네가 쓰고 있는 소설이 아니다? 그리고 네가 《부산 느와르》의 창조자고 내가 소설 속 캐릭터라고?

「《부산 느와르》가 아니라, 《부산 느와르 미스터리》.」

무슨 차이가 있지? 뒤에 미스터리가 붙고 아니고의 차이밖에 없잖아.

「아직 감이 안 잡히나 보네. 하긴, 나도 내 상황을 납득하느라 《부산 느와르 미스터리》를 앉은 자리에서 몇 번이나 읽었으니까.」

《부산 느와르 미스터리》가 뭐냐고!

「자, 자, 잘 들으시게. 《부산 느와르》는 박대겸이 쓴 소설. 엄밀히 말하면 롮와롮와라는 놈이 쓴 소설을 이어받아서 쓴 거지만, 적당히 각설하고, 《부산 느와르 미스터리》는 현실 세계의 박대겸이 쓴 소설.」

그게 뭐야?

「내 설명이 좀 부족했나? 그러니까, 주인공인 소설가 박대겸이 쓴 《부산 느와르》와 관련해서 미스터리한 사건이 벌어지는 소설이 바로 《부산 느와르 미스터리》라는 거야.」

박대겸은… 날 말하는 건가?

「아, 현실 세계의 소설가 이름도 같아서 헷갈릴 수 있겠네. 이제부터 현실 세계의 소설가 박대겸을 현실 – 대겸, 소설 세계의 소설가 박대겸, 즉 너를 소설-대겸이라고 할게.」

……

「여전히 감을 못 잡고 있는 거 같네. 아니면 납득을 못하는 건가. 그러니까 지금 내가 있는 곳이 현실 세계고, 너는 현실 – 대겸이 쓴 《부산 느와르 미스터리》라는 소설 속의 소설-대겸이란 말이다. 그리고 소설-대겸인 네가 쓴 작품이 《부산 느와르》. 여기까지 설명했으니 이제 《부산 느와르》와 《부산 느와르 미스터리》의 차이점이 뭔진 알겠제?」

……

「내가 아까부터 '니가 말하는 현실 세계'라고 했던 건 이거 때문이다. 니가 있는 그곳은 현실 세계가 아니거든.《부산 느 와르 미스터리》라는 소설 속 세계거든.」

…….

「켄싱턴의 머릿속으로도, 현성호의 머릿속으로도 의식 이 동을 할 수 있다고 말한 것도 같은 이유다. 어차피 켄싱턴이나 현성호나《부산 느와르 미스터리》속 캐릭터에 불과하니까. 그 래서 너는 누구에게든 자유롭게 의식 이동을 할 수 있는 거 고. 나중에 내가 그렇게 설정하면 되니까! 하하하. 이제는 니 가 어떤 상황인지 조금은 파악이 되제?」

아까부터 저 제이슨이라는 놈은 터무니없는 소리를 지껄이 고 있다. 지금 내가 어떤 상황인지 파악이 되냐고? 전혀 모르 겠는데? 난데없이 머릿속에 나타나 내 생각을 읽고 나와 대화 를 나누는 것 같더니, 이제는 내가 소설 속 캐릭터라고 한다. 뭐? 현실 - 대겸? 그리고 나는 뭐, 소설-대겸?

이게 무슨 개소리야!

「그래, 나도 니 맘 다 이해한다. 소설 속 캐릭터에 불과한 줄 알았던 녀석이 갑자기 머릿속에 나타나 '니가 있는 곳은 소 설이다', '니는 소설 캐릭터에 불과하다', 이렇게 말한다고 누가 그 말을 곧이곧대로 받아들이겠노. '아, 그렇구나! 내가 있는 세계는 현실 세계가 아니라 소설 세계였어! 그리고 나는 소설 속 캐릭터! 오예!' 이렇게 납득할 수 있는 사람은 아무도 없겠 지. 나 역시 그랬으니까.」

너 역시 그랬다고?

「나도 내가 소설 캐릭터라는 걸 받아들이는 데 시간깨나 걸렸다고.」

그리고 네가 있는 곳이 현실 세계?

「믿기 어렵겠지만 그게 진실이다. 여기가 현실 세계고, 거기가 소설 세계.」

그럼 너는 어떻게 나한테 말을 걸고 있지? 내 머릿속에 어떻게 네 목소리를 전할 수 있냐는 말이다. 아니, 그 전에, 너는 어쩌다 그곳, 그러니까 네가 말하는 현실 세계에 있을 수 있게 됐지?

「오오오! 좋아, 좋아! 궁금증 대폭발! 자, 어떤 궁금증부터 해결해줄까. 그나저나 넌 아직도 계속 의구심을 품고 있나 보네. '네가 말하는 현실 세계'라니. 그래, 《부산 느와르 미스터리》의 주인공이자, 소설가이면서 동시에 탐정 역할도 해야 하는 캐릭터니까, 그 정도 의심은 할 줄 알아야지.」

나는 머릿속에 들리는 이 녀석의 목소리를 키보드로 받아 적기 시작했다.

「그래, 들으면서 받아 적어. 한 번 듣는 것만으로는 이해하기 어려울 수도 있으니까, 받아 적은 거 나중에 읽고 다시 또 읽다 보면 진실을 받아들일 수 있을 거야. 반복만큼 좋은 학습법이 없다고 하더라고.」

쓸데없는 말 자꾸 하지 말고 아까 물어본 말에 대답이나 하시지.

「성격도 급하시네. 그럼 우선 내 얘기부터 하는 게 좋을 것 같네.」

나는 이 녀석이 하는 말을 빠르게 키보드로 두드렸다.

「기분이 묘하네. 나를 창조한 인간이 내가 하는 말을 받아 적는 상황이라니. 아닌가, 따지고 보면 우리 둘 다 캐릭터에 불과한가. 아무튼 좋아. 우선 내가 벤저민 이 새끼한테 총을 맞은 시점에서 시작할게. 나는 총에 맞았고, 고통스러운 상황이었지만 여기서 정신을 잃으면 안 된다, 정신을 잃으면 진짜 끝장이다, 다시 회복해서 나에게 총질을 한 벤저민 이 새끼에게 복수를 해야 한다, 내 손으로 벤저민을 죽이고 말겠다, 이 생각만 반복하면서 복수심을 키웠거든? 근데 총에 맞았으니 별수 있나? 피를 그렇게 철철 흘렸는데. 결국 의식을 잃었지. 그러고 나서 뭔가 거대한 통로라고 해야 하나? 우주 속에 있는 것처럼 엄청나게 길고 거대한 검은 원통형 공간, 그 공간 밖에는 수많은 별빛 같은 것들이 빠르게 내 뒤쪽으로 스쳐 지나갔고. 꿈이었는지 뭔지 모르겠는데, 한참 동안 그곳을 통과하고 나서야 겨우 정신을 차린 거다. 팔에 쥐가 나는 게 느껴졌고, 눈을 떠 보니 완전히 낯선 공간에 와 있더라고.」

낯선 공간?

「우리 집에서 별로 먼 곳은 아니다. 구서역 근처에 있는 원룸이었으니까. 창밖으로 전철 다니는 소리가 들려서 알게 됐다.」

구서역?

「구서역 모르나? 아, 니 서울 사람이제. 내 원래 집은 남산역 쪽에 있고, 구서역은 남산역에서 두 정거장 떨어져 있는 지하철역.」

그래서? 거기서 넌 뭘 하고 있는데? 환생이라도 했나?

「첨엔 나도 그렇게 생각했다. 근데 보통 죽은 사람이 환생하면 갓난아기로 환생하는 거 아이가? 근데 나는 아니더라고. 책상 위에 있는 거울을 보니까 30대 정도로 보이는 남자였거든. 매끈하던 내 외모는 어디로 사라지고 평범하기 짝이 없는 고만고만한 놈의 얼굴이…. 아무튼 곧장 밖으로 나와서 택시 잡아타고 원래 살던 집으로 돌아갔다. 근데 택시 밖으로 보이는 풍경이 뭐랄까, 미묘하게 다르더라고.」

미묘하게 다르다?

「내가 알고 있던 풍경이랑 달랐다는 말인데, 원래 없던 건물이 새로 생긴 것 같은 느낌도 들었고, 원래 있던 아파트 색깔도 왠지 모르게 낯설었고.」

집행유예로 한동안 집에만 있느라 바뀐 걸 몰랐던 거 아니야?

「그래, 첨엔 나도 그렇게 생각했다. 그리고 남산고 지나서 골목 쪽으로 내려갔는데, 20년 넘게 살던 우리 집이 안 보이는 거라. 말 그대로 감쪽같이 사라지고 없었다. 우리 집이 있어야 할 곳에 그냥 평범한 주택이 있더라고. 완전히 처음 와본 동네 같은 느낌이었다. 우리 집 주변에 있는 다른 집들도 다 바뀌어 있었고.」

바뀌어 있었다?

「그때 1차 멘붕… 과거나 미래로 시간 여행한 것도 아니고. 암튼 2, 30분 정도 멍하니 그 일대를 왔다 갔다 했나? 그러다가 우선 처음 눈 뜬 곳으로 다시 돌아가봐야겠다 싶어서 다시 여기로 돌아왔지.」

잠깐만, 잠깐만.

「왜?」

받아 적은 거 잠시 다시 읽어볼게.

나는 그렇게 말하고 나서 모니터에 적힌 글을 읽어보았다. 듣는 동안에는 받아 적기 바빠서 곰곰이 생각할 여유가 없었는데, 문자로 읽다 보니 어쩌면 이 녀석은 멀티버스의 세계로 이동했을지도 모르겠다는 생각이 들었다. 수많은 빛, 같은 듯 묘하게 다른 풍경. 죽음을 맞이한 후, 또 다른 우주 속에 있는 또 다른 제이슨에게로 이동했는지도 모르겠다는 생각이 들었다.

하지만 제이슨은 어디까지나 소설 속 캐릭터잖아. 소설 속에서도 멀티버스라는 개념이 성립할 수 있나? 《부산 느와르》와 유사한 세계가 어딘가에 존재할 수도 있는 건가? 아니면 룲와룲와의 소설을 내가 이어받아서 쓴 순간부터, 그러니까 룲와룲와의 구상을 내가 비튼 순간부터 멀티버스가 생성됐을까.

「하하하하. 네 상상력이나 내 상상력이나 거기서 거기네. 내 얘기 아직 안 끝났으니까 계속 받아 적기나 해라.」

나는 키보드 위에 다시 손을 올렸다.

「원룸으로 돌아와서, 의자에 털썩 주저앉았지. 이게 뭔가? 여긴 어딘가? 내가 살던 곳이 맞나? 마침 책상 위에 컴퓨터가 켜져 있길래 이것저것 검색해봤지. 그리고 지금 이곳이 내가 알던 세계와 꽤 다르단 걸 알게 됐다. 우선 사람들 이름이 눈에 띄었는데, 맞아, 너, 룲와룲와한테 사람들 이름이 왜 외국인 이름이냐고 물은 적 있지?」

그렇긴 한데. 근데 그걸 네가 어떻게 알지?

「봤으니까 알지.」

봤다니, 뭘 봐?

「아까 말했잖아. 거긴 《부산 느와르 미스터리》라는 소설 속 세계라고. 아직 못 받아들인 것 같은데, 아무튼 내가 원래 살던 곳은 너희처럼 박대겸이니 현성호니 이런 이름 쓰는 사람 없어. 이런 이름이야말로 외국인 같은 이름이지. 계속 검색을 해본 결과 이 세계가 내가 알던 세계가 아니란 걸 깨닫고 두 번째 멘붕. 그러다가 따로 활성화돼 있던 인터넷 창을 보게 됐고, 거기에서 《부산 느와르 미스터리》라는 연재 웹소설을 보게 됐어.」

연재 웹소설?

「그냥 뭐랄까… 본능적인 이끌림이라고 해야 하나? 평소엔 웹소설은커녕 일반 소설도 잘 안 보는데. 아무래도 제목에 '부산'이 들어가 있어서 끌렸는지도 모르겠고. 첫 번째 회차를 읽고 나선, 이게 뭐야 부산은 언제 나와? 하면서 봤는데 두 번째 회차에서 곧바로 내가 알던 이름이 나오더라고..」

누구였지?

「미치. 그리고 켄. 이름만 같은 게 아니라 내가 알고 있는 사람을 그대로 소설로 옮겨놓은 것 같았다니까. 그러니 완전히 몰입해서 읽을 수밖에. 그러다가 몇 회차였더라, 마침내 온몸을 오싹하게 만드는 이름을 봤지.」

네 이름인가?

「맞다. 제이슨이랑 켄싱턴 사이에 있었던 일들이 적혀 있었거든. 생략된 부분이 많긴 했지만, 적힌 부분은 전부 사실이었다. 켄싱턴의 기억이 약간 왜곡됐다고 느껴지기도 했지만, 어쨌거나 그건 분명 나한테 실제로 일어난 일이었으니까. 어차피 너도 《부산 느와르》를 여러 번 읽고 썼으니 그 이후에 일이 어떻게 전개됐는지는 알고 있제? 이 소설을 읽어가는 와중에 '의식 이동'이라는 개념도 알게 됐고. 그래서 어쩌면 지금 나 역시 누군가의 머릿속으로 의식 이동을 했는지도 모르겠구나, 하는 생각을 하게 됐다. 그런 생각이 떠오르자 이런 결론이 나올 수밖에 없었지. 내가 의식 이동을 한 사람이 바로 《부산 느와르 미스터리》를 쓰고 있는 사람이라는 것.」

　……．

「요약해서 설명하긴 했지만, 밤에 잠도 안 자고 꼬박 하루 동안 이 소설을 반복해서 읽고 나서야 알게 된 사실이다.」

《부산 느와르》의 캐릭터였던 제이슨이, 《부산 느와르》 바깥의 나의 현실 세계를 건너뛰어, 《부산 느와르 미스터리》가 집필되고 있는 진짜 현실 세계로 의식 이동을 했다?

「딩동댕.」

네가 의식 이동한 그 사람, 정말 《부산 느와르 미스터리》를 쓴 사람이 맞아?

「설마 내가 그런 것도 확인 안 해봤겠나? 내 인생이 걸린 문젠데. 지금 사이트에는 34회차, 그러니까 '16. 초특급 부산 느와르 미스터리 (2)'까지 연재돼 있고, 《부산 느와르 미스터리》라는 폴더 안에는 그 이후의 소설이 작성돼 있다. 아직 업로드되지 않은 이야기. 다시 말해 네 미래의 이야기.」

내 미래의 이야기? 근데 이상하잖아. 내 미래의 이야기가 너랑 이렇게 대화를 나누는 거야? 너는 어떻게 나와 대화를 나눌 수 있지? 아니, 이걸 대화라고 할 수 있을지 모르겠지만.

「원래 이야기는 이렇게 진행되지 않지. 이 박대겸이란 놈이, 이야기를 아주 얼렁뚱땅 엉망으로 써놨더라고.」

박대겸이란 놈이라니….

「아차, 네 이름도 박대겸이지. 현실-대겸 이 녀석.《부산 느와르 미스터리》는 조회수도 얼마 안 나오는 인기 없는 작품이야. 그래서 그랬나, 이야기의 결말이 형편없었어.」

이야기 결말이 어떻길래 그렇게 직설적으로 말하지? 나역시 소설을 쓰고 있는 사람이라 그런가, 왠지 모르게 현실세계의 박대겸에게 감정 이입이 되는 것 같네.

「그런 걸 수도 있고, 아니면 네가 현실-대겸의 모습을 본떠 만든 캐릭터여서 그런 걸 수도 있고. 어쨌든 그건 중요한 게 아니고, 지금 여기서 중요한 건 현실-대겸이 쓴《부산 느와르 미스터리》의 결말이 내 마음에 들지 않았다는 사실. 그래서 바꾸기로 마음먹었어.」

바꾼다고?

「소설 캐릭터에 불과한 내가, 현실 세계에서 나를 창조한 작가의 머릿속으로 의식 이동을 한 데에는 분명 이유가 있을 것이다, 어쩌면 내가 작가가 돼서 나만의 이야기를 만들어내는 것이 내 운명인지도 모른다, 그렇다면 좋다, 소설의 결말을 완전히 바꿔주겠다, 통째로 뒤엎어주겠다.」

어떻게 바꾸려고?

「후후, 그건 아직 비밀. 그 전에 원래 이 현실-대겸이 써둔 소설 결말부터 간단히 알려줄게. 대충 요약하자면, 너랑 룸와룸와 놈이랑 막 옥신각신하다가 결국 함께 힘을 합해서 《부산 느와르》를 마무리 짓기로 하지. 너는 《부산 느와르》의 소설 세계 안에서, 룸와룸와는 《부산 느와르》의 소설 세계 밖에서.」

결국 룸와룸와와 손을 합치나 보군.

「그래. 잠시 후에 룸와룸와의 의식이 빠져나간 미첼이 깨어 나고, 너랑 미첼이 벤저민이 있는 곳을 방문하지. 그리고 벤저 민에게 어쩌다가 나를 살해했는지 자초지종을 듣고. 본인 말로 는 우발적으로 쐈다고 하는데 진짜 속마음이야 모르지. 애초에 나에게 살의가 있었을 수도 있고. 아무튼 니가 벤저민에게 경 찰에 자백할 것을 권유하고 벤저민은 그러기로 마음먹고.」

무난한 결말로 보이네.

「좀 지루하고 빤한 내용이긴 하지만 여기까지는 그럭저럭 받아들일 수 있어. 근데 갑자기 벤저민 이 새끼가, 자기가 그동 안 모아뒀다면서 우리 아빠가 벌인 범죄 관련 자료를 켄싱턴에 게 넘기는 거 아니겠나.」

매튜?

「그래. 룸와룸와 놈이 《부산 느와르》 밖에서 손을 쓴 거지. 무슨 버그인지 어쩌고 하는 방식으로 문장을 삽입해 넣은 거 야. 그사이 미첼은 크리스에게 연락해서 매튜에 대해 조사한 자료를 경찰에게 넘기라고 하고. 그러고 나서 미첼은 헬렌 심에 게 연락해서 경찰 병력을 벤저민의 별장 주변에 잠복시켜.」

헬렌 심? 미첼이랑 헬렌 심이 아는 사이었어?

「하하하하. 여기에서도, 그러니까 현실-대겸이 써둔 《부산 느와르 미스터리》에서도 니가 미첼에게 똑같이 물어. 헬렌 심이랑 아는 사이였냐고.」

헬렌 심에게 잡힐 뻔한 상황이 두 번이나 있었으니까.

「자세한 내용은 안 적혀 있는데 그냥 예전에 같이 일한 적이 있다고만 나와 있네. 그러고 나서 켄싱턴은 별장에 있던 브래드에게, 벤저민이 갑자기 쓰러졌다는 이야기를 매튜에게 전해달라는 부탁을 하고. 그렇게 매튜를 별장으로 불러들이고, 별장 주변에서 잠복하고 있던 경찰 병력이 매튜를 구속하지. 물론 로버트도 구속되고. 당연히 벤저민도 구속.」

사람을 죽였으면 벌을 받아야지.

「근데 왜 벤저민은 정당방위 판결이 나오냐고, 씨발, 그건 정당방위가 아니었다고! 거기에 자백했다는 이유로 달랑 1년 형만 선고받음. 너는 무사히 니가 생각하는 현실 세계로 돌아가. 룲와룲와도 화해하고. 룲와룲와는 다시 《부산 느와르》의 세계로 돌아가고. 누구에게 의식 이동을 했는지는 밝히지 않은 채로.」

완전히 잠적하는구나.

「마지막으로 너는 《부산 느와르》의 에필로그를 이렇게 써. 엄밀히 말하면 현실 – 대겸이 쓴 거지만. 시간이 흘러 1년 후의 시점. 《부산 느와르》의 첫 장면이랑 겹치지. 하지만 이번에 출소하는 건 벤저민이고, 벤저민을 기다리고 있는 사람은 켄싱턴. 둘은 간단히 대화를 주고받고, 차에 탑승해서 광안대교를 지나 신선대지하차도를 지나 송도까지 달리지. 그러면서 끝난다.」

음….

「내가 줄거리 요약을 제대로 못 한 부분도 있는데, 아무튼 대강의 큰 스토리는 전부 다 말했다. 자. 이 이야기가 어떤 것 같노?」

글쎄, 그냥 줄거리만 듣고 뭐라 말하기가….

「니도 작가라고 같은 작가 편 드는 거가?」

딱히 그런 건 아닌데. 줄거리만 듣고 소설이 이렇다 저렇다 말하기가 좀 어렵거든. 소설이 줄거리만으로 이뤄진 것도 아니고.

「난 맘에 안 들어. 그래서 새로 쓰기로 했어.」

어떻게 새로 쓴다는 말이지?

「지금까지 사이트에 업데이트된 건 34회차 '16. 초특급 부산 느와르 미스터리 (2)'까지야. 거기 마지막 부분을 살짝 수정했어.」

살짝 수정했다?

「정확하게 말하면 내 목소리를 첨가했지.」

그게 무슨 말이야?

「기억 안 나나. 갑자기 네 머릿속에 어떤 목소리가 들렸잖아.」

— 웃기고 있네.

「맞다. 그러고 나선 파일에 저장해둔 '16. 초특급 부산 느와르 미스터리 (3)'의 내용을 무시하고 '17. 초특급 미스터리 (1)'이라는 제목을 썼어.」

제목을 썼다? 어디에? 그러면 지금 내가 말하고 있는 것도 네가 쓰고 있는 건가?

「나는 현실-대겸처럼 한글 파일에 쓰는 게 아니다. 웹사이트상에 곧바로 쓰기 시작했다. 근데 재밌는 게 뭔 줄 아나? 나는 내 생각을 모니터에 처넣은 것뿐인데, 신기하게도 네가 하는 생각이 저절로 모니터에 활자화돼서 나타나는 거 아니겠나. 그래서 네가 나한테 건네는 생각, 너 혼자 하는 생각 전부 알 수 있었고.」

그럼 지금 새로 쓰고 있는 소설은 너와 내가 같이 쓰고 있는 셈이네?

「그렇게 볼 수도 있겠네. 어쨌거나 이제부터 《부산 느와르 미스터리》 창작의 주도권은 나에게 있다고 할 수 있지. 하하하. 아무튼 지금까지 말한 것들이 나에게 벌어진 일, 그리고 니가 처한 상황의 전부다.」

현실 세계의 그 작가 이름이 박대겸이라고 했지?

「맞아, 이름 짓기 귀찮으니까 그냥 자기 이름을 네 캐릭터 이름으로 해버린 것 같기도 하고.」

나는 그렇게 생각하지 않는다. 자신의 이름과 같은 캐릭터를 만든다는 건, 분명 특별한 의미가 있다. 나도 소설을 쓰는 사람이기에 알 수 있는 점이다.

「그래, 그렇게 생각하고 싶으면 그렇게 생각하든지. 아무튼 이제부터 《부산 느와르 미스터리》는 내가 쓸 거다. 니는 그냥 니가 믿고 있는 현실 세계에 가만히 있으면 된다. 아니, 니도 뭐 니 나름대로 원래 쓰던 《부산 느와르》를 다시 써보든가. 어차피 내 세계가 진짜 현실 세계니까 니가 쓰는 이야기조차 내가 쓰는 이야기 속에 포함되겠지만.」

어떻게 쓸 생각인데?

「다 죽여버릴 거다. 벤저민도 죽이고, 켄싱턴도 죽이고, 미첼도 죽이고. 매튜도 확 죽여버릴까? 하하하. 그럼 패륜아가 되려나. 아니지, 난 이미 죽었잖아? 그냥 다 죽는 거다. 어차피 독자들은 그런 자극적인 이야기 좋아하잖아. 명색이 제목에 '느와르'가 들어간 작품에서 어떻게 죽는 사람이 나 한 명밖에 없노.」

살인범은 누구로 하게?

「글쎄, 우선 니랑 대화하는 게 재밌어서 아직 구체적으로 정해두진 않았다.」

켄싱턴에게 총이 있으니 켄싱턴에게 킬러 역할을 맡기면 되겠네. 미첼 몰래 갖고 있다가 벤저민에게 찾아가서 탕 탕 탕, 쏴버리는 거지.

「오, 역시 니도 나름 소설가라고 그런 쪽으론 머리가 잘 돌아가네.」

나름 소설가라니. 그래도 소설책을 두 권이나 냈고 독자도 제법 있는데. 현실 세계의 그 작가랑 날 비교하진 말아주시지.

「어차피 그거 다 《부산 느와르 미스터리》 속 설정이잖아, 하하.」

그런가? 그나저나 이제 넌 평생 거기서 현실-대겸으로 살아가야 하나?

「거기까진 아직 생각 안 해봤는데, 우선 《부산 느와르 미스터리》부터 마무리 짓고 나서 생각해봐야겠네. 어차피 내가 돌아가야 할 몸뚱아리가 살아 있을 것 같지도 않고.」

그렇군. 아무튼 덕분에 즐거운 시간이었어.

「하하하. 나도 니 덕에 좋은 시간 보냈다. 진짜 현실 세계에서 나를 아는 존재와 대화를 나누는 게 너무 재밌다보니 말이 길어졌네.」

그랬다면 다행이고. 그럼 소설 마무리 잘하시길. 기왕이면 내가 《부산 느와르》를 무사히 끝내고 평화롭게 살아가는 쪽으로 마무리 지어줘.

「오케이.」

작업은 어떻게 할 거야?

「어떻게 하다니?」

사이트에 직접 쓰는 것보다 한글 파일에 따로 저장하면서 쓰는 편이 낫지 않을까 해서.

「그런가?」

여긴 나와의 소통 창구 같은 곳? 이야기가 잘 안 풀릴 때 여기에다가 글을 쓰는 거지. 그럼 네가 쓰는 글이 내 머릿속에 곧바로 들릴 테고.

「음, 나름 괜찮은 방법 같네. 이 사이트는 니랑 소통할 때 창구로 사용하면 되겠다.」

그래, 그럼 이야기가 막히거나 궁금한 부분 생기면 연락 줘.

「오케이, 오케이.」

〔 **18** 〕

다시 쓰는 부산 느와르

박대겸=제이슨은 《부산 느와르 미스터리》의 캐릭터 박대겸과 나눈 대화를 다시 한번 훑어보았다. 그러면서 캐릭터 박대겸이 알려준 조언 몇 가지를 복사해서 빈 한글 파일에 붙여두었다. 한글 파일의 이름은 '다시 쓰는 부산 느와르'로 정했다.

이제 내가 쓰기만 하면 된다. 내가 살던 세계를 내 마음대로 바꿀 수 있다. 내가 아는 인물, 내가 모르는 인물 전부 내 마음대로 컨트롤할 수 있다. 어차피 그 세계에서, 나는 이미 죽고 없다.

어쩌면 죽음이란 이런 것일까. 천당이나 지옥 따위가 따로 있는 것이 아니라, 내가 살던 세계가 누군가의 창조물이라는 사실을 깨닫는 일. 내 마음대로 살고 내 마음대로 생각하고 내 마음대로 행동하는 줄 알았지만, 실은 그게 전부 나를 창조한 누군가에 의해 조종됐다는 사실을 깨닫는 일.

그러므로 내가 매튜에게 입양된 사실도, 매튜가 나를 이용해 불법적인 일을 저지른 사실도, 전부 현실 세계의 박대겸이란 놈이 창작한 것에 불과하다? 후후후. 하지만 이 박대겸이라는 놈의 허접한 상상력도 이제 끝이다. 내가 이 녀석의 머릿속으로 의식 이동을 했으니, 이제부터 《부산 느와르》의 세계는 내가 만들어간다!

다시 쓰는 부산 느와르!

박대겸=제이슨은 자리에서 일어나 쭈욱 기지개를 켜더니 주방 쪽으로 가서 냉장고 문을 열었다. 냉장고 안엔 몇 가지 반찬통과, 거봉, 사과, 우유, 이온음료가 있었다. 박대겸=제이슨은 먼저 이온음료 페트병을 꺼내 몇 모금 마신 뒤 다시 냉장고에 집어넣었고, 그 후 주방 상부장에서 컵라면을 찾아냈다. 주전자에 물을 담아 인덕션으로 끓였고, 그사이 컵라면 봉지를 뜯어 수프를 까서 부었다. 잠시 후 주전자의 물이 끓자 박대겸=제이슨은 끓는 물을 컵라면에 넣고 뚜껑을 닫아 그 위에 수저를 올려두었다. 그러고 나서 냉장고에서 꺼낸 김치와 컵라면을 나무 쟁반에 담아 다시 책상 앞으로 돌아갔다.

내가 살던 세계에선 그래도 끼니 챙겨주던 안나와 수전이 있었는데, 여기선 컵라면이나 끓여 먹는 신세로 전락하고 말았네. 하지만 괜찮아. 어차피 내가 살던 세계는 창작된 세계였으니까. 이곳이 진짜 세계야. 컵라면 따위를 먹는 이곳이 진짜 세계라고!

박대겸=제이슨은 유튜브에서 볼 만한 영상을 찾아 틀어놓

고, 컵라면을 먹기 시작했다. 적당히 익은 컵라면은 박대겸=
제이슨의 입맛에 딱 맞았다.

박대겸=제이슨은 영상에 나온 연예인들의 몸개그를 보며
깔깔대며 웃었고, 밥솥에 남아 있던 밥을 말아 국물까지 깨끗
이 다 먹었다. 컵라면 컵과 수저를 싱크대에 던져두고 김치를
냉장고에 넣어둔 뒤 다시 책상 앞으로 돌아와 몇 가지 유튜브
영상을 더 찾아보았다.

밤도 새우고 배도 부르니 졸음이 쏟아지네. 잠시 눈 좀 붙
이고 일어나서 맑은 정신으로 작업을 시작해야겠다.

박대겸=제이슨은 침대에 누웠고, 1분도 지나지 않아 잠들
고 말았다. 그사이 연재 사이트 창에선 이런 글이 쓰여지고
있었다.

= = =

…….

이제 고작 20분밖에 안 지났나? 아무 생각 없이 멍때리고
있는 것도 쉬운 일이 아니다.

야, 제이슨! 제이슨, 지금 내 생각 보고 있어? 내가 하는 생
각 보여?

갔나? 진짜 갔나?

…….

한글 파일에 지금쯤 뭔가 적고 있을까? 본격적으로 《부산
느와르》를 폭주시키고 있을까?

415

여전히 믿기지 않는다. 내가 소설 속 캐릭터라니. 내가 《부산 느와르 미스터리》 속 캐릭터라니.

하지만, 하고 나는 생각했다. 그게 어쨌다고. 내가 하는 말이나 내가 하는 생각들, 전부 현실 세계의 박대겸이란 녀석이 전부 창작한 것이다? 그럴지도 모르지. 믿을 수도 없고 믿기지도 않지만, 어쩌면 받아들여야 할 진실일지도 모른다. 하지만 상관없다. 나는 《부산 느와르 미스터리》의 세계 안에서, 내가 옳다고 생각하는 일을 할 것이다. 내가 옳다고 생각하는 것조차 진짜 현실 세계의 누군가에 의해 주입된 것이라 할지라도. 심지어 지금으로선 현실 세계 박대겸의 의식은 사라져버렸지 않은가. 지금 현실-대겸은 제이슨의 의식에 의해 움직이고 있다. 그렇다면 내가 해야 할 일은 하나밖에 없다.

제이슨을 막는 것. 제이슨이 폭주하는 일을 막는 것이다.

제이슨이 《부산 느와르》를, 《부산 느와르 미스터리》를 엉망으로 헝클기 전에 무슨 수를 써야 한다. 비록 소설 속 캐릭터에 불과한 나일지라도 분명 무언가 할 수 있는 일이 있을 것이다. 제이슨이 다시 내 머릿속을 읽기 전에 얼른 생각해야 한다.

제이슨이 어쩌다가 현실 세계까지 튀어 나갔는지는 알 수 없다. 제이슨이 말한 대로 벤저민에 대한 복수심이 강해서 그랬을 수도 있다. 어쨌거나 이 모든 일은 제이슨이 죽었기 때문에 일어난 일이다. 만약 제이슨이 죽지 않는다면 제이슨의 의식이 현실 세계의 박대겸에게 이동하는 일도 없을 것이다. 이미 일어난 제이슨의 죽음. 제이슨의 죽음을 되돌릴 수 있는 방법은 없을까.

타임 슬립? 이제 정말 《부산 느와르》의 장르를 SF로 바꿔야 할 시간이 된 것인가. 이럴 줄 알았으면 소설 제목을 《부산 느와르 SF》라고 짓는 건데.

나는 《부산 느와르》 파일을 활성화시켰다. 파일에는 켄싱턴과 미첼이 대화를 나누다가 미첼이 테이블에 쓰러진 부분까지 작성돼 있었다. 내 의식과 룸와룸와의 의식이 빠져나간 상태에서도, 내 몸은 묵묵히 자기 할 일을 하고 있었던 것이다.

하지만 타임 슬립 설정은 너무 과하다. 그것 말고 다른 방법은 없을까. 《부산 느와르》의 장르를 크게 벗어나지 않는 범위에서 할 수 있는 일. 제이슨의 의식을 돌아오게 하는 방법. 제이슨의 죽음을 거스를 수 있는 방법.

제이슨이 죽은 게 아니라고 하면 어떨까. 잠시 제이슨의 의식만 몸 밖으로 빠져나간 상황이라면? 지금 제이슨이 현실 세계의 박대겸에게 의식 이동을 한 것이, 일종의 임사 체험 같은 것이라면 어떨까?

나는 재빨리 인터넷에서 임사 체험에 관해 검색했다. 위키백과에 이런 내용이 있었다.

"지금까지의 조사를 개관하면, 심장정지 상태에서 소생한 사람의 4~18%가 임사 체험을 했다고 진술한다. 현재는 의학 기술을 통해 정지한 심장의 박동이나 호흡을 재개시키는 것도 가능하게 되었기 때문에, 죽음의 늪에서 생환하는 사람의 수는 과거에 비해 증가했다. 임사 체험에는 몇 개의 패턴이 있다. 빛 체험, 인생 회고, 지각의 확대 등이 빈번히 보고된다."

빛 체험! 아까 제이슨은 이렇게 말했다.

— 뭔가 거대한 통로라고 해야 하나? 우주 속에 있는 것처럼 엄청나게 길고 거대한 검은 원통형 공간, 그 공간 밖에는 수많은 별빛 같은 것들이 빠르게 내 뒤쪽으로 스쳐 지나갔고. 꿈이었는지 뭔지 모르겠는데, 한참 동안 그곳을 통과하고 나서야 겨우 정신을 차린 거다.

그래, 제이슨은 임사 체험을 한 것이다. 아니, 지금도 계속 임사 체험을 하고 있는 것이다.

제이슨은 현재 심장이 정지한 상태. 바이털 사인 모니터에서 심정지를 알리고 있다. 하지만 아직 사망 선고가 내려진 것은 아니다. 의사들이 달라붙어 심장충격기로 제이슨을 다시 살려내려 하고 있다.

그래, 이거다! 이렇게 쓰면 된다.

나는 챕터를 넘겨 시점을 3인칭으로 바꾼 뒤 《부산 느와르》를 다음과 같이 이어 적었다.

=　=　=

전날 밤 복부에 두 방의 총을 맞고 병원에 실려 온 제이슨. 곧장 119에 실려 응급실로 이송된 후 곧바로 수술이 시작되었다. 12시간 넘게 걸린 큰 수술. 다행히 수술은 성공적이었다. 하지만 그 후 몇 시간이 지나도록 제이슨의 의식은 돌아오지 않은 채 중환자실에 눕혀져 있었다.

갑자기 제이슨의 바이털 기기에서 삐이이이이, 하는 소리가 길게 울려 퍼졌다. 간호사와 의사 들이 제이슨의 침대로 달려

들었다. 심정지가 온 것이다. 다급히 심장 마사지를 실시했으나 심장 박동에 아무 변화가 없었다. 의사들은 곧장 심장충격기를 사용하기로 했다.

몇 차례 전기 충격을 가했고, 잠시 후 제이슨의 심장이 다시 미세하게 뛰기 시작했다. 의사와 간호사 들이 안도의 한숨을 내쉬기가 무섭게, 이번에는 제이슨의 눈꺼풀이 꿈틀거렸다. 수술 후 만 하루 동안 꿈쩍도 하지 않던 제이슨이었다. 의사와 간호사 들이 기대 가득한 모습으로 제이슨을 둘러싸고 있었다.

제이슨이 천천히 눈을 떴다.

"제이슨 씨, 제 목소리가 들립니까?"

제이슨은 목소리가 들려온 곳으로 시선을 향했다. 제이슨은 멍한 얼굴로 몇 차례 눈을 깜빡거렸다. 아직 자신이 처한 상황을 제대로 이해하지 못한 것 같았다.

"제이슨 씨, 이제 정신이 드십니까?"

제이슨은 질문에는 대답하지 않은 채 눈동자를 굴리며 자신이 어떤 상황에 있는지 파악하려고 했다. 의사가 다시 한번 말했다.

"제이슨 씨, 제이슨 씨는 어제 사고 이후 22시간 동안 완전히 의식을 잃고 있었습니다."

그 말을 듣고 나서야 마침내 제이슨이 입을 뗐다.

"여긴, 어디…?"

"병원이죠. 중환자실이에요."

"…부산 느와르?"

"부산 느와르? 그게 무슨 말씀입니까?"

"설마 다시 돌아온 건…."

"맞습니다. 다시 의식이 돌아왔습니다. 지금 밖에서 매튜 씨랑 다른 가족분들이 제이슨 씨 의식이 돌아오기만을 기다리고 있어요."

제이슨의 눈이 붉어지더니 눈동자에 서서히 눈물이 맺혔다. 그러고 나서 제이슨은 눈물을 머금은 채 이렇게 말했다.

"씨발."

"네?"

"씨발!"

= = =

나는 "씨발!"까지 쓰고 나서 키보드에서 손을 뗐다. 급한 상황이니만큼 디테일한 부분은 생략하고 줄거리 위주로 빠르게 적었다.

우선 이걸로 급한 불은 끈 셈이다. 제이슨의 의식은 현실 세계의 박대겸으로부터 빠져나와 다시 《부산 느와르》 속 자신에게 돌아갔을 것이다. 틀림없이 돌아갔다.

아니야, 그래도 모르니까 잠시만 더 기다려볼까. 혹시 제이슨이 내가 하는 생각을 계속 읽고 있을 수도 있으니.

나는 의자에서 일어나 침대에 드러누웠다.

그나저나 내가 살던 세계로 돌아온 게 맞구나. 익숙한 베개와 침대. 책장에 꽂혀 있는 책들. 원래 내가 알고 있던 세계가 맞아. 이제 다시는 《부산 느와르》 속으로 들어가는 일이 없으면 좋을 텐데. 하지만 그것 역시 현실의 작가가 어떻게 쓰느냐에 따라 달라지려나….

모르겠다.

지금 현실의 작가는 제이슨의 의식이 빠져나간 뒤 정신을 잃고 잠들어 있겠지. 자기가 쓴 소설 속에서 어떤 일이 일어났는지는 상상도 하지 못한 채로.

그나저나 룸와룸와는 어떻게 됐을까. 내 머릿속에 있던 룸와룸와는 어디로 사라진 걸까.

그런 의문이 떠오른 순간, 내 몸이 내 의지와 무관하게 침대에서 일어났고, 책상 앞에 앉아 키보드를 두드리기 시작했다.

= = =

룸와룸와는 잠시 멍하게 의자에 앉은 채 주변을 살펴보았다. 테이블 위에 캔맥주와 뜯어진 견과류 팩이 보였고, 맞은편에 미첼이 엎드려 있는 모습이 보였다. 분명 조금 전까지 있던 미첼의 집이었다. 룸와룸와는 화장실로 달려가 문을 열고 거울을 확인했다. 거울 속에는 켄싱턴의 얼굴이 비치고 있었다.

조금 전까지 미첼 속에 있다가, 다시 박대겸에게 돌아가 모니터를 확인하고 있었는데, 어느 순간 눈앞이 캄캄해지는가 싶더니 다시 《부산 느와르》 세계 속으로 돌아왔어. 이번엔 미첼이 아니라 켄싱턴에게. 그럼 원래 켄싱턴의 머릿속에 있던 박대겸의 의식은 어디로…?

아! 다시 바뀐 거야? 켄싱턴 속에 있던 박대겸의 의식과, 박대겸 속에 있던 내 의식이 교체된 거야? 그런 것도 가능했어?

하긴, 내가 할 수 있는 일이라면 박대겸 녀석도 할 수 있겠지.

근데 이 시점에 난데없이 왜? 분명 나와 대화할 때까지만 해도 그런 생각은 없었던 것 같은데. 더 이상 의식 이동을 하지 않고, 켄싱턴으로서 《부산 느와르》를 무사히 마무리 짓자는 식으로 이야기 나눴던 것 같은데.

…….

근데 이거 지금 내가 하는 생각이야? 내가 내 의지로 하는 생각 맞아? 아니면 박대겸 녀석이 모니터에 쓰고 있는 글을 내 생각이라고 착각하고 있는 거?

켄싱턴=룲와룲와는 볼을 꼬집어보았다. 입을 크게 벌렸다가 다물기를 몇 차례 반복했고. 양손으로 가볍게 볼을 두드렸다.

이건 분명 내 의지로 하는 행동이야. 나 스스로 한 생각이야. 박대겸이 써넣고 있는 글 따위가 아니야. 나에게 자유의지가 생긴 거야!

정말? 진짜?

켄싱턴=룲와룲와는 화장실 밖으로 나가 턱을 만지작거리며 거실을 왔다리 갔다리 하며 생각했다.

하지만 이상하잖아. 왜 크리스 속에 있을 땐 내 의지로 할 수 없던 것을, 지금 켄싱턴 속에 있을 땐 내 의지로 할 수 있지? 켄싱턴이 《부산 느와르》의 주인공이어서? 소설의 주인공이니만큼, 현실 세계의 작가가 쓰는 대로만 움직일 이유는 없다? 자기만의 자유의지를 가질 권리가 있다?

아니야. 주인공은 소설에 자주 등장하는 인물일 뿐이고,

어차피 만들어진 캐릭터라는 점은 다른 캐릭터들과 마찬가지 잖아. 굳이 주인공이라고 자유의지를 가질 이유는 없어.

어쩌면 내가 현실 세계 박대겸의 머릿속에 들어가 있었기 때문에, 자연스럽게 현실 세계의 박대겸이 할 수 있는 일을 할 수 있게 됐는지도 몰라. 박대겸 녀석 역시 《부산 느와르》로 의식 이동을 한 후에, 내가 이야기의 신이자 이야기의 왕으로 서 할 수 있는 일을 할 수 있게 됐잖아. 우리 둘은 자연스럽게 동기화가 됐어. 이렇게 가정하는 게 가장 적절한 것 같아.

하지만, 하고 룲와룲와는 반론을 떠올렸다. 여긴 어디까지 나 《부산 느와르》의 세계이고, 현실 세계의 박대겸이 창작하 고 있는 세계. 분명 내가 하는 생각이나 행동이 모니터에 떠 오를 텐데.

그럼 박대겸이 내 생각이나 행동을 받아 적고 있다는 말 이야?

소설 속 캐릭터가, 현실 세계의 소설가를 움직이고 있다는 말이야?

= = =

나는 모니터에 적힌 글을 보며, 어, 아무래도 그런 것 같아, 라고 구시렁거렸다.

룲와룲와의 말이 맞는 것 같아. 우리 둘은 어느 순간 동기 화되었고, 룲와룲와가 할 수 있는 일은 나도 할 수 있게 되었 으며, 내가 할 수 있는 일 역시 룲와룲와가 할 수 있게 됐어.

《부산 느와르》의 캐릭터 속으로 의식 이동을 했음에도, 룱와룱와는 내 의지와 무관하게, 자신만의 자유의지로 생각하고 행동할 수 있게 됐어. 자유의지가 생긴 소설 속 룱와룱와의 생각을, 내가 받아 적고 있는 거야.

아니지, 꼭 그렇게만 생각할 수는 없어. 지금 상황은, 진짜 현실 세계 《부산 느와르 미스터리》의 작가 박대겸에 의해 작성되고 있는 건지도 몰라. 제이슨의 의식이 빠져나간 이후 잠시 잠들어 있던 현실 세계의 박대겸이 의식을 되찾고 나서, 모니터에 남아 있는 나와 제이슨과의 대화를 보고, 자기가 의식을 잃고 있던 사이 벌어진 일을 보고 나서, 다시 자기만의 방식으로 소설을 이어서 쓰고 있는 건지도 몰라. 그러니까 지금 내가 하는 생각도, 사실 내가 하는 생각이 아니라 현실 세계의 박대겸이 쓰고 있는 거고, 룱와룱와가 자신의 자유의지라고 믿고 있는 생각도 사실은 현실 세계의 박대겸이….

그만하자, 그만하자. 어디까지가 나만의 자유의지고 어디까지가 창작자의 창작인지 구분할 필요는 없다. 구분할 수 있는 영역도 아니다. 나는 내가 현실 세계라 믿고 있는 세계로 돌아왔고, 여기서 내가 할 수 있는 일을 해야 한다.

그렇게 생각하는 순간 잠시 움직임을 멈추고 있던 손가락이 다시 키보드를 두드리기 시작했다.

= = =

생각에 잠긴 채 거실 한가운데 멀뚱히 서 있던 켄싱턴=룱와룸와는 갑자기 소파 쪽으로 다가가 TV 리모컨을 들고 전원 버튼을 눌렀고, 뉴스 채널로 채널을 변경했다.

갑자기 이건 뭐지? 이건 내 의지로 한 행동이 아닌데. 내 의지로 생각하거나 행동할 수도 있지만, 박대겸이 쓰는 대로 생각하거나 행동할 수도 있는 거?

룸와룸와가 그런 의문을 떠올리는 순간 TV에서 여성 기자의 다급한 목소리가 들려왔다.

기자 긴급 속보입니다. 지금 저는 부산 장전동에 위치한 금정 종합병원에 나와 있습니다. 지난밤 국회의원 매튜 씨의 아들 제이슨 씨가 복부에 총상을 입고 병원에서 긴급 수술을 받고 있다는 소식을 전해드렸는데요, 그 후 중환자실에서 안정을 찾는 것으로 보이던 제이슨 씨가 의사 가운에 있던 볼펜으로 담당 의사에게 상해를 입힌 사건이 벌어졌습니다. 제이슨 씨는 중환자실에서 도주, 메스까지 손에 넣은 채 스무 명이 넘는 의사, 간호사 및 다른 환자 들에게 상해를 입힌 뒤 병원 밖으로 빠져나가 행방이 묘연한 상태입니다.

아나운서 정말 끔찍한 사건이 벌어졌는데요, 이게 다 병원 안에서 일어난 일입니까?

기자 네. 제이슨 씨는 수술 후 한동안 의식을 잃고 있었는데, 몇 시간이 지나서 갑자기 눈을 뜨더니, 여긴 소설 세계야! 너희들 다 소설 캐릭터라고! 라고 외치면서 흉기를 휘둘렀다고 합니다.

아나운서 소설 세계요? 소설 캐릭터? 그게 무슨 소리죠?

기자 주변 의료진들의 이야기에 따르면 복부에 총상을 입으면서 충격을 받은 것 같다는 의견이 다수를 차지했습니다. 하지만 제이슨 씨가 어떤 이유로 이런 말을 하고, 어떤 이유로 이런 무참한 일을 벌였는지에 대해서 아직 정확하게 밝혀지지는 않았습니다.

아나운서 현재 병원 내부 상황은 어떤가요? 상해를 입은 분들의 상태는?

기자 병원 안에서 일어난 일이라 곧바로 의료진들에 의해 치료가 이뤄져서 다행히 큰 부상을 입은 사람은 없는 것으로 알려졌습니다.

아나운서 그나마 다행스러운 소식이네요. 그럼 흉기 난동마 제이슨의 현재 위치는 아직 파악이 안 된 상태인가요?

기자 지금 경찰 측에서 제이슨 씨의 행방을 쫓고 있는 것으로 알려져 있는데요. 아! 지금 막 새로운 소식이 들어왔습니다!

아나운서 어떤 소식입니까?

기자 네, 메스를 든 채 택시를 잡아탄 제이슨 씨가 남산동에 있는 자택으로 돌아갔다는 소식입니다. 택시 기사가 경찰 측에 신고를 했다고 하네요. 기사의 말에 따르면 환자복에 피가 많이 묻어 있었고, 눈자위도 시뻘건 채 제정신이 아닌 듯 보였다고 합니다.

아나운서 택시 안에서는 얌전히 있었답니까? 택시 기사에게 위협을 가하진 않았는지?

기자 네, 다행히 아무 일도 없었습니다. 원하는 목적지에 데려다주자 제이슨 씨는 돈도 내지 않은 채 곧장 집 안으로 뛰어

들어갔다고 합니다.

아나운서 그럼 현재 흉기 난동마 제이슨은 자택에 있다는 말인데요, 행방을 알았으니 이제 체포하는 건 시간문제겠습니다.

기자 네, 경찰 측에서 긴급히 출동했으니 곧 사건이 마무리⋯. 아니, 다시 새로운 소식이 들어왔습니다!

아나운서 사건이 굉장히 급박하게 돌아가는 것 같네요. 이번엔 또 뭐죠?

기자 제이슨 씨 자택 인근의 주민이 신고한 정보인데요, 경찰이 제이슨 씨 자택에 도착하기 불과 몇 분 전에, 제이슨 씨가 어떤 사람과 함께 다급히 집에서 떠났다고 합니다.

아나운서 떠났다고요? 어디로 갔죠? 같이 있던 사람은 또 누구입니까?

기자 어디로 갔는지까지는 아직 확인되지 않았고⋯. 네, 같이 있던 사람은 자택에서 가사 도우미로 일하던 수전 씨로 방금 확인되었습니다.

"엄마⋯?"

켄싱턴=룸와룸와는 목소리가 들린 쪽을 바라보았다. 그 사이 정신을 차린 미첼이 TV를 보며 중얼거린 말이었다.

"엄마라고?"

미첼은 켄싱턴=룸와룸와의 질문에 고개를 주억거렸다.

"수전. 우리 엄마야. 저기서 가사 도우미로 일하고 있었어."

《부산 느와르》엔 그런 내용이 안 적혀 있었잖아! 물론 미첼과 켄싱턴의 엄마가 나오긴 하지만, 나는 그런 설정을 떠올린 적이 없어! 박대겸에게도 그런 아이디어는 없었던 것 같은데!

"근데 제이슨이 왜…? 제이슨은 어제 분명 브래드와 함께 별 장으로 갔는데?" 미첼이 혼잣말처럼 중얼거렸다.

그러고 보니 그렇네. 내 의식이 현실 세계의 박대겸 속에 있을 때, 분명 모니터에 그렇게 적혔던 걸 봤는데. 미첼이 제이슨을 미행해서 산속 별장까지 갔다는 이야기가 있었는데.

미첼로 넘어갔다가, 박대겸으로 넘어갔다가, 다시 켄싱턴으로 넘어오는 사이에 도대체 무슨 일이 있었던 거야!

켄싱턴=룲와룲와는 머리를 부여잡았다.

야, 박대겸! 지금 모니터로 내가 하는 생각 읽고 있어?

= = =

나는 내 손가락이 쳐 내려간 글을 읽으며 당황하지 않을 수 없었다.

제이슨 이 새끼, 기껏 되살려놨더니 흉기를 휘두르며 난동을 피워? 이건 전혀 내가 계획했던 이야기가 아니라고! 그리고 수전? 수전이 켄싱턴과 미첼의 엄마? 그것도 제이슨의 집에서 가사 도우미로 일하고 있다?

젠장! 모르는 것투성이잖아!

그러고 보니 미첼이 벤저민을 제이슨으로 착각한 것도 제이슨이 알려줘서 알게 된 사실이다. 지금 《부산 느와르》 속에 있는 룲와룲와는, 미첼이 벤저민을 제이슨으로 착각했다는 사실

428

을 모르고 있다.

손가락만 내 의지대로 움직여주면 좋을 텐데. 뭐라도 써서 룳와룳와에게 알려주면 좋을 텐데.

그런 생각을 하자 룳와룳와가 했던 말이 떠올랐다.

— 내 몸이, 그러니까 네 몸이 저절로 움직이는 게 아니겠어? 내 의지와는 무관하게.

그래, 지금 나에게 벌어지고 있는 일은, 정확히 룳와룳와가 겪었던 일이야. 룳와룳와에게 일어난 일이 나에게도 반복되고 있어.

— 《부산 느와르》를 쓰는 것만 빼면 다른 건 전부 내 마음대로 할 수 있었으니까. 앉았다가 일어난다든지, 머리나 팔뚝을 긁는다든지, 그런 사소한 것들 전부. 하지만 내겐 《부산 느와르》를 이어서 쓰는 게 제일 중요한데, 다른 건 나한테 필요가 없는데 말이지.

지금 내게 필요한 것이 바로 《부산 느와르》를 내 의지로 이어 쓰는 일이다. 하지만 내 몸은, 아니, 내 손가락은, 내 의지대로 움직이지 않는다. 내가 원하는 대로 《부산 느와르》를 이어서 쓸 수 없다.

어떻게 해야 하나. 한글 파일에 사건이 어떻게 전개되는지 적히기를 막연히 기다리고 있을 수밖에 없나? 그리고, 맞아. 룳와룳와는 느리다고 했잖아.

— 타이밍이 한 10분에서 15분쯤 느리다고 해야 하나. 켄싱턴 때나 안나 때나 마찬가지였는데, 화면에 뜬 내용을 보고 나서 내가 소설 속으로 들어오면 이야기가 이미 어느 정도 진행

된 이후더라고.

지금 《부산 느와르》 속 이야기는 모니터에 적힌 글보다 10분에서 15분 정도 앞서서 전개되고 있을 것이다.

추측해보자. 제이슨은 현재 분노로 가득한 상태다. 현실 세계에서 현실-대겸의 몸을 빌려 《부산 느와르 미스터리》를 자기 마음대로 쓰고자 했던 계획이 물거품이 된 것이다. 신이 된 것처럼, 자신이 살던 세계의 인물들을 농락하려던 제이슨의 기대가 산산이 부서진 것이다. 분노가 차오른 상태. 그 분노의 화살이 향할 곳은 어디인가.

벤저민일 것이다. 자신에게 총을 쏜 벤저민. 아까 제이슨과 대화할 때도, 벤저민에 대한 살의만은 분명하게 표현했으니. 그러므로 지금 제이슨은 수전과 함께 벤저민이 숨어 있는 별장으로 향하고 있을 것이다.

제이슨이 굳이 자기 집에 들른 이유는?

수전을 데리고 가기 위해서였겠지. 제이슨은 별장의 위치를 모르기 때문에, 별장의 위치를 알고 있는 수전과 동행한 것이다. 어쩌면 무면허인 제이슨을 대신해 수전이 자동차 운전까지 하고 있을지도 모르고.

그리고 제이슨이 자택에 들른 가장 중요한 이유는 총을 가지고 나오기 위해서일 것이다. 그래야 자신이 당한 대로 벤저민에게 총격을 가할 수 있다. 받은 대로 돌려줄 수 있다.

그나저나 제이슨은 어떻게 내 통제를 벗어나서 자기 의지로, 자기 마음대로 생각하고 움직일 수 있을까? 설마 이것도 《부산 느와르 미스터리》를 쓰고 있는 현실-대겸이 구상한 일인가.

하지만 제이슨을 현실 세계에서 《부산 느와르》의 세계로 되돌린 건 어디까지나 내가 한 일이다. 현실 - 대겸의 의지와 무관하게, 내 자유의지만으로 행한 일이다.

어쩌면 현실이라고 믿는 세계와, 그 바깥의 세계를 모두 경험한 사람에겐, 그 세계의 규칙에서 벗어난 자유의지가 생겨나는 건지도 모르겠다. 그렇기에 켄싱턴에게 의식 이동을 한 룗와룗와도, 자신에게 되돌아간 제이슨도, 바깥 세계 창작자의 의지를 벗어나 자기만의 의지로 생각하고 움직일 수 있는 것이다.

그럼 이제 내가 해야 할 것은 무엇인가. 이 세계에서 나는 더 이상 《부산 느와르》에 관여할 수 없다. 바꿔 말하면, 제이슨의 폭주를 막기 위해선 다시 한번 《부산 느와르》 속으로 들어가야 한다는 뜻이다. 지금 제이슨의 분노와 제이슨의 정체를 알고 있는 사람은 나밖에 없으니까.

젠장! 다시 한번 룗와룗와와 의식 교체를 해야 한다는 말이다.

그전에 여기서 내가 할 수 있는 일은 없을까.

— 그래도 내 의식으로 할 수 있는 일이 조금은 있었어. 그 덕에 소설 속에 일종의 버그를 삽입할 수 있었지.

맞아, 버그가 있었어. 룗와룗와가 소설 속에 버그를 삽입한 것처럼, 나도 《부산 느와르》 안에 버그를 삽입할 수 있을 것이다. 나한테 도움이 될, 켄싱턴에게 도움이 될 어떤 버그를.

소설 속에 어떤 문장을 첨가하면 좋을까, 라고 생각하며 잠시 눈을 감았는데, 갑자기 몸이 덜컹거리기에 깜짝 놀라며 눈을 떴다.

전방에 보이는 고속도로 풍경.

갑자기 이건 또 무슨 상황이지?

내가 타고 있는 자동차가 앞서가는 자동차들을 빠른 속도로 추월하며 달리고 있었다.

고속도로라고는 해도 속도가 너무 빠르잖아!

보조석에 앉아 있던 나는 고개를 돌려 운전석을 바라보았다. 미쳴이 뭔가에 홀린 사람처럼 자동차를 운전하고 있었다. 다시 시선을 계기판 쪽으로 돌렸다. 눈앞에 들어온 150이라는 숫자.

150킬로미터! 여기가 독일 아우토반이냐! 아니, 아우토반이라고 하더라도 추천 속도는 130킬로미터라고!

그런 생각을 하며 나는 본능적으로, 왼손으로는 안전벨트를, 오른손으로는 어시스트 그립을 잡았다.

거울로 얼굴을 확인하지 않고도 알 수 있었다. 그렇다. 나는 다시 켄싱턴에게 의식 이동을 하게 된 것이다.

룲와룲와 이 새끼가 자기 멋대로! 어차피 잠시만 기다렸으면 내가 알아서 들어왔을 텐데! 아직 적당한 버그도 삽입 못 했단 말이다!

그렇게 갑작스레 바뀐 상황에 잠시 흥분했다가, 차츰 자동차 속도에 익숙해지며 서서히 이성을 되찾았다.

그래, 어쩌면 지금 내 생각이나 상황이 한글 파일에 작성되고 있겠구나. 자기 의지와는 무관하게 움직이는 내 손가락을 통해서.

웃자, 웃어. 하하하. 보고 있나, 룲와룲와? 앞으로 벌어질 상황에 요긴하게 사용할 만한 버그 좀 준비해줘!

근데 룲와룲와는 앞으로 어떤 상황이 벌어질지 알고 있을까.

켄싱턴=나는 다시 한번 미첼을 바라보았다.

"미첼, 미안한데, 지금 어디 가고 있어?"

"어젯밤에 갔던 제이슨 별장. 아까 말했다 아이가."

다행이다. 별장으로 가고 있구나.

"맞다, 이제 머리 아픈 건 좀 괜찮아졌나?"

"머리가, 아프다고?"

"아까 뉴스 보고 나서부터 계속 머리 아프다면서 말도 안 하고…. 하아, 진짜. 오늘 도대체 왜 이렇게 이상한 일이 많이 일어나는지 모르겠네. 두 번이나 정신을 잃은 채 잠들고. 너도 오늘따라 말투도 계속 바뀌는 것 같고. 뭐가 뭔지 하나도 모르겠네."

룲와룲와 이 녀석, 뭐가 뭔지 모르는 상황에 처하니 머리 아프다고 말하면서 상황을 모면하려 했나 보군. 그러다가 결국 내 의식과 교대해버렸고.

보고 있지, 룲와룲와! 이제 막 생각났는데, 별장에서 총격전이 벌어질지도 모르니 나에게 최신 방탄조끼를 입혀줘. 버그로 그런 문장을 삽입해줘!

미첼이 운전하는 자동차는 빠른 속도로 고속도로를 질주했고, 잠시 후 국도로 빠져나왔으며, 서서히 속도가 줄었다.

"어제 한 번밖에 안 온 길인데 굉장히 잘 아네?"

"이 일 하면서부터 길 외우는 게 습관이 되다 보니." 미첼은 전방을 주시한 채 혼잣말하듯 말했다. "그리고 정확하게 말하면 두 번이지. 미행할 때 한 번. 돌아올 때 한 번."

"왜 다시 별장으로 가려고 마음먹었어?"

"이상하잖아. 분명 어제 제이슨이 별장으로 가는 걸 봤거든. 근데 오늘 뉴스에서 제이슨이 중환자라는 소리를 하잖아. 병원에서 난동까지 부리고. 그럼 어제 내가 본 사람은 누구고. 사람을 잘못 봤나. 제이슨이랑 체격이 비슷한 벤저민을 제이슨으로 착각했나. 그런 의문이 들더라고. 그러니까 왠지 퍼즐이 딱딱 들어맞는 것 같았고. 아마 벤저민이 맞겠지."

"다른 사람들한테 연락은 했어?"

"제니퍼랑 크리스한텐 상황 보고 나중에 다시 연락한다고 했고, 혹시 몰라서 아는 경찰한테 지원을 좀 부탁했지."

"헬렌 심?"

정면만 주시하던 미첼이 그제야 내 쪽으로 살짝 고개를 돌렸다가 다시 앞을 바라보며 되물었다.

"니가 헬렌을 우째 아노? 내가 말한 적 있나?"

"어…. 예전에, 했던 것 같은데…."

미첼은 그런가? 하고 잠시 혼잣말처럼 되뇌더니 "그나저나 이렇게 얘기하는 거 보니 머리 아픈 건 좀 괜찮아졌나 보네." 라고 덧붙였다.

"아까보다는."

"다행이네. 근데 니는 머리도 아프다면서 왜 굳이 따라온다고 했노?"

"그냥 왠지, 따라가야 할 것 같아서?"

그러자 미첼이 코웃음을 쳤다. 내가 왜? 라고 묻자, 미첼이 "아까랑 똑같이 대답하니까 그러지."라고 답했다.

룸와룸와 녀석, 뭐가 뭔지 모르는 와중에도 미첼과 동행해야 이야기를 이어갈 수 있다는 것만은 본능적으로 캐치했나 보군.

어느새 태양은 서쪽 하늘 너머로 떨어졌고, 2차선 포장도로를 달리던 미첼의 자동차가 한동안 비포장도로에서 덜컹댔고, 나무가 우거진 어둡고 좁은 길을 지나자 눈앞에 3층짜리 갈색 건물 한 채가 보였다.

그와 동시에 입고 있는 티셔츠 안에 뭔가가 생겨나기에 깜짝 놀라 확인해보니 방탄조끼였다.

— 별장에서 총격전이 벌어질지도 모르니 나에게 최신 방탄조끼를 입혀줘. 버그로 그런 문장을 삽입해줘!

아까 오는 길에 했던 생각. 좋았어! 역시 내 예상이 맞았어! 밖에서 룸와룸와가 현재 상황을 다 지켜보고 있는 거야! 이렇게 멋진 버그를 삽입해주다니. 든든한 지원군이잖아.

땡큐! 룸와룸와.

"여기다. 어젯밤엔 이 안에까지 안 들어왔지만."

지면에서 반 층 올라간 곳에서 시작되는 건물 외부에는 카페처럼 꾸며둔 테라스가 있었고, 테라스에는 테이블과 의자가 놓여 있었다. 건물 바깥쪽에 있는 조명 빛 덕분에 건물 외관은 확인할 수 있었지만 건물 1층의 커다란 통유리 문부터 2층과 3층의 유리창에는 커튼이 쳐져 있어서 밖에서 보면 사람이 없는 것처럼 보이기도 했다.

"여기 맞나? 아무도 없는 것 같은데."

그러자 미첼이 고개를 갸웃하며 나를 바라보았다.

내가 왜? 하고 묻자, 미첼은 "방금은 또 사투리 썼네."라고 말했다

내가 사투리를 썼다고? 미첼이랑 대화하다 보니 옮았나?

"여기 맞다."

"근데 주변에 자동차가 없잖아. 어제 벤저민이랑 브래드가 타고 왔을 차."

내 말에 미첼이 주변을 둘러보았다.

"저기, 건물 오른쪽으로 돌아가면 있지 않겠나? 아니면 건물 뒤쪽에, 여기선 보이지 않는 주차장이 있다든지."

"아무튼 여기가 확실하단 얘기네. 그럼 이제 어쩔 건데?"

"아직 제이슨은 안 온 것 같고, 들어가서 확인해봐야지. 벤저민 만나서 어제 있었던 일을 들어보든지. 네가 앞장서라."

"내가 앞장서라고?"

"니 벤저민이랑 친구였잖아. 최근에도 계속 만나고 있다면서."

맞아, 켄싱턴이랑 벤저민이랑 친구였어. 이야기가 하도 정신 없이 진행되다 보니 완전히 까먹고 있었네.

그래, 들어가서 벤저민에게 얘기를 들어보자. 어젯밤에 무슨 일이 있었는지. 총에 맞은 제이슨 얘기는 들어봤으니, 이제 총을 쏜 벤지의 얘기를 들어볼 차례야.

"알았어. 들어가보자."

켄싱턴=나는 차 문을 열고 차에서 내렸고, 그제야 바지 주머니 쪽에 묵직한 뭔가가 들어있다는 걸 알아챘다. 제리코 941의 탄창이었다.

룲와룲와가 미첼 안에 있을 때 "내 마음의 진정성을 보이기 위해서라도 그건 네가 갖고 있고, 이 총기는 내가 갖고 있지."라고 말하며 나에게 건넨 탄창. 그걸 내내 손에 쥐고 있다가, 룲와룲와가 잠시 켄싱턴으로 의식 이동을 했을 때 켄싱턴의 바지 주머니에 넣어둔 것 같았다.

"미치, 혹시 제리코 가지고 왔어?"

미첼은 닫았던 차 문을 다시 열더니 콘솔 박스 안에서 제리코 941을 꺼냈다.

"무심결에 가지고 오긴 했는데, 이거 탄창도 실탄도 없어서 무용지물이다."

켄싱턴=나는 손에 쥐고 있던 탄창을 들어 보였다.

"있네? 실탄도 있고. 뭐고, 어젯밤에 실탄 없어졌다고 한 거 아이가?"

"나도 그런 줄 알았는데, 다른 데 들어 있더라고. 총은 전직 경찰인 형이 간수하고 있는 게 좋겠지."

나는 적당히 얼버무리며 탄창을 미첼에게 넘겼다.

"그래, 이건 내가 갖고 있는 게 낫겠네. 사용할 일이 없으면 좋겠지만."

그렇게 말하며 미첼은 탄창을 총기에 삽입하지 않고 바지 주머니에 넣은 뒤, 총기는 바지 뒤춤에 쑤셔 넣었다.

자갈들이 깔린 곳을 저벅저벅 걸어 반 층 위로 올라가 건물

앞에 섰고, 문 옆에 있는 벨을 눌렀다.

띠잉 도옹. 고전적인 벨 소리. 하지만 아무도 대답하지 않았다.

켄싱턴=나는 다시 한번 벨을 눌렀다. 띠잉 도옹.

아무도 없나? 아니면 없는 척을 하는 건가? 라는 의문이 끝나기가 무섭게 건물 안에서 "누구세요?"라고 외치는 목소리가 났고, 나는 "어, 나야, 켄싱턴."이라고 담담히 답했는데, 그 순간 뒤에 서 있던 미첼이 "어? 좀 이상한데?"라고 혼잣말하듯 말했고, 내가 살짝 고개를 뒤로 돌리며 "뭐가 이상한데?"라고 묻는 순간 문이 열리며 벤저민이 나타났고, 그와 동시에 충혈된 듯한 눈을 한 벤저민이 나에게 달려들어 손에 쥐고 있던 부엌칼로 내 복부를 가격했다.

쿠욱!

땡그랑, 하는 소리와 함께 피 묻은 부엌칼이 대리석 바닥에 떨어졌고, 복부에 욱신거리는 느낌이 났으며, 그와 동시에 벤저민이 당황한 얼굴로 켄싱턴=나를 바라보고 있었다. 벤저민의 손에 피가 배어 나오고 있었다.

그제야 나는 복부 쪽으로 손을 갖다 댔고, 찢어진 티셔츠 속에서 딱딱한 방탄조끼의 감촉을 느낄 수 있었다.

갑작스러운 상황에 당황한 나도, 예상치 못한 상황에 황당해하던 벤저민도 잠시 멍한 상태로 가만히 있었는데, 내 뒤에 있던 미첼은 곧장 나를 앞질러 벤저민 쪽으로 향하더니 주먹으로 벤저민의 안면부를 가격했다.

퍼억, 하는 소리와 함께 벤저민은 현관 쪽으로 쓰러졌고, 쓰러진 벤저민을 향해 미첼은 다시 한번 달려들어 안면부를 연속으로 가격했다.

퍼억! 퍼억!

쓰러진 벤저민 위에 올라탄 미첼이 다시 한번 주먹을 치켜 들었고, 그제야 상황 파악이 된 켄싱턴=나는 다급히 미첼의 손을 붙들며 "진정해, 나 괜찮으니까."라고 말했다.

내 말에 무슨 주술에서라도 풀려난 듯 미첼은 천천히 내 쪽으로 고개를 돌리더니 먼저 켄싱턴=내 얼굴을 확인했고, 이후 곧장 복부 쪽으로 시선을 옮겼다.

"혹시 몰라서… 어제부터 방탄조끼를 입고 있었거든."

켄싱턴=나는 배 쪽을 만지작거리며 변명하듯 적당히 얼버무렸고, 그제야 광기에 사로잡혀 있던 미첼의 눈에 평정심이 돌아왔다. 미첼은 다행이네, 라는 말을 내뱉고 나서 다시 고개를 벤저민 쪽으로 돌렸다. 벤저민의 입술이 찢어져 피가 나오고 있었고, 광대뼈 쪽에서도 피가 배어 나오고 있었다.

미첼이 벤저민의 목 쪽에 손을 갖다 대더니 잠시 후 이렇게 말했다.

"이 새끼, 잠시 정신을 잃었나 보다."

그 순간 두 가지 생각이 동시에 떠올랐는데, 우선 바로 눈앞에서 사람이 맞아 죽는 모습을 보지 않아서 다행이라는 생각, 그리고 벤저민이 도대체 무슨 이유로 나를 향해, 그러니까 켄싱턴을 향해 칼을 내질렀느냐 하는 의문.

켄싱턴=나는 고개를 돌려 문밖에 떨어져 있는 부엌칼을 바라보았다. 그리고 다시 고개를 돌려 벤저민의 손에서 배어 나오는 피를 바라보았다. 손에서 배어 나오는 피의 양은 그리

많은 편이 아니었다. 나를 찌르려고 했으나 방탄조끼에 막혀서 순간적으로 칼을 놓치며 칼끝에 베인 정도였으니까. 하지만 그런 것치고는 부엌칼에 묻은 피의 양이 많은 편이었다.

내 피도 아니고 벤저민의 피도 아니면 저 피는 누구 피지?

그런 생각을 하며 서 있는 동안 미첼은 현관에 있는 신발끈을 풀어 벤저민의 양손을 묶고 있었다.

미첼이 말했다.

"누가 형제 아니랄까 봐, 미쳐도 동시에 미치네. 한 새끼는 병원에서 메스 들고 설치고, 한 새끼는 별장에서 부엌칼 들고 설치고. 얼른 안에 들어가서 브래드 상태 확인해봐라."

맞아, 브래드!

켄싱턴=나는 미첼의 말에 신발을 벗고 집 안으로 들어가려다가 거실 쪽에 일정한 간격으로 떨어져 있는 핏방울을 보고 그냥 신발을 신은 채 들어갔다. 핏방울이 떨어진 쪽을 향해 다가가자 부엌이 나왔고, 식탁 뒤편에 쓰러져 있는 브래드를 어렵지 않게 발견할 수 있었다. 팔과 복부 쪽에 피를 많이 흘린 상태였으나 야트막한 신음 소리가 들렸기에 아직 숨이 붙어 있단 걸 알 수 있었다.

나는 곧장 핸드폰으로 119에 전화를 걸어 사람이 칼에 찔려서 피를 많이 흘리고 있다고 말했고, 이곳 위치가 어디냐는 질문에 순간 머리가 멍해지며 여기 주소가 뭐지, 라고 중얼거리며 당황하고 있었는데 다행히 미첼이 내 핸드폰을 뺏어 들더니 차분한 목소리로 이곳 주소를 말했다.

"환자 한 명은 자상이 심하니까 빨리 와주세요. 그리고 폭

행으로 얼굴이 찢어진 채 기절한 환자도 있습니다. 경찰 쪽에
도 연락 주시고요."

그렇게 말하고 나서 전화를 끊은 미첼은 니 핸드폰은 잘 터
지네, 라고 궁시렁대더니 곧장 브래드 쪽으로 다가가며 "켄, 화
장실에 가서 수건 있는 대로 가지고 와."라고 지시했다. 미첼의
말을 듣고 켄싱턴=나는 화장실로 달려갔고, 그사이 미첼은 브
래드의 바지 벨트를 풀어 더 이상 피가 나오지 않도록 브래드
의 팔뚝 쪽을 묶고 있었다. 내가 수건들을 건네자 미첼은 자상
이 난 브래드의 복부 쪽에 수건을 대고 지그시 눌렀다. 브래드
가 으으윽, 하는 신음 소리를 냈다.

"아저씨, 조금만 버텨요. 119에 연락했으니 구급차가 금방
올 겁니다."

미첼이 가지고 있던 수건들이 금세 피로 물들었다.

"켄, 수건 좀 더 가지고 와. 아마 2층에도 화장실이 있을 거야."

어, 라고 대답하며 나는 2층으로 올라갔다. 2층 화장실 수
납함에는 수건이 더 많았다. 나는 수납함에 있는 수건을 전부
들고 화장실 밖으로 나왔다.

도대체 이게 무슨 상황이야? 완전히 피투성이잖아!

벤저민이 자신을 도와주던 브래드를 저렇게 칼로 난도질했
다고? 벤저민이 도대체 왜? 그리고 벤저민이 날 공격한 이유는
또 뭐야? 벤저민이랑 켄싱턴은 점점 사이를 회복하고 있는 단
계 아니었나?

— 누가 형제 아니랄까 봐, 미쳐도 동시에 미치네. 한 새끼는
병원에서 메스 들고 설치고, 한 새끼는 별장에서 부엌칼 들고

설치고.

아까 미첼이 했던 말이야. 하지만 둘은 피를 나눈 형제도 아니고, 호적상의 형제도 아니야. 그리고 사람이 미친다고 해서 저렇게 칼을 들고 막무가내로 설치진 않아. 제이슨이야 분노와 복수심에 정신이 나간 상태라서, 자신이 소설 속 캐릭터란 걸 자각한 상태라서 그렇다고는 하지만….

그렇게 생각한 순간, 머릿속에 불길한 가정 하나가 떠올랐다.

혹시 제이슨의 의식이, 벤저민에게 이동한 건 아닐까?

의식 이동은 룸와룸와와 나에게만 부여된 특별한 능력이야. 우리에게 그런 능력이 부여된 이유는 우리가 《부산 느와르》의 창작자이기 때문이고. 정확하게 말하면 《부산 느와르 미스터리》의 캐릭터인 우리에게 부여된 능력이지만.

제이슨 역시 아주 잠깐이나마 《부산 느와르 미스터리》의 창작자로 지낸 시간이 있었고, 그런 이유로 《부산 느와르 미스터리》의 캐릭터인 제이슨에게도 소설 속 다른 인물에게 의식 이동을 할 수 있는 능력이 부여됐다면? 브래드를 난도질하고 나에게 공격을 가한 사람이 실은 브래드의 머릿속으로 의식 이동을 한 제이슨이라면?

나는 수건을 든 채 1층으로 내려가며 계속 생각했다.

그럼 지금 제이슨의 의식은 어디에 있을까? 아까 미첼의 가격으로 벤저민은 기절한 상태. 벤저민이 기절했다는 말은, 벤저민의 머릿속에 있는 제이슨의 의식 또한 기절했다는 의미일까? 그럼 지금 제이슨의 의식은 기절한 상태로 벤저민의 머릿속에 있다는 말일까?

부엌 쪽으로 다가가자 브래드의 복부를 압박하고 있어야할 미첼이 싱크대에서 손을 씻고 있었다.

"미첼? 수건 가지고 왔는데…."

내 말을 들은 미첼이 수도를 잠그고 손에 묻은 물을 양옆으로 탁탁 몇 번 털고 나서 몸을 돌렸다. 미첼은 말없이 나를 빤히 바라보더니 이렇게 말했다.

"니… 켄싱턴 아니제?"

"뭐?"

"니 박대겸 아니가? 그니까 소설-대겸."

아, 씨발.

"제이슨?"

"오, 바로 알아보네. 역시 소설-대겸 맞네."

미첼=제이슨은 물이 묻은 손을 옷에 닦더니 자신의 손바닥을 바라보며 계속해서 말했다.

"아, 참. 미첼 손바닥이 아니라 벤저민 손바닥이지. 씨발, 칼로 그렇게 세게 찔렀는데 들어가기는커녕 튕겨 나왔으니까. 얼마나 어이없었는지 아나? 설마 방탄조끼를 입고 있었을 줄이야."

벤저민이 기절했던 건 미첼에게 맞아서가 아니라, 제이슨의 의식이 어딘가로 다시 이동했기 때문인 것 같았다. 그렇게 어딘가로 이동했던 제이슨의 의식이, 이번엔 다시 미첼의 머릿속으로 이동해 온 것이다.

미첼=제이슨이 천천히 걸음을 내디뎠다. 켄싱턴=나는 본능적으로 뒷걸음질을 쳤다.

"뭘 그렇게 겁먹노? 나 손에 든 거 아무것도 없는데?"

하지만 미첼에겐 제리코 941이 있다. 제이슨도 곧 그 사실을 알게 될 것이다.

"제이슨으로 돌아가서 생각해봤지. 켄싱턴이 왜 방탄조끼를 입고 있었을까? 너무 뜬금없잖아. 내가 읽었던 《부산 느와르 미스터리》에서는 켄싱턴이 방탄조끼를 입었다는 말은 없었거든. 평소에 그런 걸 사두고 있을 인간도 아니고."

제이슨이 그렇게 말하고 있는 동안에도 나는 앞으로 어떻게 행동해야 할지에 대해 생각했다.

어떻게 해야 하지? 현관문은 열려 있다. 신발도 신고 있다. 그냥 무작정 달려 나가서 차에 탄다? 하지만 차 키는 제이슨, 아니 미첼의 바지 주머니에 있다. 차를 타고 도망갈 수는 없다. 아니면 다시 다른 캐릭터로 의식 이동을 할까? 제이슨은 당분간 내가 있는 곳을 찾지 못할 것이다. 그러는 동안 이 미친 제이슨은 켄싱턴을 죽이고 벤저민을 죽이고….

켄싱턴이 죽으면 《부산 느와르》는 어떻게 되지?

젠장! 이제 어떻게 해야 하지?

"그래서 생각했지. 아, 소설-대겸 이 녀석, 다시 켄싱턴 안으로 들어왔구나. 아니면 현실-대겸이 정신을 차리고 다시 《부산 느와르 미스터리》를 쓰고 있는 상황일 수도 있고. 하지만 어느 쪽이든 상관없다. 어차피 지금 나는 《부산 느와르 미스터리》의 캐릭터이면서 동시에 창작자로서의 능력도 갖고 있으니까. 이제 이 이야기의 룰을 내가 정할 수 있게 됐다는 말이지. 하하하."

그렇게 말하는 동안 우리는 천천히 부엌에서 나와 거실 쪽으로 이동하고 있었다.

벤저민은 아직 쓰러져 있다. 현관문도 여전히 열려 있다. 우선 커튼을 걷을까. 그래서 건물 내부의 빛이 바깥으로 새 나가게 할까. 구급차와 경찰차는 언제쯤 도착할까. 아까 전화 걸고 시간이 얼마나 지났지? 여기서 가장 가까운 경찰서는 어디에 있을까.

그렇게 생각하면서 나는 방향을 거실 통유리 쪽으로 틀어 우선 커튼을 걷었다. 거실의 불빛이 건물 밖으로 빠져나가 바깥 일대가 조금 더 밝아졌다. 이로써 현관 쪽과는 거리가 멀어진 셈이다. 미첼=제이슨이 현관으로 나가는 길목에 서게 됐다.

"그거 걷어서 어쩌려고? 누구 찾아올 사람이라도 있나? 아차, 내가 오고 있긴 하네. 수전이 운전하는 차를 타고. 근데 날이 어두워지니까 수전의 운전 속도가 급격히 떨어지더라고. 나이 먹어서 시력이 안 좋아졌다면서. 사실 1시간 넘게 차 타고 있으니까 조금씩 흥분이랑 분노가 잦아들기도 했다. 병원에서 그렇게까지 날뛸 필요가 있었나, 뒤늦게 약간 반성도 하고, 하하. 그러다가 문득 의식 이동이라는 게 생각나대? 나도 할 수 있지 않을까? 처음엔 현실-대겸으로 이동하려 했다. 그래서 네가 하는 것처럼 현실-대겸을 떠올리고, 현실-대겸의 목소리를 떠올리려 했지. 근데 목소리가 전혀 안 떠오르더라고. 시도한다고 가능할지 어떨지도 모르는 일이고. 말 그대로 거기는 엄연히 현실 세계니까. 그래서 다음으로 벤저민을 떠올리고 벤저민의 목소리를 떠올렸지. 그러니까 어느새 벤저민의 머릿속에 들어와 있는 거 아니겠나. 그때 진짜 깜짝 놀랐다. 진짜로. 그리고 얼마 지나지 않아서 낯선 차가 들어오는 소리가 났고. 켄이랑 미첼이더라고. 그 순간 머리가 얼마나 빠르게 돌아가던지. 이 녀석들에게 선물을 주자. 근데 내 생각이 살짝 빗나갔네?"

우리는 거리를 둔 채 가만히 서 있었다. 미첼=제이슨이 잠시 입을 다문 틈을 타 내가 한마디 내뱉었다. "설명이 길군."

그러자 미첼=제이슨이 호오? 하며 과장되게 놀란 표정을 지었다.

나는 다시 한번 강한 어조로 말했다.

"그래서. 이제 네가 원하는 게 뭔데?"

"내가 원하는 거? 글쎄… 이쯤 되니 나도 내가 원하는 게 뭔지 모르겠네? 다시 《부산 느와르》로 돌아왔다는 걸 깨달았을 땐 분노밖에 없었는데. 그래서 메스 들고 설쳐댔는데. 차 타고 오는 동안 이성을 되찾았나? 내가 처음에 원했던 건 벤저민을 죽이는 거였는데."

미첼=제이슨이 현관 쪽에 쓰러져 있는 벤저민에게 고개를 돌렸다. 나도 곁눈질로 벤저민을 보았다.

"저기 저렇게 기절해 있는 벤저민을? 그거야 어렵지 않지. 지금이라도 칼로 푹푹 쑤시면 되니까. 어차피 소설 캐릭터 따위 죽이는 거 어려운 일도 아니지. 그래, 벤저민을 그렇게 죽였다고 치자. 그러고 나선? 그러고 나서 난 뭘 하면 되겠노?"

그렇게 자문하며 미첼=제이슨이 한 걸음 내 쪽으로 다가

왔다. 심장이 쿵쾅쿵쾅 뛰었지만 나는 쫄지 않은 척 그 자리에 꼿꼿이 서 있었다.

"난 뭘 하면 될까, 켄? 제이슨은 머잖아 경찰에 붙잡혀 수감되겠지. 하지만 그건 몸뚱이일 뿐이야. 나는 지금처럼 미첼의 머릿속에 들어앉아 미첼로 살아갈 수도 있을 테고. 미첼로서 살인을 저지를 수도 있겠지. 미첼이 잡힐 즈음엔 다시 다른 인물로 이동하고. 그렇게 영원히 붙잡히지 않은 채 살아갈 수 있을 거야. 아직은 칼로 찌를 때의 쾌감 같은 건 별로 안 느껴지니까 모르겠지만 이 짓거리도 계속 반복하다 보면 쾌감 같은 게 생기려나?"

제이슨 말이 맞다. 제이슨이 의식을 이동하면서 범죄를 저지른다면 사실상 잡을 방법이 없다.

할란 엘리슨의 소설에, 인물들 머릿속으로 의식 이동을 하면서 연쇄 살인을 저지르는 범인이 있지 않았나? 그렇게 몇백 년을 살아온 범인이 있었던 것 같은데. 결국 그 범인은 어떻게 됐지? 분명 그 범인, 붙잡혀서 사형당했던 것 같은데. 맞아, 한 인물의 머릿속에 주인공과 범인의 의식이 동시에 들어와서 대화를 나누다가 주인공의 의식이 범인의 의식을 때려눕혔어. 하지만 그 소설과 《부산 느와르 미스터리》의 의식 이동 설정은 다르다. 《부산 느와르 미스터리》에선 한 인물의 머릿속에 두 개의 의식이 동시에 존재할 수는 없는 것 같으니까.

제이슨을 어떻게 잡아야 하지? 내가 《부산 느와르》에서 빠져나가 박대겸으로 돌아간다고 해도, 제이슨 이 새끼는 박대겸으로 살고 있는 내 세계까지 쫓아와서 살인을 멈추지 않을 것이다. 자신이 소설 속 캐릭터란 걸 알게 되고, 창작자로서의 의식 이동 능력까지 손에 넣은 녀석을 어떻게 해야 하지? 이제 정말 어떻게 해야 하지?

그 순간, 갑자기 미첼=제이슨의 눈빛이 바뀌었다.

"니는 내가 모르는 줄 알제?"

"무슨 말이지?"

내 질문에 미첼=제이슨은 허리춤에서 제리코 941을 꺼내 들며 답했다.

"이거 모르는 줄 알았제?"

"언젠간 알 거라고 생각했지."

글나, 라고 답하며 이번엔 주머니에서 실탄이 든 탄창을 꺼내 총기에 삽입했다. 그러고 나서 곧장 나를 향해 총을 겨누었다. 총구가 나를 향하자 오줌을 지릴 것 같은 공포심이 치솟았다.

"자, 나는 이 총을 쏠까, 안 쏠까?"

겉으로 내색하지 않으려 했지만 얼굴에 불안함이 드러날 수밖에 없었다.

"켄싱턴이 죽고 나면 《부산 느와르》의 세계는 어떻게 되노? 사건을 해결해야 하는 주인공이 죽고 나면 어떻게 되냐 말이다. 쳇, 웃기는 소리 하고 있네. 켄싱턴이 왜 주인공이고! 이 이야기의 주인공은 내다! 이 제이슨이라고! 하하하!"

아까 이성을 되찾았다고 하지 않았나. 다시 정신이 나간 것 같다. 피를 봤기 때문인가? 총을 들고 있기 때문인가? 그나저나 이제 진짜 어떡하지? 저 새끼는 쏘겠지. 분명 쏠 거야.

의식 이동을 하려면 지금이 마지막 기회다. 총을 맞아도 곧바로 죽지는 않겠지만… 까지 생각하는데, 얼핏, 미첼=제이슨의 뒤쪽에서 무언가 움직이는 낌새가 느껴졌다. 분명 무언가 움직였다. 움직이고 있었다. 하지만 나는 그것을 보지 않으려고 했다. 내가 시선을 옮기면 제이슨이 눈치챌 것이다.

나는 내 눈을 향하고 있는 총구를 바라보았다.

"오오, 뭐고? 방금까지만 해도 잔뜩 쫄아 있드만. 이제 대놓고 노려보네? 이제 포기한 거가? 하긴, 어차피 니도 소설 캐릭터에 불과하니까."

미첼=제이슨은 그렇게 말하더니 내 쪽으로 한 걸음 다가왔다.

"잘못 쏘면 빗나갈 수도 있으니까. 몸뚱아리 쏴봤자 방탄조끼가 막아줄 테고. 머리통을 한 방에 날려버려야지."

그러고 나서 다시 한 걸음 옮겼다.

"근데 니도 의식 이동 할 수 있지 않나? 아직 기절 안 한 거 보면 켄싱턴 안에 있는 것 같은데… 진짜로 완전히 포기했나? 아니면, 어차피 이런 엉망진창인 소설 세계, 더 이상 살고 싶은 마음이 없어진 건 아니고? 하하하하카아알!"

미첼=제이슨의 웃음소리가 순식간에 신음 소리로 바뀌었고, 들고 있던 제리코 941을 바닥에 떨어뜨렸다. 나는 재빨리 몸을 숙여 제리코 941을 집어 들었다.

"뭐야! 누구야!"

갑자기 출현한 남자는 자신의 손목에 묶인 신발 끈으로 있는 힘을 다해 미첼=제이슨의 목을 조르고 있었다. 벤저민이었다. 잠시 기절해 있던 벤저민이 어느새 정신을 차리고 일어나 미첼=제이슨의 목을 조르고 있는 것이었다.

"벤저민, 이 새끼가!"

자신의 목을 조르고 있는 사람이 벤저민이라는 사실을 눈치 챈 미첼=제이슨은 갑자기 눈을 감았다.

아! 또 의식 이동한다! 다시 벤저민의 머릿속으로 들어가려는 거야!

하지만 내 예상은 틀렸다.

"씨발 뭐야, 왜 의식 이동이 안 돼?"

의식 이동이 안 된다고?

잔뜩 당황한 미첼=제이슨은 다시 한번 눈을 감았고, 이번에는 의식 이동에 성공했는지 미첼의 몸이 축 늘어지며 기절하고 말았다.

이번엔 의식 이동에 성공한 것 같다. 근데 아까는 왜 의식 이동이 안 됐지? 누구에게 가려고 했지?

그런 생각을 하며 나는 벤저민을 바라보았다. 벤저민은 미첼을 천천히 바닥에 내려놓더니 나를 향해 섰다.

어쨌거나 때마침 벤저민이 깨어나서 다행이야.

반가운 마음에 "야, 벤지."라는 말이 무심코 튀어나오긴 했으나 그다음에 어떤 말을 이어서 해야 할지 알 수 없었다.

먼저 인사를 해야 하나. 아니면 갑작스레 펼쳐진 현재 상황에 대해 설명해야 하나. 근데 지금 이 상황을 어디서부터 어떻게 설명해야 하지? 내가 여기에 온 이유, 본인의 손목에 신발끈이 묶여 있었던 이유, 미첼이 나에게 총을 겨누고 있는 이유… 머릿속이 터져나갈 것 같았다.

나는 고개를 숙인 채 한숨만 내쉬다가 다시 벤저민을 바라보았다. 그러나 뜻밖에도 벤저민은 나를 보며 미소를 짓고 있었다. 분명 몇 번이나 본 적이 있는 미소였다. 다분히 과장된 미소.

"뭘 그렇게 고민해? 나, 룲와룲와야. 너한테만 맡겨둬선 이야기가 끝날 것 같지 않아서 이렇게 직접 행차하셨….."

룲와룲와의 말이 채 끝나기도 전에 나는 벤저민=룲와룲와를 끌어안았다.

세상에 이렇게 반가울 수가! 이렇게 극적인 상황에서 이동해 오다니!

"저기 저기, 이거 좀 놓고 말하지? 그렇잖아도 미첼에게 맞은 광대뼈랑 입술이 쓰라려 죽겠는데."

나도 모르게 눈물이 맺혔다. 그 모습을 들키고 싶지 않아 벤저민을, 아니 룲와룲와를 조금 더 끌어안고 있었다.

그 순간, 밖에서 자동차가 다가오는 소리가 들렸다. 나는 헛기침을 하며 창가 쪽으로 몸을 돌렸고, 동시에 눈에 맺힌 눈물도 살짝 닦아냈다.

"구급차는 아닌 것 같고, 아마 제이슨과 수전이 탄 차겠지. 아우, 말할 때도 아퍼."

벤저민=룲와룲와가 말했다.

"제이슨의 의식은 다시 자기에게 돌아간 걸까?"

"아마 그렇겠지. 아까 벤저민 머릿속으로 의식 이동하려고 했는데 실패했잖아. 급박한 상황이었으니 곧바로 자기 자신을 떠올렸겠지."

"그때 실패한 게 룲와룲와 너 때문이었구나. 네 의식이 벤저민 머릿속에 있어서."

그렇게 말하고 나서 나는 바닥에 쓰러져 있는 미첼을 가리켰다.

"룲와룲와, 얼굴이 아프면 미첼에게 이동하지 그래?"

그랬더니 의외의 대답이 돌아왔다.

"그거 예전에 이미 시도해봤는데, 안 되더라고."

"의식 이동이 안 된다고?"

"《부산 느와르》 바깥에서 《부산 느와르》 안으로 들어오는 건 내 의지로 할 수 있는데, 《부산 느와르》 내부에서 다른 캐릭터로 이동하는 건 안 됐어. 저번에도 말했다시피, 《부산 느와르》 안에서 《부산 느와르》 바깥으로 나가는 것도 내 의지로 하는 건 아니고."

마지막 말은 미첼=룲와룲와일 때도 했던 말이었다.

— 뭐랄까, 시간제한이 있는 것 같았어.

《부산 느와르 미스터리》 작가 녀석, 왜 룲와룲와의 의식 이동만 이렇게 복잡하게 설정해둔 거냐. 룲와룲와가 인간과는 조금 다른 존재라서 그런가.

어쨌거나 룲와룲와는 한동안 벤저민의 머릿속에 있어야 하고, 다른 캐릭터로는 의식 이동을 할 수 없다. 그러다가 시간이 지나면 자연스레 다시 《부산 느와르》 바깥의 내 머릿속으로 의식 이동이 될 것이다.

그런 생각을 하고 있는데 건물 가까이에 다가온 자동차의 헤드라이터가 꺼졌다. 켄싱턴=나와 벤저민=룹와룹와가 바깥을 바라보며 긴장한 채 서 있었다.

"이제 어떻게 해야 하지?"

"어떻게 하긴 뭘 어떻게 해. 나가서 제이슨을 잡든, 아니면 경찰차가 올 때까지 버티든 해야지."

"제이슨을 잡아봤자 다른 인물로 의식 이동을 해버리면 아무 소용없잖아."

"휴…. 내가 아까도 말했지? 너한테만 맡겨둬선 이야기가 안 끝날 것 같다고. 그래서 방법을 강구해뒀어."

"어떤 방법?"

"그건 두고 보면 알 테고."

"그나저나 쟤는 도착했는데 왜 차에서 안 내리지?"

"바쁘게 머리 굴리고 있겠지. 아까 벤저민에게 의식 이동을 했는데 왜 안 됐을까. 의식 이동을 할 수 있는 누군가가 벤저민의 머릿속에 있었기 때문일까. 그렇다면 이 몸, 룹와룹와가 다시 《부산 느와르》의 세계로 들어온 것인가. 이제 어떻게 해야 하나. 맞다, 시간제한이 있었지. 차에서 잠시 기다리다 보면 룹와룹와의 의식이 다시 《부산 느와르》 바깥으로 빠져나가겠지. 너한테도 총이 있다, 1대 2로 싸우는 건 불리하다, 룹와룹와가 빠져나간 뒤에 공격하자. 뭐, 이런 생각을 하고 있지 않을까?"

"제이슨 머릿속에 들어갔다 나온 것 같은 분석인데?"

하지만 벤저민=룹와룹와의, 후훗, 뭐 이 정도쯤이야, 라는 말이 끝나자마자 제이슨이 차에서 내리더니 곧장 우리를 향해 총구를 겨누었고, 우리가 어떤 반응을 보이기도 전에 탕! 하는 요란한 총소리와 함께 거실 통유리 가운데 구멍이 생겼다.

구멍을 중심으로 빠르게 금이 가기 시작했고, 그와 동시에 켄싱턴=나와 벤저민=룸와룸와는 본능적으로 통유리 쪽에서 물러나며 바닥에 엎드렸다. 한 번 더, 탕! 하는 소리가 나고 나서야 5센티미터 정도 되는 두꺼운 통유리는 와장창 깨지고 말았다. 다행히 켄싱턴=나도, 벤저민=룸와룸와도, 아무 상처도 입지 않았다.

두 번의 총성이 지나간 뒤, 하황하하하황, 광기에 찬 제이슨의 웃음소리가 울려 퍼졌고, 나는, 저 미친 새끼가, 라고 중얼거리며 들고 있던 제리코 941을 제이슨을 향해 쏘았다. 탕!

하지만 제이슨은 조금도 움츠러들지 않은 채 그 자리에 서서 다시 한번 방아쇠를 당겼다. 탕!

거실 벽 쪽에 총탄이 박히는 소리가 났다. 나 역시 지지 않고 연달아 방아쇠를 당겼다. 탕! 탕! 탕!

연달아 쏜 것이 유효했는지, 제이슨은 타고 온 자동차 뒤쪽으로 몸을 피했다.

"야! 그렇게 마구잡이로 쏴봤자 아무 소용없잖아!"

벤저민=룸와룸와가 엎드린 채 내게 소리쳤다.

"지금 조준 사격 하고 있을 시간이 어딨어! 우선 대응 사격이라도 해야지! 봐봐, 제이슨이 다시 차 뒤로 숨었잖아."

하지만 그건 착각이었다. 차 뒤편으로 숨은 줄 알았던 제이슨은, 운전석에 앉아 있던 수전을 끌고 나와 우리를 향해 섰다. 왼쪽 팔로는 수전의 목을 조르고, 오른손에 들고 있는 총으로 수전의 관자놀이에 겨눈 채.

"얌전히 있지 않으면 수전은 죽는다!"

제이슨이 소리쳤고, 그 순간 "엄마?"라는 소리가 내 의지와 무관하게 입 밖으로 튀어나왔다. 근처에서 엎드려 있던 벤저민=룸와룸와가 의아한 얼굴로 나를 쳐다보았고, 제이슨 역시 "엄마라고?"라고 말하며 놀랐다.

사실 누구보다 놀란 사람은 나였다.

왜 내가 생각하지도 않는 말이 내 입에서 나왔지? 진짜 내가 한 말인가?

하지만 가만히 생각하고 있을 틈이 없었다. 가슴 한구석에서 강한 분노심이 차오르고 있었기 때문이었다.

제이슨이 말했다. "수전이 켄싱턴 엄마였어? 하하, 그랬군. 수전이 켄싱턴과 미첼의 엄마였구나. 이놈의 소설 세계, 더 이상 놀랍지도 않아, 하하하. 아니, 잠깐만. 그러면 이상하잖아. 지금 너, 박대겸 아니야? 수전이 어떻게 네 엄마가 될 수 있지?"

그건 나도 의문이었다. 하지만 내 속에선, 마치 진짜 내 엄마가 살인범의 인질이 된 것처럼, 초조함과 분노심이 동시에 들끓고 있었다.

도대체 이 반응은 뭐냐고!

"우선 들고 있는 총부터 바닥에 놓고 천천히 일어서! 어이, 거기 엎드려 있는 벤저민 너도! 벤저민이 아니라 룸와룸와겠지만." 제이슨이 말했다.

그러자 잡혀 있던 수전이 눈물 맺힌 목소리로 "켄! 얼른 도망쳐!"라고 외쳤고, 제이슨은 "넌 입 닥치고 가만히 있어!"라고 말하며 오른손에 들고 있던 제리코 941로 수전의 머리 쪽을 가격했다.

그 모습을 본 순간, "이 씨발 새끼가!"라는, 내 의지와 무관한 욕설이 켄싱턴=내 입을 통해 튀어나왔고, 그와 동시에 역시나 내 의지와 무관하게 켄싱턴=내 몸이 벌떡 일어나더니 들고 있던 총도 내팽개친 채 건물 밖으로 뛰어나갔다.

너무나 순간적이었고 너무나 예상 밖의 행동이었기에 켄싱턴=나를 바라보고 있던 제이슨조차 순간적으로 당황한 채 어찌할 바 모르고 있었는데, 그러거나 말거나 켄싱턴=나는 테라스를 지나 허리 높이 정도 오는 난간을 손으로 짚은 채 단숨에 뛰어넘었고, 바닥에 착지하자마자 곧장 제이슨을 향해 달려갔다.

제이슨은 그제야 정신을 되찾은 듯 왼쪽 팔로 붙들고 있던 수전을 바닥에 내팽개쳤고, 그 모습을 본 켄싱턴=내 마음 속에는 더욱 강력한 분노심이 치솟았고, 제이슨이 켄싱턴=나를 향해 탕! 탕! 탕! 쏘고 있음에도 아랑곳하지 않은 채 제이슨을 향해 달려들었고, 결국 그중 한 발이 가슴 쪽에 강한 타격감을 주었기에 순간적으로 멈칫, 하기는 했지만 켄싱턴=내 몸은 완전히 멈출 생각이 없는 듯했고, 순식간에 거리를 좁혔으며, 마침내 사정거리에 도달한 켄싱턴=나는 온몸을 던지며 제이슨의 안면에 주먹을 내지르기에 이르렀다. 제이슨이 본능적으로 팔을 들어 올려 켄싱턴=내 주먹을 막긴 했지만 완벽하게 막아내는 데는 실패했고, 마침내 켄싱턴=내 주먹은 제이슨의 팔뚝을 스치며 제이슨의 안면부를 강타했다.

퍼억!

바닥에 엎어진 켄싱턴=나는 지체하지 않고 다시 일어나 쓰러진 제이슨 위에 올라탔고, 죽은 줄만 알았던 사람이 눈앞에 나타나기라도 한 듯 눈을 동그랗게 뜬 채 놀라고 있는 제이슨을 향해 켄싱턴=나는 다시 한번, 퍽, 주먹을 휘둘렀고, 다시 한번, 퍽, 다시 한번, 퍽, 다시 한번 주먹을 휘두르려 팔을 치켜든 순간 뒤에서 누군가 켄싱턴=내 팔을 잡았다.

켄싱턴=나는 짐승과 같은 본능으로 뒤에 있는 자를 향해 고개를 돌렸고, 눈앞에서 눈물 맺힌 수전의 얼굴을 볼 수 있었다. 그 모습을 보자 그때까지 들끓던 정체 모를 분노심이 사그라졌고, 마침내 켄싱턴=내 몸을 내 의식대로 움직일 수 있게 되었다.

나는 수전이 잡은 손을 천천히 떼고, 다시 고개를 돌려 의식을 잃은 채 바닥에 쓰러져 있는 제이슨을 보았다. 제이슨의 얼굴 곳곳에서 피가 배어 나오는 가운데, 건물 내부에서 비쳐 온 빛을 통해 이마 쪽에 새겨진 문신을 확인할 수 있었다.

出禁.

출금? 나가는 것 금지?

그 생뚱맞은 글자를 보자 아까 룲와룲와가 했던 말이 떠올랐다.

— 너한테만 맡겨둬선 이야기가 안 끝날 것 같다고. 그래서 방법을 강구해뒀어.

룲와룲와는 저 '出禁'이라는 문신에, 제이슨의 의식이 다른 인물들에게 나갈 수 없게 하는 설정을 삽입했을 것이다.

이런 식으로 처리해뒀군.

이런 식으로 처리해도 되는지는 모르겠지만.

그런 생각을 하며 벤저민=룹와룹와를 바라보자 거실 쪽에 서 있던 벤저민=룹와룹와가 고개를 갸웃한 채로 어깨를 으쓱하는 모습을 보였다.

나는 자리에서 일어났고, 이제 막 의식이 돌아온 듯한 미첼이 어리둥절한 얼굴로 테라스 쪽에 서 있는 모습을 볼 수 있었다. 그와 동시에 멀리서 경찰차와 구급차의 사이렌 소리가 들리기 시작했다.

잠시 후 몇 대의 구급차와 경찰차가 차례차례 도착했다.

먼저 도착한 구급차의 대원들이 미첼의 안내를 받아 부엌에 쓰러져 있던 브래드부터 구급차에 싣고 출발했다. 위급한 상태였지만 다행히 숨이 끊어진 것은 아니었다.

벤저민=룹와룹와는 또 다른 구급 요원에게 응급치료를 받은 뒤 두부 쪽에 타박상을 입은 수전과 함께 구급차에 실려 병원으로 이송되었다. 구급차 문이 닫히기 직전, 벤저민=룹와룹와는 나에게 손을 흔들더니 곧 정신을 잃었다. 시간제한에 걸려 다시 의식이 빠져나간 것 같았다.

제이슨은 의식을 되찾자마자 경찰에 체포되었다. 형사 두 명이 양옆에서 제이슨을 붙들었고, 제이슨은 "왜 의식 이동이 안 돼! 왜 안 되냐고!"라고 외치며 발버둥 치는 것 말고는 할 수 있는 게 없었다.

나는 소란스러운 틈을 타 몰래 현장에서 빠져나와 얼마간 걷다가 마침 운 좋게 도로를 지나던 택시를 잡아탔고, 택시 기사에게 안나가 사는 동네 이름을 목적지로 말했다.

지금 당장은 아무 생각도 하고 싶지 않았다. 내가 빠져나간 뒤 정신을 차릴 켄싱턴에게 갑작스러운 상황을 맞닥뜨리게 하고 싶지도 않았다.

나는, 그리고 켄싱턴은, 우선 피와 총과 폭력이 없는 곳에 있을 필요가 있었다.

안나에게 전화를 걸어 도착 예정 시간을 말하며 그때 보자고 한 뒤 전화기를 완전히 꺼버렸고, 택시 기사에게는 도착할 때까지 깨우지 말라고 말했다. 그러고 나서 나는 눈을 감았다.

이제 정말 다 끝났다. 앞으로 《부산 느와르》의 이야기는 알아서 굴러갈 것이다. 더 이상 내가 할 수 있는 건 없다. 내가 무언가를 할 필요도 없다. 이제 원래 상태로 돌아가면 된다.

그런 생각을 하며 크리스에게 의식 이동을 했고, 그러고 나서 다시 한번 《부산 느와르》 바깥에 있는 나의 머릿속으로 의식 이동을 했다. 그러니까 룹와룹와의 의식과 위치를 바꾼 것이다.

나는 그립고도 그리웠던 내 침대에 드러누웠다. 방금까지 벌어진 일들이 머릿속에 떠올랐지만 쌓인 피로감을 이길 수는 없었다. 나는 금세 숙면에 빠져들었다.

이제 진짜 끝났다.

〔 **19** 〕

에필로그

그날 이후 몇 달이 흘렀다.

《부산 느와르》는 무사히 연재를 이어가다가 완결되었다.

그사이 내가 한 것이라곤 모니터에 작성된 문장을 수정하는 것뿐.

쓰는 동안 가장 마음에 걸린 부분은 제이슨이 《부산 느와르 미스터리》의 바깥 세계에 있을 때 했던 말이었다.

— 명색이 제목에 '느와르'가 들어간 작품에서 어떻게 죽는 사람이 나 한 명밖에 없노.

심지어 그 한 명조차 내가 되살려냈다. 다시 말해, 《부산 느와르》에 죽은 사람은 단 한 명도 없다는 얘기. 이미 과거에 죽은 미첼과 켄싱턴 형제의 아버지를 제외하면. 중상을 입은 브래드도 늦지 않게 치료를 받고 퇴원하는 것으로 마무리 지었으니.

등장인물 아무도 죽지 않는 '느와르' 한 편쯤 있어도 나쁠 건 없겠지.

　결말은, 제이슨이 알려준 《부산 느와르 미스터리》의 내용을 거의 그대로 쓰는 수밖에 없었다. 어차피 대부분의 느와르 작품이 그렇듯, 악당들은 처벌받고 주인공은 끝끝내 살아남는다.

　매튜와 로버트는 구속시킨 후 수감 생활을 하게 했다.

　물론 제이슨과 벤저민도 마찬가지.

　다만 벤저민은, 총기를 사용한 살인미수라 중형을 받을 가능성도 고려했지만, 자백했다는 이유, 그리고 반성하는 마음이 크다는 이유로 1년 형만 선고받게 했다. 실제 판례는 전혀 고려하지 않았고, 한편으로는 이렇게 쓰면 제이슨이 더 빡치겠지, 라는 생각도 했다. 훗.

　내 의식이 다시 《부산 느와르》의 세계 안으로 이동하지 않는 걸 보면 룲와룲와는 크리스가 되어 별다른 불만 없이 잘 지내는 것 같았다.

　가능하면 남들 눈에 띄지 않는 형태로.

　가능하면 평화롭게.

　자기만의 의지를 지닌 채.

　이따금 룲와룲와가 제이슨의 이마에 새긴 '出禁'이라는 문신에 대해 생각하기도 했다. 너무 반칙 같은 방법 아닌가, 라는 의구심이 들었던 것이다. 하지만 한편으로는, 그렇게 하지 않으면 이야기가 정말 끝도 없이 이어질지도 모른다는 두려움도 있었다.

룱와룱와가 단 두 개의 한자로 제이슨의 의식 이동을 막을 수 있었던 건, 사그라지던 창작자로서의 능력이, 나와의 세 번에 걸친 의식 교대 이후 다시 부활했기 때문일 것이다. 나와 동기화되었기 때문일 것이다.

그럼으로써 룱와룱와는, 자신이 시작한 이야기를 어느 정도는 자기 스스로 마무리 지은 셈이다.

수전에게 갖고 있던 켄싱턴의 분노도 잘 해결했다. 내 의식이 켄싱턴의 머릿속에 있는 동안 벌어진 일들은, 전부 켄싱턴이 주체적으로 행한 일로 고쳐 썼다.

《부산 느와르》의 후반 부분, 켄싱턴이 제이슨에게 달려가는 장면을 다시 쓰는 동안, 나는 당시 벌어진 일을 몇 번이나 되새겨보았다. 그때 켄싱턴의 몸은 내 의지와는 무관하게 움직였다. 그전까지만 해도 켄싱턴은 자신의 엄마에 대해 분노하는 마음을 가득 안고 있었다. 하지만 자신의 엄마가 위험한 상황에 처하자, 내 의식에 짓눌려 있던 켄싱턴의 의식이 자신의 몸을 온전히 지배하고 있는 것처럼 느껴졌다. 창작자인 내 의식은 완전히 무시한 채, 캐릭터인 켄싱턴의 의식만이 작동하는 것처럼 말이다. 《부산 느와르》의 주인공이기 때문일까. 소설의 주인공이기 때문에, 창작자의 의식에 지배되지 않은 채 움직일 수 있었을까. 어쩌면 현실 세계에 있는 박대겸이 《부산 느와르 미스터리》를 그렇게 썼기 때문에 그런 일이 벌어진 것인지도 모른다. 어떤 것이든 정답이 될 수 있을 것이다.

하지만, 하고 나는 다시 생각했다.

현실 세계에 있던 제이슨의 의식을 《부산 느와르》 안으로 돌려보낸 건, 그러니까 제이슨을 다시 살려내는 아이디어를 떠올린 건, 분명 현실 - 대겸의 의지를 넘어선 나의 의지였다. 그리고 수전이 제이슨에게 인질로 잡힌 순간, 켄싱턴의 몸을 움직인 건 내 의지를 넘어선 켄싱턴의 의지였다.

언젠가 성호가 했던 말이 이제야 어떤 의미인지 조금은 알 것 같다.

— 강한 의지가 운명을 끌어당긴다면, 어떤 일은, 그 강철 같은 의지의 힘만으로 발생할 수 있는 것이다.

내 의지가 강철 같은지 아닌지 지금으로서는 판단하기 어렵다. 어쨌거나 나도 이제 내가 소설 속의 캐릭터란 걸 납득하게 됐고, 그럼에도 내가 갖고 있는 최대한의 의지를 발휘해서, 제이슨이 생각지도 않았고 나를 창조한 현실 세계의 박대겸이 구상하지도 않은 이야기를 만들어낸 것이다.

아마 현실 세계의 박대겸은 놀랐을 것이다. 잠시 의식을 잃은 사이, 자신이 쓰지도 않은 글이 잔뜩 작성돼 있었을 테니. 잠시 잠들었다가 깬 내가 《부산 느와르》라는 파일을 발견했을 때와 마찬가지로.

어쩌면 이렇게 말할 수도 있지 않을까.

이 글을 읽고 있는 당신 또한, 누군가의 머릿속에서 태어난 소설 속 캐릭터일지도 모른다고.

당신의 인생은 이미 당신의 창조자에 의해 전부 설계되어 있고, 당신이 앞으로 생각하고 말하고 느낄 모든 것들은 어쩌면 당신의 창조자에 의해 작성될 것인지도 모른다고.

하지만 그따위 것들 전부 신경 쓰지 않아도 좋다.

내가 《부산 느와르》를 통해 한 것처럼, 아마 당신도 당신만의 길을 선택할 수 있을 테니까.

당신만의 이야기를 만들어낼 수 있을 테니까.

바꾸고 싶다는 강한 의지를 갖고 있다면.

강철 같은 의지를 갖고 있다면.

그러니 어느 날 당신의 컴퓨터에 쓴 적도 읽은 적도 없는 소설 파일이 있다고 하더라도 너무 놀라지 말길.

어쩌면 그때부터 새로운 삶이 시작될지도 모르는 일일 테니.

보고 있나, 날 창조한 작가!

이 소설은 내가 쓴 거라고!

네가 쓴 게 아니야!

내가 쓴 거야!

〔 **20** 〕

또 다른 에필로그

벤지가 수감되고 정확히 1년이 지났다. 내리쬐는 9월의 따가운 햇살. 하지만 어느새 선선해진 가을바람.

화려한 퇴소 축하 세리머니 같은 건 안중에도 없었다. 아마 벤지도 그편을 선호할 것이다.

잠시 후 교도소 문이 열리더니 검은색 나이키 더플백을 어깨에 멘 벤지가 나타났다.

나는 진회색 아반떼 세단 운전석에서 내리며 외쳤다.

"어이!"

벤지가 나를 바라보았다.

나는 벤지를 향해 손에 든 닥터페퍼를 치켜들었다.

벤지는 성큼성큼 다가오더니 나와 포옹했다.

"잘 지냈나?" 내가 물었다.

"1년 정도는 껌이지."

"까불고 있네."

내 말에 벤지가 갑자기 차렷 자세를 하더니 직각으로 허리를 굽혔다.

"몰라봬서 죄송합니다, 선배님!"

"갑자기 무슨 선배 타령이고."

"저보다 먼저 감빵 생활 하지 않으셨습니까!"

쳇, 하고 혀를 차며 나는 들고 있던 닥터 페퍼를 벤지에게 건넸다.

"얼른 타라, 안에 두부도 있으니까 같이 먹고."

차에 오르기 전, 문득 작년에 퇴소하던 장면이 떠올랐다. 퇴소할 때 교도소를 뒤돌아보면 다시 교도소로 돌아온다는 미신도 함께 떠올랐다.

미신은 미신일 뿐이지.

나는 조수석에 앉아 있는 벤지와 캔을 맞부딪치고 닥터페퍼를 들이켰다. 입안 가득 체리향 코크가 퍼졌다.

"크아, 마약이 따로 없네!"

벤지가 콧방귀를 뀌며 나를 쳐다보았다.

"아직도 마약 타령 하고 있나?"

"타령만 한다, 타령만. 좋지 아니한가, 얼쑤!"

우리는 남해고속도로를 달려 낙동강을 건넜다. 만덕2터널에 이르자 차량이 늘어나며 시속이 급격히 떨어졌다.

"이 동네는 평일이고 휴일이고 낮이고 밤이고 할 거 없이 막히네. 1년 만에 오는데도 똑같노."

두부를 씹어 먹던 벤지가 내 말에 한마디 대꾸했다.

472

"니도 투덜거리는 건 예나 지금이나 똑같네."

이 새끼가… 라는 말이 튀어나오려다 말았다.

친구가 그렇지.

내가 모는 진회색 아반떼는 온천천로와 수영강변대로를 지나 광안대교로 접어들었다. 왼편으로는 드넓은 수평선이, 오른편으로는 광안리 해변과 카페 거리가 보였다.

변하지 않는 풍경.

변하지 않을 것만 같은 풍광.

"광안대교 진짜 오랜만이네!" 벤지가 말했다.

"좋나?"

"니가 운전하는 차 타고 광안대교 드라이브하니까 좋은 거지."

"몇 년 전에 신선대지하차도 생겨서 송도까지 직방이다. 안 가봤제?"

"오, 진짜? 말 나온 김에 지금 가보자."

"근데 나 이따 일이 있어서…."

"헛소리하지 말고. 니가 미첼도 아니고 뭐가 그리 바쁘다고."

어쩔 수 없지. 안나와의 약속은 1시간쯤 미루기로 하자. 안나도 충분히 이해해줄 것이다.

나는 남천동으로 빠지지 않은 채 곧장 직진했고, 신선로를 달려 신선대지하차도로 접어들었다. 차량이 많지 않았기에 막힘없이 달릴 수 있었다. 곧이어 부산항대교가 나타났다. 조금만 더 달리면 남항대교가 나타날 것이고, 을숙도대교까지 볼 수 있을 것이다.

나와 벤지의 삶도 이렇게 막힘없이 쭉쭉 달릴 수 있으면 좋을 텐데, 라는 생각이 언뜻 들었지만 곧바로 생각을 바꾸었다.

　빨리 달리거나 느리게 달리는 것이 중요한 게 아니다. 옆에 누가 있는지가 중요하다. 옆에 있는 사람과 함께 가는 것이 중요하다.

　내 옆에는 벤지도 있고, 안나도 있다. 데이브도 있고 크리스도 있다. 무엇보다 나의 형 미첼이 있고, 나의 엄마 수전이 있다.

　나는 곁눈질로 벤지를 바라보았다. 벤지의 눈이 충혈된 것 같았다.

　"뭐고, 니 우나?"

　내 말에 벤지는 다급히 차창을 내렸다.

　"그게 아니라, 갑자기 눈에 먼지가 들어가서…."

　"야, 자유가 그렇게 좋은 거다. 앞으로 뻘짓거리 하지 말고 잘 살아라."

　내 말에 벤지가 코웃음을 치며 말했다.

　"자기 다짐 같은 건 그냥 속으로 해도 된다."

　나는 피식, 웃으며 계속해서 액셀을 밟았다.

〈끝〉

작가의 말

　몇 년 동안, 그리고 지금도 꾸준히 떠올리는 의문 중 하나는, 소설을 읽거나 씀으로써 내가 정말로 원하는 바는 무엇인가 하는 것이다.

　최근 들어서 정리해본 대답들. 내가 소설을 읽고 쓰면서 진정으로 원하는 것들은 다음과 같다.

　경이로운 감각.

　시간이 멈춘 듯한 충격.

　압도당하는 경험.

　형용하기 어려운 감동.

　세부적으론 다르지만 크게 보면 결국 다 같은 의미이다.

　마이조 오타로는 자신의 소설 《ディスコ探偵水曜日(디스코 탐정 수요일)》에서 반복적으로 이렇게 말하고 있다. "강한 의지

가 운명을 끌어당긴다면, 어떤 일은, 그 강철 같은 의지의 힘만으로 발생할 수 있는 것이다."《부산 느와르 미스터리》는 이 문장에 대한 내 나름의 응답으로 쓰인 소설이라고 할 수 있다.

《부산 느와르 미스터리》를 쓰기 시작할 즈음, 그리고 쓰던 도중 몇 번이나 다짐했던 것들. 무슨 일이 있더라도 원고지 1000매 이상 쓸 것. 쓰다가 떠오른 결말을 계속 비틀면서 써나갈 것.

다행히 다짐을 지키는 데엔 성공을 거뒀으나, 처음 써보는 긴 분량의 소설인 만큼 다소….

됐다, 자기 비평은 그만두자.

나는 《부산 느와르 미스터리》를 완성할 수 있어 기뻤고, 단행본으로 출간할 수 있어서 순수하게 정말 기쁘다. 이 글을 쓰던 몇 달 동안 느꼈던 즐겁고 신났던 감정이 지금도 여전히 생생하게 남아 있는데, 계속해서 그런 소설을 쓸 수 있으면 좋겠다. 또한 당시 느꼈던 그 즐거움을 독자들과 조금이라도 공유할 수 있다면 소설가로서는 더할 나위 없는 기쁨일 것이다.

《부산 느와르 미스터리》는 2020년에 썼고, 내가 생각하는 '소설의 오락성'이란 것을 당시 기준으로 최대한 구현하려 애썼으며, 우여곡절을 거쳐 마침내 출간할 수 있게 되었다. 재밌게 읽고 출간을 결정해준 오러 출판사 대표 나성채 씨께 감사의 인사를 드린다. 또한 책 디자인을 담당해준 김선예 씨와 이수정 씨, 마케팅을 담당해줄 박동준 씨께도 감사의 인사를 드린다. 흔쾌히 추천사를 써준 편집자이자 소설가 정기현 씨에게도 감사의 말을 남긴다.

누군가는 쓰는 것이 늘 좋다고 한다.
다른 누군가는 즐겁지 않다면 애초에 소설 쓰기 따위 아무 의미도 없다고 한다.
해야 할 일을 좋아하면 성공한다는 말도 있다.
마지막 문장은 좀 자기계발 같은 느낌이 들지만, 따지고 보면 결국 다 같은 의미이다. 이 사실을 잊지 말아야겠다.

박대겸

부산 느와르 미스터리

초판 1쇄 발행 2024년 6월 10일

지은이 박대겸
펴낸이 나성채
디자인 김선예, 이수정
마케팅 박동준

발행처 오러 orror
등록 2023년 4월 26일 (제2023-000003호)
주소 32134 충청남도 태안군
         태안읍 원이로 302, 204동 205호
전화 02.324.3945-6 팩스 02.324.3947
이메일 orrorpub@gmail.com

ISBN 979.11.93984.02.4 04810
         979.11.983254.0.2 04810 (세트)

© 박대겸, 2024